U0083575

中國語言文字研究輯刊

十四編

許錟輝 主編

第 **14** 冊

粵北始興客家音韻及
其周邊方言之關係（下）

劉勝權 著

花木蘭文化事業有限公司

國家圖書館出版品預行編目資料

粵北始興客家音韻及其周邊方言之關係（下）／劉勝權 著 --

初版 -- 新北市：花木蘭文化事業有限公司，2018〔民 107〕

目 6+198 面；21×29.7 公分

（中國語言文字研究輯刊 十四編；第 14 冊）

ISBN 978-986-485-276-5（精裝）

1. 客語 2. 聲韻學 3. 比較研究

802.08   107001306

ISBN-978-986-485-276-5

9 789864 852765

中國語言文字研究輯刊

十四編   第十四冊   ISBN：978-986-485-276-5

粵北始興客家音韻及其周邊方言之關係（下）

作　　者　劉勝權

主　　編　許錟輝

總 編 輯　杜潔祥

副總編輯　楊嘉樂

編　　輯　許郁翎、王　筑　美術編輯　陳逸婷

出　　版　花木蘭文化事業有限公司

發 行 人　高小娟

聯絡地址　235 新北市中和區中安街七二號十三樓

　　　　　電話：02-2923-1455 ／傳真：02-2923-1452

網　　址　http://www.huamulan.tw 信箱 hml 810518@gmail.com

印　　刷　普羅文化出版廣告事業

初　　版　2018 年 3 月

全書字數　283932 字

定　　價　十四編 14 冊（精裝）台幣 42,000 元
版權所有·請勿翻印

粵北始興客家音韻及其周邊方言之關係（下）

劉勝權　著

目

次

第九章　從始興方言檢討粵北
客家話的分片

　　經過前面幾章的討論，我們對始興客家話有了比較基本的了解。本章首先要重申始興客家話地理上南北二分的大態勢，並從始興客家話出發，檢討粵北客家話的分片。

　　梁猷剛（1985）最早對粵北漢語方言的分布作過介紹，而粵北客家話的分片自《中國語言學地圖集》（1987）、熊正輝（1987）至今年代已久，從現今許多新的材料觀之，或有重新檢視的餘地。謝留文、黃雪貞（2007）正是重新檢視客家方言分區之作，粵北客家話的分片也與昔日有異。儘管如此，我們補充始興的語料，將各地音韻特點與可知的移民歷史結合，對謝、黃（2007）的分片提出本文的意見。

第一節　始興客家話的南北片

　　經過前面幾章的討論，我們對始興客家話大分南北的態勢已有基本了解。更詳細的說，始興南部歷來稱呼清化（或稱青化）的山區，主要是隘子、司前兩鎮音韻特點相同，可稱始興客家話之南片。始興其餘地區音韻特點大同小異，可稱爲始興客家話之北片。

　　始興客家話北片之中，東北角受鄰縣南雄影響甚深，已見前章。東南部山

區的羅壩、都亨近於縣城太平，然亦有小異。縣城太平位居始興平原地帶，乃始興政經中心，影響力大，整個中西部地區幾與縣城語音無異。

本節以前面幾章的討論爲基礎，條述始興客家話區分南北的音韻特徵，理出下表：

	太平	馬市	羅壩	隘子	閩西
古精莊知二與古知三章今讀合流	＋	＋	＋	＋	＋
古見組字今讀逢細音基本上顎化	＋	＋	＋	＋	＋
遇蟹止攝三等韻母有 i>ㄗ 的變化	＋	＋	＋	－	－
古歌、豪韻今讀有別	＋	＋	＋	－	－
古合口一、二等見組字今讀常見 u 介音	－	＋	－	＋	＋
山攝合口一、二等見系字今讀有別	－	－	＋	－	－
蟹攝合口一等端、精、見組讀 i 韻母	－	－	＋	－	－
咸攝韻尾 m 變同山臻攝韻尾 n	＋	＋	＋	－	－
部分梗開四端組字讀同一、二等文讀	－	－	－	＋	
江攝「雙」主元音讀同通攝	－	－	－	＋	＋
古全濁上非口語字今讀去聲	＋	＋	＋	－	－
古濁去除部分次濁去今讀去聲，其他基本今讀上聲	－	－	－	＋	＋
共有六個聲調	＋	－	＋	＋	＋
入聲調值陰入低陽入高	－	－	－	＋	＋

閩西在此代表武平、上杭、永定等始興客家祖地。由上表明顯可見始興客家話可大分爲南北二片，太平、馬市、羅壩可歸爲北片，隘子爲南片。南北片在聲母部份並未有太大的差異，主要不同反映在韻母和聲調方面。北片內部並非全然相同，馬市在聲調數目和合口一、二等見系字有[-u-]介音方面獨具特色；羅壩在山攝合口一、二等的見系字尚見分別，其他地點都已合流，表現獨樹一格。

隘子多與閩西祖地音韻特徵相近，我們相信隘子比較完整的保存閩西之音韻特色。北片的變異多與南雄方言有關，已見前文，此不贅述。當然，並非北片方言全然與閩西祖地相異，也有始興方言與閩西表現不同的，例如始興方言效攝流攝不合流，與閩西有別而同於廣東客家話。詳細情況可見第四、五章。

第二節　粵北客家話音韻概貌

在對粵北客家話的分片提出檢討之前，本節先以若干音韻特點介紹粵北客家話之概貌，概括其共同特徵及內部差異，預作下節論述之資。礙於語料的限制，尤其是粵北材料的缺乏，目前只有較粗淺的比較。莊初昇（2005）已作過相關報導，給本文提供重要參考。然為方便說明本文題旨，下面的討論採用的方言點與之不同，並加入烏徑、長江兩點，可相互參看。我們採用的方言點分別是：

南雄（烏徑）、仁化（長江）、翁源、翁中、曲江（馬壩）、英德（浛洸）、連南、連山（小三江）、清新（魚壩）、始興（太平）、始興（隘子）。語料來源如下：南雄烏徑採用張雙慶、萬波〈南雄（烏徑）方言音系特點〉（《方言》1996 年第 4 期）。仁化長江來自莊初昇、李冬香〈仁化縣長江方言同音字彙〉（《第三屆客家方言研討會論文集》2000 年）。英德浛洸、清新魚壩來自莊初昇〈粵北客家方言語音概貌〉（《韶關學院學報》2005 年第 5 期）。烏徑、長江亦會參考莊文。曲江馬壩主要採用林立芳〈馬壩客家方言同音字彙〉（《韶關大學學報》1992 年第 1 期〔註1〕）；〈馬壩方言詞匯〉（《韶關大學學報》1994 年第 1 期）。連山小三江來自陳延河〈廣東連山小三江客家話記略〉（《客家縱橫——首屆客家方言學術研討會專集》1994 年）。翁源的部分，根據《翁源縣志》第五章〈方言〉記錄，與李如龍、張雙慶主編的《客贛方言調查報告》（廈門大學出版社，1992 年）所載，情況有所不同，故翁源、連南採用李、張書之材料，另外就《翁源縣志》（廣東人民出版社，1997 年）第五章「本章重點記述翁中片的客家方言」所言另立翁中一點。始興乃筆者親自調查。

一、聲母方面

（一）古全濁聲母今讀塞音、塞擦音時，一般都送氣。

由下表可見，全濁聲母今讀塞音、塞擦音時，一般都送氣。這條標準屬於早期的歷史性條件，大致說明了客家方言的特徵。仁化長江有部分並、定

〔註1〕林立芳在〈馬壩方言詞匯〉一文載錄：「馬壩方言語音系統請參看拙作〈馬壩方言同音字匯〉（《韶關大學學報》1993 年第 1 期）。」然經筆者透過就讀韶關學院的友人實地查找，本文全名為〈馬壩客家方言同音字匯〉，而刊登卷期應為1992年第1期。

母字發生變調時，聲母雖然清化，但讀不送氣音，如「頭、皮」等。（莊初昇、李冬香 2000）南雄方言雖然複雜，然烏逕、珠璣等均符合此規律。南雄城關話則不論平、仄，今多讀爲不送氣清音，如「婆、爬、別」等並母字聲母都是[p-]；「代、隊、碟」等定母字聲母都是[t-]。（陳滔 2002）長江和南雄城關這兩個地方比較特殊，現在也有人認爲屬於客家方言。（莊初昇 2004）

	大	頭	坐	茶	柱	敗	皮	跪
烏逕〔註2〕	tʰai⁷	tʰɛ⁵	tsʰo³	tsʰæ⁵	tɕʰy²¹	pʰa⁷		kʰui²
長江〔註3〕	tʰa³	tɛu↗	tsʰɔ¹	tsʰo⁵	tʃʰi↗	pʰa³	pi↗	kʰui²
翁中	tʰai²	tʰeu⁵	tsʰo¹	tsʰa⁵	tʃʰu¹	pʰai²	pʰi⁵	kʰui²
翁源	tʰai²	tʰɛu⁵	tsʰou¹	tsʰa⁵	tsʰy¹	pʰai²	pʰi⁵	kʰui²
曲江〔註4〕	tʰai²	tʰei⁵	tsʰou¹	tsʰa⁵	tsʰu¹/tsʰy¹*	pʰai²	pʰi⁵	kʰui²
浛洸	tʰai²		tsʰou¹	tsʰa⁵	tʃʰy¹	pʰai²		kʰuei²
連南	tʰai³	tʰæi⁵	tsʰəu¹	tsʰa⁵	tʃʰy¹	pʰai³	pʰi⁵	kʰɔi²
小三江	tʰai³	tʰeu⁵	tʰo⁵		tsʰu¹	pʰai³	pʰi⁵	kʰui²
魚壩	tʰai²		tsʰɔ¹	tsʰa⁵	tsʰy³	pʰai²		kʰuɐi²
太平	tʰai³	tʰeu⁵	tsʰo¹	tsʰa⁵	tsʰu¹	pʰai³	pʰi⁵	kʰe²
隘子	tʰai²	tʰeu⁵	tsʰo¹	tsʰa⁵	tsʰu¹	pʰai²	pʰi⁵	kʰue²

黃雪貞（1987）提到古全濁聲母字客家話今音也有不送氣的，其中有些不能以少數或例外來解釋，因爲這些字在客家方言內部表現得十分一致，很少有地區性的限制，亦即這些全濁聲母字多數客家話都不送氣，分別是「渠（或寫作佢）辮笨隊贈叛站車～鍘」等八字。礙於語料的限制，下面列出前七字，觀察粵北客家方言之複雜性。

〔註2〕烏逕標示調值、長江標示「↗」的，都屬於小稱變音。參閱莊初昇（2004）。

〔註3〕長江「頭」、「皮」二字除了變調不送氣一讀外，還有本調讀送氣的[tʰɛu⁵]、[pʰi⁵]。

〔註4〕曲江客家話的部分，由於林立芳的兩篇文章所收錄之例字不足，故採用周日健、馮國強（1998）一文增補之。後者與林立芳所錄音系最大的不同，在於後者在韻母部分多了[y]和[uon]兩韻。周、馮一文說曲江遇合三除非、莊二組外，一般讀成撮口呼[y]，而林文這些字則讀成[-i]或[-u]；[uon]韻如官、貫、換，在林文則爲[uan]（官、貫）或[on]（換）。下表不另做記號或說明。但有「*」號者，錄自辛世彪：〈客方言聲調的演變類型〉，《海南大學學報》（人社版）2000 年第 18 卷第 1 期，頁 37-45。該文提到曲江例字的來源爲周日健提供，故亦採用之。

　　對於這個現象，劉鎮發（2003：436）認爲「並、隊、竟、斃、笨、辮」等濁去字不送氣，乃是因爲這些字是客家方言濁音清化完成後受北方官話影響而來的例外字，所以在客家方言內部有很高的一致性。萬波（2000）提出客贛方言的「辮」字讀不送氣的可能另有來源，本字當是「編」。謝留文（1999：167～168）認爲「贈、鍘」可能不是客家話口語常用字；「站」是蒙古語借字，顯然受北方話影響；「笨、叛」也有客家話，如永定、長汀是讀送氣的。我們可以看到「贈、叛、站」等字，不乏送氣的現象，大致上符合這樣的說法。

	渠（他）	辮	笨	隊	贈	叛	站車～
烏徑〔註5〕	i[5]	pʰɛ̃[7]	pʰõɤ[7]	toɤ[3]	tɕʰiɛ̃[7]	pʰã[2]	tsʰã[7]
長江	ki[1]	piŋ[1]	puŋ[3]	tui[3]	tsɛn[3]	pʰaŋ[3]	tsaŋ[3]
翁中			pun[3]		tsʰen[2]		tsan[2]
翁源	ki[5]	pien[1]	pun[3]	tui[3]		pʰan[2]	tsaŋ[2]
曲江	ki[5]	pian[1] / pin[1]	pun[3]	tui[3]		pʰan[3]	tsʰan[2]
洽洸	ki[5]	pien[1]	pun[3]	tui[3]	tsɛn[3]	pʰan[3]	tsʰam[2]
連南	ki[5]	pʰiɛn[1] / pin[1]	pɔn[3]	tʰɔi[3]		pʰan[3]	tsʰan[3]
魚壩	ki[5]	pian[1]	pɐn[2]	tui[2]	tsʰin[2]	pʰan[2]	tsʰam[2]
太平	tsɿ[1]	pʰien[3]	pun[3]	tue[3]	tsʰen[3]	pʰan[3]	tsʰan[3]
隘子	tɕi[1]	pien[1]	pun[3]	te[3]	tsʰen[2]	pʰan[2]	tsʰaŋ[2]

　　始興的見系字接細音會顎化，如「九、求、休」聲母讀作[tɕ-、tɕʰ-、ɕ-]，太平若遇細音[-i]作主要元音，聲母還會進一步變成舌尖前音，如「居、奇、虛」讀作[tsɿ[1]、tsʰɿ[5]、sɿ[1]]，「渠」字聲母的讀法來源於此。如此說來，大概只有「渠」字是比較顯著而特別的例字。

（二）精、莊、知、章的讀法

　　我們可以將古精、莊、知、章分爲兩組：精、莊、知二一組；章、知三一組，藉此來觀察其分合。

	精、莊、知二					章、知三				
	借	炒	鋤	師	茶	紙	春	樹	張	除
烏徑		tsʰau[2]	tsʰu[5]	sɿ[1]	tsʰœ[5]	tsɿ[2]	tɕʰiõɤ[1]	ɕy[7]	tɕiõ[1]	tɕʰy[5]
長江	tsio[1]	tsʰau[2]	tsʰɔ[5]	sɿ[1]	tsʰo[5]	tsɿ[2]	tʃʰuŋ[1]	ʃi[3]	tʃɔŋ[1]	tʃʰi[5]

〔註5〕烏徑「辮」字若依張雙慶、萬波（1996）讀作[pʰiɛŋ[7]]。

翁中	tsia³	tsʰau²	tsʰɿ⁵		tsʰa⁵	tʃi²		ʃu²	tʃoŋ¹	tʃʰu⁵
涔洸		tsʰau²	tsʰɿ⁵	sɿ¹	tsʰa⁵	tʃi²	tʃʰun¹		tʃɔŋ¹	tʃʰy⁵
連南	tsia³	tsʰau²	tsʰəu⁵	si¹	tsʰa⁵	tsi²	tʃʰɔn¹	ʃy³	tʃoŋ¹	tʃʰy²
小三江	tia³	tʰau²	tʰo⁵	ɬɤ¹	tʰ-	tsi²	tsʰun¹	su³	tsoŋ¹	
翁源	tsia³	tsʰau²	tsʰy⁵	sɿ¹	tsʰa⁵	tsɿ²	tsʰiun¹	sy²	tsɔŋ¹	tsʰy⁵
曲江	tsia³	tsʰau²	tsʰu⁵	sɿ¹	tsʰa⁵	tsɿ²	tsʰun¹	su²/sy²	tsoŋ¹	tsʰu⁵
魚壩		tsʰau²	tsʰɔ⁵	sy¹	tsʰa⁵	tsi²	tsʰɐn¹		tsɔŋ¹	tsʰy⁵
太平	tɕia³	tsʰau²	tsʰo⁵	sɿ¹	tsʰa⁵	tsɿ²	tsʰun¹	su³	tson¹	tsʰu⁵
隘子	tɕia³	tsʰau²	tsʰu⁵	sɿ¹	tsʰa⁵	tsɿ²	tsʰun¹	su²	tson¹	tsʰu⁵

由上表可以看到，烏徑、長江、翁中、涔洸、連南、小三江等都有兩套塞擦音、擦音。小三江雖然看起來只有一套，但其精、莊、知二讀[t-、tʰ-、ɬ-]，混入了端組，所以性質上和翁中、連南等是相同的。英德白沙甚至有三套塞擦音、擦音，主要的差別是精組有部分顎化讀為[tɕ-]。（胡性初2002）

至於翁源、曲江、魚壩、太平、隘子則混為一組，只有一套塞擦音、擦音聲母。新豐豐城同樣只有一套塞擦音、擦音聲母。（周日健1990）太平、隘子看起來有兩套，然舌面前音這組來自於精、照系字後面接[-i-]介音時顎化所致，所以[ts-]組與洪音相拼，[tɕ-]組僅和細音相拼，基本上太平、隘子是精、莊、知、章不分的。

（三）泥、來母的分合

古泥、來母今讀，粵北客家方言大致有別，只有曲江和英德白沙泥、來不分，魚壩也有部分合併。據莊初昇（2005）的資料，乳源侯公渡、新豐豐城逢洪音今讀不分，逢細音今讀有別，相當特別。

曲江沒有「腦」字的資料，就「效攝開口一等」其他字例看來，「腦」字和「老」同音的機會很高。不過可以確定的是曲江馬壩客家話古泥、來母今讀不分。英東白沙則不同於曲江，泥、來一般多混同為[n-]。清新魚壩基本上和其他粵北客家方言一樣，泥、來有別（[d-]和[l-]），但少數字已經開始混同。多數客家方言泥、來基本有別，例如臺灣苗栗如同梅縣，基本上是能夠區分的，只有少數來母字讀同泥母，如懶□[nan¹ sɿ¹]（懶惰）。可見[n-]、[l-]不分的現象是非歷史性的語音變化。

	腦	老	濃	龍	紐	柳	南	藍
曲江		lou²	luŋ⁵	luŋ⁵	lau²	liu³	lan⁵	lan⁵
白沙	no²	no²	nu⁵	nu⁵				
魚壩	lɔ²	lɔ²	luŋ⁵	luŋ⁵	diu²	lɐu³	dam⁵	lam⁵
侯公渡	lɔu²	lɔu²			lɐu²	liu³	lʌn⁵	lʌn⁵
豐城	lɔ²	lɔ²			ȵiu²	liu²	lam⁵	lam⁵

（四）見系字逢細音是否顎化

見系字的音值各點大致相同。見系字的分歧主要在於是否顎化。大多數地方見組仍讀舌根音，跟梅縣一樣分尖團。烏逕、太平、隘子見、溪、群等母逢細音時，顎化成舌面前音[tɕ-、tɕʰ-、ɕ-]。據莊初昇（2005）樂昌梅花也會顎化，不過是顎化成舌葉音[tʃ-、tʃʰ-、ʃ-]。

	鏡	欠	橋	嚴	戲	雄
烏逕	tɕiã³	tɕʰiɛ̃³	tɕʰiæ⁵	ȵiɛ̃⁵	tɕʰi³	ɕiəŋ⁵
太平	tɕian³	tɕʰien³	tɕʰiau⁵	ȵien⁵	tsʰ̩³	ɕiuŋ⁵
隘子	tɕian³	tɕʰiaŋ³	tɕʰiau⁵	ȵiaŋ⁵	tɕʰi³	ɕiuŋ⁵
梅花	tʃian³	tʃʰiɛn³	tʃʰiau⁵	ȵiɛn⁵	tʃʰi³	ʃioŋ⁵

隘子咸攝字韻尾由[-m]變爲[-ŋ]，甚爲特別。古溪母的個別常用字，除了英東白沙和曲江馬壩資料缺乏不甚明確外，其餘各點都有與曉母合流的，即今讀有讀同曉母[h-]或[f-]的現象。如：

烏逕：褲 fu³、糠 hõ¹、坑 hã¹

長江：糠 hɔŋ¹、坑 kʰɛŋ¹/haŋ¹

翁中：坑 haŋ¹

翁源：肯 kʰɛn³/hɛn²、坑 haŋ¹

洽洸：糠 hɔŋ¹、肯 hɛn²、坑 haŋ¹

連南：肯 hɛn²、坑 haŋ¹、起 hi³

小三江：褲 fu³、肯 hen²、客 hak⁴、坑 haŋ¹

魚壩：褲 fu³、開 hɔi¹、快 fai³、起 hi²、肯 hɛn²、客 hak⁴、坑 haŋ¹

太平：苦 kʰu²/fu²、口 kʰeu²/heu²、糠 hoŋ¹、肯 kʰen²/hen²、坑 haŋ¹

隘子：口 kʰeu²/heu²、肯 hen²、坑 haŋ¹

曲江在這方面的表現比較特殊，它大致上仍保持溪母的讀法，如：褲

k^hu^3、坑 k^han^1、客 k^hak^4。

　　粵北不管哪一方言點，都相當程度的保留了溪母原來的讀音。個別字如「坑」，變化最快也最一致；但如「褲、客」等字，除了小三江、魚壩外，其他各點都還讀爲[k^h-]聲母。大體上粵北的表現與閩西系統比較相近。

　　接著我們看曉、匣母三四等的變化：有部分三四等字會進一步顎化成[ɕ-]、[s-]或[ʃ-]。如：

烏徑：香 ɕiõ^1

長江：希 ʃi^1、嫌 ʃiŋ^5、訓 ʃuŋ^3、穴 ʃiɛ^8、香 ʃoŋ^1

翁中：希 ʃi^1、嫌 ʃam^5、訓 ʃun^3、穴 ʃat^8、香 ʃoŋ^1

翁源：嫌 siaŋ^5、訓 syn^3、穴 siet^8、香 sioŋ^1

洽洸：戲 ʃi^3

曲江：嫌 sian^5、戲 sɿ^3、訓 sun^3、穴 siet^8、香 soŋ^1

太平：希 sɿ^1、訓 ɕiun^3、穴 ɕiot^8、香 ɕioŋ^1

隘子：希 ɕi^1、嫌 ɕiaŋ^5、訓 ɕiun^3、穴 ɕiet^4、香 ɕioŋ^1

這樣的變化甚是一致，甚至溪母混同曉母後也有進一步顎化的例子，如：

烏徑：去 ɕi^3

長江：去 k^hi^3/ʃi^1、起 k^hi^2/ʃi^2

曲江：去 sɿ^3

洽洸：氣 ʃi^3

魚壩：去 hi^3/si^3

　　由上可見溪母讀同曉母後再顎化的軌跡。我們看到曲江的「戲、去」二字覺得特別有意思，這是細音字顎化以後進一步演變的結果，過程可以概括爲 k^hi $>$ hi $>$ ɕi $>$ si $>$ sɿ。太平的「希」字道理相同。或說這是一種舌位前化運動（陳秀琪 2005）。

二、韻母方面

（一）古歌、豪韻今讀的分合

　　從下表看來，可以明顯看到烏徑、長江、連南、小三江、太平等歌、豪韻有別。英東白沙資料有限，然歌、豪韻應也是有別的。（胡性初 2002）翁中、

翁源、曲江、洽洸、魚壩、隘子大致已歌、豪不分。其他粵北客家話如樂昌梅花、乳源侯公渡、新豐豐城亦大抵如此。（莊初昇 2005）但是所謂歌、豪不分的，實際上豪韻還是有部分字，例如洽洸、魚壩豪韻「勞」[lau⁵]、「豪」[hau⁵]，與歌韻有別。

	歌　　韻				豪　　韻			
	多	羅（鑼）	歌	河	刀	老	高	草
烏徑	to¹	lo⁵	ko¹	ho⁵	tau¹	lau²	kau¹	tsʰau²
長江	tɔ¹	lɔ⁵	kɔ¹	hɔ⁵	tau¹	lau²	kau¹	tsʰau²
連南	təu¹	（ləu⁵）	kəu¹	həu⁵	tau¹	lau²	kau¹	tsʰau²
小三江	to¹	lo⁵	ko¹	ho⁵	tau¹	lau²	kau¹	
太平	to¹	lo⁵	ko¹	ho⁵	tau¹	lau²	kau¹	tsʰau²
翁中		lo⁵		ho⁵	to¹	lo²	ko¹	tsʰo²
翁源	tou¹	（lou⁵）	kou¹	hou⁵	tou¹	lou²	kou¹	tsʰou²
曲江	tou¹	（lou⁵）	kou¹	hou⁵	tou¹	lou²	kou¹	tsʰou²
洽洸	tou¹	lou⁵	kou¹	hou⁵	tou¹	lou²	kou¹	tsʰou²
魚壩	tɔ¹	lɔ⁵	kɔ¹	hɔ⁵	tɔ¹	lɔ²	kɔ¹	tsʰɔ²
隘子	to¹	lo⁵	ko¹	ho⁵	to¹	lo²	ko¹	tsʰo²

　　臺灣苗栗在歌、豪韻的表現基本上也是不分，與翁中、翁源一類相同。個別豪韻字與歌韻有別，如「惱」[nau¹]、「蚤」[tsau²]、「操」[tsʰau¹]、「糕」[kau¹]、「熬」[ŋau⁵]等。梅縣基本上歌、豪有別，只有松口、松北、松東、松南等地不分，[註6] 五華也是歌、豪有別的，[註7] 可見客家方言歌、豪韻從分從合各地不同，大抵上豪韻正在變化。

（二）山攝一、二等見系字的讀法。

　　粵北客家話除了烏徑、長江之外，山攝一、二等見系字今讀大體都有分別，以太平、隘子為例，「寒」[hon⁵]≠「閑」[han⁵]；「趕」[kon²]≠「柬」[kan²]。長江古一、二等韻今讀基本上都已沒有分別，如：該＝街[ka¹]、災＝齋[tsa¹]、保＝飽[pau²]、敢＝減[kaŋ²]、三＝衫[saŋ¹]、肝＝間[kaŋ¹]。但合口字情況略有

〔註 6〕黃雪貞：《梅縣方言詞典》（南京：江蘇教育出版社，1995 年），頁 4。

〔註 7〕見周日健：〈五華客家話的音系及其特點〉，《客家方言研究——第四屆客方言研討會論文集》2002 年，頁 188～202。

不同，有些地方也合流了。我們以狀況比較特殊的「官、關」為例。

	烏逕	長江	翁源	曲江	太平	隘子	澄洸	連南	小三江	魚壩
官	kuã¹	kuaŋ¹	kan¹	kuan¹	kan¹	kuan¹	kuɔn¹	kuɔn¹	kuon¹	kuɔn¹
關							kuan¹	kuan¹	kuan¹	kuan¹

「官、關」的情況比較特殊，即使其他見系合口一、二等字有別，這兩個字也很容易混讀成同音。

（三）古合口一、二等見組字是否保留[-u-]介音

古合口一、二等見組字的今讀，粵北客家方言保留[-u-]介音的情況不一。以「果（果合一）、瓜（假合二）、乖／怪（蟹合二：皆）、快（蟹合二：夬）、官（山合一）、光（宕合一）」等字為例：

	烏逕	長江〔註8〕	翁中	翁源	曲江	澄洸	連南	小三江	魚壩	太平	隘子
果	ko²	kɔ²	ko²	kou²	kou²	kou²	kəu²	kuo²	kuɔ²	ko²	ko²
瓜	kuœ¹	ko¹		ka¹	kua¹	kua¹	kua¹	kua¹	kua¹	ka¹	kua¹
乖（怪）	(kua³)	(kua³)	kai¹	kai¹	kuai¹	(kuai³)	kuai¹	kuai¹	(kuai³)	kai¹	kuai¹
快	kʰua³	kʰua³	kʰai³	kʰai³	kʰuai³	kʰuai³	kʰuai³		fai³	kʰai³	kʰuai³
官	kuã¹	kuaŋ¹		kan¹	kuan¹	kuɔn¹	kuɔn¹	kuon¹	kuɔn¹	kan¹	kuan¹
光	kuõ¹	kɔŋ¹	koŋ¹	koŋ¹	koŋ¹	kuɔŋ¹	kɔŋ¹	kuoŋ¹	kuɔŋ¹	koŋ¹	koŋ¹

由上表，小三江和魚壩保留[-u-]介音的情形最好最完整，烏逕、澄洸。其他方言點都殘缺不全，翁中、翁源、太平[-u-]介音已經失落，基本上沒有[-u-]介音。莊初昇（2005）記錄太平「瓜」字兩讀，其中一讀正是有介音的[kua¹]，本文認為太平[-u-]介音僅存於[-ue]音節，像「瓜」字實際上應是[kʷa]，可以說正在變化當中，這樣的現象必不多見。然馬市、隘子就有較多的[-u-]介音，這是始興客家話內部的差異之一。臺灣苗栗四縣話「瓜、乖、快」字多半有[-u-]介音，然就筆者所知「瓜、掛」等也有讀作[ka]的，益顯變動的情形。宕合一的「光」字，粵北客家方言留有[-u-]介音的不多，熊正輝（1987）說粵北曲江、英德「瓜、乖、快、光」這幾個字有[-u-]介音，確實不假，可見「光」字失落介音應該是晚近的事。

〔註 8〕長江「快」字尚有白讀音[kʰua¹]。

（四）陽聲、入聲韻尾的情況。

一般談到客家方言的陽聲、入聲韻尾，大都以梅縣客家話為主，梅縣客家話輔音韻尾俱全乃其音系一大特色。粵北客家方言的狀況不然，比較複雜。在此不舉例字一一說明，以簡表說明如下：

俱全	翁中、洽洸、小三江、魚壩	-m、-n、-ŋ	-p、-t、-k
不全	翁源、曲江、連南、隘子	-n、-ŋ	-t、-k
	太平	-n、-ŋ	-t、-k、-ʔ
	烏逕、長江	-ŋ	-ø

由上可知粵北客家方言在輔音韻尾的表現上頗為複雜，主要的變化是咸、深攝，而韻尾失落的地方不少。烏逕沒有入聲韻，亦無入聲調。長江則沒有入聲韻尾，全部舒聲化，僅存入聲調。翁源、曲江、連南、隘子[-m/-p]韻尾俱已失落，其中連南情況較單純，咸、深攝都讀舌尖韻尾[-n/-t]，而翁源、曲江、隘子則咸攝多有讀作舌根韻尾[-ŋ/-k]，情況略有不同。

較特別的是太平，它的陽聲韻尾情況同於連南，咸、深攝都讀成舌尖鼻音尾[-n]，至於入聲基本也是讀作[-t]，然有部分舌尖韻尾弱化變成喉塞韻尾[-ʔ]，喉塞尾的韻母還有舒聲化的傾向。不過實際上還有複雜些，太平的咸、深攝讀同山、臻攝，[-n/-t]尾本文認為仍然留存，不過留存情況不定，年輕的發音人保留情況較差。部份字音韻尾弱化，弱化之後有補償原音段的元音延展。如「春」[tsʰun¹]、「碗」[van²]、「八」[pat⁴]、「骨」[kut⁴]，實際讀音接近[tsʰuiⁿ]、[vaiⁿ]、[paiʔ]、[kuiʔ]。就莊初昇（2005）所記，太平舌尖鼻音甚而脫落，使得「春」等字讀音帶有鼻化音[tsʰũi]。可見太平的舌尖韻尾正在變動的階段，舌根韻尾[-ŋ/-k]就保留的較好。

整體說來，北部的烏逕、長江、太平變化較大，越往南部的洽洸、魚壩、翁中相對保守。中部翁源、曲江、隘子地理位置集中，變化類型相近。倒是比較偏遠，位居西北的小三江韻尾保留較好，這應與其來自梅縣地帶有關，且待後話。

	烏逕	長江	翁中	翁源	曲江	洽洸	連南	小三江	魚壩	太平	隘子
登、燈	tẽ¹	teŋ¹	ten¹	ten¹	taŋ¹	ten¹	ten¹	ten¹	ten¹	ten¹	ten¹
北	pɛ⁷	pɛ³	pɛt⁴	pɛt⁴	pɛt⁴	pɛt⁴	pɛt⁴	pɛt⁴	pɛt⁴	pɛt⁴	pɛt⁴

另外，曾攝字變化也比較明顯，曾攝字中古讀爲舌根韻尾，閩語、粵語都念[-ŋ/-k]與中古韻相合，如今粵北客家方言多變爲舌尖韻尾。見上表。曾攝字由中古的舌根韻尾讀爲舌尖韻尾是客家方言普遍存在的現象，羅肇錦就認爲這一點足以做爲客家方言與其他方言區別的一大特點。〔註 9〕粵北粵方言都讀作[-ŋ/-k]舌根韻尾與中古韻相合，〔註 10〕曲江縣城區近幾十年來，粵方言逐漸流行，「登、燈」讀音不能排除受粵方言影響。

（五）是否有 y 韻母

	上杭	烏徑	翁中	翁源	曲江	洤洸	連南	小三江	魚壩
y 韻	—	＋	＋	＋	＋	＋	＋	＋	＋
例字	去 tsʰi³	魚 ny⁵	呂 ly¹	女 ŋy²	呂 li¹/ly¹	朱 tʃy¹	呂 ly²	呂 ly¹	豬 tsy¹
	豬 tsu¹	除 tɕʰy⁵	娶 tsʰy²	樹 sy²	樹 su²/sy²	除 tʃʰy⁵	樹 ʃy³	巨 ky³	柱 tsʰy³

粵北客家方言除了長江、太平以外，都有[y]韻出現。一般認爲這並非客家方言的特徵，但在粵北卻十分普遍，應該正視其現象。出現[y]韻的字大都在遇攝合口三等，烏徑有少數止攝、通攝入聲字讀[y]，如「耳」[ny²]、「竹」[tɕy⁷]，撇開烏徑不看，其他各點都出現在遇合三。梅縣多讀爲[-i]或[-u]，我們將粵北客家移民來源大宗的上杭加以對比，〔註 11〕曲江兩讀的現象正說明了轉變的過程。據莊初昇（2005）的記錄，太平也有[y]韻母，但並非都出現在遇合三，如：「除」[tsʰy⁵]、「全」[tsʰyɛi⁵]〔註 12〕、「月」[nyɛi²⁸]〔註 13〕。

〔註 9〕 羅肇錦：〈客話特點的認定與客族遷徙〉，《第二屆客方言研討會論文集》1998 年，頁 25～46。

〔註10〕 詹伯慧、張日昇主編：《粵北十縣市粵方言調查報告》（廣州：暨南大學出版社，1994 年）。

〔註11〕 上杭語料參見藍小玲：《閩西客家方言》（廈門：廈門大學出版社，1999 年）。頁 146～147。

〔註12〕 莊初昇：〈粵北客家方言語音概貌〉，《韶關學院學報》2005 年。該文最早曾宣讀於第六屆客方言學術研討會（廈門：廈門大學，2004 年），原稿列有「全」字。論文集後來由李如龍、鄧曉華主編出版（廈門大學出版社，2009 年），接近原稿，「全」字仍在列。然 2005 年刊載在韶關學院學報省去了此字。黃雪貞（1987：90）記錄有始興，「全」字記作[tɕʰiɔi⁵]，本文記作[tɕʰion⁵]，沒有撮口呼。

〔註13〕 黃雪貞（1997：261）記錄始興「月」字讀[niɔi²⁸]，本文調查[niot⁸]相近，與莊初昇（2005）所錄不同。從「全」、「月」的變化來看，始興太平客家話似乎有向官

〔註14〕本文調查羅壩、隘子在特定韻母亦出現[y]元音，如隘子「域、辱」[yt⁸]等，然都不是出現在遇合三，顯然是後起的條件音變，性質上與粵北其他地點不同。從上杭的情況來看，[y]韻的產生是後起的現象，受粵方言影響的可能很大，粵北各地粵方言遇合三這類字也都讀作[y]韻。更巧合地是，仁化白話上表遇合三的字大多讀[ʉ]，〔註15〕長江客語就沒有[y]韻。無論如何，這應算是粵北客家方言的共同特徵。

（六）「雙」字是否讀同通攝

前文已提過，客家方言「窗、雙」兩字常讀同通攝，尤其是「雙」字，比例相當高。這是東江不分的遺跡。前章已列舉閩西情況，兩字中定有一字讀同通攝。現舉「雙」字為例。

	烏逕	長江	太平	連南	翁源	曲江	湞洸	魚壩	隘子
雙	sõ¹	sɔŋ¹	soŋ¹	sɔŋ¹	siuŋ¹	suŋ¹	suŋ¹	suŋ¹	suŋ¹
鬆	səŋ¹	sœŋ¹	suŋ¹	soŋ¹	siuŋ¹	suŋ¹	suŋ¹	suŋ¹	suŋ¹

翁中、小三江情況不明。烏逕、長江、太平和連南「雙」與「鬆」不同音，其他地方都同音。太平和隘子有別，前章已論證太平應是受到南雄方言影響，長江類型相同，可見太平因地域相鄰而受方言接觸影響的事實。連南的成因不明。

三、聲調方面

（一）全濁上的走向

有關客家方言聲調特點方面的討論頗多，可以參考黃雪貞（1988、1989）；劉綸鑫（1998）；劉鎮發、張群顯（2001）等，本文不打算多加討論。只針對粵北客家方言濁上字，特別是全濁上的走向提出說明。

全濁上、次濁上有部分常用字，如「坐馬柱買弟咬舅淡近兩斤～上～山癢

話靠攏的傾向。

〔註14〕筆者的調查則發現，此[y]韻母並不穩定，如「除」字本文調查為[tsʰu⁵]，若為[y]韻母，聲母應會顎化為[tɕ-]。

〔註15〕詹伯慧、張日昇主編：《粵北十縣市粵方言調查報告》（廣州：暨南大學出版社，1994年）。頁117～135。

領」等，粵北客家方言一般都讀陰平，只有烏徑今讀陰去。

全濁上口語常用字歸陰平外，大多歸濁去聲，歸入去聲之後的走向又有不同的類型：

南雄的烏徑、城關全濁上歸入濁去，獨立一個陽去調。

長江、太平、連南、小三江全濁上歸入濁去，和清去合併讀去聲。即所謂「濁上歸去」。連州九陂亦同。（莊初昇 2005）

翁中、翁源、曲江、洸洸、魚壩、隘子全濁上歸入濁去，除部分次濁去留在去聲調，大多一併歸為上聲調。即所謂「濁去歸上」。英德白沙（胡性初 2002）、樂昌梅花、乳源侯公渡亦為此類。（莊初昇 2005）

（二）入聲調的調值

烏徑沒有入聲調，長江則沒有入聲韻尾，全部舒聲化，僅存入聲調。粵北客家話則入聲分陰陽，調值方面只有太平陰入高、陽入低，與一般客家方言不同。粵北樂昌梅花陰入高[4]、陽入低[2]，與太平相同。（莊初昇 2005）其它方言則是陰入低、陽入高。

	太平	翁中	翁源	曲江	洸洸	連南	小三江	魚壩	隘子
陰入	45	1	2	21	2	2	21	2	2
陽入	32	5	5	5	4	5	5	5	5

第三節　粵北客家話的分區問題

一、前人研究與問題提出

方言分區，需要以語言特點為主要依據。在眾多標準中，必須區分主次，就分區工作而言，語音條件應該是劃分方言的主要標準。因為在漢語語音、詞彙、語法各方面，語音特點具有對應性和系統性，比較容易感知和掌握，相對來說區分效果較高。羅杰瑞（Jerry Norman 1988／1995：162）首先利用詞彙條件給方言分區，但丁邦新（2005）也提出單用詞彙分區的侷限。加以詞彙和語法的特點比較無法凸顯，是以一般給漢語方言分區主要還是根據語音的條件。

語音條件又應注意歷史性的和非歷史性的標準，歷史性的標準體現語言的分化變遷，可據以區分方言。而非歷史性的發生較晚，或受方言影響，難

以用來區分方言，但可據以區分次方言。(王福堂 2005：58-61、丁邦新 1982
／1998：168)

　　李榮(1989：11)將漢語方言分成官話、晉語、吳語、徽語、贛語、湘語、
閩語、粵語、平話、客家話等十區。黃雪貞(1987)則根據客家話的分布及
其語言特點，將客家話分為若干片，其中廣東省分為：粵台片，底下又分嘉
應、興華、新惠、韶南等四個小片；粵中片；惠州片；粵北片。

　　有關粵北客家方言的分區，熊正輝(1987)將粵北的客家方言分作兩片。
根據輔音韻尾[-m、-n、-ŋ、-p、-t、-k]不全，將始興、南雄、翁源、英德、乳
源、仁化、連南、連縣、陽山、樂昌等縣劃歸「粵北片」；因輔音韻尾俱全、
分別有[ts-、tsʰ-、s-：tʂ-、tʂʰ-、ʂ-]兩組聲母、「瓜、乖、快、光」有[-u-]介音，
將韶關、曲江、英德劃歸「粵台片」的「韶南小片」。本文影響力不小，後來
出版的《中國語言地圖集》(1987：B13)在對粵北客家方言分區時，也採用
熊氏的說法，亦即該書也如此分片。然而，經過現階段對語料的檢視，例如
翁源雖可說鼻音、塞音韻尾不全，但《翁源縣志》也錄有俱全的地點，而曲
江客家話塞擦音、擦音只有一套，輔音韻尾不全，許多現象與熊正輝所說有
異。

　　李如龍、張雙慶(1995：75～99)分析客家方言的入聲韻和入聲調，將
客家方言分為南、北兩片，粵北地區屬南片。李如龍(1995／1996)後來透
過客家方言的比較看客家的歷史仍舊持此看法。我們認為這樣的分片範圍很
大，不是很能滿足實際的狀況。不過該文認為客家方言的分片可與客家歷史
相論證，亦提供本文相當的啓發。溫昌衍(2006：11～14)根據語音及詞彙
的條件，將閩西、贛南稱為北片，粵東、粵中劃為南片，南、北片中又各分
兩小片，他認為很難將粵北詳細地區分南、北，因而將粵北地區稱為「南北
混合片」。溫氏的分片雖較李、張的說法精密，但是還不是最理想的分區。不
過溫氏的看法確實澄清了粵北客方言的紛雜，另一方面正說明了目前材料的
缺乏。

　　莊初昇先生(2005：91)對此問題亦有所感，根據其研究成果，將粵北
客家方言分為兩大類，其中第一大類又可進一步分為兩小類，已具分區之雛
形。然針對第二大類，雖然內部一致性較顯著，在文末他還是說：「因為調查
的深度和廣度都還不足夠，僅憑上面這些特點似乎還無法對這一大類的客家

方言作進一步的劃分。」

可見粵北客家方言的分區尚有討論的空間。我們對《中國語言地圖集》（1987）的分區並不滿意，最新出版的新編《中國語言地圖集》對客家話的分片做了更動，其分片是 1、粵台片，底下分為梅惠小片和龍華小片。2、粵北片，包含樂昌、仁化、翁源、始興、南雄、陽山部份、連州部份。3、海陸片，主要是將海豐、陸豐以及陸河縣從原新惠小片獨立出來。4、粵西片，主要是將廣東西部、西南部七個市縣的客家話獨立出來。這樣的分片較原來 1987年的處理進步，但我們認為仍有可以商榷之處。於是我們以上述語音比較為基準，輔以移民歷史之考察，重新檢視粵北客家方言的分區。

二、移民型方言的分區

（一）惠州話的移民歷史與系屬

方言的分區不是單純地理上或行政區域上的劃分，而是方言自身的分類。是以考慮方言分區的原則時，自然要以語言特徵為劃分的主要依據。然而，方言的形成和發展與社會、歷史等有密切關係，我們不能排除相關的背景因素，反而應加以參考。

我們可以惠州話為例。關於惠州話的系屬問題，歷來學者有不同的看法，至今未有定論。黃雪貞（1987）〈惠州話的歸屬〉、周日健（1989）〈從水源音看惠州話的系屬〉、劉若云（1991）《惠州方言志》、傅雨賢（1994）〈惠州客家話吸收粵語成分探索〉都認為惠州話由於長期以來受廣州話的巨大影響，在語音、詞彙、語法諸方面都吸收了不少粵語成分，是一種頗具特色的客家方言。

劉叔新（1987）〈惠州話系屬考〉、楊烈雄（1989）〈對惠州話系屬問題的看法〉則認為惠州話略向廣東話傾斜而與客家話語音距離較遠。言下之意是惠州話屬於粵方言之一支。

我們認為惠州話屬於客家方言，（蔡宏杰、劉勝權 2005）除了語言特徵之外，歷史移民的條件應列入考慮。據劉若云（1991：5）：

> 關於惠城區先民的來源，史料上雖然記載很少，但通過向惠城區
> 老年人作調查，可以了解到，惠城區先民多是明清時期從江西、

福建、以及廣東嘉應州（今梅縣市）來的客家人。也有零星文獻可以印證，據明萬曆二十三年（1595 年）修的《惠州府志‧郡事記》的記載可知，明萬曆二十年以前，因戰亂，惠州一帶居民很少。到萬曆十七年，從興寧、五華、安遠、武平遷了一批人到這裡。興寧縣、五華縣位於廣東東部，是客家方言區；安遠縣位於江西南部，武平縣位於福建西南部，也都是客家方言區，因此，這些移民是客家人。惠城區的先民主要是客家人，所以說惠州話的底層是客家方言。

有了移民歷史為佐證，加上語言特徵的考察，例如濁上常用字讀陰去就與贛南老客關係密切，如此劉若云認為惠州話屬於客家方言就顯得更加有力。

循著這個思路，對下面談論客家方言的分區有重要關係。

（二）從苗栗看最新分區的適切性

上文提及，新編《中國語言地圖集》對客家方言分區有所更動，其關於粵北分片的文字說明如下：〔註16〕

> 本圖集客家話圖，相當於 1987 版地圖集[B15]圖。1 取消了原圖的粵中片，將原粵台片和粵中片方言合併設置為粵台片。將原粵北片的連州、曲江、乳源、連山、連南五縣市畫歸現粵台片。原粵中片和粵台片以及粵北片的連州、曲江、乳源、連山、連南方言無論調類和調值都非常接近。畫為一片比較合理。原粵北片保留。

新編《中國語言地圖集》對廣東客家話的分片是 1、粵台片，底下分為梅惠小片和龍華小片。梅惠小片是原來嘉應小片和新惠小片合併，加上原來的惠州片。龍華小片則是原興華小片、韶南小片以及粵中片合併而來。2、粵北片，包含樂昌、仁化、翁源、始興、南雄、陽山部份、連州部份。3、海陸片，主要是將海豐、陸豐以及陸河縣從原新惠小片獨立出來。4、粵西片，主要是將廣東西部、西南部七個市縣的客家話獨立出來。〔註17〕

〔註16〕熊正輝、張振興：〈漢語方言的分區〉，《方言》2008 年第 2 期，頁 104。

〔註17〕伍巍、詹伯慧：〈廣東省的漢語方言〉，《方言》2008 年第 2 期，頁 111。本文即新編《中國語言地圖集》「廣東省的漢語方言」說明稿。

　　比對新、舊分區，主要是就聲調的類型而作更動，海陸片有七個聲調，在客家方言中較為突出，獨立出來十分可取，就移民來源及語音特點而言，臺灣新竹的海陸客話就可以歸入此片，不必再像原先劃歸嘉應小片那樣。本來將臺灣客家話都劃歸嘉應小片，將海陸客家話和四縣客家話等同觀之，並不妥當。新的分片正好可適當的將海陸客家話提取出來。

　　但是，粵西片的獨立看起來著眼於地理上的獨立分布，然則臺灣遠踞海外，四縣客話是否可以此類推獨立成臺灣四縣片呢？從臺灣四縣話與梅縣話的比較看來，四縣話在音韻上與梅縣話相近，臺灣四縣系出古嘉應州，尤其多蕉嶺後裔。考量語音特點以及移民史實，我們不認為苗栗四縣話需獨立成片，今畫為粵台片的梅惠小片仍是適當。既然如此，以粵西客家話與梅縣話相近的程度，又粵西客家人同樣出自古嘉應州，（李如龍等 1999）我們認為將粵西客家獨立為粵西片當可再議。事實上，新編《中國語言地圖集》從粵西客家話的調型和調值來考量，也認為粵西片可以考慮歸入粵台片龍華小片，〔註18〕從分是因為地理上的距離遙遠。那麼，綜合而言不妨將粵西片畫為粵台片的粵西小片，兼顧語音特點以及移民來源。同理，新編《中國語言地圖集》仍將新竹縣列名於粵台片的梅惠小片，〔註19〕就明顯不適當，有違其分片的原則。

（三）粵北客家話的分區

　　經過以上對粵北客家方言語音情況的描述，已經大概瞭解粵北客家方言有其特殊性及複雜性。對照前人的研究，分區問題就顯得棘手，若依照熊正輝的說法，翁源、曲江、連南都是輔音韻尾不全，都可劃入「粵北片」，顯然與其結論不同。於是我們重新檢視。在開始之前，先將上述分析作一小結，方便下面說明。

〔註18〕謝留文、黃雪貞：〈客家方言的分區（稿）〉，《方言》2007 年第 3 期，頁 244。本文為新編《中國語言地圖集》「客家方言」圖文字說明稿。關於粵西片的說明原文如下：「本片的主要語音特點是：都是六個聲調，平聲入聲分陰陽，上聲去聲不分陰陽。調型和調值都與粵台片龍華小片客家話接近。這與粵西片客家話形成的歷史有關。把粵西片歸入粵台片龍華小片也是可以考慮的。兩片方言地理上距離比較遠，本文仍然把粵西的客家話獨立成一片。」

〔註19〕同上注，頁 240。

語　音　特　徵	翁源	曲江馬壩	始興隘子	連南	連山小三江	翁源翁中	英德洸洸	清新魚壩	始興太平	仁化長江	南雄烏逕
		A	A	B	B	C	C	C	D	D	
1 古全濁聲母今讀塞音、塞擦音時，一般都送氣	＋	＋	＋	＋	＋	＋	＋	＋	＋	＋	＋
2 古精莊知二與古章知三今讀兩套不同聲母	－	－	－	＋	＋	＋	＋	－	－	＋	＋
3 古泥、來母今讀不分	－	＋	－	－	－	－	－	－	－	－	－
4 見系字今逢細音顎化	－	－	＋						＋	－	＋
5 溪、曉、匣母三、四等今讀有顎化為[ɕ-]、[s-]或[ʃ-]	＋	＋	＋	－	－	＋	＋	＋	＋	＋	＋
6 古歌、豪韻今讀有別	－	－	－	＋	＋	－	－	－	＋	＋	＋
7 山攝一、二等見系字今讀基本有別	＋	＋	＋	＋	＋	＋	＋	＋	＋	－	－
8 古合口一、二等見組字今讀保留[-u-]介音	－	＋	＋	＋	＋	－	＋	＋	＋	＋	＋
9 輔音韻尾[-m、-n、-ŋ、-p、-t、-k]相對完整地保留	－	－	－	＋	＋	＋	＋	－	－	－	－
10 是否有撮口呼[y]韻	＋	＋	＋	＋	＋	＋	＋	＋	－	－	＋
11「雙」字讀同通攝	＋	＋	＋			＋		＋			
12 古全濁上、次濁上部分常用字今讀陰平	＋	＋	＋	＋	＋	＋	＋	＋	＋	＋	－
13 古全濁上非口語常用字今讀陽去或去聲調	－	－	－	＋	＋	－	－	－	＋	＋	＋
14 古濁去字基本上今讀上聲	＋	＋	＋	＋	＋	＋	＋	＋	＋	＋	
15 入聲調值陰入低、陽入高	＋	＋	＋	＋	＋	＋	＋	＋	－		

　　以上沒有記號的代表資料不足，不能妄下判斷。談到分區自然要提到分區的條件，條件的取捨形成分區的關鍵。用一條或數條語音條件分區？又哪幾條語音條件比較重要且適用？往往是困難所在，甚至見仁見智。所以，在調查的方言點擁有廣泛且深入，以及充足的語料之前，要憑著某些條件作分區尚有困難。誠如上述，粵北客家方言研究相對缺乏，因此筆者認為要對粵北客家方言確實分片誠屬不易。有鑑於粵北客家情況特殊，我們不妨將移民歷史列入考慮。藉由上表嘗試說明如下：

上表的第 1 和第 12 條可以說明各點爲客家方言無誤，這兩條是區分大方言區有效的語音特徵。第 12 條反映烏逕古濁上常用字今讀陰去，同大庾一類老客家話相同，再加以第 7、15 兩條，可以適切反映烏逕、長江早期被稱作韶州土話，而不同於粵北客家話的特色。第 4 條可稱得上是粵北東北部南雄、始興的一大特點，具地域色彩。第 10 條同樣較常見於粵北客家話，可說是粵北客家方言大體一致的語音特點，是否有受其他方言影響尚可加以考察。第 3 條特徵容易受方言間的相互影響，常呈跨方言的分佈；第 8 條則是各地狀況不一，呈現粵北客家方言演變的態勢。故以上除第 7、15 條外，第 1、3、4、8、10、12 條都不用來對粵北客家話分區。

我們看第 6 條古歌、豪韻的今讀、第 13 條關於古全濁上非口語常用字的今讀、第 14 條古濁去字的今讀等，呈現比較顯著的分野，可將粵北客方言大分爲兩類，即翁源、曲江馬壩、始興隘子（A）、翁中、英德洽洸、清新魚壩（C）爲一類；連南、連山小三江（B）、始興太平、仁化長江、南雄烏逕（D）爲另一類。第一大類中，又可以第 2、9 兩條，尤其是第 9 條輔音韻尾是否具全明顯分出 A 類和 C 類兩組。第二大類中，可以第 4、5、7、11、15 等條，尤其是第 5、11、15 等分出 B 類和 D 類。因此，我們可將粵北客家話分作四類：翁源、曲江馬壩、始興隘子表現一致，爲 A 類；連南和連山小三江爲 B 類；翁中、英德洽洸、清新魚壩表現一致，爲 C 類；始興太平、長江仁化、南雄烏逕爲 D 類。

上文新編《中國語言地圖集》將曲江馬壩、連山小三江、連南、英德、清新劃歸粵台片龍華小片〔註20〕；翁源、始興、仁化劃歸粵北片〔註21〕。分片主要依據是聲調，海陸片是七個聲調，粵台片主要是六個聲調，平聲入聲分陰陽，上聲去聲不分陰陽，陰入低陽入高。粵北片則跟粵台片、海陸片、粵西片聲調系統都不一樣，內部缺乏一致性。這也說明了粵北客方言的複雜性，在分區上我們才會有不同的看法。

首先，我們看連南和連山小三江（B 類）第 5、6、13 幾條，和梅縣情形相符，亦符合小三江客家來自梅縣的移民史。（陳延河 1993）第 13 條濁上歸

〔註20〕 謝留文、黃雪貞：〈客家方言的分區（稿）〉，《方言》2007 年第 3 期，頁 242～243。
〔註21〕 同上注，頁 243。

去後的走向又和龍華小片的五華不同。因此，我們認為 B 類應可畫為粵台片梅惠小片。倒是 C 類的翁中、英德洽洸、清新魚壩等地，從第 2 條有兩套塞擦音、擦音、第 9 條輔音韻尾保留的情況、第 14 條濁去歸上看來，我們認同畫歸龍華小片應無疑義。

再者，翁源、始興、仁化仍被畫為粵北片，上文說過，粵北片之所以劃分在一起，主要是調值和調型與其他各片有所差別，內部又不一致，像是規律中例外的聚集。在調值方面，始興太平陰入高、陽入低特出於粵北客家話，與翁源截然不同。聲調的表現上，翁源在濁上歸去後的走向不同於始興太平、仁化長江、南雄烏徑，應該視為兩種類型。曲江馬壩、始興隘子在各項條件上都同於翁源，是以三地視同一類，而不屬於粵台片和粵北片。那麼翁源、曲江、隘子這類如何歸屬呢？回到本文論述重點，將翁源、曲江、隘子上述語音條件和移民來源相對照，可以發現翁源、曲江馬壩、始興隘子和閩西上杭、永定等語音特徵相同，〔註22〕符合移民來自閩西的文獻記載。於是我們將之稱為「閩西上杭型」客家話。

最後，本文認可始興太平、仁化畫為粵北片，它們的表現相較其他三類，確實較為特殊。南雄自然是與之同歸粵北片的。

由上述翁中異於翁源的情況來看，翁中有兩套塞擦音、擦音；輔音韻尾俱全等特點來推測，翁中、英德洽洸、清新魚壩等客家移民可能來自粵東，或者因地緣關係受粵東客家較大的影響，五華客家話就有兩套塞擦音、擦音，且輔音韻尾俱全。至於太平、長江、烏徑，輔音韻尾不全類於移民來源的贛南、閩西；濁上歸去後的走向類於粵東的梅縣，它們脫離了原來閩西的範疇，在粵北自行發生了較多變化，歸入粵北片較令人接受。

本文作如此的處理並非隨意為之，而是出於對現況的檢討。與其像溫昌衍（2006）將整個粵北劃為「混合片」，現階段不妨輔以移民歷史的角度來看：將翁源、曲江馬壩、始興隘子稱為閩西上杭型客家話；連南和連山小三江劃歸粵台片梅惠小片；翁中、英德洽洸、清新魚壩劃歸粵台片龍華小片；始興太平、仁化長江、南雄烏徑可歸入粵北片。

以上針對各方言點的語音特色加以歸納，繩其異同；兼顧移民歷史，定其

〔註22〕藍小玲：《閩西客家方言》（廈門：廈門大學出版社，1999 年），頁 28～104。

歸列。應該會有比較清楚和系統性的效果。

第四節　小　結

　　本章首先討論始興客家話的南北分片，態勢明顯。再者粗略的介紹粵北客家話音韻概貌，藉用莊初昇（2005）該文的討論頗多，蓋爲說明粵北客家話的分區之故。最後便檢討了粵北客家話的分區。

　　粵北多數地區的客家咸認爲祖先來自閩西，在許多音韻特點上與上杭、永定相同。諸如翁源、曲江、隘子精、莊、知、章不分；歌、豪不分等。但實際情況更加複雜，粵北客家方言內部在音韻上具有相當的複雜性，除了閩西外，尚有來自古嘉應州地的。經過比較，粵北始興的音韻面貌較爲紛繁，有許多特出之處，例如見系字逢細音的全面顎化，古合口一、二等見組字[-u-]介音基本上趨於失落，入聲調值陰低陽高等，與粵北各地殊有不同。

　　站在上述的基礎上，本文對客家分片的問題重新檢視，從苗栗的例子看來，新編《中國語言地圖集》的粵西片或許可視爲「粵台片粵西小片」。本文也補充了前人研究與現況不符之處，確定粵北客家方言的分區不完全像熊正輝所言。再者，本文認爲粵北客家方言分區可以有不同的看法，誠如詹伯慧等（2000：48）所言：「在劃分方言時，除了充分運用語言特徵作爲主要的依據以外，還有必要以社會人文歷史背景作爲主要參考。」確實，我們不能忽略客家群體間的歷史關係。筆者拙作〈粵北客家方言分區問題芻議〉（2007）因而根據語音特徵及移民歷史，將粵北客家方言分別歸納爲閩西上杭型、梅縣型、五華型。本文秉持原來的原則和精神，結合最新對客家方言分片的成果，重新考察，部分認同新近的研究，部分持原來的主張，將粵北客家方言分爲「閩西上杭型」、「粵台片梅惠小片」、「粵台片龍華小片」、「粵北片」。

第十章　結　論

第一節　本論文之研究成果

本文之研究成果可大分兩部分說明：一是始興客家話之語音特點及其相關比較；一是由始興客家話出發所衍生的相關問題討論。以下分別就此二類說明之：

一、始興客家話語音特點及相關比較

（一）聲　母

1、兩套滋絲音聲母

始興客家話有兩套滋絲音（sibilants），分別是[ts-、tsʰ-、s-]和[tɕ-、tɕʰ-、ɕ-]兩套塞擦音和擦音聲母。[ts-]組與洪音相拼，而[tɕ-]組只與細音相拼。[ts-、tsʰ-、s-]的來源是中古精、莊、知、章四母的合流；至於舌面前[tɕ-、tɕʰ-、ɕ-]一套的來源有二：一是見、曉組後逢細音；一是精、照組後逢細音。這兩種都因為細音作用而使聲母產生顎化現象，馬市和羅壩有少數見組字後接細音卻不顎化的例外，應是見組字完成顎化之後的後起現象。

就這點而言，始興客家話跟閩西祖地的表現最相近，上杭、武平、永定精莊知章不分，都讀為舌尖前[ts-、tsʰ-、s-]；精組逢細音都有顎化現象，見系

逢細音也發生顎化，與精組細音合流。然始興客家話也有不同於閩西之處，見系顎化之後，始興客家話又因韻母[-i]＞[-ɿ]進一步前化，聲母也跟著前化爲[ts-]組，而這是閩西上杭等地沒有發生的變化。

2、非組讀如重唇的存古現象

幫組三等合口字輕唇化爲非組字是漢語方言重要的語音演變。始興客家話非組一般讀[f-]輕唇音，部份保留重唇讀法。就非組字而言，微母讀重唇[m-]的，比非敷奉三母讀[p-、pʰ-]的要多，保存的較好。至於非敷奉的讀輕讀重各點不一，整體而言始興客家話存古程度不若梅縣，各點都讀重唇的只有「甫pʰu、輔pʰu、吠pʰoi、販pʰan」四個字。

始興客家話有個非母去聲字「痱熱～」，始興客家的表現南北迥異。除了隘子之外，都讀作[me]，相當特別。隘子的表現近於閩西祖地。

	太平	馬市	羅壩	隘子	武平	上杭	永定
痱熱～	me¹	me²	me¹	pe³	pi³	pei³	pi³

3、泥來母接細音的特殊音讀

客家方言的泥母，一般逢洪音韻母時，聲母是[n-]，然逢細音韻母，聲母會顎化爲[ɲ-]。然始興客家話泥母逢細音，仍有不少未顎化的，或至少舌面化不明顯。如太平的「你 ni／捏 niet」；馬市的「黏 nien／入 nit／年 nien」等。我們常把泥母逢細音讀作[ɲ-]，與疑母細音、日母細音合流，視爲客家方言的聲母特色之一。始興客家話的表現，不失爲一特點。

來母字一般無論在洪細韻母前，讀作[l-]。然有幾個來母細音字，始興客家話讀作[t-/tʰ-]，讀同端、透定母，甚爲特殊。

4、脣齒擦音 f 和 v 的對立

始興客家話許多常用的曉、匣母合口字通常讀脣齒清擦音（*hu＞f），或者失去聲母讀脣齒濁擦音（*hu＞u＞v）。「核果～」是相當常用的基本詞，「核」字本有臻攝合口一等、梗攝開口二等兩個中古音韻地位，始興客家話「核果～」文讀[het]殊無二致，白讀爲[vut]就很有趣。各地的讀法不盡相同：

	梅縣	翁源	連南	河源	武平	上杭	永定
核果～	fut⁸	in²（仁）	vɔt⁸	hut⁸	fɛ⁷⁸	fɛ⁷⁸	fei⁷⁸

可見各地的聲母多來自匣母合口（hu＞f），梅縣和閩西各點都符合變化的規律。連南的濁擦音[v]聲母同於始興，然連南和始興在地理上有一段差距，互不相連，很難說是接觸影響。始興客家來自閩西，連南鄰近連山，連山客家出自嘉應（陳延河 1993），那麼連南和始興的濁擦音[v-]可能不是簡單的丟失聲母而已。很有可能是清、濁擦音交替的結果，表示客家話的[f-]和[v-]聲母關係密切。我們認為這是起於客家話聲母系統結構的對稱，促使清、濁擦音彼此交替。我們可將客家話的聲母減列如下：

	脣音	舌尖音	舌根音
塞音	p，pʰ	t，tʰ	k，kʰ
鼻音	m	n	ŋ
擦音／邊音	f	(ɬ)	h
	v	l	ɦ

這個簡表讓我們清楚看到客家話聲母系統的結構性，這樣對稱的結構，使得[f-]、[v-]之間，甚而[f-]和[p-]、[pʰ-]之間都有交替的可能。因著這個聲母交替的認知，我們認為客家話「屁股」一詞的後字音節本字為「朏」。

5、曉匣母的 s-聲母

始興客家話曉、匣母遇到細音會顎化成舌面前音[ç-]，例如山三的「掀 çin」、宕三的「香 çioŋ」等，這些曉、匣母有些則會進一步前化為舌尖前音[s-]，其成因是主要元音[-i]的進一步前化，帶動了聲母由[ç-]到[s-]的前化。例如：

虛　hi → çi（隘子）→（ʃi）→ sɿ（太平、馬市、羅壩）

6、成音節鼻音

始興客家話的成音節鼻音表現相對一致，各點多讀作雙脣鼻音[m]。其轄字多是疑母字，且看例字：

		太平	馬市	羅壩	隘子
吳	遇合一平	m⁵³	m⁵³	m⁴²	m¹¹
梧	遇合一平	mu⁵³	mu⁵³	m⁴²	m¹¹
五午	遇合一上	m³¹	m³¹	m³¹	m³¹
魚	遇合三平	m⁵³	m⁵³	m⁴²	ŋ¹¹
女	遇合三上	m³¹	m³¹	m³¹	ŋ³¹
『你』		ni¹¹/m¹¹	ɲi³¹/m²²	ŋ¹¹	ɲi³³/ŋ¹¹

隘子在魚韻的表現明顯不同太平等北部方言，構成北部雙唇[m]與南部舌根[ŋ]的對比。現在看來，閩西上杭等地魚韻不讀成音節鼻音，『你』亦然。我們看粵北各地的情況：

	翁源	連南	曲江馬壩	仁化長江	南雄城關	南雄珠璣	南雄烏徑
魚	ŋy	ny	i	n̩	n	ŋ	m
女	ŋy	ny	ŋy	n̩	n	ŋ	m
『你』	n	ni		n̩		ŋ	

由上表可見始興客家話模、魚韻成音節鼻音的讀法，應是來到始興後的發展，形成了區域特色。

成音節鼻音的形成，主要原因是鼻音聲母與高元音的互動，因高元音的不同，其音變過程大致如下：

*ŋu ＞ mu ＞ mũ ＞ m	模韻	→ 始興、珠璣、烏徑
*ŋi（ni）＞ mi ＞ mĩ ＞ m	魚韻	→ 太平、馬市、羅壩、烏徑
*ŋi（ni）＞ ni ＞ nĩ ＞ n		→ 南雄城關
＞ ŋi ＞ ŋĩ ＞ ŋ		→ 隘子、珠璣

（二）韻　母

1、i介音／元音的影響

[-i-]介音會使始興客家話精莊知章和見系字聲母發生顎化，例如曉、匣母遇到細音會顎化成舌面前音[ɕ-]。[-i-]介音的作用還會使見系的顎化由三、四等擴及二等字，例如：

	太平、馬市、羅壩	隘子
巧	tɕʰiau²	kʰau²
莧~菜	ɕien³	han²
腔	tɕʰioŋ¹	

又[-i]作主要元音時，往往會前化為[-ɿ]，進一步帶動已顎化且合流為舌面前音[tɕ-]組的聲母前化為[ts-]組，乍看狀似精組未曾顎化。這種情況見於遇攝、蟹攝、止攝等開口。

	太平、馬市、羅壩	隘子
徐、鋸	tsʰɿ、tsɿ	tɕʰi、tɕi

際、計	tsๅ	tɕi
稀	sๅ	ɕi

三、四等的精組和見系字，始興客家話聲母都顎化了，太平等地韻母又另行前化，而隘子不然，構成始興南北的對立。

2、果假效流遇攝

這五個攝的特點是各點的讀音較整齊，內部一致性高。效攝一等的讀音是唯一有不同的地方，太平、馬市、羅壩讀[-au]，隘子讀[-o]為多，部分讀[-au]。從特點上說，始興果一、假二可以分別，而隘子歌豪不分，與臺灣四縣話相近，而太平等地則不然。歌豪同音是上杭、永定、永定（下洋）、武平（岩前）等的特點，這點始興北部方言基本上不同於閩西。

流攝三等的知章組因為讀作細音，與見系細音、精組細音不能區分，故「抽」、「秋」、「丘」同音，都是[tɕʰiu˩]，始興客家話這種現象與閩西上杭、永定相同。閩西上杭、永定效攝三等知章組讀同流攝一等，例如「照」[tsəu³]＝「走」[tsəu²]，〔註1〕使得效攝和流攝有交叉現象。始興客家話卻有志一同，並無此現象，例如「照」[tsau³]≠「走」[tseu²]，〔註2〕全然不同於閩西祖地。

3、蟹止攝

蟹攝在始興客家話的表現看來比較複雜，層次較豐富。大體來說，一、二等仍能區別。開口各點一等都有和二等相混的層次，一等字哪些讀[-ai]，哪些讀[-oi]，各點不盡相同。我們認為始興客家話[-oi]較早，而[-ai]較晚。合口一、三等趨向合流，有部分合口字有[-u-]介音，我們認為屬後起的增生。

蟹攝開口四等層次較複雜，蟹開四的文讀一般會與蟹開三[-i（-ๅ）]和止開三[-i（-ๅ）]合流，始興客家話亦同，這是客贛方言普遍存在的層次。蟹開四的洪音還有和蟹開三、蟹開二合流的層次，贛方言很少見到這種情形。經過比較，我們認為粵北客家話明顯承繼閩西客方言，均屬同一個類型。並且得出客家方言[-e（~ei）]是比[-ai]較早的層次，[-i]是比較後起的形式。

從止攝字的表現看來，止攝和蟹攝的關係比較密切，例如開口的「徙」、合口的「帥」，各點都讀[ai]，和蟹攝一、二等同。

〔註1〕以永定為例。上杭、永定（下洋）、武平、武平（岩前）都相同。

〔註2〕以太平為例。

從蟹、止攝合口的格局看，始興客家話基本沒有[-u-]介音。

4、咸山攝的分合

咸山二攝合而觀之主要是著眼於二攝主要元音相同，而始興客家話咸山攝最大的特色在於韻尾表現的不同。咸攝字太平、馬市、羅壩等北部方言韻尾由雙唇[-m/-p]變爲舌尖[-n/-t]，因而咸山不分；隘子代表的南部方言韻尾則變爲舌根[-ŋ/-k]，故咸山有別。

山攝字主要元音同於咸攝，一等見系字較多讀爲[-on/t]，三、四等有部分見系字相同讀作[-ion/t]。比較特別的是，不論開、合口，隘子三、四等沒有相對應的[-ion/t]。

5、深臻曾梗

客家方言曾梗（文讀）二攝的韻尾由舌根變成舌尖音，並且和深臻等攝主要元音相同，故可合而觀之。

始興客家話此四攝的表現是非常一致的，深臻曾等攝三等的莊組字都讀同該攝的一等，梗開三的知章組沒有[-i-]介音，都讀同二等白讀。如果不看梗攝白讀，深臻曾梗四攝的表現更趨一致，可如下表示：

		始興	備註
開口	一、二等	en	
	三、四等	in/en	莊組
合口	一、二等	un	
	三、四等	un/iun	見系

客家方言的文白異讀現象比較集中在梗攝已是眾所週知，始興客家話有部份梗開四的端組和心母字，隘子都讀同開口一、二等的文讀，而太平等北部方言則仍保持三、四等白讀的格局，主要元音是[-a]。以太平代表北部方言。

	釘端	聽透	腥心	另來	羅定	冷來
武平	teŋ¹				thɛʔ8	lɛŋ¹
上杭	tɛ̃¹	thɛ̃¹	sɛ̃¹	lɛ̃²（註3）		lɛ̃²
永定	tɛ̃¹	thɛ̃¹	sɛ̃¹		thɛ̃8	lɛ̃¹
太平	tiaŋ¹	thin¹/thiaŋ¹	ɕiaŋ¹	liaŋ³	thiak⁴	laŋ¹

〔註3〕據《上杭縣志》（1993），「另」字除了上聲之外，還有陽平一讀。

隘子	ten¹	tʰen¹	sen¹	len²	tʰet⁸	len¹
翁源	tɛn¹	tʰɛn¹			tʰɛt⁸	lɛn¹

由上表，我們相信隘子的表現正是承襲閩西祖地的形式，同樣來自閩西的翁源表現一致，可見其來有自。

6、宕江通攝

始興客家話宕江關係密切，主要元音爲[o]，通攝主要元音則爲[u]，各點均同。始興客家話通攝的特色是，三等韻知章組多半沒有介音，見組也不少失落了[-i-]介音，形成一、三等界線的模糊。這點跟多數客家話一、三等有別不同，包括閩西上杭、永定等。可能有粵北白話的影響。

宕江兩攝和通攝的關係常反映在「窗、雙」兩字之上，江攝二等的「窗、雙」二字，始興客家話僅有隘子是讀同通攝的，這是東江不分的痕跡，這點隘子與閩西相同。

7、y 元音的出現

始興客家話中羅壩、隘子有部分以[y]爲主要元音的韻母。主要分布在臻攝、曾攝、梗攝、通攝等三等字。羅壩可出現在[-iun]和[-iut]兩個韻母中，而隘子則僅出現於[-iut]韻母中。閩西祖地並無[y]元音韻母。

粵北客家話有不少有[y]元音的，如翁源、連南、河源、曲江。粵北土話也有許多有[y]韻的（莊初昇 2004），甚而粵北白話如韶關、曲江等都有（詹伯慧、張日昇 1994）。可說是粵北地區特徵之一。不過從比較的觀點來看，上述方言出現[y]韻的，多是遇攝三等字，例如「豬、煮、柱、雨」等，羅壩、隘子出現[y]元音韻母的均不是遇攝。且根據羅壩、隘子的例字，[y]元音韻母明顯來自[*-iu]，當是後起的音變。

（三）聲　調

始興客家話聲調的特色大體有以下幾點：首先始興客家話的聲調數量多爲六個，與一般客家話相同。然馬市只有五個聲調，一個入聲調，是其特殊之處。再者，在聲調歸併方面，一般客家方言有幾點共同的表現，第一是濁上歸陰平的特殊表現，始興客家話亦不例外，內部各點例字數量亦相去不遠。濁上的「辮」的讀法較爲特別，張雙慶、萬波（2002）作過詳細的討論。在始興，「辮」字只有隘子讀作[p-]聲母陰平調，本字應是「編」；太平等地則全

部依「全濁上歸去聲」規律讀作送氣去聲，符合《廣韻》上聲銑韻「薄泫切」一讀。

第二是客家方言內有部分次濁去聲字歸清去，內部表現很是一致，始興客家話在這方面，「罵露墓妹艾面問」等都讀陰去，與多數客家話相同。第三是客家方言中，次濁入聲字很有規律地分為兩類，一類跟著清聲母入聲字走，另一類跟著全濁聲母入聲字走。這方面始興客家話也大致相符。上面這幾點聲調部分的表現，可以顯示始興客家話與一般客家話的共性，與多數客家話表現相同。

至於比較突出的現象有以下幾點：首先是關於「毛」字的讀法。「毛」是次濁平字，黃雪貞（1989）列舉 15 個客家方言表示多讀陰平，始興客家話卻是南北不同，北部讀陽平，南部讀陰平。關於這個現象，本文的調查表明，「毛」字發音人在語流中不定會發出陰平的調子。潘小紅（2002）記錄太平語音，也記載「毛」字有陰平、陽平兩讀。並且贛南的大庾、粵中的河源「毛」字亦讀陽平，我們認為始興正處於贛南越過大庾嶺路沿著北江南下之要道，應是受到這支客家話的影響。而江西陽平調的讀法應是受到北方官話的影響，範圍有限，並非老客家話所保留的底層，因為老客家話如南康、上猶、贛縣等也都讀陰平。

再者是濁上歸去後的歸併路向，始興客家方言都有濁上歸去的變化，問題是濁上歸去之後的路向，始興南北呈現不同的類型。始興北部濁上歸去後，濁上去又歸併到清去；始興南部，濁上去則歸併到清上。

最後是關於太平與羅壩的連讀變調。太平和羅壩在陰陽入的連讀組合上有趨同的現象。太平的入聲連讀變調公式如下：

$$> \quad 陰入 \quad /平、上聲 \quad + \underline{\hphantom{xxxx}}$$
$$陽入 > \quad 陽入 \quad /去、入聲 \quad + \underline{\hphantom{xxx}}$$
$$> \quad 陰入 \quad / \qquad\qquad + 入聲$$

羅壩的入聲連讀變調較簡單，公式如下：

$$陰入 > \quad 陽入 \qquad /入聲 + \underline{\hphantom{xxxxx}}$$

（四）文白異讀

有些文白異讀現象就單點觀察不見蹤影，然各點比對後痕跡立現。本文主

要藉非組字和梗攝的文白讀來說明問題。

　　我們將非組字分爲非敷奉和微母兩組進行觀察，藉項夢冰（2003）進行比較，始興客家話非組的文白讀可以說，非敷奉母讀重唇的比例較近於南雄，至於微母則較近於閩西祖地。

　　梗攝的文白部份，我們發現始興梗攝文讀有受到北方官話的影響，不同於原來的文讀，應是晚近的層次。

二、由始興客家話所衍生的相關問題討論

（一）始興客家話的入聲韻尾與聲調歸併

　　本章將討論始興客家話的入聲韻尾與聲調歸併。首先討論始興客家話入聲韻尾（一併論及陽聲韻尾）的類型，始興客家話有[-n/-tˋ-ŋ/-k]尾，然其[-m/-p]尾都消失了，不過內部存在著南北差異。從演變類型上說，北部的太平、馬市、羅壩一類，[-p]尾併入[-t]尾，相應的[-m]尾併入[-n]尾；而隘子自成一類，[-p]尾部分併入[-k]尾，部分併入[-t]尾，相應的[-m]尾亦然，部分併入[-ŋ]尾，部分併入[-n]尾。至於變化的成因，將閩西與粵北對照之後可見，從閩西到粵北，移民初期輔音韻尾正在變化，而變化當自咸深攝開始。咸深攝先變，併入山臻攝，而後咸深和山臻分別先後併入宕江曾梗通。在演變速率上，始興在鼻音韻尾的變化上，與閩西差距不大，而塞音韻尾閩西就較始興變化較快，換句話說，始興相對較保守。始興客家話本身也是塞音韻尾變化較鼻音韻尾快，在本文的調查中，太平有部份三等的影、以母入聲字，其韻尾弱化爲喉塞音了。

　　接著討論聲調的歸併。客家方言早期應有獨立的陽上調，多數的客家方言陽上常用字歸入陰平，部分方言如河源、惠州歸入陰去。而陽上其他字則併入陽去，這是漢語方言音變的大潮流。至於濁上歸（濁）去後，始興客家太平、馬市、羅壩等北部方言濁上／濁去同歸清去，共組一個去聲調，可謂梅縣型；隘子則濁上／濁去歸清上，合併爲上聲調，同於閩西上杭、永定，可謂五華型。南北有別。始興隘子濁去歸陰上是來自閩西南上杭一帶的移民，太平、馬市、羅壩等不同於閩西南祖地的原因，在第八章中會再說明。

　　關於始興客家話和閩西客家話的調值，我們發現五華型客語在閩粵兩省的調值非常接近，陰上基本上是中降調，而陰去則是高降調，幾無例外，而始興

去聲有較大的改變：變為高平調。北部方言差異更大。我們推測始興客家話以高平調替代了原來的高降調，而高降調取代了陽平的低平調，陽平的低平調受到推擠又取代陰平的升調，從而構成一個推鏈（push chain）。這一推鏈維持了原來閩西南客語聲調系統一個平調、兩個降調的型態。至於原來陰平的升調，始興各點的陰平字都常發生連讀變調，變調的調值都一律是升調，我們認為在連讀變調之中保存了原來的升調。因循此推測，我們擬測早期始興客家話陰平為低升調、陽去為高平調。

（二）客贛方言來母異讀現象

始興客家話有少數幾個來母字讀同端母，來母讀同端母[l>t]可謂客家方言來母字一特別的音變現象，部分地區還有相反的變化，即[t>l]。因此，本文從此特殊音變現象出發，首先介紹閩、客贛方言來母的異讀。閩方言中除[l⟷t]的音變外，來母還有一特別的變化[l⟷s]。學者多認為閩方言中這個特殊音變是來自上古漢語的直接繼承，是早期閩方言的特點。張光宇則以為不必將之上推到上古時期，而可以發音時氣流由邊到央的「氣流換道」來解釋。至於客家方言音變的成因，我們認為受介音影響，聲母在特定條件下產生音變。再者，由[l-]至[t-]之間，因為發音部位相同，構成自然音變圈，這點朱曉農、寸熙 （2007）有很好的解釋。更重要的可能是早期客家話聲母系統的結構，我們發現早期客家話聲母系統有一空格，可以下表說明：

	脣音	舌尖音	舌根音
塞音	p，p^h	t，t^h	k，k^h
鼻音	m	n	ŋ
擦音／邊音	f	ɬ	h
	v	l	ɦ

清邊音[ɬ-]同時具有邊音和擦音的特性，可適時填補此空格。除了結構上的因素，歷史上與客家方言有緊密關係的少數民族，如畬族、瑤族、彝族等，許多都有這個清邊音。由此說明清邊音容易被客家方言吸收進入聲母系統。

因為清邊音的存在，客家方言上述的音變就變得更加自然順當，由清邊音作中轉，許多來母陽調字音變讀端母（透母）後，聲調也變讀陰調。現今看不見這個清邊音聲母，中間乃發生了音變中斷的現象，我們認為促使音變中斷的

原因應是《廣韻》文教勢力的向南擴張所致。音變中斷而造成現今殘留的來母異讀。

　　連結上述閩客方言兩種音變，閩方言發生[l←→s]音變的地區主要在閩西北，而客贛方言發生[l←→t]音變的地區以江西、閩西爲多，不能排除閩客方言間的方言接觸。由閩方言中也有少量[l＞t]的變化，可見方言接觸的可能性不低。閩方言[l←→s]的變化，不是沒有影響滲透客贛方言的可能，現今江西贛語鷹弋片弋陽縣陶塘方言就把「六」讀作[lu²⁸]或[se²⁸]。（楊時逢 1971）而因爲清邊音的關係，[l←→s]音變則更顯得自然合理。因此，最後我們考證客家方言「口水」和「舔」讀來母的本字，以資參考。

（三）南雄方言與始興客家

　　就始興的地理位置觀察，始興隘子與南鄰的翁源、西界的曲江，可說非常密切，在諸多音韻特徵上有共同的表現，經與閩西上杭、永定等地的比較，更共同顯示許多承繼關係。至於始興北部與北面方言情況複雜的南雄，無論在地理位置上，或是交通、經濟的交流上，都有著緊密的關係。歷史文獻記載，南雄和始興在歷代的行政區劃上，一直是相依相連，始興始終隸屬於南雄管轄。自大庾嶺路開通以來，南雄位居嶺南首邑，對始興的影響力恐怕不在話下，不過此影響可能主要發揮於南雄至韶關間必經的沿線繁榮地帶，即太平、馬市等地；始興南部舊稱清化地區，地處崇山峻嶺之中，人煙稀少，現今居住於此之客家人當是閩西移民，較少受南雄方言影響可以想見。

　　南雄方言複雜，與客家方言相較，其音韻表現有諸多特出之處，本文利用迪克森（Dixon 1997／2010）「裂變－聚變」的理論，說明人口遷移是造成南雄方言複雜的原因。每一波的移民都會帶來不同程度的衝擊，經過一段長時間融合聚變的地區方言，變會因移民波改變若干音韻特徵。隨著早期客贛方言的向南滲透，以及後來幾波閩西、贛南的客家移民遷入，促使南雄方言在中古全濁聲母送氣與否的型態、濁上歸陰平或陰去等各地有不同的表現。

　　最後，論述南雄方言對始興北部方言的擴散影響。分聲母、韻母、聲調、幾個特字四方面說明。聲母部份主要表現在精組、見系逢細音的今讀，以及後續的音變。韻母則見於歌、豪韻的今讀有別；部分梗開四的讀法；「窗、雙」不讀同通攝。聲調的部份則有入聲調的數量暨調值；濁上歸去後的歸併；濁上字

歸陰平的表現等。特字則有「舐」、「貨」、「母」、「賺」等。

（四）從始興方言檢討粵北客家話的分片

本章首先重申始興客家話地理上南北二分的大態勢，我們認為始興南部歷來稱呼清化（或稱青化）的山區，主要是隘子、司前兩鎮音韻特點相同，可稱始興客家話之南片。始興其餘地區音韻特點大同小異，可稱為始興客家話之北片。南片隘子多與閩西祖地音韻特徵相近，我們相信隘子比較完整的保存閩西之音韻特色。北片的變異則多與南雄方言有關。

梁猷剛（1985）最早對粵北漢語方言的分布作過介紹，而本文補充了始興的材料，對《中國語言學地圖集》（1987）、熊正輝（1987）、謝留文、黃雪貞（2007）等在粵北客家話的分片現況提出檢討。首先列舉了多項音韻特徵加以比較，作為分片討論之用。接著說明移民歷史對方言分片亦具參考價值，並舉惠州話為例，說明惠州先民多來自客家地區，其方言應屬客家話。粵北地區客家話泰半移民來源清楚，因此我們將前述音韻特徵加以臚列排比，可以發現在地理上相鄰，音韻特徵多相符的方言，大致可以與移民來源地相配，於是可將翁源、曲江馬壩、始興隘子稱為閩西上杭型客家話；連南和連山小三江劃歸粵台片梅惠小片；翁中、英德浛洸、清新魚壩劃歸粵台片龍華小片；始興太平、仁化長江、南雄烏徑可歸入粵北片。

第二節　本論文之研究意義

一、補充粵北客家話研究質量之不足

在本文首章及第二章中已經概略提過，從整個客家話的研究來看，粵北地區亦堪稱客家方言的大本營，然相對閩西、粵東、贛南的研究質量，粵北客家話的調查和研究都不夠。甚至客家人口佔粵西地區比例不高，都已有調查報告公諸於世，（李如龍等1999）粵北地區不論人口比例、分布區域都較粵西來得多而廣，卻尚未得見地區性的調查報告或者專著問世。究其原因，或許是粵北的地域廣大，要完成整個地區的基本調查，非少數人之力可成。韶關市轄區客家人口較集中，尚不算難，清遠市轄區客家人口較分散，要普查就更形困難了。

就算在中、小範疇的方言調查、研究上，粵北受到的關注仍不及於閩西、粵東等地。例如臺灣學者陳秀琪（2005）關於閩南四縣客家話的研究、徐貴榮（2008）關於兩岸饒平話的研究、鄭曉峯（2001）關於光澤方言的研究、江俊龍（2002）關於兩岸大埔客家話的比較研究、徐汎平（2010）關於五華客家話的研究等。粵北客家話的調查研究顯得孤單而未受重視。大範圍的調查既有困難，我們從始興爲基地，擴及週遭縣份，尤其是南雄方言的考察，質量兼顧。並且始興客家話材料的問世，補充了粵北客家話調查研究之空白。

二、方言學與移民史並重

本研究在構思及研讀相關文獻時，即很重視移民因素對語言造成的影響，特別是移民因素放進粵北地區所引發的相關問題。可以說，本文的寫作基本連繫著移民史，並以此爲經，輔以語言調查所得之語料爲緯，建構粵北客家話（細緻地說是粵北東部）的網絡。這個網絡不僅止冰冷的語言現象，而是加入人文的有機體。是以我們確定了始興客家話的閩西上杭來源，亦分析南雄與始興之歷史關係，論文的進行基本就建立在此前提認知上。我們論述始興客家話的特點不能離開與閩西祖地之比較；正是因爲閩西移出之五華型客家話在調型與調值之高度相近，方才有第六章關於始興早期客家話聲調之擬測及相關問題；也正是因爲確立始興及其週遭地區的閩西來源，方能明確指出始興北部客家話乃受南雄方言擴散影響，而形成始興南北對立的格局。又南雄方言的紛雜，本文也是站在移民構成音變動因的理論上，指出多次的客家移民乃是促成南雄方言紛雜的原因。因爲移民史與音韻特徵之相符，致使我們能夠在有限的材料下，進行粵北客家話之分區，並據此提出我們的看法。還有一點在文中甚少提及，即因爲粵語移民移入粵北的歷史尙短，白話在粵北的影響力目前僅止於幾個縣市的縣城區，對始興基本不構成影響，這也是在清楚移民史的基礎上所作的觀察。

整體說來，移民因素在本研究中獲得充分考慮，而與方言學研究妥善結合，對區域方言發展及區域方言史研究有所助益。

三、豐富新、老客家話之研究

過去對客家話的認識集中在閩西、粵東所謂典型、正宗的客家話身上，

到贛南發現有「客家」與「本地」之別，才關注到早期客家。不過關注焦點多在於客家形成的歷史，對少數特殊的客家話之性質並未有深入的認識。直到對惠州話性質的爭論，加以粵中客家話研究的深化，學者才注意到由贛南經東江、北江南下一路上，可以說成帶狀分布的客家話，如大庾、河源、惠州等，其性質不同於一般認識的客家。也才有「老客家話」概念的提出。

本研究從始興客家話內部南北的對立著眼，既然南部方言源自閩西殆無疑義，然則北部方言的變異從何而來，因誰而起？於是將眼光放在歷史上對始興有重大影響的南雄方言，我們發現南雄方言之複雜與老客家話的影響有關，南雄方言諸如濁上白話層歸陰去、具獨立的陽去調等都與老客家話相同。因此，更能相信南雄城關話濁音清化不送氣是更早就與早期客家方言分道揚鑣。受到老客家話影響的南雄方言（當然，後來還有受新的客家移民影響），以其嶺南要衝之姿對始興北部地區進行擴散影響，改變了始興北部客家原來的閩西樣貌。本研究也基本確定南雄方言對始興客家話的影響是擴散式的，影響不及於始興南部，接近橋本萬太郎的「農耕民型」語言。有趣的是，現在始興基本生活圈屬於韶關，但從語言圈來看，南雄才是擴散波之中心。可見在歷史上長時間的交融往來所造成之語言格局，短期內不會改變。

本研究以始興客家話爲研究基底，觸及新、老客家話的相關問題，就音韻特徵而言，將南雄方言及受其影響的始興北部方言視爲老客家話在粵北的變體，而突出於粵北其他新客家話，將之定名爲客家方言「粵北片」，這就使得新、老客家話在同一個平面上討論，不同於以往的認識。

第三節　有待持續研究之相關議題

一、粵北各地客家話之調查研究

本研究僅以始興一縣爲調查範疇，擴及周邊方言的比較討論，未來應可繼續對粵北其他地方之客家話進行調查研究，畢竟粵北尚有太多未經接觸報導之處。持續調查一方面可漸次豐富粵北客家話之語料，以供利用。一方面對粵北客家話的認識必會隨之加深加廣，進而或可增進整體客家方言的認識。

粵北大地還有眾多其他漢語方言，對各地客家話進行調查還可以與其他漢

語方言進行比較，釐清粵北複雜的語言樣貌。

二、擴展調查研究的範疇

本研究以音韻調查爲主，研究成果也基本建立在音韻分析上。然詞彙、語法層面的分析比較不可謂不重要，是以往後進行後續的研究時，應擴展詞彙、語法，甚至社會層面的調查，以深化研究的成果。對認識一地之方言全貌更有幫助。

三、可加強移民型方言的考察

方言研究對早期方言的形成素有偏好，對晚近移民所形成之方言較少著墨。我們卻以爲弄清近代移民型方言，有助於釐清整體方言之發展，還有貼近現代方言使用者的諸多問題。本文就在確立移民主體的前提下，基本釐清始興方言與南雄方言的關係。類似的方法可以開展於其他地區，例如馬來西亞的檳城與臺灣都有爲數不少的客家移民，檳城的客家人口分布集中在浮羅山背，經調查其多數客家來自惠州，揭西、惠陽各縣都有，當地主要以「惠州」上位概念統攝各縣。臺灣客家人口分布也算集中，以苗栗縣爲例，苗栗人卻自稱使用「四縣」話，不以四縣的上位「梅縣」或「嘉應」來統領，原因何在？放諸四海，惟獨臺灣有所謂「四縣」話之稱。究竟「四縣」是哪四個縣市？爲何稱作「四縣」而非其他？苗栗四縣話與六堆四縣話其來源是否相同？這些問題都需要對移民來源開始研究起方能有所得。

參考書目

一、通 志

1. 《連縣志》，出版者不詳，1985 年 12 月。

2. 《南雄縣志》，廣州：廣東人民出版社，1991 年。

3. 《仁化縣志》，出版者不詳，1992 年。

4. 《樂昌縣志》，廣州：廣東人民出版社，1994 年。

5. 《清遠縣志》，清遠：清遠市地方志編纂辦公室，1995 年。

6. 《連南瑤族自治縣志》，廣州：廣東人民出版社，1996 年。

7. 《連山壯族瑤族自治縣志》，北京：三聯書店，1997 年。

8. 《翁源縣志》，廣州：廣東人民出版社，1997 年。

9. 《始興縣志》，廣州：廣東人民出版社，1997 年。

10. 《乳源瑤族自治縣志》，廣州：廣東人民出版社，1997 年。

11. 《新豐縣志》，廣州：廣東人民出版社，1998 年。

12. 《曲江縣志》，北京：中華書局，1999 年。

13. 《韶關市志》，北京：中華書局，2001 年。

14. 《陽山縣志》，北京：中華書局，2003 年。

15. 《佛岡縣志》，北京：中華書局，2003 年。

16. 《英德縣志》，廣州：廣東人民出版社，2006 年。

17. 《龍巖地區志》，上海：上海人民出版社，1992 年。

18. 《清流縣志》，北京：中華書局，1994 年。

19. 《寧化縣志》，福州：福建人民出版社，1992 年。

20. 《長汀縣志》，北京：三聯書店，1993 年。

21. 《連城縣志》，北京：群眾出版社，1993 年。

22. 《武平縣志》，北京：中國大百科全書出版社，1993 年。

23. 《上杭縣志》，福州：福建人民出版社，1993 年。

24. 《永定縣志》，福州：中國科學技術出版社，1994 年。

25. 《廣西通志・漢語方言志》，南寧：廣西人民出版社，1996 年。

二、專　書

1. 羅伯特・迪克森著、朱曉農等譯，2010，《語言興衰論》，北京：北京大學出版社。

2. 丁邦新，1998，《丁邦新語言學論文集》，北京：商務印書館。

3. 丁邦新，2008，《中國語言學論文集》，北京：中華書局。

4. 丁邦新主編，2007，《歷史層次與方言研究》，上海：上海教育出版社。

5. 中國社會科學院和澳大利亞人文科學院合編，1987，《中國語言學地圖集》，香港：朗文出版有限公司。

6. 毛宗武，2004，《瑤族勉語方言研究》，北京：民族出版社。

7. 王力，1985，《漢語語音史》，北京：中國社會科學出版社。

8. 王理嘉，1991，《音系學基礎》，北京：語文出版社。

9. 王李英，1998，《增城方言志》，廣州：廣東人民出版社。

10. 王福堂，2005，《漢語方言語音的演變和層次》修訂本，北京：語文出版社。

11. 王士元著、石鋒等譯，2000，《語言的探索－王士元語言學論文選譯》，北京：北京語言文化大學出版社。

12. 甘甲才，2003，《中山客家話研究》，汕頭：汕頭大學出版社。

13. 北京大學中國語言文學系語言學教研室編，2003，《漢語方音字匯》第二版重排本，北京：語文出版社。

14. 古國順等，2005，《臺灣客語概論》，台北：五南圖書公司。

15. 朱文旭，2001，《彝語方言學》，北京：中央民族大學出版社。

16. 朱曉農，2008，《方法：語言學的靈魂》，北京：北京大學出版社。

17. 何大安，1988，《規律與方向：變遷中的音韻結構》，台北：中研院史語所專刊。

18. 何大安，1996，《聲韻學中的觀念和方法》二版，台北：大安出版社。

19. 江荻，2007，《漢藏語言演化的歷史音變模型》，北京：社會科學文獻出版社。

20. 李新魁，1994，《廣東的方言》，廣州：廣東人民出版社。

21. 李如龍、張雙慶主編，1992，《客贛方言調查報告》，廈門：廈門大學出版社。

22. 李如龍等，1999，《粵西客家方言調查報告》，廣州：暨南大學出版社。

23. 李如龍，1996，《方言與音韻論集》，香港：香港中文大學中國文化研究所吳多泰

中國語文研究中心。

24. 李如龍，2001，《漢語方言的比較研究》，北京：商務印書館。

25. 李如龍，2001，《漢語方言學》，北京：高等教育出版社。

26. 李如龍，2009，《漢語方言研究文集》，北京：商務印書館。

27. 李連進，2000，《平話音韻研究》，南寧：廣西人民出版社。

28. 李澤然，2001，《哈尼語研究》，北京：民族出版社。

29. 吳中杰，2004，《畲族語言研究》，清華大學語言所博士論文。

30. 金理新，2005，《上古漢語形態研究》，合肥：黃山書社。

31. 吳松弟，1997，《中國移民史・第四卷：遼宋金元時期》，福州：福建人民出版社。

32. 邱彥貴、吳中杰，2001，《台灣客家地圖》，台北：貓頭鷹出版社。

33. 辛世彪，2004，《東南方言聲調比較研究》，上海：上海教育出版社。

34. 竺家寧，1992，《聲韻學》二版，台北：五南圖書出版有限公司。

35. 周日健，1990，《新豐方言志》，廣州：廣東高等教育出版社。

36. 林立芳、莊初昇，1995，《南雄珠璣方言志》，廣州：暨南大學出版社。

37. 侯精一主編，2002，《現代漢語方言概論》，上海：上海教育出版社。

38. 袁家驊等，2001，《漢語方言概要》第二版重排本，北京：語文出版社。

39. 徐通鏘，1991，《歷史語言學》，北京：商務印書館。

40. 徐通鏘，1993，《徐通鏘自選集》，鄭州：大象出版社。

41. 徐通鏘，1997，《語言論－語義型語言的結構原理和研究方法》，長春：東北師範大學出版社。

42. 徐大明主編，2006，《語言變異與變化》，上海：上海教育出版社。

43. 高明凱、石安石主編，2003，《語言學概論》二版，北京：中華書局。

44. 孫宜志，2007，《江西贛方言語音研究》，北京：語文出版社。

45. 耿振生，2004，《20世紀漢語音韻學方法論》，北京：北京大學出版社。

46. 莊初昇，2004，《粵北土話音韻研究》，北京：中國社會科學出版社。

47. 黃雪貞，1995，《梅縣方言詞典》，南京：江蘇教育出版社。

48. 黃淑娉主編，1999，《廣東族群與區域文化研究調查報告集》，廣州：廣東高等教育出版社。

49. 張琨，1993，《漢語方音》，台北：學生書局。

50. 張光宇，1996，《閩客方言史稿》，台北：南天出版社。

51. 張雙慶主編，2000，《樂昌土話研究》，廈門：廈門大學出版社。

52. 張雙慶主編，2004，《連州土話研究》，廈門：廈門大學出版社。

53. 陳修，1993，《梅縣客方言研究》，廣州：暨南大學出版社。

54. 陳保亞，1996，《語言接觸與語言聯盟》，北京：語文出版社。

55. 陳保亞，1999，《二十世紀中國語言學方法論》，濟南：山東教育出版社。

56. 陳曉錦，2004，《廣西玉林市客家方言調查研究》，北京：中國社會科學出版社。

57. 陳世松主編，2005，《移民與客家文化國際學術研討會論文集》，桂林：廣西師範大學出版社。

58. 游文良，2002，《畬族語言》，福州：福建人民出版社。

59. 游汝杰，2000，《漢語方言學導論》二版，上海：上海教育出版社。

60. 游汝杰，2004，《漢語方言學教程》，上海：上海教育出版社。

61. 項夢冰、曹暉，2005，《漢語方言地理學—入門與實踐》，北京：中國文史出版社。

62. 項夢冰，2009，《方言論叢》，北京：中國戲劇出版社。

63. 曾祥委，2005，《田野視角：客家的文化與民性》，哈爾濱：黑龍江人民出版社。

64. 詹伯慧、張日昇主編，1988，《珠江三角洲方言詞匯對照》，香港：新世紀出版社。

65. 詹伯慧、張日昇主編 1990，《珠江三角洲方言綜述》，香港：新世紀出版社。

66. 詹伯慧、張日昇主編 1994，《粵北十縣市粵方言調查報告》，廣州：暨南大學出版社。

67. 詹伯慧、張日昇主編，1998，《粵西十縣市粵方言調查報告》，廣州：暨南大學出版社。

68. 詹伯慧，1991，《現代漢語方言》，台北：新學識文教出版中心。

69. 詹伯慧主編，2000，《漢語方言及方言調查》二版，武漢：湖北教育出版社。

70. 詹伯慧主編，2002，《廣東粵方言概要》，廣州：暨南大學出版社。

71. 溫昌衍，2006，《客家方言》，廣州：華南理工大學出版社。

72. 嘉應大學中文系編，1995，《客家話字典》，廣州：廣東旅遊出版社。

73. 潘悟云，2000，《漢語歷史音韻學》，上海：上海教育出版社。

74. 鄧曉華、王士元，2009，《中國的語言及方言的分類》，北京：中華書局。

75. 劉若云，1991，《惠州方言志》，廣州：廣東科技出版社。

76. 劉綸鑫，1999，《客贛方言比較研究》，北京：中國社會科學出版社。

77. 劉綸鑫，2001，《江西客家方言概況》，南昌：江西人民出版社。

78. 劉鎮發，2001，《香港客粵方言比較研究》，廣州：暨南大學出版社。

79. 劉鎮發，2004，《香港原居民客語：一個消失中的聲音》，香港：香港中國語文學會。

80. 劉澤民，2005，《客贛方言歷史層次研究》，蘭州：甘肅民族出版社。

81. 盧小群，2002，《嘉禾土話研究》，長沙：中南大學出版社。

82. 謝永昌，1994，《梅縣客家方言志》，廣州：暨南大學出版社。

83. 謝留文，2003，《客家方言語音研究》，北京：中國社會科學出版社。

84. 橋本萬太郎，1973，《*The Hakka Dialect：A linguistic study of its phonology, syntax and lexicon*》，Cambridge：Cambridge，University，Press.

85. 橋本萬太郎著、余志鴻譯，1978／1985，《語言地理類型學》，北京：世界圖書出

版公司。

86. 鍾榮富，2001，《福爾摩沙的烙印——台灣客家話導論》，台北：文建會。

87. 鍾榮富，2004，《台灣客家語音導論》，台北：五南圖書出版股份有限公司。

88. 藍小玲，1999，《閩西客家方言》，廈門：廈門大學出版社。

89. 羅美珍、鄧曉華，1995，《客家方言》，福州：福建教育出版社。

90. 羅美珍、林立芳、饒長溶，2004，《客家話通用詞典》，廣州：中山大學出版社。

91. 羅肇錦，1990，《臺灣的客家話》，台北：臺原出版社。

92. 羅肇錦，2000，《台灣客家發展史語言篇》，南投市：台灣省文獻會。

93. 羅杰瑞著、張惠英譯，1995，《漢語概說》，北京：語文出版社。

94. 羅常培，1940，《臨川音系》，台北：商務印書館。

95. 羅香林，1933 / 1992，《客家研究導論》，台北：南天書局。

三、單篇論文

1. Egerod，1983，〈The Nanxiong Dialect〉，《方言》第 2 期：123～142。

2. Jerry Norman，1989，〈What is a Kejia Dialect〉，《第二屆國際漢學會議論文集‧語言與文字組》（上冊）：323～344。

3. Laurent Sagart，1998，〈On Distinguishing Hakka And Non-Hakka Dialects〉，Journal of Chinese Linguistics Vol.26 No.2：281～302。

4. Laurent Sagart，2001，〈Nanxiong and Hakka〉，《方言》第 2 期：142～151。

5. Laurent Sagart，2002，〈Gan, Hakka and the Formation of Chinese Dialects〉，《第三屆國際漢學會議論文集》：129～154。

6. 丁邦新，1982，〈漢語方言區分的條件〉，《丁邦新語言學論文集》：166～181。

7. 丁邦新，2005，〈方言詞彙的時代性〉，《北京大學學報》第 5 期：137～138。

8. 丁啓陣，2002，〈論閩西北方言來母 s 聲現象的起源〉，《語言研究》第 3 期：73～78。

9. 甘于恩、邵慧君，2000，〈試論客家方言對粵語語音的影響〉，《第三屆客家方言研討會論文集》：79～88。

10. 王福堂，2002，〈漢越語和湘南土話、粵北土話中並定母讀音的關係〉，《紀念王力先生百年誕辰學術論文集》：364～367。

11. 王福堂，2003，〈漢語方言語音中的層次〉，《語言學論叢》第 27 輯：1～10。

12. 王福堂，2006，〈壯侗語吸氣音聲母ʔbʔd 對漢語方言的影響〉，《語言學論叢》第 33 輯：119～123。

13. 王福堂，2007，〈古全濁聲母清化後塞音塞擦音送氣不送氣的問題〉，《語言學論叢》第 36 輯：108～128。

14. 朱曉農、寸熙，2007，〈清濁音變圈：自然音變與泛時層次〉。丁邦新主編《歷史層次與方言研究》：166～186。

15. 朱品端、林俊杰，2005，〈乳源朱氏家族源流考略〉，《「移民與客家文化」國際學術研討會論文集》（桂林：廣西師範大學出版社）：58～65。

16. 伍巍、詹伯慧，2008，〈廣東省的漢語方言〉，《方言》第 2 期：109～116。

17. 吉川雅之，1995，〈粵北粵語和粵北客家話一些共同特徵〉，第五屆粵方言研討會宣讀論文。

18. 呂兆格，2006，〈漢語方位詞「裡」的認知考察〉，《中國語文研究》第 2 期：73～82。

19. 李榮，1987，〈漢語方言的分區〉，《方言》第 4 期：241～259。

20. 李如龍，1983，〈閩西北方言來母字讀 s-的研究〉，《中國語文》第 4 期：264～271。

21. 李如龍，1984，〈自閩方言證四等韻無-i-說〉，《音韻學研究》第一輯。又《方言與音韻論集》：72～82。

22. 李如龍，1995，〈從客家方言的比較看客家的歷史〉，《國際客家學研討會論文集》。又《方言與音韻論集》：248～266。

23. 李如龍、張雙慶，1995，〈客贛方言的入聲韻和入聲調〉，《中國東南方言比較研究叢書》第 1 輯：75～99。

24. 李存智，2001，〈介音對漢語聲母系統的影響〉，《聲韻論叢》第 11 輯：69～108。

25. 李冬香，2000，〈粵北仁化縣長江方言的歸屬〉，《語文研究》第 3 期：53～58。

26. 辛世彪，2000，〈客方言聲調的演變類型〉，《海南大學學報》第 18 卷第 1 期：37～45。

27. 林立芳，1992，〈馬壩客家方言同音字匯〉，《韶關大學學報》第 1 期：63～80。

28. 林立芳，1994，〈馬壩方言詞彙〉，《韶關大學學報》第 1 期：27～34。

29. 林立芳、莊初昇，1996，〈南雄珠璣方言與珠江三角洲諸方言的關係〉，《韶關大學學報》第 1 期：30～36。

30. 林立芳、莊初昇，2000，〈粵北地區漢語方言概況〉，《方言》第 2 期：126～137。

31. 林立芳、莊初昇，2002，〈粵北地區漢語方言調查研究概況〉，《韶關學院學報》第 2 期：1～7。

32. 周日健，1990，〈從水源音看惠州音系的歸屬〉，《第二屆國際粵方言研討會論文集》：204～211。

33. 周日健，2002，〈五華客家話的音系及其特點〉，《客家方言研究——第四屆客方言研討會論文集》：188～202。

34. 周日健、馮國強，1998，〈曲江馬壩（葉屋）客家話語音特點〉，《第二屆客方言研討會論文集》：146～157。

35. 胡性初，2002，〈英東白沙（池塘村）客家話語音特點〉，《客家方言研究——第四屆客方言研討會論文集》：128～135。

36. 韋樹關，2002，〈古幫、端、心母在廣西漢語方言中的特殊音讀〉，《廣西民族學院學報》第 1 期：149～151。

37. 馬提索夫，2006，〈漢藏語和其他語言中邊音的塞音化〉，《聲韻論叢》第 14 輯：45～66。

38. 秋谷裕幸，2011，〈閩語中「來母 s 聲」的來源〉，《語言學論叢》第 43 輯：114～128。

39. 孫宜志，2003，〈江西贛方言來母細音今讀舌尖塞音現象的考察〉，《南昌大學學報》第 1 期：134～136。

40. 高然，1998，〈廣東豐順客方言的分布及其音韻特徵〉，《第二屆客方言研討會論文集》：133～145。

41. 郭必之，2005，〈語言接觸與規律改變－論中古全濁聲母在粵北土話中的表現〉，《語言暨語言學》6.1：43～74。

42. 徐通鏘，1990，〈結構的不平衡性和語言演變的原因〉，《中國語文》第 1 期。又《徐通鏘自選集》：218～243。

43. 徐通鏘，1993，〈文白異讀與歷史比較法〉，《徐通鏘自選集》：124～163。

44. 莊初昇、李冬香，2000，〈仁化縣長江方言同音字匯〉，《第三屆客家方言研討會論文集》：116～133。

45. 莊初昇、嚴修鴻，1993，〈閩南四縣客家話的語音特點〉，《客家縱橫增刊——首屆客家方言學術研討會專集》：86～91。

46. 莊初昇，1999，〈粵北客家方言的分佈和形成〉，《韶關大學學報》第 1 期：7～14。

47. 莊初昇，2005，〈粵北客家方言語音概貌〉，《韶關學院學報》第 5 期：81～91。

48. 莊初昇，2007，〈廣東省客家方言的分布、人口和重新劃分〉，《語言微觀分布研討會》宣讀論文（台北：中央研究院，9 月 28～29 日）。

49. 陳延河，1993，〈廣東連山小三江客家話記略〉，《客家縱橫增刊——首屆客家方言學術研討會專集》：74～85。

50. 陳滔，2002，〈南雄城關話音系〉，《客家方言研究——第四屆客方言研討會論文集》：73～80。

51. 梁猷剛，1985，〈廣東省北部漢語方言的分佈〉，《方言》第 2 期：89～104。

52. 黃雪貞，1983，〈永定（下洋）方言詞匯〉，《方言》第 2、3、4 期：148～160，220～240，297～304。

53. 黃雪貞，1985，〈福建永定（下洋）方言自成音節的鼻音〉，《方言》第 1 期：47～50。

54. 黃雪貞，1987a，〈客家話的分佈和內部異同〉，《方言》第 1 期：81～96。

55. 黃雪貞，1987b，〈惠州話的歸屬〉，《方言》第 4 期：255～263。

56. 黃雪貞，1988，〈客家方言聲調的特點〉，《方言》第 4 期：241～246。

57. 黃雪貞，1989，〈客家方言聲調的特點續論〉，《方言》第 2 期：121～124。

58. 黃雪貞，1997，〈客家方言古入聲字的分化條件〉，《方言》第 4 期：258～262。

59. 黃家教、崔榮昌，1983，〈韶關方言老派新派的主要差異〉，《中國語文》第 2 期：

99〜108。

60. 崔榮昌，1985，〈四川方言的形成〉，《方言》第 1 期：6〜14。

61. 崔榮昌，1986，〈四川省西南官話以外的漢語方言〉，《方言》第 3 期：186〜187。

62. 張雙慶、萬波，1996，〈南雄（烏徑）方言音系特點〉，《方言》第 4 期：290〜297。

63. 張雙慶、萬波，2002，〈客贛方言「辦」讀如「邊鞭」的性質〉，《方言》第 1 期：9〜15。

64. 張光宇，1989，〈閩方言古次濁聲母的白讀 h-和 s-〉，《中國語文》第 211 期。又《切韻與方言》（台北：商務印書館，1990）：17〜31。

65. 張光宇，2000，〈論條件音變〉，《清華學報》新三十卷第 4 期：427〜475。

66. 張光宇，2003，〈比較法在中國〉，《語言研究》第 4 期：95〜103。

67. 張光宇，2004，〈漢語語音史中的雙線發展〉，《中國語文》第 6 期：545〜557。

68. 張光宇，2006a，〈漢語方言滋絲音的一些觀察〉，《中國語文研究》第 1 期：87〜102。

69. 張光宇，2006b，〈論漢語方言的層次分析〉，《語言學論叢》第 33 輯：124〜165。

70. 張光宇，2008，〈梅縣音系的性質〉，《語言學論叢》第 37 輯：70〜86。

71. 葉國泉、羅康寧，1992，〈廣東雙方言區的分佈和成因〉，《雙語雙方言（二）》（彩虹出版社）：212〜220。

72. 項夢冰，2003，〈客家話古非組字的今讀〉，《語言學論叢》第 28 輯：214〜263。

73. 項夢冰，2008，〈客家話、贛語古濁上字的今讀〉，《中國東南方言國際研討會宣讀論文》（香港：中文大學，12 月 15〜17 日）。

74. 楊煥典、梁振壁、李譜英、劉村漢，1985，〈廣西的漢語方言（稿）〉，《方言》第 3 期：181〜190。

75. 楊時逢，1971，〈江西方言聲調的調類〉，《中央研究院歷史語言研究所集刊》第 43 本：403〜432。

76. 楊秀芳，1989，〈論漢語方言中全濁聲母的清化〉，《漢學研究》第 7 卷第 2 期：41〜73。

77. 楊秀芳，2007，〈論文白異讀〉。丁邦新主編《歷史層次與方言研究》：81〜105。

78. 熊正輝，1982，〈南昌方言裡曾攝三等讀如一等的字〉，《方言》第 3 期：164〜168。

79. 熊正輝，1987，〈廣東方言的分區〉，《方言》第 3 期：161〜165。

80. 熊正輝、張振興，2008，〈漢語方言的分區〉，《方言》第 2 期：97〜108。

81. 熊燕，2003，〈客贛方言蟹攝開口四等字今韻母的層次〉，《語言學論叢》第 27 輯：79〜98。

82. 熊燕，2007，〈客贛方言的韻母格局及其與周邊方言的比較〉，《語言學論叢》第 36 輯：145〜170。

83. 潘小紅，2002，〈始興縣太平鎮客家話同音字匯〉，《韶關學院學報》第 23 卷增刊：132〜155。

84. 鄧曉華，1988，〈閩西客話韻母的音韻特點及其演變〉，《語言研究》第 1 期：75 ～97。

85. 鄧曉華，1997，〈論客家方言的斷代及相關音韻特徵〉，《廈門大學學報》（哲社版） 第 4 期：101～105。

86. 鄭曉峯，2001，〈漢語方言中的成音節鼻音〉，《清華學報》新 31 卷第一、二期合 刊：135～159。

87. 鄭曉峯，2005，〈客贛方言的古濁上字歸陰平〉，*UST, Working, Papers, in, Linguistics.*, Vol.1：1～16。

88. 蔡宏杰、劉勝權，2005，〈從語音與基本詞彙看惠州話的系屬〉，《第五屆「客家 研究」研究生學術論文研討會論文集》：6～23。

89. 劉綸鑫，1998，〈次濁部分隨清流—客家方言聲調特點綜述〉，《客家文化研究》 通訊創刊號：40～47。

90. 劉鎮發，1998，〈客家人的分布與客語的分類〉，《客家方言研究—第二屆客方言 研討會論文集》：47～60。

91. 劉鎮發，2000，〈現代粵語源於宋代移民說〉，《第七屆國際粵方言研討會論文集》： 76～83。

92. 劉鎮發，2001，〈客語的非入聲字聲調發展〉，《香港客粵方言比較研究》：119～ 125。

93. 劉鎮發，2003，〈從方言比較再探粵語濁上字演化的模式〉，《中國語文》第 5 期： 432～438。

94. 劉鎮發，2004，〈再論惠州話群的歸屬問題〉，《第五屆客方言暨首屆贛方言研討 會論文集》：1～13。

95. 劉鎮發、張群顯，2001，〈中古濁上字的演變與粵客贛方言〉，《香港客粵方言比 較研究》：214～222。

96. 劉村漢，2002，〈廣西客家話的分佈及使用人口（提綱）〉，《第四屆客方言研討會 論文集》：402～410。

97. 劉澤民，2004，〈客贛方言日母字的歷史層次分析〉，《第五屆客家方言暨首屆贛 方言學術研討會論文集》：192～209。

98. 劉澤民，2009，〈客贛方言蟹攝開口一等韻的歷史層次〉，《第六屆客家方言研討 會論文集》，122～138。

99. 劉勝權，2007，〈粵北客家方言分區問題芻議〉，《客家研究》第 2 卷第 1 期：97 ～126。

100. 鮑厚星、顏森，1986，〈湖南方言的分區〉，《方言》第 4 期：273～276。

101. 謝留文，1995，〈客家方言古入聲次濁聲母字的分化〉，《中國語文》第 1 期：49 ～50。

102. 謝留文，1999，〈重讀《臨川音系》〉，《方言》第 3 期：164～175。

103. 謝留文、黃雪貞，2007，〈客家方言的分區（稿）〉，《方言》第 3 期：238～249。

104. 鍾榮富，1991，〈論客家話的[v]聲母〉，《聲韻論叢》第三輯：435～455。

105. 鍾榮富，1994，〈客家方言的唇音異化研究〉，《國際客家學研討會論文集》：571～591。

106. 梅祖麟、羅杰瑞，1971，〈試論幾個閩北方言中的來母 s-聲字〉，《清華學報》新 9 卷 12 期：96～105。

107. 羅杰瑞，2005，〈閩方言中的來母字和早期漢語〉，《民族語文》第 4 期：1～5。

108. 顏森，1986，〈江西方言的分區〉，《方言》第 1 期：19～38。

109. 藍小玲，1997，〈客方言聲調的性質〉，《廈門大學學報》（哲社版）第 3 期：87～92。

110. 羅肇錦，1998，〈客話特點的認定與客族遷徙〉，《第二屆客方言研討會論文集》：25～46。

111. 羅肇錦，2000，〈略論粵、閩、贛客語韻尾的反向發展－論[-ʔ早於-p-t-k]和[-~早於-m-n-ng]〉，《聲韻論叢》第 9 輯：637～654。

112. 羅肇錦，2002，〈梅縣話是粵化客語說略〉，《第四屆客方言研討會論文集》：34～50。

113. 羅肇錦，2006，〈客語源起南方的語言論證〉，《語言暨語言學》第 7 卷第 2 期客語專刊：545～568。

114. 羅肇錦，2007，〈客語曉匣合口變脣齒音（hu－fv）的推斷〉，《客家研究》第 2 卷第 2 期：83～102。

115. 嚴修鴻，2004a，〈客家話匣母讀同群母的歷史層次〉，《汕頭大學學報》第 20 卷第 1 期：41～44。

116. 嚴修鴻，2004b，〈客贛方言濁上字調類演變的歷史過程〉，《第五屆客方言暨首屆贛方言研討會論文集》：227～249。

三、學位論文

1. 江敏華，2003，《客贛方言關係研究》，臺灣大學中國文學研究所博士論文。

2. 呂嵩雁，1999，《閩西客語音韻研究》，臺灣師範大學國文研究所博士論文。

3. 吳中杰，2004，《畬族語言研究》，清華大學語言學研究所博士論文。

4. 邱仲森，2005，《台灣苗栗與廣東興寧客家話比較研究》，新竹教育大學台灣語言與語文教育研究所碩士論文。

5. 徐貴榮，2008，《台灣饒平客話音韻的源與變》，新竹教育大學台灣語言與語文教育研究所博士論文。

6. 徐汎平，2010，《廣東五華客家話比較研究》，中央大學客家語文研究所碩士論文。

7. 陳秀琪，2005，《閩南客家話音韻研究》，彰化師範大學國文研究所博士論文。

8. 彭心怡，2010，《江西客贛語的特殊音韻現象與結構演變》，中興大學中國文學研究所博士論文。

9. 鄭曉峯，2001，《福建光澤方言研究》，清華大學語言學研究所博士論文。

10. 鄧盛有，2007，《客家話的古漢語和非漢語成分分析研究》，中正大學中國文學研究所博士論文。

11. 劉勝權，2006，《粵北客粵方言音韻比較研究》，東吳大學中國文學研究所碩士論文。

附錄一　始興客家話字音對照表

音韻地位 地點			例字	太平	馬市	羅壩	隘子
果開一歌	平	端	多	to¹¹	to²²	to¹¹	to³³
		透	拖	tʰo¹¹	tʰo²²	tʰo¹¹	tʰo³³
			他	tʰa¹¹	tʰa²²	tʰa¹¹	tʰa³³
		定	駝	tʰo⁵³	tʰo⁵³	tʰo⁴²	tʰo¹¹
		來	羅	lo⁵³	lo⁵³	lo⁴²	lo¹¹
			鑼	lo⁵³	lo⁵³	lo⁴²	lo¹¹
		清	搓	tsʰai¹¹	tsʰai²²	tsʰai¹¹	tsʰai³³
		見	歌	ko¹¹	ko²²	ko¹¹	ko³³
			哥	ko¹¹	ko²²	ko¹¹	ko³³
		疑	鵝	ŋo⁵³	ŋo⁵³	ŋo⁴²	ŋo¹¹
		匣	河	ho⁵³	ho⁵³	ho⁴²	ho¹¹
			何	ho⁵³	ho⁵³	ho⁴²	ho¹¹
			荷~花	ho¹¹	ho⁵³	ho⁴²	ho¹¹
	上	定	舵	tʰo¹¹	tʰo²²	tʰo¹¹	tʰo¹¹
		精	左	tso³¹	tso³¹	tso³¹	tso³¹
		溪	可	kʰo³¹	kʰo³¹	kʰo³¹	kʰo³¹
		疑	我	ŋo³¹	ŋo⁵³	ŋo¹¹	ŋo⁵⁵

	去	定	大	tʰai⁴⁴	tʰai⁴⁴	tʰai⁴⁴	tʰai³¹
		泥	那	na⁵³	na³¹	na³¹	na¹¹
		見	個一~	ke⁴⁴	ke⁴⁴	ke⁴⁴	ke⁵⁵
		疑	餓	ŋo⁴⁴	ŋo⁴⁴	ŋo⁴⁴	ŋo³¹
		曉	荷薄~	ho⁵³	ho⁵³	ho⁴²	ho¹¹
		匣	賀	ho⁴⁴	ho⁴⁴	ho⁴⁴	ho³¹
果開三戈	平	群	茄	tɕʰio⁵³	tɕʰio⁵³	tɕʰio⁴²	tɕʰio¹¹
果合一戈	平	幫	波	po¹¹	po²²	po¹¹	po³³
		滂	坡	pi¹¹	po²²	po¹¹	po⁵⁵
			玻	po¹¹	po²²	po¹¹	po⁵⁵
		並	婆	pʰo⁵³	pʰo⁵³	pʰo⁴²	pʰo¹¹
		明	磨~刀	mo⁵³	mo⁵³	mo⁴²	mo¹¹
		來	螺	lo⁵³	lo⁵³	lo⁴²	lo¹¹
			腡指紋	lo⁵³	lo⁵³	lo⁴²	lo¹¹
			囉	lo⁵³	lo²²	lo¹¹	lo¹¹
		心	蓑	so¹¹	so²²	so¹¹	so³³
		心	梭	so¹¹	so²²	so¹¹	so³³
			唆	so¹¹	so²²	so¹¹	so³³
		見	戈	kʰo¹¹	kʰo²²		ko³³
		溪	科	kʰo¹¹	kʰo²²	kʰo¹¹	kʰo³³
			棵	kʰo¹¹	kʰo²²	kʰo¹¹	ko³¹
		匣	和~氣	fo⁵³	fo⁵³	fo⁴²	fo¹¹
			禾	vo⁵³	vo⁵³	vo⁴²	vo¹¹
		影	倭	e⁴⁴	vo²²	vo¹¹	vo³³
			窩	vo¹¹	vo²²	vo¹¹	vo³³
	上	幫	跛	pe¹¹	pe²²	pe¹¹	pe³³
		端	朵	to³¹	to³¹	to³¹	to³¹
		透	妥	tʰo³¹	tʰo³¹	tʰo³¹	tʰo⁵⁵
		定	惰	tʰo⁴⁴	tʰo⁴⁴	tʰo⁴⁴	tʰo⁵⁵
		來	裸	lo³¹	lo³¹	lo³¹	
		從	坐	tsʰo¹¹	tsʰo²²	tsʰo¹¹	tsʰo³³
		心	鎖	so³¹	so³¹	so³¹	so³¹
			瑣	so³¹	so³¹	so³¹	so³¹

		見	果	ko³¹	ko³¹	ko³¹	ko³¹
			裹	ko⁵³	ko³¹	ko³¹	ko³¹
		溪	顆	kʰo³¹/ko³¹	kʰo²²	kʰo³¹	ko³¹
		曉	火	fo³¹	fo³¹	fo³¹	fo³¹
		匣	禍	fo⁴⁴	fo⁴⁴	fo⁴⁴	fo³¹
	去	幫	簸~箕	po⁴⁴	po⁴⁴	po⁴⁴	po⁵⁵
		滂	破	pʰo⁴⁴	pʰo⁴⁴	pʰo⁴⁴	pʰo⁵⁵
		並	薄~荷	pʰok³²	pʰok⁴⁵	pʰok²	pʰok⁵
		明	磨石~	mo⁴⁴	mo⁴⁴	mo⁴⁴	mo³¹
		端	剁	tok⁴⁵	to⁴⁴	to⁴⁴	to⁵⁵
		泥	糯	no⁴⁴	no⁴⁴	no⁴⁴	no³¹
		清	銼	tsʰo⁴⁴	tsʰo⁴⁴	tsʰo⁴⁴	tsʰo⁵⁵
		從	座	tsʰo⁴⁴	tsʰo⁴⁴	tsʰo¹¹	tsʰo³³
		見	過	ko⁴⁴	ko⁴⁴	ko⁴⁴	ko⁵⁵
		溪	課	ko³¹	ko³¹	kʰo³¹	kʰo⁵⁵
		曉	貨	kʰo⁴⁴	kʰo⁴⁴ ﹝註1﹞	kʰo⁴⁴	fo⁵⁵
果合三戈	平	群	瘸	tɕʰio⁵³	tɕʰio⁵³	tɕʰio⁴²	tɕʰio¹¹
		曉	靴	ɕio¹¹	ɕio²²	ɕio¹¹	ɕio³³
假開二麻	平	幫	疤	pa¹¹	pa²²	pa¹¹	pa³³
		並	爬	pʰa⁵³	pʰa⁵³	pʰa⁴²	pʰa¹¹
		明	麻	ma⁵³	ma⁵³	ma⁴²	ma¹¹
			痲	ma⁵³	ma⁵³	ma⁴²	ma¹¹
		泥	拿	na⁵³	na²²	na¹¹	na³³
		澄	茶	tsʰa⁵³	tsʰa⁵³	tsʰa⁴²	tsʰa¹¹
			搽	tsʰa⁵³	tsʰa⁵³	tsʰa⁴²	tsʰa¹¹
		莊	查山~	tsa¹¹	tsa²²	tsa¹¹	tsa³³
			渣	tsa¹¹	tsa²²	tsa¹¹	tsa³³
		初	叉	tsʰa¹¹	tsʰa²²	tsʰa¹¹	tsʰa³³
			差~別	tsʰa¹¹	tsʰa²²	tsʰa¹¹	tsʰa³³
		崇	查調~	tsʰa⁵³	tsʰa⁵³	tsʰa⁴²	tsʰa¹¹

﹝註1﹞該字在「老貨（老傢伙）」時讀作「fo⁴⁴」。

	生	沙	sa¹¹	sa²²	sa¹¹	sa³³
		紗	sa¹¹	sa²²	sa¹¹	sa³³
	見	家	ka¹¹	ka²²	ka¹¹	ka³³
		加	ka¹¹	ka²²	ka¹¹	ka³³
		嘉	ka¹¹	ka²²	ka¹¹	ka³³
	疑	牙	ŋa⁵³	ŋa⁵³	ŋa⁴²	ŋa¹¹
		芽	ŋa⁵³	ŋa⁵³	ŋa⁴²	ŋa¹¹
	曉	蝦魚~	ha⁵³	ha⁵³	ha⁴²	ha¹¹
	匣	霞	ha⁵³	ha⁵³	ha⁴²	ha¹¹
	影	鴉	a¹¹	a²²	a¹¹	a³³
上	幫	把	pa³¹	pa³¹	pa³¹	pa³¹
	明	馬	ma³¹	ma³¹	ma³¹	ma³³
	見	假眞~	ka³¹	ka³¹	ka³¹	ka³¹
	疑	雅	ŋa³¹	ŋa⁵³	ŋa⁴²	ŋa¹¹
	匣	下底~	ha⁴⁴	ha²²	ha¹¹	ha³³
		廈~門	ha⁴⁴	ha⁴⁴	ha⁴⁴	ha⁵⁵
	影	啞	a³¹	a³¹	a³¹	a³¹
去	幫	霸	pa⁴⁴	pa⁴⁴	pa⁴⁴	pa⁵⁵
		壩堤	pa⁴⁴	pa⁴⁴	pa⁴⁴	pa⁵⁵
	滂	怕	pʰa⁴⁴	pʰa⁴⁴	pʰa⁴⁴	pʰa⁵⁵
		帕	pʰa⁴⁴	pʰa⁴⁴	pʰa⁴⁴	pʰa⁵⁵
	並	耙	pʰa⁵³	pʰa⁵³	pʰa⁴²	pʰa¹¹
	明	罵	ma⁴⁴	ma⁴⁴	ma⁴⁴	ma⁵⁵
	莊	詐	tsa⁴⁴	tsa⁴⁴	tsa⁴⁴	tsa⁵⁵
	莊	榨	tsa⁴⁴	tsa⁴⁴	tsa⁴⁴	tsa⁵⁵
	初	岔~路	tsʰa⁴⁴	tsʰa⁴⁴	tsʰa⁴⁴	tsʰa⁵⁵
	見	假放~	ka³¹	ka³¹	ka³¹	ka³¹
		嫁	ka⁴⁴	ka⁴⁴	ka⁴⁴	ka⁵⁵
		價	ka⁴⁴	ka⁴⁴	ka⁴⁴	ka⁵⁵
	溪	搙捕捉拿住	kʰak⁴⁵	kʰak⁴⁵	kʰat³	nak⁵
	曉	嚇~一跳	hak⁴⁵	hak⁴⁵	hak³	hak²
	匣	下~降	ha⁴⁴	ha⁴⁴	ha⁴⁴	ha³³
		夏春~	ha⁴⁴	ha⁴⁴	ha⁴⁴	ha³¹
	影	亞	a¹¹	a²²	a¹¹	a⁵⁵

假開三麻	平	心	些	ɕia¹¹	ɕia²²	ɕia¹¹	ɕia³³
		邪	邪	ɕia⁵³	ɕia⁵³	ɕia⁴²	ɕia¹¹
			斜	tɕʰia⁵³	tɕʰia⁵³	tɕʰia⁴²	tɕʰia¹¹
		知	爹	tia¹¹	tia²²	tia¹¹	tia³³
		章	遮	tsa¹¹	tsa²²	tsa¹¹	tsa³³
		昌	車馬~	tsʰa¹¹	tsʰa²²	tsʰa¹¹	tsʰa³³
		船	蛇	sa⁵³	sa⁵³	sa⁴²	sa¹¹
		書	賒	sa¹¹	sa²²	sa¹¹	tsʰa³³
		以	爺	ia⁵³	ia⁵³	ia⁴²	ia¹¹
	上	精	姐	tɕia³¹	tɕia³¹	tɕia³¹	tɕia³¹
		清	且	tɕʰia³¹	tɕʰia³¹	tɕʰia³¹	tɕʰia³¹
		心	寫	ɕia³¹	ɕia³¹	ɕia³¹	ɕia³¹
		章	者	tsa³¹	tsa³¹	tsa³¹	tsa³¹
		昌	扯	tsʰa³¹	tsʰa³¹	tsʰa³¹	tsʰa³¹
		書	捨	sa³¹	sa³¹	sa³¹	sa³¹
		禪	社	sa⁴⁴	sa⁴⁴	sa⁴⁴	sa⁵⁵
		日	惹	ɲia³¹	ɲia³¹	ɲia³¹	ɲia³¹
		以	野	ia³¹	ia²²	ia¹¹	ia³¹
	去	精	借	tɕia⁴⁴	tɕia⁴⁴	tɕia⁴⁴	tɕia⁵⁵
		從	藉	tɕia⁴⁴	tɕia⁴⁴	tɕia⁴⁴	tɕia³¹
		心	瀉	ɕia⁴⁴	ɕia⁴⁴	ɕia⁴⁴	ɕia⁵⁵
			卸	tsʰa⁴⁴	ɕia⁴⁴		ɕia³¹
		邪	謝	tɕʰia⁴⁴	tɕʰia⁴⁴	tɕʰia⁴⁴	tɕʰia³¹
		章	蔗	tsa⁴⁴	tsa⁴⁴	tsa⁴⁴	tsa⁵⁵
		船	射	sa⁴⁴	sa⁴⁴	sa⁴⁴	sa³¹
		書	赦	sa⁴⁴	sa⁴⁴	sa⁴⁴	sa³¹
假開三麻	去	書	舍	sa⁴⁴	sa⁴⁴	sa⁴⁴	sa⁵⁵
		以	夜	ia⁴⁴	ia⁴⁴	ia⁴⁴	ia³¹
假合二麻	平	見	瓜	ka¹¹	kua²²	ka¹¹	kua³³
			蝸	vo¹¹	vo²²	vo¹¹	vo³³
		溪	誇	kʰa¹¹	kʰua²²	kʰa¹¹	kʰua³³
		曉	花	fa¹¹	fa²²	fa¹¹	fa³³
		匣	華中~	fa⁵³	fa⁵³	fa⁴²	fa¹¹
			划	fa⁵³/pʰa⁵³	fa⁵³/pʰa⁵³	vak²/pʰa⁴²	vak⁵/pʰa¹¹

		影	蛙	va^{11}	va^{22}	va^{11}	va^{33}
			窪	va^{11}	va^{22}	va^{11}	
	上	見	寡	ka^{31}	kua^{31}	ka^{31}	kua^{31}
		溪	垮	k^{h}a^{31}	k^{h}ua^{22}	k^{h}a^{11}	k^{h}ua^{33}
		疑	瓦	ŋa^{31}	ŋa^{31}	ŋa^{31}	ŋa^{31}
	去	溪	跨	k^{h}a^{11}	k^{h}ua^{22}	k^{h}a^{11}	k^{h}ua^{33}
		曉	化	fa^{31}	fa^{44}	fa^{44}	fa^{55}
		匣	華姓	fa^{44}	fa^{44}	fa^{44}	fa^{31}
遇合一模	平	滂	鋪~設	p^{h}u^{11}	p^{h}u^{22}	p^{h}u^{11}	p^{h}u^{33}
		並	菩	p^{h}u^{53}	p^{h}u^{53}	p^{h}u^{42}	p^{h}u^{11}
			脯	p^{h}u^{31}	p^{h}u^{31}	p^{h}u^{42}	p^{h}u^{31}
		明	模	mo^{53}	mo^{53}	mo^{42}	mu^{11}
		端	都	tu^{44}	tu^{22}	tu^{11}	tu^{55}/tu^{33}
		定	徒	t^{h}u^{53}	t^{h}u^{53}	t^{h}u^{42}	t^{h}u^{11}
			塗	t^{h}u^{53}	t^{h}u^{53}	t^{h}u^{42}	t^{h}u^{11}
			圖	t^{h}u^{53}	t^{h}u^{53}	t^{h}u^{42}	t^{h}u^{11}
		泥	奴	nu^{53}	nu^{53}	nu^{42}	nu^{11}
		來	盧	lu^{53}	lu^{53}	lu^{42}	lu^{11}
			爐	lu^{53}	lu^{53}	lu^{42}	lu^{11}
		精	租	tsu^{11}	tsu^{22}	tsu^{11}	tsu^{33}
		清	粗	ts^{h}u^{11}	ts^{h}u^{22}	ts^{h}u^{11}	ts^{h}u^{33}
		心	蘇	su^{11}	su^{22}	su^{11}	su^{33}
			酥	su^{11}	su^{22}	su^{11}	su^{33}
		見	姑	ku^{11}	ku^{22}	ku^{11}	ku^{33}
			孤	ku^{11}	ku^{22}	ku^{11}	ku^{33}
			箍	k^{h}u^{11}	k^{h}u^{22}	ku^{11}/k^{h}u^{11}	k^{h}u^{33}
		溪	枯	ku^{11}	ku^{22}	ku^{11}	ku^{33}
		疑	吳	m^{53}	m^{53}	m^{42}	m^{11}
		疑	梧	mu^{53}	mu^{53}	m^{42}	m^{11}
		曉	呼	fu^{11}	fu^{22}	fu^{11}	fu^{33}
		匣	胡	fu^{53}	fu^{53}	fu^{42}	fu^{11}
			湖	fu^{53}	fu^{53}	fu^{42}	fu^{11}
			壺	fu^{53}	fu^{53}	fu^{42}	fu^{11}
		影	烏	vu^{11}	vu^{22}	vu^{11}	vu^{33}
			污	vu^{11}	vu^{22}	vu^{11}	vu^{33}

	調	聲	字				
	上	幫	補	pu³¹	pu³¹	pu³¹	pu³¹
			譜	pʰu³¹	pʰu³¹	pʰu³¹	pʰu³¹
		滂	普	pʰu³¹	pʰu³¹	pʰu³¹	pʰu³¹
		並	部	pʰu⁴⁴	pʰu⁴⁴	pʰu⁴⁴	pʰu³¹
			簿	pʰu⁴⁴	pʰu²²	pʰu⁴⁴/p<u>ʰu</u>¹¹	pʰu³¹
		端	堵	tu³¹	tu³¹	tu³¹	tu³¹
			賭	tu³¹	tu³¹	tu³¹	tu³¹
			肚	tu³¹	tu³¹	tu³¹	tu³¹
		透	土	tʰu³¹	tʰu³¹	tʰu³¹	tʰu³¹
		定	杜	tʰu⁴⁴	tʰu⁴⁴	tʰu⁴⁴	tʰu³¹
		泥	努	nu³¹	nu³¹	nu³¹	nu³¹
		來	魯	nu³¹	nu³¹	nu³¹	lu³³
			滷	nu³¹	nu³¹	nu³¹	nu³¹
		精	祖	tsu³¹	tsu³¹	tsu³¹	tsu³¹
			組	tsu³¹	tsu³¹	tsu³¹	tsu³¹
		見	古	ku³¹	ku³¹	ku³¹	ku³¹
			牯	ku³¹	ku³¹	ku³¹	ku³¹
			鼓	ku³¹	ku³¹	ku³¹	ku³¹
		溪	苦	kʰu³¹/<u>fu</u>³¹	kʰu³¹/<u>fu</u>³¹	kʰu³¹/<u>fu</u>³¹	kʰu³¹
		疑	五	m³¹	m³¹	m³¹	m³¹
			午	m³¹	m³¹	m³¹	m³¹
		曉	虎	fu³¹	fu³¹	fu³¹	fu³¹
		匣	戶	fu⁴⁴	fu⁴⁴	fu⁴⁴	fu³¹
	去	幫	布	pu⁴⁴	pu⁴⁴	pu⁴⁴	pu⁵⁵
		滂	舖店~	pʰu¹¹	pʰu²²	pʰu¹¹/pʰu⁴⁴	pʰu⁵⁵
			怖	pu⁴⁴	pu⁴⁴	pu⁴⁴	pu⁵⁵
		並	步	pʰu⁴⁴	pʰu⁴⁴	pʰu⁴⁴	pʰu³¹
			捕	pʰu³¹	pʰu³¹	pʰu³¹	pʰu³¹
		明	墓	mu⁴⁴	mu⁴⁴	mu⁴⁴	mu⁵⁵
遇合一模	去	明	募	mu⁴⁴	mu⁴⁴	mu⁴⁴	mu⁵⁵
		透	吐嘔~	tʰu⁴⁴	tʰu⁴⁴	tʰu⁴⁴	tʰu⁵⁵
			兔	tʰu⁴⁴	tʰu⁴⁴	tʰu⁴⁴	tʰu⁵⁵
		定	度	tʰu⁴⁴	tʰu⁴⁴	tʰu⁴⁴	tʰu³¹
			渡	tʰu⁴⁴	tʰu⁴⁴	tʰu⁴⁴	tʰu³¹

泥	怒	nu^{44}	nu^{44}	nu^{44}	nu^{31}
來	路	lu^{44}	lu^{44}	lu^{44}	lu^{31}
	露	lu^{44}	lu^{44}	lu^{44}	lu^{55}
精	做	tso^{44}	tso^{44}	tso^{44}	tso^{55}
清	醋	tsʰu^{44}	tsʰu^{44}	tsʰu^{44}	tsʰu^{55}
	錯	tsʰo^{44}	tsʰo^{44}	tsʰo^{44}	tsʰo^{55}
心	素	su^{44}	su^{44}	su^{44}	su^{55}
	訴	su^{44}	su^{44}	su^{44}	su^{55}
見	故	ku^{44}	ku^{44}	ku^{44}	ku^{55}/kʰu^{55}
	固	ku^{44}	ku^{44}	ku^{44}	ku^{55}
	顧	ku^{44}	ku^{44}	ku^{44}	ku^{55}
溪	庫	kʰu^{44}	kʰu^{44}	kʰu^{44}	kʰu^{55}
	褲	kʰu^{44}	kʰu^{44}	kʰu^{44}	kʰu^{55}
疑	誤	mu^{44}	mu^{44}	vu^{44}	mu^{31}
曉	戽~水	fu^{44}	fu^{44}	fu^{44}	fu^{55}
匣	護	fu^{44}	fu^{44}	fu^{44}	fu^{31}
	瓠~瓜	pʰu^{53}	pʰu^{53}	pʰu^{42}	pʰu^{11}
影	惡可~	vu^{44}/ok^{45}	ok^{45}	ok^{3}	vu^{55}
遇合三魚 平 來	盧	lu^{53}	lu^{53}	lu^{42}	lu^{11}
	驢	lu^{53}	lu^{53}	lu^{42}	lu^{11}
邪	徐	tsʰɿ^{53}	tsʰɿ^{53}	tsʰɿ^{42}	tɕʰi^{11}
知	豬	tsu^{11}	tsu^{22}	tsu^{11}	tsu^{33}
澄	除	tsʰu^{53}	tsʰu^{53}	tsʰu^{42}	tsʰu^{11}
	儲	tsʰu^{53}	tsʰu^{53}	tsʰu^{42}	tsʰu^{11}
初	初	tsʰu^{11}	tsʰu^{22}	tsʰu^{11}	tsʰu^{33}
崇	鋤	tsʰo^{53}	tsʰu^{53}	tsʰo^{42}	tsʰu^{11}
生	梳	so^{11}	so^{22}	so^{11}	sɿ^{33}
	疏~遠	su^{11}	so^{22}	su^{11}	su^{33}
章	諸	tsu^{11}	tsu^{22}	tsu^{11}	tsu^{33}
書	書	su^{11}	su^{22}	su^{11}	su^{33}
	舒	su^{11}	su^{22}	su^{11}	su^{33}
日	如	ɿ^{53}	ɿ^{53}	lu^{42}	u^{11}
見	居	tsɿ^{11}	tsɿ^{22}	tsɿ^{11}	tɕi^{33}
	車~馬炮	tsʰa^{11}	tsɿ^{22}	tsɿ^{11}	tɕi^{33}

	群	渠	tsʰɿ^{11}	tsʰɿ^{22}	tsʰɿ^{11}	tɕʰi^{33}
	疑	魚	m^{53}	m^{53}	m^{42}	ŋ^{11}
	曉	虛	sɿ^{11}	sɿ^{22}	sɿ^{11}	çi^{33}
	影	於	ɿ^{11}	ɿ^{22}	ɿ^{11}	i^{11}
	以	余	ɿ^{53}	ɿ^{53}	ɿ^{42}	i^{11}
		餘	ɿ^{53}	ɿ^{53}	ɿ^{42}	i^{11}
上	泥	女	m^{31}	m^{31}	m^{31}	ŋ^{31}
	來	呂	li^{11}	li^{22}	li^{11}	li^{33}
		旅	li^{31}	li^{31}	li^{31}	li^{31}
	邪	序	sɿ^{44}	sɿ^{44}	sɿ^{44}	çi^{31}
		緒	sɿ^{44}	sɿ^{44}	sɿ^{44}	çi^{11}
	徹	褚姓	tsʰu^{31}	tsʰu^{53}		tsʰu^{31}
	澄	苧~麻	tsʰu^{11}	tsʰu^{22}	tsʰu^{11}	tsʰu^{33}
	莊	阻	tsu^{31}	tsu^{31}	tsu^{31}	tsu^{31}
	初	楚	tsʰu^{31}	tsʰu^{31}	tsʰu^{31}	tsʰu^{31}
	生	所	so^{31}	so^{31}	so^{31}	so^{31}
	章	煮	tsu^{31}	tsu^{31}	tsu^{31}	tsu^{31}
	昌	處相~	tsʰu^{44}	tsʰu^{31}	tsʰu^{31}	tsʰu^{55}
	書	暑	su^{31}	su^{31}	su^{31}	su^{31}
		鼠	su^{31}	su^{31}	su^{31}	tsʰu^{31}
	見	舉	tsɿ^{31}	tsɿ^{31}	tsɿ^{31}	tɕi^{31}
	群	巨	tsʰɿ^{11}	tsʰɿ^{22}	tsʰɿ^{11}	tɕʰi^{33}
		拒	tsʰɿ^{11}	tsʰɿ^{22}	tsʰɿ^{11}	tɕʰi^{33}
		距	tsʰɿ^{11}	tsʰɿ^{22}	tsʰɿ^{11}	tɕʰi^{33}
	疑	語	ȵi^{31}	ȵi^{31}	ȵi^{31}	ȵi^{33}
	曉	許	sɿ^{31}	sɿ^{31}	sɿ^{31}	su^{31}
	以	與	ɿ^{31}	ɿ^{31}	ɿ^{31}	i^{31}
去	來	慮	lue^{44}	lui^{44}	li^{44}	le^{31}
		濾	lue^{44}	lui^{44}	li^{44}	le^{31}
	心	絮	sɿ^{44}	sɿ^{44}	su^{44}	çi^{31}
	知	著顯~	tsu^{44}	tsu^{44}	tsu^{44}	tsu^{55}
	崇	助	tsʰu^{44}	tsʰu^{44}	tsʰu^{44}	tsʰu^{31}
	昌	處~所	tsʰu^{44}	tsʰu^{44}	tsʰu^{44}	tsʰu^{55}
	書	恕	su^{44}	su^{44}	su^{44}	su^{55}
	禪	署	su^{31}	su^{31}	su^{31}	su^{31}
		薯	su^{53}	su^{53}	su^{42}	su^{31}

		聲	字				
		見	據	tsɿ⁴⁴	tsɿ⁴⁴	tsɿ⁴⁴	tɕi³¹
			鋸	tsɿ⁴⁴	tsɿ⁴⁴	tsɿ⁴⁴	tɕi⁵⁵
		溪	去	tsʰɿ⁴⁴	tsʰɿ⁴⁴	sɿ⁴⁴	tɕʰi⁵⁵
		疑	禦	i²⁴⁵	ɿ⁴⁴		i³¹
		以	譽	ɿ⁴⁴	ɿ⁴⁴	ji³¹	i³¹
			預	ɿ⁴⁴	ɿ⁴⁴	ɿ⁴⁴	i³¹
遇合三虞	平	非	夫	fu¹¹	fu²²	fu¹¹	fu³³
			膚	fu¹¹	fu²²	fu¹¹	fu³¹
		敷	敷	fu¹¹	fu²²	fu¹¹	
			孵	fu¹¹	pu²²	pu¹¹	pʰu¹¹
		奉	符	fu⁵³	fu⁵³	fu⁴²	fu¹¹/pʰu¹¹
			扶	fu⁵³/pʰu⁵³	pʰu⁵³	fu⁴²	fu¹¹
			芙	fu⁵³	fu⁵³	fu⁴²	fu¹¹
		微	無〔註2〕	vu⁵³/mau¹¹	vu⁵³/mau²²	vu⁴²/mau¹¹	vu¹¹/mo¹¹
			巫	vu¹¹	vu²²	vu¹¹	vu³³
		清	趨	tsʰɿ¹¹		tsʰɿ¹¹	tɕʰi³³
		心	鬚	sɿ¹¹	sɿ²²	sɿ¹¹	ɕi³³
			需	sɿ¹¹	sɿ²²	sɿ¹¹	ɕi³³
		知	蛛	tsu¹¹	tsu²²	tsu¹¹	tsu³³
			株	tsu¹¹	tsu²²	tsu¹¹	tsu³³
		澄	廚	tsʰu⁵³	tsʰu⁵³	tsʰu⁴²	tsʰu¹¹
		崇	雛	tsʰu⁵³	tsʰu⁵³		tsʰɿ³³
		章	朱	tsu¹¹	tsu²²	tsu¹¹	tsu³³
			珠	tsu¹¹	tsu²²	tsu¹¹	tsu³³
		昌	樞	su¹¹	tsʰɿ²²	su¹¹	su³³
		書	輸	su¹¹	su²²	su¹¹	su³³
		禪	殊	su⁵³	su⁵³	su⁴²	su³¹
		日	儒	ɿ⁵³	ɿ⁵³	ɿ⁴²/lu⁴²	i¹¹
		見	拘	tsɿ¹¹	tsɿ²²	tsɿ¹¹	tɕi³³
			俱	tsʰɿ⁴⁴	tsʰɿ⁴⁴	tsʰɿ⁴⁴	tɕʰi³¹
		溪	區~域	tsʰɿ¹¹	tsʰɿ²²	tsʰɿ¹¹	tɕʰi³³
		疑	愚	ɲi⁵³	ɲi⁵³	ɲi⁴²	ɲi¹¹
			娛	mu⁴⁴	mu⁴⁴	vu⁴⁴	ŋu³¹

〔註2〕該字太平、馬市、羅壩口語有時說「mau¹」，偶會出現「mo¹」，例如「無客氣」。

	云	于	$ʅ^{11}$	$ʅ^{22}$	$ʅ^{11}$	i^{11}
	以	愉	$ʅ^{44}$	$ʅ^{44}$	$ʅ^{44}$	i^{31}
上	非	府	fu^{31}	fu^{31}	fu^{31}	fu^{31}
		甫	p^hu^{31}	p^hu^{31}	p^hu^{31}	p^hu^{31}
		斧	fu^{31}	fu^{31}	fu^{31}	pu^{31}
	敷	撫	fu^{31}	vu^{31}	vu^{31}	vu^{11}
	奉	父	fu^{44}	fu^{44}	fu^{44}	fu^{31}
		腐	fu^{31}	fu^{31}	fu^{31}/fu^{44}	fu^{31}
		輔	p^hu^{31}	p^hu^{31}	p^hu^{31}	p^hu^{31}
	微	武	vu^{31}	vu^{31}	vu^{31}	vu^{31}
		舞	vu^{31}	vu^{31}	vu^{31}	vu^{31}
	來	縷	leu^{31}	lue^{31}	leu^{42}	
	清	取	$ts^hɿ^{31}$	$ts^hɿ^{31}$	$ts^hɿ^{31}$	$tɕ^hi^{31}$
		娶	$ts^hɿ^{44}$	$ts^hɿ^{31}$	$ts^hɿ^{31}$	$tɕ^hi^{31}$
	從	聚	$ts^hɿ^{44}$	$ts^hɿ^{44}$	$ts^hɿ^{44}$	$tɕ^hi^{31}$
	知	拄~拐杖	tsu^{31}	tsu^{44}	tsu^{44}	k^hu^{31}
	澄	柱	ts^hu^{11}	ts^hu^{22}	ts^hu^{11}	ts^hu^{33}
	生	數動詞	su^{31}	su^{31}	su^{31}	su^{55}
	章	主	tsu^{31}	tsu^{31}	tsu^{31}	tsu^{31}
	禪	豎	su^{44}	su^{44}	su^{44}	su^{31}
	日	乳	$iue^{31}/\underline{nen}^{44}$	$iue^{31}/\underline{nen}^{44}$	$iue^{31}/\underline{nen}^{44}$	$ie^{31}/\underline{nen}^{55}$
	見	矩	$tsɿ^{31}$	$tsɿ^{31}$	$tsɿ^{31}$	$tɕi^{31}$
	云	雨	$ʅ^{31}$	$ʅ^{31}$	$ʅ^{31}$	i^{31}
		宇	$ʅ^{11}$	$ʅ^{22}$	$ʅ^{11}$	i^{31}
		羽	$ʅ^{31}$	$ʅ^{31}$	$ʅ^{31}$	i^{11}
	以	愈	$ʅ^{44}$	$ʅ^{44}$	ji^{31}	i^{31}
去	非	付	fu^{44}	fu^{44}	fu^{44}	fu^{55}
		傅	fu^{44}	fu^{44}	fu^{44}	fu^{31}
	敷	赴	fu^{44}	fu^{44}	fu^{44}	fu^{55}
		訃	fu^{44}/puk^{45}	puk^{45}		puk^{2}
	奉	附	fu^{44}	fu^{44}	fu^{44}	fu^{55}
	微	務	vu^{44}	vu^{44}	vu^{44}	vu^{55}
		霧	vu^{44}	vu^{44}	vu^{44}	vu^{55}
	來	屢	lue^{31}	lue^{31}	li^{31}	leu^{31}
	清	趣	$ts^hɿ^{44}$	$ts^hɿ^{44}$	$ts^hɿ^{44}$	$tɕ^hi^{55}$

		邪	續	ɕiuk³²	ɕiuk⁴⁵	ɕiuk²	ɕiuk⁵
		知	駐	tsu⁴⁴	tsʰu⁴⁴	tsu⁴⁴	tsu⁵⁵
			註	tsu⁴⁴	tsu⁴⁴	tsu⁴⁴	tsu⁵⁵
		澄	住	tsʰu⁴⁴	tsʰu⁴⁴	tsʰu⁴⁴	tsʰu³¹
		生	數名詞	su⁴⁴	su⁴⁴	su⁴⁴	su⁵⁵
		章	注	tsu⁴⁴	tsu⁴⁴	tsu⁴⁴	tsu⁵⁵
			蛀	tsu⁴⁴	tsu⁴⁴	tsu⁴⁴	tsu⁵⁵
		禪	樹	su⁴⁴	su⁴⁴	su⁴⁴	su³¹
		見	句	tsɿ⁴⁴	tsɿ⁴⁴	tsɿ⁴⁴	tɕi⁴⁴
		群	具	tsʰɿ⁴⁴	tsʰɿ⁴⁴	tsʰɿ⁴⁴	tɕʰi³¹
			懼	tsʰɿ⁴⁴	tsʰɿ⁴⁴	tsʰɿ⁴⁴	tɕʰi³³
		疑	遇	ɿ⁴⁴	ɿ⁴⁴	ɿ⁴⁴	ɲi³¹
			寓	ɿ⁴⁴	ɿ⁴⁴	ji³¹	
		云	芋	ɿ⁴⁴	ɿ⁴⁴	ɿ⁴⁴	i³¹
		以	喻	ɿ⁴⁴	ɿ⁴⁴	ɿ⁴⁴	i³¹
			裕	ɿ⁴⁴	ɿ⁴⁴	ɿ⁴⁴	i³¹
蟹開一咍	平	透	胎	tʰoi¹¹	tʰoi²²	tʰoi¹¹	tʰoi³³
			台天~	tʰoi⁵³	tʰoi⁵³	tʰoi⁴²	tʰoi¹¹
		定	臺	tʰoi⁵³	tʰoi⁵³	tʰoi⁴²	tʰoi¹¹
			抬	tʰoi⁵³	tʰoi⁵³	tʰoi⁴²	tʰoi¹¹
		來	來	loi⁵³	loi⁵³	loi⁴²	loi¹¹
		精	災	tsoi¹¹	tsoi²²	tsoi¹¹	tsai³³
			栽	tsoi¹¹	tsoi²²	tsai¹¹	tsoi⁵⁵
		清	猜	tsʰai¹¹	tsʰai²²	tsʰai¹¹	tsʰai³³
		從	才	tsʰoi⁵³	tsʰoi⁵³	tsʰoi⁴²	tsʰoi¹¹
			材	tsʰoi⁵³	tsʰoi⁵³	tsʰoi⁴²	tsʰoi¹¹
			財	tsʰoi⁵³	tsʰoi⁵³	tsʰoi⁴²	tsʰoi¹¹
			裁	tsʰoi⁵³	tsʰoi⁵³	tsʰoi⁴²	tsʰoi¹¹
		見	該	koi¹¹	koi²²	koi¹¹	koi³³
		溪	開	kʰoi¹¹	hoi²²/kʰoi²²	hoi¹¹	kʰoi³³
		疑	呆	tai¹¹/ŋoi⁵³	tai²²/ŋoi⁵³	tai¹¹/ŋoi⁴²	tai³³/ŋoi¹¹
		匣	孩	hai⁵³	hai⁵³	hai⁴²	hai¹¹
		影	哀	oi¹¹	oi²²	ai¹¹	oi³³
	上	定	待	tʰoi⁴⁴	tʰoi⁴⁴	tʰoi⁴⁴	tʰoi³¹
			怠	tʰoi⁴⁴	tʰo⁴⁴	tʰoi⁴⁴	tʰoi³¹

		泥	乃	nai³¹	nai³¹	nai³¹	nai⁵⁵
		精	載年~	tsoi⁴⁴	tsai³¹	tsai³¹	tsai⁵⁵
		清	採	tsʰoi³¹	tsʰoi³¹	tsʰoi³¹	tsʰoi³¹
		從	在	tsʰoi⁴⁴/ts<u>ʰoi</u>¹¹	tsʰoi⁴⁴/ts<u>ʰoi</u>²²	tsʰoi⁴⁴/ts<u>ʰoi</u>¹¹	tsʰai³¹/ts<u>ʰoi</u>³³
		見	改	koi³¹	koi³¹	koi³¹	koi³¹
		曉	海	hoi³¹	hoi³¹	hoi³¹	hoi³¹
		匣	亥	hoi⁴⁴	hoi⁴⁴		hoi³¹
	去	端	戴	tai⁴⁴	tai⁴⁴	tai⁴⁴	tai⁵⁵
		透	態	tʰai³¹	tʰai³¹	tʰai⁴⁴	tʰai⁵⁵
			貸	tʰoi⁴⁴	tʰoi⁴⁴	tʰoi⁴⁴	tʰoi³¹
		定	代	tʰoi⁴⁴	tʰoi⁴⁴	tʰoi⁴⁴	tʰoi³¹
			袋	tʰoi⁴⁴	tʰoi⁴⁴	tʰoi⁴⁴	tʰoi³¹
		泥	耐	nai⁵³	nai⁴⁴	nai⁴⁴	nai³¹
		精	再	tsai⁴⁴	tsai⁴⁴	tsai⁴⁴	tsai⁵⁵
			載~重	tsoi⁴⁴	tsoi⁴⁴	tsai¹¹	tsoi⁵⁵
		清	菜	tsʰoi⁴⁴	tsʰoi⁴⁴	tsʰoi⁴⁴	tsʰoi⁵⁵
		心	賽	sai⁴⁴	sai⁴⁴	sai⁴⁴	soi⁵⁵
		見	概	kʰai³¹	kʰai³¹	kʰai³¹	kʰai³¹
			溉	kʰai³¹	kʰai³¹	kʰai³¹	kʰai³¹
		疑	礙	ŋoi⁴⁴	ŋoi⁴⁴	ŋoi⁴⁴	ŋoi³¹
		影	愛	oi⁴⁴	oi⁴⁴	oi⁴⁴	oi⁵⁵
蟹開一泰	去	幫	貝	pe⁴⁴	pe⁴⁴	pe⁴⁴	pe⁵⁵
		滂	沛	pʰe⁴⁴	pʰe⁴⁴	pʰe⁴⁴	pʰe¹¹
		端	帶	tai⁴⁴	tai⁴⁴	tai⁴⁴	tai⁵⁵
		透	太	tʰai⁴⁴	tʰai⁴⁴	tʰai⁴⁴	tʰai⁵⁵
			泰	tʰai¹¹	tʰai⁴⁴	tʰai⁴⁴	tʰai⁵⁵
		定	大~夫	tʰai⁴⁴	tʰai⁴⁴	tʰai⁴⁴	tʰai⁵⁵
		泥	奈	nai⁴⁴	nai⁴⁴	nai⁴⁴	nai³¹
		來	賴	lai⁴⁴	lai⁴⁴	lai⁴⁴	lai³¹
		清	蔡	tsʰai⁴⁴	tsʰai⁴⁴	tsʰai⁴⁴	tsʰai⁵⁵
		見	蓋	koi⁴⁴	koi⁴⁴	koi⁴⁴	koi⁵⁵
		疑	艾	ɲie⁴⁴	ɲie⁴⁴/ai⁴⁴	ai⁴⁴	ŋe⁵⁵
		匣	害	hoi⁴⁴	hoi⁴⁴	hoi⁴⁴	hoi³¹

		聲母	字				
蟹開二皆	平	並	排	p^{h}ai^{53}	p^{h}ai^{53}	p^{h}ai^{42}	p^{h}ai^{11}
		明	埋	mai^{53}	mai^{53}	mai^{42}	mai^{11}
		莊	齋	tsai^{11}	tsai^{22}	tsai^{11}	tsai^{33}
		崇	豺	ts^{h}ai^{53}	ts^{h}ai^{53}	ts^{h}ai^{42}	sai^{11}
		見	皆	kai^{11}	kai^{22}		kai^{33}
		見	階	kai^{11}	kai^{22}	kai^{11}	kai^{33}
		匣	諧	hai^{53}	hai^{22}		hai^{11}
		影	挨	ai^{11}	ai^{22}	ai^{11}	ai^{33}
	上	溪	楷	k^{h}ai^{31}	k^{h}ai^{31}	k^{h}ai^{31}	kai^{33}
		匣	駭	hai^{44}	het^{45}		hai^{31}
	去	幫	拜	pai^{44}	pai^{44}	pai^{44}	pai^{55}
		見	介	kai^{44}	kai^{44}	kai^{44}	kai^{55}
			界	kai^{44}	kai^{44}	kai^{44}	kai^{55}
			尬	kai^{44}	kai^{44}	kai^{44}	kai^{55}
			戒	kai^{44}	kai^{44}	kai^{44}	kai^{55}
		匣	械	hai^{44}	hai^{44}	hai^{44}	hai^{31}
蟹開二佳	平	並	牌	p^{h}ai^{53}	p^{h}ai^{53}	p^{h}ai^{42}	p^{h}ai^{11}
		初	釵	ts^{h}a^{11}	ts^{h}a^{22}	ts^{h}a^{11}	ts^{h}a^{33}
			差出~	ts^{h}ai^{11}	ts^{h}ai^{22}	ts^{h}ai^{11}	ts^{h}ai^{33}
		崇	柴	ts^{h}ai^{53}	ts^{h}ai^{53}	ts^{h}ai^{42}	ts^{h}ai^{11}
		見	佳	ka^{11}	ka^{22}	ka^{11}	ka^{33}
			街	kai^{44}	kai^{22}	kai^{11}	kai^{33}
		疑	涯	ŋai^{31}	ŋai^{31}	ŋa^{42}	ŋai^{11}
			崖	ŋai^{53}	ŋai^{53}	ŋai^{42}	ŋai^{11}
		匣	鞋	hai^{53}	hai^{53}	hai^{42}	hai^{11}
	上	幫	擺	pai^{31}	pai^{31}	pai^{31}	pai^{31}
		並	罷	p^{h}a^{44}	pa^{44}	pa^{44}	p^{h}a^{11}
		明	買	mai^{11}	mai^{22}	mai^{11}	mai^{33}
		泥	奶	nai^{31}	nai^{31}		nai^{33}
		生	灑	sai^{31}	sai^{31}	sa^{31}	sai^{55}
		見	解~開	kai^{31}	kai^{31}	kai^{31}	kai^{31}
		匣	蟹	k^{h}ai^{31}	k^{h}ai^{31}	k^{h}ai^{31}	t^{h}ai^{31}
		影	矮	e^{31}	e^{31}	e^{31}	e^{31}

攝	調	聲	字				
	去	滂	派	pʰai³¹	pʰai³¹	pʰai³¹	pʰai⁵⁵
		並	稗	pi¹¹/pʰak³²	pʰa⁴⁴	pʰa⁴⁴	pʰa³¹
		明	賣	mai⁴⁴	mai⁴⁴	mai⁴⁴	mai³¹
		莊	債	tsai⁴⁴	tsai⁴⁴	tsai⁴⁴	tsai⁵⁵
		生	曬	sai⁴⁴	sai⁴⁴	sai⁴⁴	sai⁵⁵
		見	懈	hai³¹	hai⁴⁴		hai³¹
		影	隘	ai⁴⁴	ai⁴⁴	ai⁴⁴	ai⁵⁵
蟹開二夬	去	並	敗	pʰai⁴⁴	pʰai⁴⁴	pʰai⁴⁴	pʰai³¹
		明	邁	mai⁴⁴	mai⁴⁴	mai⁴⁴	mai³¹
		崇	寨	tsʰai⁴⁴	tsʰai⁴⁴	tsʰai⁴⁴	tsʰai⁵⁵
蟹開三祭	去	幫	蔽	pʰi⁴⁴	pi⁴⁴	pi⁴⁴	pi⁵⁵
		並	弊	pʰi⁴⁴	pi⁴⁴	pi⁴⁴	pi⁵⁵
			幣	pʰi⁴⁴	pʰi⁴⁴	pʰi⁴⁴	pʰi³¹
		來	例	le⁴⁴	le⁴⁴	le⁴⁴	le³¹
			厲	li⁴⁴	li⁴⁴	li⁴⁴	li³¹
			勵	li⁴⁴	li⁴⁴	li⁴⁴	li³¹
		精	祭	tsɿ⁴⁴	tsɿ⁴⁴	tsɿ⁴⁴	tɕi⁵⁵
			際	tsɿ⁴⁴	tsɿ⁴⁴	tsɿ⁴⁴	tɕi⁵⁵
		澄	滯	tsɿ⁴⁴	tsɿ⁴⁴	tsɿ⁴⁴	tsʰɿ³³
		章	制	tsɿ⁴⁴	tsɿ⁴⁴	tsɿ⁴⁴	tsɿ⁵⁵
			製	tsɿ⁴⁴	tsɿ⁴⁴	tsɿ⁴⁴	tsɿ⁵⁵
		書	世	sɿ⁴⁴	sɿ⁴⁴	sɿ⁴⁴	sɿ⁵⁵
			勢	sɿ⁴⁴	sɿ⁴⁴	sɿ⁴⁴	sɿ⁵⁵
		禪	誓	sɿ⁴⁴	sɿ⁴⁴	sɿ⁴⁴	sɿ⁵⁵
			逝	sɿ⁴⁴	sɿ⁴⁴	sɿ⁴⁴	sɿ⁵⁵
		疑	藝	ɲi⁴⁴	ɲi⁴⁴	ɲi⁴⁴	ɲi³¹
蟹開四齊	平	滂	批	pʰe¹¹	pʰe²²	pʰe¹¹	pʰe³³
		明	迷	mi⁵³	mi⁵³	mi⁴²	mi¹¹
		端	低	te¹¹	te²²	te¹¹	te³³
			堤	tʰi⁵³	tʰi⁵³	tʰi⁴²	tʰi¹¹
		透	梯	tʰoi¹¹	tʰoi²²	tʰoi¹¹	tʰoi³³
		定	題	tʰi⁵³	tʰi⁵³	tʰi⁴²	tʰi¹¹
			提	tʰi⁵³	tʰi⁵³	tʰi⁴²	tʰi¹¹
			蹄	tʰe⁵³	tʰe⁵³	tʰe⁴²	tʰe¹¹
			啼	tʰe⁵³	tʰe⁵³	tʰi⁴²	tʰe¹¹

	泥	泥	ne⁵³	ne⁵³	ne⁴²	ne¹¹
	來	犁	le⁵³	le⁵³	le⁴²	le¹¹
		黎	le⁵³	le⁵³	le⁴²	le¹¹
	清	妻	tsʰɿ¹¹	tsʰɿ²²	tsʰɿ¹¹	tɕʰi³³
	從	齊	tsʰe⁵³	tsʰe⁵³	tsʰe⁴²	tsʰe¹¹
		臍	tsɿ³¹	tsʰɿ⁵³	tsʰɿ⁴²	tɕʰi¹¹
	心	西	sɿ¹¹	sɿ²²	sɿ¹¹	ɕi³³
		棲	tsʰɿ¹¹	tsʰɿ²²		tɕʰi³³
	見	雞	ke¹¹	kie²²	ke¹¹	ke³³
	見	稽	tsɿ¹¹	kie²²		tɕʰi³³
	溪	溪	kʰe¹¹	kʰe²²	kʰe¹¹	kʰe³³
上	並	陛	pi³¹	pi³¹	pi⁴⁴	pi³¹
	明	米	mi³¹	mi³¹	mi³¹	mi³¹
	端	底	te³¹	te³¹	te³¹	te³¹
		抵	te³¹	te³¹	te³¹	te³¹
	透	體	tʰi³¹	tʰi³¹	tʰi³¹	tʰi³¹
	定	弟	tʰi⁴⁴/t̠ʰe¹¹	tʰi⁴⁴/t̠ʰe²²	tʰi⁴⁴/t̠ʰe¹¹	tʰi³¹/t̠ʰe³³
	來	禮	li³¹	li³¹	li³¹	li³³
	精	擠			tsɿ³¹	tɕi⁵⁵
	心	洗	se³¹	se³¹	se³¹	se³¹
	溪	啓	tsʰɿ³¹	tsʰɿ³¹	tsʰɿ³¹	tɕʰi³¹
去	幫	閉	pi⁴⁴	pi⁴⁴	pi⁴⁴	pi⁵⁵
	明	謎	mi⁵³	mi⁵³	mi⁴²	mi¹¹
	端	帝	ti⁴⁴	ti⁴⁴	ti⁴⁴	ti⁵⁵
	透	替	tʰe⁴⁴	tʰe⁴⁴	tʰe⁴⁴	tʰe⁵⁵
		剃	tʰe⁴⁴	tʰe⁴⁴	tʰe⁴⁴	tʰe⁵⁵
		屜	tʰoi¹¹	tʰe²²/tʰoi²²	tʰi⁴⁴	tʰe³³
	定	第	tʰi⁴⁴	tʰi⁴⁴	tʰi⁴⁴	tʰi³¹
		遞	tʰi⁴⁴	tʰit⁴⁵	tʰi⁴⁴	tʰit⁵
	來	麗	li⁵³	li⁴⁴	li⁴⁴	li³¹
		隸	tʰi³¹	tʰit⁴⁵	tʰit²	tʰi³¹
	精	濟	tsɿ⁴⁴	tsɿ⁴⁴	tsɿ⁴⁴	tɕi⁵⁵
	清	砌	tɕiet⁴⁵	tɕiet⁴⁵	tɕʰiet³	tɕiet²
	從	劑	tsɿ⁴⁴	tsɿ⁴⁴	tsɿ⁴⁴	tɕi⁵⁵

		心	細	se^{44}	se^{44}	se^{44}	se^{55}
			壻女~	se^{44}	se^{44}	se^{44}	se^{55}
		見	計	tsɿ^{44}	tsɿ^{44}	tsɿ^{44}	tɕi^{55}
			繼	tsɿ^{44}	tsɿ^{44}	tsɿ^{44}	tɕi^{55}
		溪	契	kʰe^{44}	kʰe^{44}		kʰe^{55}
		匣	系	sɿ^{11}	sɿ^{22}	sɿ^{11}	ɕi^{33}
			繫連~	sɿ^{11}	sɿ^{44}	sɿ^{44}	ɕi^{55}
			係	he^{44}	sɿ^{22}/he^{44}	sɿ^{44}/he^{44}	he^{55}
蟹合一灰	平	幫	杯	pe^{11}	pe^{22}/poi^{22}	pe^{11}	pe^{33}
		滂	胚	pʰi^{31}	pʰoi^{31}	pʰi^{11}	pʰi^{33}
		並	陪	pʰe^{53}/pʰoi^{53}	pʰe^{53}/pʰoi^{53}	pʰoi^{42}	pʰoi^{11}
蟹合一灰	平	並	賠	pʰoi^{53}	pʰoi^{53}	pʰoi^{42}	pʰoi^{11}
		明	梅	me^{53}	me^{53}	me^{42}	me^{11}
			媒	me^{53}	mo^{53}	me^{42}	me^{11}
			煤	me^{53}	me^{53}	me^{42}	me^{11}
		端	堆	tue^{11}	tui^{22}	ti^{11}	te^{33}/toi^{33}
		透	推	tʰue^{11}	tʰui^{22}	tʰi^{11}	tʰe^{33}
		來	雷	lue^{53}	lui^{53}	le^{42}	le^{11}
		清	催	tsʰue^{11}	tsʰui^{22}	tɕʰi^{11}	tsʰe^{33}
			崔姓	tsʰue^{11}	tsʰui^{22}	tɕʰi^{11}	tsʰe^{33}
		溪	魁	kʰe^{11}	kʰue^{31}	kʰi^{31}	kʰue^{33}
			恢	fue^{11}	fui^{22}	foi^{11}	foi^{33}
		疑	桅	ŋe^{53}	ŋui^{53}	ŋoi^{42}	me^{11}
		曉	灰	foi^{11}	fui^{22}	foi^{11}	foi^{33}
		匣	回	fe^{53}	fe^{53}	fe^{42}	fe^{11}
		影	煨	voi^{11}	ve^{44}/voi^{22}		voi^{33}
	上	並	倍	pʰe^{44}	pʰe^{44}	pʰe^{44}	pʰe^{31}
		明	每	me^{31}	me^{31}	me^{31}	me^{33}
		透	腿	tʰue^{31}	tʰui^{31}	tʰi^{31}	tʰe^{31}
		來	儡	lue^{31}	lui^{31}	lui^{42}	le^{11}
		從	罪	tsʰue^{44}	tsʰui^{44}	tsʰui^{44}/t͡ɕʰi^{44}	tsʰe^{31}
		溪	傀	kue^{31}	kue^{31}	ki^{31}	kue^{31}
		曉	賄	fe^{31}	fe^{31}	fe^{31}	fe^{55}
			悔	fe^{31}	fe^{31}	fe^{31}	fe^{55}
		匣	匯	fe^{44}	fe^{44}	fe^{44}	fe^{31}

	調	聲	字				
去	幫	輩	pe^{44}	pe^{44}	pe^{44}	pe^{55}
		背	pi^{44}/poi^{44}	pi^{44}/poi^{44}	pi^{44}/poi^{44}	pi^{55}/poi^{55}
	滂	配	p^{h}e^{44}	p^{h}e^{44}	p^{h}e^{44}	p^{h}e^{55}
	並	背~誦	p^{h}oi^{44}	p^{h}oi^{44}	p^{h}oi^{44}	p^{h}oi^{31}
		焙~乾	p^{h}e^{44}	p^{h}oi^{44}		p^{h}e^{31}/p^{h}oi^{31}
	明	妹	moi^{44}	moi^{44}	moi^{44}	moi^{55}
	端	對	tue^{44}	tui^{44}	ti^{11}	te^{55}
		碓	tue^{44}	toi^{22}	ti^{11}	toi^{55}
	透	退	t^{h}ue^{44}	t^{h}ui^{44}	t^{h}i^{44}	t^{h}e^{55}
	定	隊	tue^{44}	tui^{44}	ti^{44}	te^{55}
	泥	內	nue^{44}	nui^{44}/nai^{44}	nai^{44}	ne^{31}
	來	累疲~	lue^{44}	lui^{44}	li^{44}	le^{31}
蟹合一灰	去	心	碎	sue^{44}	sui^{44}	çi^{44}	ts^{h}e^{55}
		溪	塊	k^{h}ai^{44}	k^{h}uai^{44}	k^{h}ai^{44}	k^{h}uai^{55}
		曉	晦	fe^{31}	fe^{31}	fe^{31}	
			潰	k^{h}ue^{44}	k^{h}ue^{44}	k^{h}i^{44}	k^{h}ue^{11}
蟹合一泰	去	定	兌	t^{h}ue^{44}	tui^{44}	t^{h}i^{44}	t^{h}e^{11}
		精	最	tsue^{44}	tsui^{44}/tse^{44}	tçi^{44}	tse^{55}
		見	會~計	fe^{44}/k^{h}ai^{44}	k^{h}uai^{44}	k^{h}ai^{44}	fe^{55}/k^{h}uai^{55}
			檜	k^{h}ai^{44}	k^{h}uai^{44}	fe^{44}	k^{h}uai^{55}
		疑	外	vai^{44}/ŋoi^{44}	vai^{44}/ŋoi^{44}	vai^{44}/ŋoi^{44}	ŋai^{31}/ŋoi^{55}
		匣	會開~	fe^{44}	fe^{44}	fe^{44}	fe^{31}
			會~不會	ve^{44}	voi^{44}	fe^{44}	fe^{31}/voi^{55}
蟹合二皆	平	見	乖	kai^{11}	kuai^{22}	kai^{11}	kuai^{33}
		匣	懷	fai^{53}	fai^{53}	fai^{42}	fai^{11}
	去	見	怪	kai^{44}	kuai^{44}	kai^{44}	kuai^{55}
		匣	壞	fai^{44}	fai^{44}	fai^{44}	fai^{31}
蟹合二佳	平	曉	歪	vai^{11}	vai^{22}	vai^{11}	vai^{33}
		影	蛙	va^{11}	va^{22}	va^{11}	va^{33}
	上	見	枴	kai^{31}	kuai^{31}	kai^{31}	kuai^{31}
	去	見	掛	ka^{44}	kua^{44}	ka^{44}	kua^{55}
			卦	ka^{44}	kua^{44}	ka^{44}	kua^{55}
		匣	畫	fa^{44}	fa^{44}	fa^{44}/vak^{2}	fa^{31}/vak^{5}

蟹合 二夬	去	溪	快	kʰai⁴⁴	kʰuai⁴⁴	kʰai⁴⁴	kʰuai⁵⁵
			筷	kʰai⁴⁴	kʰuai⁴⁴	kʰai⁴⁴	kʰuai⁵⁵
		匣	話	va⁴⁴	va⁴⁴	va⁴⁴	va³¹
蟹合 三祭	去	清	脆	tsʰue⁴⁴	tsʰoi⁴⁴	tsʰoi⁴⁴	tsʰe⁵⁵
		心	歲	sue⁴⁴	sui⁴⁴	soi⁴⁴	se⁵⁵
		章	贅	tsue⁴⁴		tsoi⁴⁴	tse⁵⁵
		書	稅	sue⁴⁴	sui⁴⁴	soi⁴⁴	soi⁵⁵
		云	衛	ve⁴⁴	ve⁴⁴	ve⁴⁴	ve³¹
		以	銳	iue⁴⁴	iue⁴⁴	iue⁴⁴	ie³¹
蟹合 三廢	去	非	廢	fe⁴⁴	fe⁴⁴	fe⁴⁴	fe⁵⁵
		敷	肺	fe⁴⁴	fe⁴⁴	fe⁴⁴	fe⁵⁵
		奉	吠	fe⁴⁴/pʰoi⁴⁴	fe⁴⁴/pʰoi⁴⁴	pʰoi⁴⁴	pʰoi³¹
		影	穢	ve¹¹	ve⁴⁴	fe⁴⁴	ve⁵⁵
蟹合 四齊	平	見	閨	ke¹¹	kue⁴⁴	ki¹¹	kue⁵⁵
		溪	奎	kʰe⁵³	kʰue⁵³	kʰe⁴²	kʰue¹¹
	去	見	桂	ke⁴⁴	kue⁴⁴	ki⁴⁴	kue⁵⁵
		匣	惠	fe⁴⁴	fe⁴⁴	fe⁴⁴	fe³¹
			慧	fe⁴⁴	fe⁴⁴	fe⁴⁴	fe³¹
止開 三支	平	幫	碑	pi¹¹	pi²²	pe¹¹	pi³³
			卑	pi¹¹	pi²²	pe¹¹	pʰi³³
		滂	披	pʰi¹¹	pʰi²²	pʰi¹¹	pʰi³³
		並	皮	pʰi⁵³	pʰi⁵³	pʰi⁴²	pʰi¹¹
			疲	pʰi¹¹	pʰi²²	pʰi⁴²	pʰi¹¹
			脾	pʰi⁵³	pi²²	pʰi⁴²	pʰi¹¹
		明	麋	mi⁵³	mi⁵³	mi⁴²	me¹¹
		來	離	li⁵³	li⁵³	li⁴²	li¹¹
			籬	li⁵³	li⁵³	le⁴²	li¹¹
			璃	li⁵³	li⁵³	li⁴²	li¹¹
		清	雌	tsʰ̩ɹ¹¹	tsʰ̩ɹ²²	tsʰ̩ɹ¹¹	tsʰ̩ɹ³³
		心	斯	s̩ɹ¹¹	s̩ɹ²²	s̩ɹ¹¹	s̩ɹ³³
		知	知	ts̩ɹ¹¹/ti¹¹	ts̩ɹ²²/ti²²	ts̩ɹ⁴⁴	ts̩ɹ³³
			蜘	ts̩ɹ¹¹	ts̩ɹ²²	ts̩ɹ¹¹	ts̩ɹ³³
		澄	池	tsʰ̩ɹ⁵³	tsʰ̩ɹ⁵³	tsʰ̩ɹ⁴²	tsʰ̩ɹ¹¹
			馳	tsʰ̩ɹ¹¹	tsʰ̩ɹ⁵³	tsʰ̩ɹ⁴²	tsʰ̩ɹ¹¹

		初	差參~	tsʰa¹¹	tsʰa²²	tsʰa¹¹	tsʰa³³
		生	篩	sue¹¹	se²²	soi¹¹	tsʰe³³
		章	支	tsɿ¹¹	tsɿ²²	tsɿ¹¹	tsɿ³³
			枝	tsɿ¹¹	tsɿ²²	tsɿ¹¹	tsɿ³³
			栀	tsɿ⁴⁴	tsɿ²²		tɕi³³
		書	施	sɿ¹¹	sɿ²²	sɿ¹¹	sɿ³³
		禪	匙	tsʰɿ⁵³湯~/sɿ³¹鑰~	sɿ³¹	tsʰɿ⁴²	tsʰɿ¹¹湯~/sɿ³¹鑰~
		日	兒	ɹ⁵³	ɹ⁵³	ɹ⁴²	ɯ¹¹
		群	奇	tsʰɿ⁵³	tsʰɿ⁵³	tsʰɿ⁴²	tɕʰi¹¹
			騎	tsʰɿ⁵³	tsʰɿ⁵³	tsʰɿ⁴²	tɕʰi¹¹
		疑	宜	ɲi⁵³	ɲi⁵³	ɲi⁴²	ɲi¹¹
			儀	ɲi⁴⁴	ɲi⁵³	ɲi⁴⁴	ɲi³¹
		曉	犧	sɿ¹¹	sɿ²²	sɿ¹¹	ɕi³³
		以	移	ɹ⁵³	ɹ⁵³	ɹ⁴²	i¹¹
	上	幫	彼	pʰi³¹	pʰi³¹	pʰi³¹	pʰi³¹
		並	被~子	pʰi¹¹	pʰi²²	pʰi¹¹	pʰi³³
止開三支	上	精	紫	tsɿ³¹	tsɿ³¹	tsɿ³¹	tsɿ³¹
		清	此	tsʰɿ³¹	tsʰɿ³¹	tsʰɿ³¹	tsʰɿ³¹
		心	璽	sɿ³¹		sɿ³¹	sai³¹
			徙	se³¹/sai³¹	sɿ²²/sai³¹		sai³¹
		章	紙	tsɿ³¹	tsɿ³¹	tsɿ³¹	tsɿ³¹
			只~有	tsɿ³¹	tsɿ³¹	tsɿ³¹	tsɿ³¹/tɕi³¹
		船	舐	tʰe³¹/se¹¹	tʰe³¹/se²²	se¹¹	se³³
		禪	氏	sɿ⁴⁴	sɿ⁴⁴	sɿ⁴⁴	sɿ³¹
		溪	企	tsʰɿ¹¹	tsʰɿ²²	tsʰɿ¹¹	tɕʰi³³
		群	徛立	tsʰɿ¹¹	tsʰɿ²²	tsʰɿ¹¹	tɕʰi³³
			技	tsɿ¹¹	tsɿ²²	tsɿ¹¹	tɕʰi³³
		疑	蟻	ɲie⁴⁴	ɲie⁴⁴	ɲie⁴⁴	ŋe⁵⁵
		影	椅	ɹ³¹	ɹ³¹	ɹ³¹	i³¹
	去	幫	臂	pi³¹	pi³¹	pi³¹	pi³¹
		滂	譬	pʰit⁴⁵	pʰit⁴⁵	pi³¹	pi³¹
		並	被~打	pʰi⁴⁴	pʰi⁴⁴	pʰi⁴⁴	pʰi³³
			避	pʰit⁴⁵	pʰit⁴⁵	pʰit²	pʰit²

		來	荔	li⁴⁴	li⁴⁴	li⁴⁴	lit⁵
		清	刺	tsʰɿ⁴⁴	tsʰɿ⁴⁴	tsʰɿ⁴⁴	tsʰɿ⁵⁵
		心	賜	sɿ⁴⁴	sɿ⁴⁴	tsʰɿ⁴⁴	sɿ⁵⁵
		知	智	tsɿ⁴⁴	tsɿ⁴⁴	tsɿ⁴⁴	tsɿ⁵⁵
		書	翅	tsʰɿ¹¹	tsɿ²²	tsʰɿ⁴⁴	tsʰɿ⁵⁵
		禪	豉	sɿ⁴⁴	sɿ⁴⁴	sɿ⁴⁴	sɿ³¹
		見	寄	tsɿ⁴⁴	tsɿ⁴⁴	tsɿ⁴⁴	tɕi⁵⁵
		疑	義	ȵi⁴⁴	ȵi⁴⁴	ȵi⁴⁴	ȵi³¹
			議	ȵi⁴⁴	ȵi⁴⁴	ȵi⁴⁴	ȵi³¹
		曉	戲	tsʰɿ⁴⁴	tsʰɿ⁴⁴	tsʰɿ⁴⁴	tɕʰi⁵⁵
		以	易難~	iˀ⁴⁵	ɿ⁴⁴	ɿ⁴⁴/ji³¹姓	i³¹
止開三脂	平	幫	悲	pe¹¹	pe²²	pe¹¹	pe³³
		並	琵	pʰi⁵³	pʰi⁵³	pʰi⁴²	pʰi¹¹
			枇	pʰi⁵³	pʰi⁵³	pʰi⁴²	pʰi¹¹
		明	眉	mi⁵³	mi⁵³	me⁴²	me¹¹
			黴	me⁵³	me⁵³	me⁴²	me¹¹
		泥	尼	ne⁵³	ne⁵³	ne⁴²	ne¹¹
		來	梨	li⁵³	li⁵³	li⁴²	li¹¹
		精	資	tsɿ¹¹	tsɿ²²	tsɿ¹¹	tsɿ³³
		精	姿	tsɿ¹¹/tsʰɿ¹¹	tsɿ²²	tsɿ¹¹	tsɿ³³
		從	瓷	tsʰɿ⁵³	tsʰɿ⁵³	tsʰɿ⁴²	tsʰɿ¹¹
			餈	tsʰɿ⁵³	tsʰɿ⁵³	tsʰɿ⁴²	tɕʰi¹¹
		心	私	sɿ¹¹	sɿ²²	sɿ¹¹	sɿ³³
		澄	遲	tsʰɿ⁵³	tsʰɿ⁵³	tsʰɿ⁴²	tsʰɿ¹¹
		生	師	sɿ¹¹	sɿ²²	sɿ¹¹	sɿ³³
		章	脂	tsɿ¹¹	tsɿ³¹	tsɿ¹¹	tsɿ³¹
		書	屍	sɿ¹¹	sɿ²²	sɿ¹¹	sɿ³³
		見	飢	tsɿ¹¹	tsɿ²²	tsɿ¹¹	tɕi³³
			肌	tsɿ¹¹	tsɿ²²	tsɿ¹¹	tɕi³³
		群	鰭	tsʰɿ¹¹	tsʰɿ⁵³	tsʰɿ⁴⁴	tɕʰi¹¹
		影	伊	ɿ¹¹	ɿ²²	ɿ¹¹	i³³
		以	姨	ɿ⁵³	ɿ⁵³	ɿ⁴²/ji⁴²	i¹¹
	上	幫	比~較	pi³¹	pe³¹	pi³¹	pi³¹
		明	美	mi³¹	mi³¹	mi³¹	mi³¹

韻攝	調	聲母	字				
		來	履	li³¹	li³¹	li³¹	li³¹
		精	姊	tsɿ³¹	tsɿ³¹	tsɿ³¹	tɕi³¹
		心	死	sɿ³¹	sɿ³¹	sɿ³¹	ɕi³¹
		章	指	tsɿ³¹	tsɿ³¹	tsɿ³¹	tsɿ³¹
		書	屎	sɿ³¹	sɿ³¹	sɿ³¹	sɿ³¹
		見	几	tsɿ³¹	tsɿ³¹	tsɿ³¹	tɕi³¹
	去	幫	祕	mi⁴⁴	pi⁴⁴	pi⁴⁴	pi⁵⁵
			泌	pi⁴⁴	pit⁴⁵	pi⁴⁴	pit²
			痺	pi⁴⁴	pi⁴⁴	pi⁴⁴	pi⁵⁵
		滂	屁	pʰi⁴⁴	pʰi⁴⁴	pʰi⁴⁴	pʰi⁵⁵
		並	備	pʰi⁴⁴	pʰi⁴⁴	pʰi⁴⁴	pʰi³¹
			鼻	pʰi⁴⁴	pʰi⁴⁴	pʰi⁴⁴	pʰi³¹
		明	媚	mi⁵³	mi⁵³	me⁴²	me¹¹
		定	地	tʰi⁴⁴	tʰi⁴⁴	tʰi⁴⁴	tʰi³¹
		泥	膩	ne⁴⁴	ne⁴⁴	ne⁴⁴	
		來	利	li⁴⁴	li⁴⁴	li⁴⁴	li³¹
		清	次	tsʰɿ⁴⁴	tsʰɿ⁴⁴	tsʰɿ⁴⁴	tsʰɿ⁵⁵
		從	自	tsʰɿ⁴⁴	tsʰɿ⁴⁴	tsʰɿ⁴⁴	tsʰɿ³¹/sɿ⁵⁵
		心	四	sɿ⁴⁴	sɿ⁴⁴	sɿ⁴⁴	ɕi⁵⁵
			肆	sɿ⁴⁴	sɿ⁴⁴	sɿ⁴⁴	sɿ⁵⁵/ɕi⁵⁵
		知	致	tsɿ⁴⁴	tsɿ⁴⁴	tsɿ⁴⁴	tsɿ⁵⁵
止開三脂	去	澄	稚	tsʰɿ⁴⁴	tsɿ⁴⁴	tsɿ⁴⁴	tsʰɿ³³
		章	至	tsɿ⁴⁴	tsɿ⁴⁴	tsɿ⁴⁴	tsɿ⁵⁵
		船	示	sɿ⁴⁴	sɿ⁴⁴	sɿ⁴⁴	sɿ⁵⁵
		禪	視	sɿ⁴⁴	sɿ⁴⁴	sɿ⁴⁴	sɿ⁵⁵
		日	二	ȵi⁴⁴	ȵi⁴⁴	ȵi⁴⁴	ȵi³¹
			貳	ȵi⁴⁴	ȵi⁴⁴	ȵi⁴⁴	ȵi³¹
		溪	器	tsʰɿ⁴⁴	tsʰɿ⁴⁴	tsʰɿ⁴⁴	tɕʰi⁵⁵
			棄	sɿ⁴⁴	sɿ⁴⁴	tsʰɿ⁴⁴	tɕʰi⁵⁵
		以	肄	sɿ⁴⁴	ɿ⁴⁴	sɿ⁴⁴	
止開三之	平	來	釐	li⁵³	li⁵³	li⁴²	li¹¹
		從	慈	tsʰɿ⁵³	tsʰɿ⁵³	tsʰɿ⁴²	tsʰɿ¹¹
		心	司	sɿ¹¹	sɿ²²	sɿ¹¹	sɿ³³
			絲	sɿ¹¹	sɿ²²	sɿ¹¹	sɿ³³
			思	sɿ¹¹	sɿ²²	sɿ¹¹	sɿ³³

邪	詞	tsʰɹ^{53}	tsʰɹ^{53}	tsʰɹ^{42}	tsʰɹ^{11}
	祠	tsʰɹ^{53}	tsʰɹ^{53}	tsʰɹ^{42}	tsʰɹ^{11}
徹	癡	tsɹ^{11}	tsʰɹ^{22}	tsʰɹ^{11}	tsʰɹ^{33}
澄	持	tsʰɹ^{53}	tsʰɹ^{53}	tsʰɹ^{42}	tsʰɹ^{11}
章	之	tsɹ^{11}	tsɹ^{22}	tsɹ^{11}	tsɹ^{33}
書	詩	sɹ^{11}	sɹ^{22}	sɹ^{11}	sɹ^{33}
禪	時	sɹ^{53}	sɹ^{53}	sɹ^{42}	sɹ^{11}
日	而	ɹ^{31}	ɹ^{31}		ɯ^{11}
見	基	tsɹ^{11}	tsɹ^{22}	tsɹ^{11}	tɕi^{33}
溪	欺	tsʰɹ^{11}	tsʰɹ^{22}	tsʰɹ^{11}	tɕʰi^{33}
群	其	tsʰɹ^{53}	tsʰɹ^{53}	tsʰɹ^{42}	tɕʰi^{11}
	棋	tsʰɹ^{53}	tsʰɹ^{53}	tsʰɹ^{42}	tɕʰi^{11}
	期時~	tsʰɹ^{53}	tsʰɹ^{53}	tsʰɹ^{42}	tɕʰi^{11}
疑	疑	ɲi^{53}	ɲi^{53}	ɲi^{42}	ɲi^{11}
曉	熙	sɹ^{11}	sɹ^{22}	sɹ^{11}	ɕi^{33}
影	醫	ɹ^{11}	ɹ^{22}	ɹ^{11}	i^{33}
以	飴	ɹ^{53}			i^{11}
上 泥	你	ni^{11}/m^{11}	ɲi^{31}/m^{22}	ŋ^{11}	ɲi^{33}/ŋ^{11}
來	李	li^{31}	li^{31}	li^{31}	li^{31}
	里	li^{31}	li^{31}	li^{31}	li^{33}
	裡	li^{31}	li^{31}/t̠i^{44}	li^{31}/t̠i^{44}	li^{31}
	理	li^{31}	li^{31}	li^{31}	li^{33}
來	鯉	li^{11}	li^{22}	li^{11}	li^{33}
精	子	tsɹ^{31}	tsɹ^{31}	tsɹ^{31}	tsɹ^{31}
邪	祀	sɹ^{44}	sɹ^{44}	sɹ^{44}	sɹ^{31}
	巳	sɹ^{44}	sɹ^{44}		sɹ^{31}
徹	恥	tsʰɹ^{31}	tsʰɹ^{31}	tsʰɹ^{31}	tsʰɹ^{31}
澄	痔	tsɹ^{44}	tsɹ^{44}	tsɹ^{44}	sɹ^{31}
崇	士	sɹ^{44}	sɹ^{44}	sɹ^{44}	sɹ^{31}
	柿	sɹ^{44}	sɹ^{44}	sɹ^{44}	sɹ^{55}
生	史	sɹ^{31}	sɹ^{31}	sɹ^{31}	sɹ^{31}
	駛	sɹ^{31}	sɹ^{31}	sɹ^{31}	sɹ^{31}
章	止	tsɹ^{31}	tsɹ^{31}	tsɹ^{31}	tsɹ^{31}
	趾	tsɹ^{31}	tsɹ^{31}	tsɹ^{31}	tsɹ^{31}
	址	tsɹ^{31}	tsɹ^{22}	tsɹ^{31}	tsɹ^{31}

			字				
		昌	齒	tsɿ³¹	tsɿ³¹	tsɿ³¹	tshɿ³¹
		書	始	sɿ³¹	sɿ³¹	sɿ³¹	sɿ³¹
		禪	市	sɿ⁴⁴	sɿ⁴⁴	sɿ⁴⁴	sɿ⁵⁵
			恃	sɿ⁴⁴	sɿ⁴⁴	sɿ⁴⁴	sɿ⁵⁵
		日	耳	ɿ³¹	ɿ³¹	ȵi³¹	ȵi³¹
		見	己	tsɿ³¹	tsɿ³¹	tsɿ³¹	tɕi³¹
			紀	tsɿ³¹	tsɿ³¹	tsɿ⁴⁴	tɕi⁵⁵
		溪	起	tshɿ³¹	tshɿ³¹〔註3〕	tshɿ³¹	tɕhi³¹
		疑	擬	ȵi³¹	ȵi⁵³	ni⁴²	ȵi¹¹
		曉	喜	sɿ³¹	sɿ³¹	sɿ³¹	ɕi³¹
		以	以	ɿ³¹	ɿ³¹	ɿ³¹	i⁵⁵
	去	來	吏	li⁴⁴	li⁴⁴	li⁴⁴	li³¹
		從	字	sɿ⁴⁴	sɿ⁴⁴	sɿ⁴⁴	sɿ³¹
		心	伺	sɿ⁴⁴	sɿ⁴⁴	tshɿ⁴⁴	tshɿ¹¹
		邪	寺	sɿ⁴⁴	sɿ⁴⁴	sɿ⁴⁴	sɿ³¹
			飼	sɿ⁴⁴	sɿ⁴⁴	sɿ⁴⁴	tshɿ³¹
		知	置	tsɿ⁴⁴	tsɿ⁴⁴	tsɿ⁴⁴	tsɿ⁵⁵
		澄	治	tshɿ⁴⁴/ts̠hɿ⁵³	tshɿ⁴⁴	tshɿ⁴⁴/ts̠hɿ⁴²	tshɿ³¹/ts̠hɿ¹¹
		初	廁	tshɿ⁴⁴	tshɿ⁴⁴	tshɿ⁴⁴	tshɿ⁵⁵
		崇	事	sɿ⁴⁴	sɿ⁴⁴	sɿ⁴⁴	sɿ³¹
		章	志	tsɿ⁴⁴	tsɿ⁴⁴	tsɿ⁴⁴	tsɿ⁵⁵
			誌	tsɿ⁴⁴	tsɿ⁴⁴	tsɿ⁴⁴	tsɿ⁵⁵
			痣	tsɿ⁴⁴	tsɿ⁴⁴	tsɿ⁴⁴	tsɿ⁵⁵
止開三之	去	書	試	sɿ⁴⁴	sɿ⁴⁴/ts̠hɿ⁴⁴	sɿ⁴⁴	sɿ⁵⁵
		禪	侍	sɿ⁴⁴	sɿ⁴⁴	tshɿ⁴⁴	sɿ³¹
		日	餌	ɿ³¹	ɿ³¹	ɿ³¹	ȵi³¹
		見	記	tsɿ⁴⁴	tsɿ⁴⁴	tsɿ⁴⁴	tɕi⁵⁵
		群	忌	sɿ⁴⁴/tsɿ⁴⁴	tsɿ⁴⁴	tsɿ⁴⁴	tɕi⁵⁵
		影	意	ɿ⁴⁴	ɿ⁴⁴	ɿ⁴⁴	i⁵⁵
		以	異	ɿ⁴⁴	ɿ⁴⁴	ɿ³¹	i³¹

〔註 3〕該字「起價（漲價）」時又可讀作「sɿ³¹」。

止開三微	平	見	幾~乎	tsɿ¹¹	tsɿ³¹	tsɿ³¹	tɕi³¹
			機	tsɿ¹¹	tsɿ²²	tsɿ¹¹	tɕi³³
			饑	tsɿ¹¹	tsɿ²²	tsɿ¹¹	tɕi³³
		群	祈	tsʰɿ³¹	sɿ⁴⁴	tsʰɿ⁴²	tɕʰi¹¹
		曉	希	sɿ¹¹	sɿ²²	sɿ¹¹	ɕi³³
			稀	sɿ¹¹	sɿ²²	sɿ¹¹	ɕi³³
		影	衣	ɿ¹¹	ɿ²²	ɿ¹¹	i³³
			依	ɿ¹¹	ɿ²²	ɿ¹¹	i³³
	上	見	幾~個	tsɿ³¹	tsɿ³¹	tsɿ³¹	tɕi³¹
		溪	豈	tsʰɿ³¹	tsʰɿ³¹	tsʰɿ³¹	tsʰɿ³¹
	去	見	既	tsɿ⁴⁴	tsɿ⁴⁴		tɕi⁵⁵
		溪	氣	tsʰɿ⁴⁴	tsʰɿ⁴⁴	tsʰɿ⁴⁴	tɕʰi⁵⁵
			汽	tsʰɿ⁴⁴	tsʰɿ⁴⁴	tsʰɿ⁴⁴	tɕʰi⁵⁵
		疑	毅	ȵi⁴⁴	ȵi⁴⁴	ȵi⁴⁴	
止合三支	平	邪	隨	sue⁵³	sui⁵³	sui⁴²	se¹¹
		昌	吹	tsʰoi¹¹	tsʰoi²²	tɕʰi¹¹	tsʰe³³
			炊	tsʰoi¹¹	tsʰoi²²	tɕʰi¹¹	tsʰe³³
		禪	垂	sue⁵³	sui⁵³	sui⁴²	se¹¹
		見	規	ke¹¹	kue²²	ki¹¹	kʰue³³/kue³³
		溪	虧	kʰe¹¹	kʰue²²	kʰi¹¹	kʰue³³
		疑	危	ŋe⁵³	ŋe⁵³	ŋe⁴²	ŋue¹¹
		云	爲作~	ve⁵³	ve⁵³	ve⁴²	ve¹¹
	上	來	累~積	lue³¹	lui³¹	lui⁴⁴	le³¹
		精	嘴	tsue³¹	tsui³¹	tɕi³¹	tse³¹
		心	髓	sue⁵³	sui⁵³	sui⁴²	se¹¹
		見	詭	ke³¹	kue³¹	ki³¹	kue³¹
		群	跪	kʰe³¹	kʰue³¹	kʰi³¹	kʰue³¹
		曉	毀	fe³¹	fe³¹	fe³¹	fe⁵⁵
		影	委	ve³¹	ve³¹	ve³¹	ve³³
	去	來	累連~	lue⁴⁴	lui⁴⁴	li⁴⁴	le³¹
		禪	睡	sue⁴⁴	soi⁴⁴	soi⁴⁴	soi³¹
			瑞	sue⁴⁴	soi⁴⁴	sui⁴⁴/iue⁴⁴	se⁵⁵
		疑	僞	ȵie⁴⁴	ŋe⁴⁴	ŋe⁴⁴	ŋue³¹
		影	爲~什麼	ve⁴⁴	ve⁵³	ve⁴²	ve¹¹

止合三脂	平	心	雛	sue¹¹	sui²²	sui¹¹	se³³
		知	追	tsue¹¹	tsui²²	tɕi¹¹	tse³³
		澄	槌	tsʰue⁵³	tsʰui⁵³	tɕʰi⁴²	tsʰe¹¹
			錘	tsʰue⁵³	tsʰui⁵³	tɕʰi⁴²	tsʰe¹¹
		生	衰	sue¹¹	sui²²	sui¹¹/çi¹¹	soi³³
		章	錐	tsue¹¹	tsui²²	tsui¹¹	tse³³
		禪	誰	sue⁵³	sui⁵³	sui⁴²	se¹¹
		見	龜	ke¹¹	kue²²	ki¹¹	kue³³
		群	葵	kʰe⁵³	kʰue⁵³	kʰe⁴²	kʰue¹¹
		以	維	ve⁵³	ve⁵³	ve⁴²	ve¹¹
			遺	ɿ⁵³	ɿ⁵³	ɲi⁴²	ve¹¹
	上	來	壘	lue⁵³	lui³¹		le³¹
		書	水	sue³¹	sui³¹	çi³¹	se³¹
		見	軌	ke³¹	kue³¹	ki³¹	kue³¹
			癸	kʰe⁵³	kʰue⁴⁴		kue⁵⁵
		以	唯	ve⁵³	ve⁵³	ve⁴²	ve¹¹
	去	來	類	lue⁴⁴	lui⁴⁴	lui⁴⁴	le³¹
			淚	lue⁴⁴	lui⁴⁴	lui⁴⁴	le³¹
		精	醉	tsue⁴⁴	tsui⁴⁴	tɕi⁴⁴	tse⁵⁵
		清	翠	tsʰue⁴⁴	tsʰui⁴⁴	tsʰui⁴⁴	tsʰe⁵⁵
		心	粹	sue⁴⁴	sui⁴⁴	tsʰui⁴⁴	tsʰe⁵⁵
		邪	隧	sɿ⁴⁴	sui⁴⁴	sui⁴⁴	tsʰɿ⁵⁵
			穗	sue⁴⁴	sui⁴⁴	sui⁴⁴	fe³¹
		澄	墜	tsʰue⁴⁴	tui⁴⁴	tsui⁴⁴	tse⁵⁵
		生	帥	sai⁴⁴	sai⁴⁴	sai⁴⁴	sai⁵⁵
		見	愧	kʰe⁵³	kʰue⁴⁴	kʰi⁴⁴	kʰue⁵⁵
			季	tsɿ⁴⁴	tsɿ⁴⁴	tsɿ⁴⁴	kue⁵⁵
		群	櫃	kʰe⁴⁴	kʰue⁴⁴/kʰe⁴⁴	kʰi⁴⁴	kʰue³¹
		云	位	ve⁵³	ve⁴⁴	ve⁴⁴	ve³¹
止合三微	平	非	非	fe¹¹	fe²²	fe¹¹	fe³³
			飛	fe¹¹	fe²²	fe¹¹	fe³³
		奉	肥	fe⁵³	fe⁵³	fe⁴²	fe¹¹
		微	微	ve⁵³	ve⁵³	ve¹¹	ve¹¹
		見	歸	ke¹¹	kue²²	ki¹¹	kue³³

		曉	揮	fe¹¹	fe²²	fe¹¹	fe³³
			輝	fe¹¹	fe²²	fe¹¹	fe³³
			徽	fe¹¹	fe²²	fe¹¹	fe³³
		影	威	ve¹¹	ve²²	ve¹¹	ve³³
		云	違	ve⁵³	ve⁵³	ve⁴²	ve¹¹
			圍	ve⁵³	ve⁵³	ve⁴²	ve¹¹
上		非	匪	fe³¹	fe³¹	fe³¹	fe³³
		微	尾	me¹¹	me²²	me¹¹	me³³
		見	鬼	ke³¹	kue³¹	ki³¹	kue³¹
		云	偉	ve³¹	ve³¹	ve³¹	ve⁵⁵
去		非	痱	me¹¹	me³¹	fe¹¹/me¹¹	pe⁵⁵
		敷	費~用	fe⁴⁴	fe⁴⁴	fe⁴⁴	fe⁵⁵
		微	未	ve⁴⁴	ve⁴⁴	ve⁴⁴	ve³¹
			味	me⁴⁴	me⁴⁴	me⁴⁴	me³¹
		見	貴	ke⁴⁴	kue⁴⁴	ki⁴⁴	kue⁵⁵
		疑	魏	ŋe⁴⁴	ŋe⁴⁴	ve⁴⁴	ne⁵⁵
		曉	諱	ve³¹	ve³¹	fe⁴⁴	ve⁵⁵
		影	畏	ve⁴⁴	ve⁴⁴	ve⁴⁴	ve⁵⁵
			慰	ve³¹	ve³¹	ve³¹	ve³¹
		云	緯	ve³¹	ve³¹	ve³¹	ve³¹
			胃	ve⁴⁴	ve⁴⁴	ve⁴⁴	ve³¹
			彙	fe⁴⁴	fe⁴⁴	fe⁴⁴	fe³¹
效開一豪	平	幫	褒	pau¹¹	pau³¹	pau¹¹	po³¹
		並	袍	pʰau⁵³	pʰau⁵³	pʰau⁴²	pʰau¹¹
		明	毛〔註4〕	mau⁵³	mau⁵³	mau¹¹	mo³³
		端	刀	tau¹¹	tau²²	tau¹¹	to³³
		透	掏~出來	tʰau⁵³	tʰau⁵³	tʰau⁴²	tʰo¹¹
		定	桃	tʰau⁵³	tʰau⁵³	tʰau⁴²	tʰo¹¹
			逃	tʰau⁵³	tʰau⁵³	tʰau⁴²	tʰo¹¹
			萄	tʰau⁵³	tʰau⁵³	tʰau⁴²	tʰo¹¹
		來	勞	lau⁵³	lau⁵³	lau⁴²	lo¹¹
			撈	lau⁵³	lau⁵³	lau⁴²	leu¹¹
		精	糟	tsau¹¹	tsau²²	tsau¹¹	tso³³
		清	操~作	tsʰau¹¹	tsʰau²²	tsʰau¹¹	tsʰau³³

〔註 4〕太平、馬市該字在說話時，偶而會出現陰平「mau¹」。

・249・

	從	曹	tsʰau53	tsʰau53	tsʰau42	tsʰo11
	心	臊	tsʰau44	tsau22/sau22	tsau44	so33
	見	高	kau11	kau22	kau11	ko33
		膏	kau11	kau22	kau11	kau33
		篙	kau11	kau22	kau11	ko33
		糕	kau11	kau22	kau11	kau33
	疑	熬	ŋau53	ŋau53	ŋau42	ŋau11
	曉	蒿	kʰau44	kʰau44	hau44	
	匣	豪	hau53	hau53	hau42	hau11
		毫	hau53	hau53	hau42	hau11
		號呼~	hau11	hau44	hau44	ho31
上	幫	保	pau31	pau31	pau31	po31
		寶	pau31	pau31	pau31	po31
	並	抱	pʰau31/pau44	pau44	pau44	pʰau31
	端	島	tau31	tau31	tau31	to31
		倒打~	tau31	tau31	tau31	to55
	透	討	tʰau31	tʰau31	tʰau31	tʰo31
	定	道	tʰau44	tʰau44	tʰau44	tʰo31
		稻	tʰau44	tʰau44	tʰau44	tʰau31
	泥	腦	nau31	nau31	nau31	no31
		惱	nau31	nau31	nau31	nau31/no31
	來	老	lau31	lau31	lau31	lo31
	精	早	tsau31	tsau31	tsau31	tso31
		棗	tsau31	tsau31	tsau31	tso31
		蚤	tsau31	tsau31	tsau31	tsau31
	清	草	tsʰau31	tsʰau31	tsʰau31	tsʰo31
	從	造	tsʰau44	tsʰau44	tsʰau44	tsʰo55
	心	掃~地	sau44	sau44	sau44	so55
		嫂	sau31	sau31	sau31	so31
	見	稿	kau31	kau31	kau31	kau31
	溪	考	kʰau31	kʰau31	kʰau31	kʰau31
		烤	kʰau31	kʰau31	kʰau31	kʰau55
	曉	好~壞	hau31	hau31	hau31	ho31
	匣	浩	hau11	hau22	hau44	hau55
	影	襖	au31	au31	au31	o31

效開一豪	上去	影	懊~惱	au⁴⁴	au³¹	au⁴⁴	au⁵⁵
		幫	報	pau⁴⁴	pau⁴⁴	pau⁴⁴	po⁵⁵
		並	暴	pʰau⁴⁴	pʰau⁴⁴	pʰau⁴⁴	pʰau⁵⁵
		明	冒	mau⁴⁴	mau⁴⁴	mau⁴⁴	mo³¹
			帽	mau⁴⁴	mau⁴⁴	mau⁴⁴	mo³¹
		端	到	tau⁴⁴	tau⁴⁴	tau⁴⁴	to⁵⁵
			倒~水	tau³¹	tau³¹	tau³¹	to³¹
		透	套	tʰau⁴⁴	tʰau⁴⁴	tʰau⁴⁴	tʰo⁵⁵
		定	盜	tʰau⁴⁴	tʰau⁴⁴	tʰau⁴⁴	tʰo³¹
			導	tʰau⁴⁴	tʰau⁴⁴	tʰau⁴⁴	tʰo⁵⁵
		精	躁	tsʰau⁴⁴	tsau⁴⁴	tsau⁴⁴	tsʰau⁵⁵
			竈	tsau⁴⁴	tsau⁴⁴	tsau⁴⁴	tso⁵⁵
		清	糙	tsʰau⁴⁴	tsʰau⁴⁴	tsʰau⁴⁴	tsʰo⁵⁵
		心	掃~帚	sau⁴⁴	sau⁴⁴	sau⁴⁴	so⁵⁵
		見	告	kau⁴⁴	kau⁴⁴	kau⁴⁴	ko⁵⁵
		溪	靠	kʰau⁴⁴	kʰau⁴⁴	kʰau⁴⁴	kʰau⁵⁵
			犒	kʰau⁴⁴/kau¹¹	kʰau⁴⁴	hau⁴⁴	
		疑	傲	ŋau⁴⁴	ŋau⁴⁴	ŋau⁴⁴	ŋau³¹
		曉	好喜~	hau⁴⁴	hau⁴⁴	hau⁴⁴	hau⁵⁵
			耗	hau⁴⁴	hau⁴⁴	hau⁴⁴	hau³¹
		匣	號~數	hau⁴⁴	hau⁴⁴	hau⁴⁴	ho⁵⁵
		影	奧	au⁴⁴	au⁴⁴	au⁴⁴	au⁵⁵
			懊~悔	au⁴⁴	au³¹	au⁴⁴	au⁵⁵
效開二肴	平	幫	包	pau¹¹	pau²²	pau¹¹	pau³³
			胞	pau¹¹	pau²²	pau¹¹	pau³³
		滂	抛	pʰau¹¹	pʰau²²	pʰau¹¹	pʰau³³
		並	跑	pʰau⁵³	pʰau³¹	pʰau⁴²	pʰau³³
		明	茅	mau⁵³	mau⁵³	mau⁴²	mau¹¹
			錨	nau⁵³/mau⁵³	nau⁵³	mau⁴²	miau¹¹
		泥	鐃	ɲiau⁵³		ɲiau⁴²	ɲiau³¹
		莊	抓	tsa¹¹	tsa²²	tsa¹¹	tsa³³
		初	抄	tsʰau¹¹	tsʰau²²	tsʰau¹¹	tsʰau³³
			鈔	tsʰau¹¹	tsʰau²²	tsʰau¹¹	tsʰau³³
		崇	巢	tsʰau⁵³	tsʰau⁵³	tsʰau⁴²	tsʰo¹¹
		生	梢	çiau¹¹	sau²²/çiau²²	sau¹¹/çiau¹¹	çiau³³
			捎	çiau¹¹	sau²²	sau¹¹	

			字				
效開二肴	平	見	交	kau¹¹	kau²²	kau¹¹	kau³³
			膠	kau¹¹	kau²²	kau¹¹	kau³³
			教~書	kau¹¹	kau²²	kau¹¹	kau³³
		溪	敲	kʰau⁴⁴	kʰau⁴⁴	kʰau⁴⁴	kʰau⁵⁵
		匣	淆	ŋau¹¹	ŋau⁵³	ŋau⁴²	hau¹¹
	上	幫	飽	pau³¹	pau³¹	pau³¹	pau³¹
		並	鮑	pau¹¹	pau⁴⁴	pau⁴⁴	pau³³
		明	卯	mau⁵³	mau³¹	mau⁴²	mau¹¹
		莊	爪	tsau³¹	tsau³¹	tsau³¹	tsau³¹
			找	tsau³¹	tsau³¹	tsau³¹	tsau³¹
		初	炒	tsʰau³¹	tsʰau³¹	tsʰau³¹	tsʰau³¹
			吵	tsʰau³¹	tsʰau⁵³	tsʰau⁴²	tsʰau¹¹
		見	狡	kau³¹	kau³¹	kau³¹	kau³¹
			攪	tɕiau³¹	kau³¹	kau³¹	kau³¹
		溪	巧	tɕʰiau³¹	tɕʰiau³¹	tɕʰiau³¹	kʰau³¹
		疑	咬	ŋau¹¹	ŋau²²	ŋau¹¹	ŋau³³
	去	幫	爆	pʰau⁴⁴	pʰau⁴⁴〔註5〕	pʰau⁴⁴	pʰau⁵⁵
		滂	炮	pʰau⁴⁴	pʰau⁴⁴	pʰau⁴⁴	pʰau⁵⁵
			泡~水裡	pʰau⁴⁴	pʰau²²	pʰau¹¹	pʰau⁵⁵
		明	貌	mau⁴⁴	mau⁴⁴	mau⁴⁴	mau³¹
		泥	鬧	nau⁴⁴	nau⁴⁴	nau⁴⁴	nau³¹
		生	稍	ɕiau¹¹/sau¹¹	sau²²	sau¹¹	sau³³
		見	教~育	kau⁴⁴	kau⁴⁴	kau⁴⁴	kau⁵⁵
			校~對	kau⁴⁴/hau⁴⁴	hau⁴⁴	tɕiau³¹	kau³¹
			較	kau⁴⁴	kau⁴⁴	kau⁴⁴	kau³¹
			酵	hau⁴⁴	hau²²	hau⁴⁴	hau⁵⁵
			覺睡~	kau⁴⁴	kau⁴⁴	kau⁴⁴	kau⁵⁵
		曉	孝	hau⁴⁴	hau⁴⁴	hau⁴⁴	hau⁵⁵
		匣	效	hau⁴⁴	hau⁴⁴	hau⁴⁴	hau³¹
			校學~	hau⁴⁴	hau⁴⁴	hau⁴⁴	hau³¹

〔註5〕該字在「爆竹（鞭炮）」、「打爆竹（放鞭炮）」時讀作「pau⁴⁴」。相較於「炮」字，「爆」為幫母，更可能讀為不送氣，是不用「炮竹」。

效開 三宵	平	幫	標	piau¹¹	piau²²	piau¹¹	piau³³
		滂	飄	pʰiau¹¹	pʰiau²²	pʰiau¹¹	pʰiau³³
		並	瓢	pʰiau¹¹	pʰiau⁵³	pʰiau⁴²	pʰiau¹¹
		明	苗	miau⁵³	miau⁵³	miau⁴²	miau¹¹
			貓	miau⁴⁴	miau⁴⁴	miau⁴⁴	miau⁵⁵
		來	燎	liau⁵³	liau⁵³	liau⁴²	liau¹¹
		精	蕉	tɕiau¹¹	tɕiau²²	tɕiau¹¹	tɕiau³³
			椒	tɕiau¹¹	tɕiau²²	tɕiau¹¹	tɕiau³³
		清	鍬	tɕʰiu¹¹	tɕʰiu²²	tɕʰiu¹¹	tɕʰiau³³
		從	樵	tɕiau¹¹	tɕʰiau⁵³	tɕiau¹¹	tɕiau³³
		心	消	ɕiau¹¹	ɕiau²²	ɕiau¹¹	ɕiau³³
			宵	ɕiau¹¹	ɕiau²²	ɕiau¹¹	ɕiau³³
			銷	ɕiau¹¹	ɕiau²²	ɕiau¹¹	ɕiau³³
		知	朝今~	tsau¹¹	tsau²²	tsau¹¹	tsau³³
		徹	超	tsʰau¹¹	tsʰau²²	tsʰau¹¹	tsʰau³³
		澄	朝~代	tsʰau⁵³	tsʰau⁵³	tsʰau⁴²	tsʰau¹¹
			潮	tsʰau⁵³	tsʰau⁵³	tsʰau⁴²	tsʰau¹¹
		章	招	tsau¹¹	tsau²²	tsau¹¹	tsau³³
		書	燒	sau¹¹	sau²²	sau¹¹	sau³³
		禪	韶	sau⁵³	sau⁵³	sau⁴²	sau¹¹
		日	饒	ɲiau⁵³	ɲiau⁵³	ɲiau⁴²	ɲiau¹¹
		見	驕	tɕiau¹¹	tɕiau²²	tɕiau¹¹	tɕiau³³
			嬌	tɕiau¹¹	tɕiau²²	tɕiau¹¹	tɕiau³³
		群	僑	tɕʰiau⁵³	tɕʰiau⁵³	tɕʰiau⁴²	tɕʰiau¹¹
			橋	tɕʰiau⁵³	tɕʰiau⁵³	tɕʰiau⁴²	tɕʰiau¹¹
		曉	囂	ɕiau¹¹	ɕiau²²	ɕiau¹¹	ɕiau³³
		影	邀	iau¹¹	iau²²	iau¹¹	iau³³
			腰	iau¹¹	iau²²	iau¹¹	iau³³
			要~求	iau¹¹	iau²²	iau¹¹	iau³³
		以	搖	iau⁵³	iau⁵³	iau⁴²	iau¹¹
			謠	iau⁵³	iau⁵³	iau⁴²	iau¹¹
	上	幫	表	piau³¹	piau³¹	piau¹¹	piau³¹
		滂	漂	pʰiau⁴⁴	pʰiau²²	pʰiau⁴⁴	pʰiau³³
		明	藐	miau³¹/mau⁴⁴	miau³¹	miau³¹	mau¹¹
			秒	miau³¹	miau³¹	miau³¹	miau³¹

		精	剿	tɕiau³¹	tɕiau³¹	tɕiau³¹	tɕiau³¹
		清	悄	tɕʰiau¹¹/ɕiau¹¹	tɕʰiau²²	tɕʰiau¹¹	ɕiau³³
		心	小	ɕiau³¹	ɕiau³¹	ɕiau³¹	ɕiau³¹
		澄	趙	tsʰau⁴⁴	tsʰau⁴⁴	tsʰau⁴⁴	tsʰau³¹
			兆	tsʰau⁴⁴	tsʰau⁴⁴	tsau⁴⁴	tsʰau³¹
		章	沼	tsau¹¹	tsau²²	tsau¹¹	
效開三宵	上	書	少多~	sau³¹	sau³¹	sau³¹	sau³¹
		禪	紹	sau⁴⁴	sau⁴⁴	sau⁴⁴	sau³¹
		日	擾	iau³¹	iau³¹	kau³¹/tɕiau³¹	iau³¹
			繞圍~	ȵiau³¹	ȵiau³¹	ȵiau³¹	ȵiau³¹
		見	矯	tɕiau¹¹	tɕiau²²	tɕiau¹¹	
		以	舀	iau³¹	iau³¹	iau³¹	iau³¹
	去	滂	票	pʰiau⁴⁴	pʰiau⁴⁴	pʰiau⁴⁴	pʰiau⁵⁵
			漂~亮	pʰiau⁴⁴	pʰiau²²	pʰiau⁴⁴	pʰiau³³
		明	廟	miau⁴⁴	miau⁴⁴	miau⁴⁴	miau³¹
			妙	miau⁴⁴	miau⁴⁴	miau⁴⁴	miau³¹
		來	療	liau⁵³	liau⁵³	liau⁴²	liau¹¹
		精	醮	tɕiau⁴⁴	tɕiau⁴⁴		tɕiau⁵⁵
		清	俏	tɕʰiau¹¹/ɕiau¹¹	tɕʰiau⁴⁴	tɕʰiau⁴⁴	
		心	笑	ɕiau⁴⁴	ɕiau⁴⁴	ɕiau⁴⁴	ɕiau⁵⁵
		澄	召	tsau¹¹	tsau²²	tsau¹¹	tsau³³
		章	照	tsau⁴⁴	tsau⁴⁴	tsau⁴⁴	tsau⁵⁵
		書	少~年	sau⁴⁴	sau⁴⁴	sau⁴⁴	sau⁵⁵
		群	轎	tɕʰiau⁴⁴	tɕʰiau⁴⁴	tɕʰiau⁴⁴	tɕʰiau³¹
		影	要重~	iau⁴⁴	iau⁴⁴	iau⁴⁴	iau⁵⁵
		以	耀	iau⁴⁴	iau⁴⁴	iau⁴⁴	iau³¹
			鷂~鷹	iau⁴⁴			iau³¹
效開四蕭	平	端	刁	tiau¹¹	tiau²²	tiau¹¹	tiau³³
			雕	tiau¹¹	tiau²²	tiau¹¹	tiau³³
		透	挑	tʰiau¹¹	tʰiau²²	tʰiau¹¹	tʰiau³³
		定	條	tʰiau⁵³	tʰiau⁵³	tʰiau⁴²	tʰiau¹¹
			調~和	tʰiau⁵³	tʰiau⁵³	tʰiau⁴²	tʰiau¹¹

		來	聊	liau^{53}	liau^{53}	liau^{42}	liau^{11}
			撩	liau^{53}	liau^{22}	liau^{42}	liau^{11}
		心	蕭	ɕiau^{11}	ɕiau^{22}	ɕiau^{11}	ɕiau^{33}
		見	澆	tɕiau^{11}	tɕiau^{22}	tɕiau^{11}	ɲiau^{31}
		疑	堯	ɲiau^{53}	ɲiau^{53}	ɲiau^{42}	ɲiau^{11}
		影	么~二三	iau^{11}		iau^{11}	iau^{33}
	上	端	鳥	niau^{31}/tiau^{11}	niau^{31}/tiau^{22}	ɲiau^{31}/tiau^{11}	niau^{31}/tiau^{33}
		來	了~結	liau^{31}	liau^{31}	liau^{31}	liau^{31}
			瞭	liau^{53}	liau^{53}	liau^{44}	liau^{31}
效開四蕭	上	見	繳	tɕiau^{31}	tɕiau^{31}	tɕiau^{31}	tɕiau^{31}
		曉	曉	ɕiau^{31}	ɕiau^{31}	ɕiau^{31}	ɕiau^{31}
		影	杳	miau^{31}	iau^{22}		miau^{31}
	去	端	釣	tiau^{44}	tiau^{44}	tiau^{44}	tiau^{55}
		透	跳	tʰiau^{44}	tʰiau^{44}	tʰiau^{44}	tʰiau^{55}
			糶	tʰiau^{44}	tʰiau^{44}	tʰiau^{44}	tʰiau^{55}
		定	掉	tʰiau^{44}	tiau^{44}	tʰiau^{44}	tʰiau^{31}
			調音~	tʰiau^{44}	tʰiau^{44}	tʰiau^{44}	tʰiau^{31}
			調~動	tʰiau^{44}	tiau^{44}	tiau^{44}	tiau^{55}
		泥	尿	ɲiau^{44}	ɲiau^{44}	ɲiau^{44}	ɲiau^{31}
		來	料	liau^{44}	liau^{44}	liau^{44}	liau^{31}
		見	叫	tɕiau^{44}	tɕiau^{44}	tɕiau^{44}	tɕiau^{55}
		清	竅	tɕʰiau^{44}	tɕʰiau^{44}	tɕʰiau^{44}	tɕʰiau^{55}
流開一侯	平	端	兜	teu^{11}	teu^{22}	teu^{11}	teu^{33}
		透	偷	tʰeu^{11}	tʰeu^{22}	tʰeu^{11}	tʰeu^{33}
		定	頭	tʰeu^{53}	tʰeu^{53}	tʰeu^{42}	tʰeu^{11}
			投	tʰeu^{53}	tʰeu^{53}	tʰeu^{42}	tʰeu^{11}
		來	樓	leu^{53}	leu^{53}	leu^{42}	leu^{11}
			摟~取	leu^{53}	leu^{31}	leu^{42}	leu^{11}
		見	勾	keu^{11}	kieu^{22}	kieu^{11}	keu^{33}
			鉤	keu^{11}	kieu^{22}	kieu^{11}	keu^{33}
			溝	keu^{11}	kieu^{22}	kieu^{11}	keu^{33}
		溪	摳	kʰeu^{11}	kʰieu^{22}	kʰieu^{11}	
		匣	喉	heu^{53}	heu^{53}	heu^{42}	heu^{11}
			猴	heu^{53}	heu^{53}	heu^{42}	heu^{11}
		影	歐	eu^{11}	eu^{22}	eu^{11}	eu^{33}

	上	滂	剖	p^ho^{44}	p^hoi^{44}	p^ho^{44}	p^heu^{31}
		明	某	meu^{31}	meu^{31}	meu^{31}	meu^{33}
			畝	meu^{31}	meu^{31}	meu^{31}	meu^{31}
			母	mo^{31}	mu^{31}	mu^{31}	mu^{33}
		端	斗	teu^{31}	teu^{31}	teu^{31}	teu^{31}
			抖	teu^{31}	teu^{31}	teu^{31}	teu^{31}
			陡	teu^{31}	teu^{31}	teu^{31}	teu^{31}
		透	敇~氣	t^heu^{31}	t^heu^{31}	t^heu^{31}	t^heu^{31}
		來	簍	leu^{53}	leu^{31}	leu^{42}	leu^{31}
		精	走	$tseu^{31}$	$tseu^{31}$	$tseu^{31}$	$tseu^{31}$
流開一侯	上	見	狗	keu^{31}	$kieu^{31}$	$kieu^{31}$	keu^{31}
		溪	口	k^heu^{31}/$\underline{heu^{31}}$	k^hieu^{31}/$\underline{heu^{31}}$	k^hieu^{31}/$\underline{heu^{31}}$	k^heu^{31}/$\underline{heu^{31}}$
			叩	k^heu^{44}	k^hieu^{22}	k^hieu^{44}	k^heu^{55}
		疑	藕	$ŋeu^{31}$	$ɲieu^{31}$	$ŋeu^{31}$/neu^{31}	$ɲieu^{31}$
			偶配~	$ŋeu^{31}$	$ɲieu^{31}$	$ŋeu^{31}$	$ɲieu^{31}$/$ŋeu^{31}$
		匣	後	heu^{44}	heu^{44}	heu^{44}	heu^{31}
			厚	heu^{11}	heu^{22}	heu^{11}	heu^{33}
		影	謳	eu^{31}	eu^{31}	eu^{31}	eu^{31}
	去	明	戊	vu^{44}/meu^{44}	meu^{44}	vu^{44}	vu^{31}
			茂	meu^{44}	meu^{44}	meu^{44}	meu^{31}
			貿	meu^{44}	meu^{44}	mau^{44}	meu^{31}
		端	鬥	teu^{44}	teu^{44}	teu^{44}	teu^{55}
		透	透	t^heu^{44}	t^heu^{44}	t^heu^{44}	t^heu^{55}
		定	豆	t^heu^{44}	t^heu^{44}	t^heu^{44}	t^heu^{31}
		來	漏	leu^{44}	leu^{44}	leu^{44}	leu^{31}
			陋	leu^{44}	leu^{44}	leu^{44}	leu^{31}
		精	奏	$tseu^{44}$	$tseu^{44}$	$tseu^{44}$	$tseu^{55}$
		清	湊	ts^heu^{44}	ts^heu^{44}	ts^heu^{44}	ts^heu^{55}
		心	嗽	seu^{44}	seu^{44}	seu^{44}	seu^{55}
		見	夠	keu^{44}	$kieu^{44}$	$kieu^{44}$	keu^{55}
			構	keu^{44}	$kieu^{44}$	$kieu^{44}$	keu^{55}
			購	keu^{44}	$kieu^{44}$	$kieu^{44}$	keu^{55}
		溪	扣~住	k^heu^{44}	k^hieu^{44}	k^hieu^{44}	k^heu^{55}
		匣	候	heu^{44}	heu^{44}	heu^{44}	heu^{31}
		影	漚久浸水中	eu^{31}	eu^{44}		eu^{55}

流開三尤	平	奉	浮	feu⁵³	feu⁵³	feu⁴²	feu¹¹
		明	謀	meu⁵³	meu⁵³	meu⁴²	meu¹¹
			矛	mau⁵³	mau⁵³	mau⁴²	mau¹¹
		來	流	liu⁵³	liu⁵³	liu⁴²	liu¹¹
			劉	liu⁵³	liu⁵³	liu⁴²	liu¹¹
			留	liu⁵³	liu⁵³	liu⁴²	liu¹¹
		精	揫~住	tɕʰiu¹¹	tɕʰiu²²	tɕiu¹¹	tɕʰiu³³
		清	秋~天	tɕʰiu¹¹	tɕʰiu²²	tɕʰiu¹¹	tɕʰiu³³
		心	修	ɕiu¹¹	ɕiu²²	ɕiu¹¹	ɕiu³³
			羞	tɕʰiu³¹	tɕʰiu³¹	tɕʰiu³¹	ɕiu³³
		邪	囚	tɕʰiu⁵³	tɕʰiu⁵³	tɕʰiu⁴²	ɕiu³³
		邪	泅	tɕʰiu⁵³	tɕʰiu⁵³	tɕʰiu⁴²	ɕiu³³
		徹	抽	tɕʰiu¹¹	tɕʰiu²²	tɕʰiu¹¹	tɕʰiu³³
		澄	綢	tɕʰiu⁵³	tɕʰiu⁵³	tsʰeu⁴²/tɕʰiu⁴²	tɕʰiu¹¹
			籌	tɕʰiu⁵³	tɕʰiu⁵³	tsʰeu⁴²	tɕʰiu¹¹
		莊	鄒	tseu¹¹	tseu²²	tseu¹¹	tseu³³
		崇	愁	tsʰeu⁵³	tsʰeu⁵³	tɕʰiu⁴²	seu¹¹
		生	搜	seu¹¹	seu²²	seu¹¹	seu³³
		章	周	tɕiu¹¹	tɕiu²²	tɕiu¹¹	tɕiu³³
			州	tɕiu¹¹	tɕiu²²	tɕiu¹¹	tɕiu³³
		書	收	ɕiu¹¹	ɕiu²²	ɕiu¹¹	ɕiu³³
		禪	仇	ɕiu⁵³	ɕiu⁵³	ɕiu⁴²	ɕiu¹¹
			酬	tɕʰiu⁵³	tɕʰiu⁵³	tɕʰiu⁴²	tɕʰiu¹¹
		日	柔	iu¹¹	iu⁵³	iu⁴²	iu¹¹
			揉	iu¹¹	iu⁵³	iu⁴²	iu¹¹
		見	糾~纏	tɕiu⁴⁴	tɕiu²²	tɕiu¹¹	tɕiu³³
		溪	丘	tɕʰiu¹¹	tɕʰiu²²	tɕʰiu¹¹	tɕʰiu³³
		群	求	tɕʰiu⁵³	tɕʰiu⁵³	tɕʰiu⁴²	tɕʰiu¹¹
			球	tɕʰiu⁵³	tɕʰiu⁵³	tɕʰiu⁴²	tɕʰiu¹¹
			仇姓	tɕʰiu⁵³		tɕʰiu⁴²	tɕʰiu¹¹
		疑	牛	ɲiu⁵³	ɲiu⁵³	ɲiu⁴²	ŋeu¹¹
		曉	休	ɕiu¹¹	ɕiu²²	ɕiu¹¹	ɕiu³³
		影	憂	iu¹¹	iu²²	iu¹¹	iu¹¹
			優	iu¹¹	iu²²	iu¹¹	iu¹¹

	云	尤	iu⁵³	iu⁵³	iu¹¹	iu¹¹
		郵	iu⁵³	iu⁵³	iu⁴²	iu¹¹
	以	由	iu⁵³	iu⁵³	iu⁴²	iu¹¹
		油	iu⁵³	iu⁵³	iu⁴²	iu¹¹
		游	iu⁵³	iu⁵³	iu⁴²	iu¹¹
		悠	iu¹¹	iu²²	iu¹¹	iu¹¹
上	非	否	feu³¹	feu³¹	feu³¹	feu³¹
	奉	婦	fu⁴⁴	fu⁴⁴	fu⁴⁴	fu³¹
		負	fu⁴⁴	fu⁴⁴	fu⁴⁴	fu⁵⁵
	泥	紐	ɲiu³¹	ɲiu³¹	ɲiu³¹	niu³¹/neu³¹
		扭	ɲiu³¹	ɲiu³¹	ɲiu³¹	ɲiu³¹
	來	柳	liu³¹	liu³¹	liu³¹	liu⁵⁵
	精	酒	tɕiu³¹	tɕiu³¹	tɕiu³¹	tɕiu³¹
	徹	丑	tɕʰiu³¹	tɕʰiu³¹	tɕʰiu³¹	tɕʰiu³¹
	章	帚	tɕiu³¹	tɕiu³¹	tɕiu³¹	tsau³¹
	昌	醜	tɕʰiu³¹	tɕʰiu³¹	tɕʰiu³¹	tɕʰiu³¹
	書	手	ɕiu³¹	ɕiu³¹	ɕiu³¹	ɕiu³¹
		首	ɕiu³¹	ɕiu³¹	ɕiu³¹	ɕiu³¹
		守	ɕiu³¹	ɕiu³¹	ɕiu³¹	ɕiu³¹
	禪	受	ɕiu⁴⁴	ɕiu⁴⁴	ɕiu⁴⁴	ɕiu³¹
	見	九	tɕiu³¹	tɕiu³¹	tɕiu³¹	tɕiu³¹
		久	tɕiu³¹	tɕiu³¹	tɕiu³¹	tɕiu³¹
		韭	tɕiu³¹	tɕiu³¹	tɕiu³¹	tɕiu³¹
		灸	tɕiu⁴⁴	tɕiu⁴⁴	tɕiu⁴⁴	tɕiu⁵⁵
	群	臼	tɕʰiu¹¹	tɕʰiu²²	tseu⁴⁴	tɕʰiu³³
		舅	tɕʰiu¹¹	tɕʰiu²²	tɕʰiu¹¹	tɕʰiu³³
	曉	朽	tɕʰiu³¹		ɕiu³¹	ɕiu³³
	云	有	iu³¹	iu²²	iu¹¹	iu³³
		友	iu³¹	iu³¹	iu³¹	iu⁵⁵
	以	酉	iu¹¹	iu²²		iu³³
		誘	iu⁴⁴	iu⁴⁴	iu⁴⁴	iu⁵⁵
去	非	富	fu⁴⁴	fu⁴⁴	fu⁴⁴	fu⁵⁵
	敷	副	fu⁴⁴	fu⁴⁴	fu⁴⁴	fu⁵⁵
	奉	復~興	fuk³²	fuk⁴⁵	fuk²	fuk²

		來	餾	liu³¹	liu³¹	liu³¹	liu³¹
			廖	liau⁴⁴	liau⁴⁴	liau⁴⁴	liau³¹
		從	就	tɕʰiu⁴⁴	tɕʰiu⁴⁴	tɕʰiu⁴⁴	tɕʰiu³¹
		心	秀	ɕiu⁴⁴	ɕiu⁴⁴	ɕiu⁴⁴	ɕiu⁵⁵
			繡	ɕiu⁴⁴	ɕiu⁴⁴	ɕiu⁴⁴	ɕiu⁵⁵
			宿星~	ɕiuk⁴⁵	ɕiuk⁴⁵	ɕiuk³	ɕiuk²
			銹	ɕiu⁴⁴	ɕiu⁴⁴	ɕiu⁴⁴	ɕiu⁵⁵
		邪	袖	tɕʰiu⁴⁴	tɕʰiu⁴⁴	tɕʰiu⁴⁴/ɕiu⁴⁴	tɕʰiu³¹
		知	晝	tɕiu⁴⁴	tɕiu⁴⁴	tɕiu⁴⁴/tseu⁴⁴	tɕiu⁵⁵
		澄	宙	tɕʰiu⁴⁴	tɕʰiu⁴⁴	tɕʰiu⁴⁴	tɕʰiu⁵⁵
		莊	縐	tseu¹¹	tseu⁴⁴	tseu⁴⁴	tseu⁵⁵/tɕiu⁵⁵
		崇	驟		tsʰeu⁴⁴	tseu⁴⁴	tseu⁵⁵
		生	瘦	seu⁴⁴	seu⁴⁴	seu⁴⁴	seu⁵⁵
			漱~口	su⁴⁴/seu⁴⁴	su⁴⁴	su¹¹	seu⁵⁵
		章	咒	tɕiu⁴⁴	tɕiu⁴⁴	tseu⁴⁴	tɕiu⁵⁵
		昌	臭香~	tɕʰiu⁴⁴	tɕʰiu⁴⁴	tɕʰiu⁴⁴	tɕʰiu⁵⁵
		書	獸	tɕʰiu⁴⁴	tɕʰiu⁴⁴	tsʰiu⁴⁴	tɕʰiu⁵⁵
		禪	壽	ɕiu⁴⁴	ɕiu⁴⁴	ɕiu⁴⁴	ɕiu³¹
			售	tɕʰiu³¹	tɕʰiu⁴⁴	ɕiu⁴⁴	tɕʰiu³¹
		見	救	tɕiu⁴⁴	tɕiu⁴⁴	tɕiu⁴⁴	tɕiu⁵⁵
			究	tɕiu⁴⁴	tɕiu⁴⁴	tɕiu⁴⁴	tɕiu⁵⁵
		群	舊	tɕʰiu⁴⁴	tɕʰiu⁴⁴	tɕʰiu⁴⁴	tɕʰiu³¹
		曉	嗅	tɕʰiu⁴⁴	tɕʰiu²²/ɕiu²²	ɕiu⁴⁴	ɕiu⁵⁵
		云	又	iu⁴⁴	iu⁴⁴	iu⁴⁴	iu³¹
			右	iu⁴⁴	iu⁴⁴	iu⁴⁴	iu³¹
		以	柚	iu⁴⁴	iu³¹	iu⁴⁴	iu³¹
流開三幽	平	幫	彪	piau¹¹	piau²²	piau¹¹	piau³³
		端	丟	tiu¹¹	tiu²²	tiu¹¹	tiu³³
		影	幽	iu¹¹	iu²²	iu¹¹	iu¹¹
	去	明	謬	miau⁴⁴	miau⁴⁴	miau⁴⁴	miau³¹
		影	幼	iu⁴⁴	iu⁴⁴	iu⁴⁴	iu⁵⁵
咸開一覃	平	端	耽	tan¹¹	tan²²	tan¹¹	taŋ³³
		透	貪	tʰan¹¹	tʰan²²	tʰan¹¹	tʰaŋ³³
		定	潭	tʰan⁵³	tʰan⁵³	tʰan⁴²	tʰaŋ¹¹
			譚	tʰan⁵³	tʰan⁵³	tʰan⁴²	tʰaŋ¹¹

		泥	南	nan⁵³	nan⁵³	nan⁴²	naŋ¹¹
			男	nan⁵³	nan⁵³	nan⁴²	naŋ¹¹
		精	簪	tsan¹¹	tsan²²	tsan¹¹	tsaŋ³³
		清	參	tsʰan¹¹	tsʰan²²	tsʰan¹¹	tsʰaŋ³³
		從	蠶	tsʰan⁵³	tsʰan⁵³	tsʰan⁴²	tsʰaŋ¹¹
		溪	堪	kʰan⁴⁴	kʰan⁴⁴	kʰan¹¹	kʰaŋ⁵⁵
			龕	kʰan¹¹	kʰan²²		kʰaŋ³³
		匣	含	han⁵³	han⁵³	han⁴²	haŋ¹¹
			函	han⁵³	han⁵³	han⁴²	haŋ¹¹
		影	庵	an¹¹	an²²	an¹¹	aŋ³³
	上	清	慘	tsʰan³¹	tsʰan³¹	tsʰan³¹	tsʰaŋ³¹
		見	感	kan³¹	kan³¹	kan³¹	kaŋ³¹
		溪	坎	kʰan¹¹	kʰan³¹	kʰan⁴⁴	kʰaŋ⁵⁵
		匣	撼	han⁴⁴	han⁴⁴	han⁴⁴	haŋ³¹
		影	揞手覆	an¹¹	en²²	en¹¹	en³³
	去	透	探	tan¹¹	tʰan²²	tʰan⁴⁴	tʰaŋ⁵⁵
		溪	勘	kʰan⁴⁴	kʰan⁴⁴	kʰan⁴⁴	kʰaŋ⁵⁵
		匣	憾	han⁴⁴	han⁴⁴	han⁴⁴	haŋ³¹
		影	暗	an⁴⁴	an⁴⁴	an⁴⁴	aŋ⁵⁵
咸開一合	入	端	答	tat⁴⁵	tat⁴⁵	tat³	tak²
			搭	tat⁴⁵	tat⁴⁵	tat³	tak²
		透	踏	tʰat⁴⁵	tʰat⁴⁵	tʰat³	tʰak⁵
		泥	納	nat³²	nat⁴⁵	nat²	nak⁵
		來	拉	la¹¹/lai¹¹	la²²/lai²²	la¹¹	la³³/lai³³
		從	雜	tsʰat³²	tsʰat⁴⁵	tsʰat³	tsʰak⁵
		見	合十合一升	hot³²	hot⁴⁵		kak²
			鴿	kat⁴⁵	kat⁴⁵	kat³	kak²
		曉	喝~酒	hot⁴⁵	hot⁴⁵	hot³	hot²
		匣	合	hot³²	hot⁴⁵	hot²	hak⁵
			盒	hat³²	hat⁴⁵	hat²	hak⁵
咸開一談	平	端	擔~任	tan¹¹	tan²²	tan¹¹	taŋ³³
		定	談	tʰan⁵³	tʰan⁵³	tʰan⁴²	tʰaŋ¹¹
			痰	tʰan⁵³	tʰan⁵³	tʰan⁴²	tʰaŋ¹¹
		來	藍	lan⁵³	lan⁵³	lan⁴²	laŋ¹¹
			籃	lan⁵³	lan⁵³	lan⁴²	laŋ¹¹

		從	慚	tsʰan⁵³	tsʰan⁵³	tsʰan⁴²	tsʰaŋ¹¹
		心	三	san¹¹	san²²	san¹¹	saŋ³³
		見	甘	kan¹¹	kan²²	kan¹¹	kaŋ³³
			柑	kan¹¹	kan²²	kan¹¹	kaŋ³³
		曉	憨癡	han¹¹	han⁴⁴	han¹¹	haŋ³³
	上	端	膽	tan³¹	tan³¹	tan³¹	taŋ³¹
		透	毯	tʰan³¹	tʰan³¹	tʰan³¹	tʰaŋ³¹
		定	淡	tʰan³¹淡水/tʰan¹¹味道	tʰan³¹淡水/tʰan²²味道	tʰan³¹	tʰan³¹淡水/tʰaŋ³³味道
		來	覽	lan³¹	lan³¹	lan³¹	laŋ⁵⁵
			攬	lan³¹	lan³¹	lan³¹	laŋ³¹
		見	敢	kan³¹	kan³¹	kan³¹	kaŋ³¹
			橄	kan¹¹	kan²²	kan³¹	kaŋ³³
		曉	喊	han⁴⁴	han⁴⁴	han⁴⁴	haŋ⁵⁵
	去	端	擔挑~〔註6〕	tan¹¹	tan²²	tan¹¹	taŋ³³
		來	濫	lan⁴⁴	lan⁴⁴	lan⁴⁴	laŋ⁵⁵
咸開一談	去	來	纜	lan⁴⁴	lan³¹	lan³¹	laŋ³¹
		從	暫	tsʰan⁴⁴	tsʰan⁴⁴	tsʰan⁴⁴	tsʰaŋ³¹
咸開一盍	入	透	塔	tʰat⁴⁵	tʰat⁴⁵	tʰat³	tʰak²
			塌	tʰat⁴⁵	tʰat⁴⁵	tʰat³	tʰak²
		來	臘	lat⁴⁵	lat⁴⁵	lat²	lak⁵
			蠟	lat⁴⁵	lat⁴⁵	lat²	lak⁵
咸開二咸	平	崇	饞	tsʰan⁵³	tsʰan⁵³	tsʰan⁴²	
		生	杉	sa¹¹	sa²²	sa¹¹	sa³³
		見	尷	kan¹¹	kan²²	kan¹¹	kaŋ³³
		匣	咸	han⁵³	han⁵³	han⁴²	haŋ¹¹
			鹹	han⁵³	han⁵³	han⁴²	haŋ¹¹
	上	莊	斬	tsan³¹	tsan³¹	tsan³¹	tsaŋ³¹
		見	減	kan³¹	kan³¹	kan³¹	kaŋ³¹
	去	知	站~立	tsʰan⁴⁴/tsan⁴⁴	tsʰan⁴⁴	tsan⁴⁴	tsaŋ³¹
		澄	賺	tsʰon⁴⁴	tsʰon⁴⁴	tsʰon⁴⁴	tsʰan³¹
			站車~	tsʰan⁴⁴	tsʰan⁴⁴	tsʰan⁴⁴	tsʰaŋ³¹
		匣	陷	han⁴⁴	han⁴⁴	han⁴⁴	haŋ³¹

〔註6〕各點在「挑擔」義時，陰平、陰去可兩讀，在「擔竿（扁擔）」時俱讀陰去聲。

咸開二洽	入	初	插	tsʰat⁴⁵	tsʰat⁴⁵	tsʰat³	tsʰak²
		崇	鍤	tsʰat³²	tsʰat⁴⁵	tsat²	tsʰak⁵
			炸	tsa⁴⁴	tsa⁴⁴	tsa⁴⁴	tsa⁵⁵
		見	夾	kat⁴⁵	kat⁴⁵	kat³	tɕiak²
		溪	恰	kʰak⁴⁵	kʰat⁴⁵	kʰat³	kʰak²
			掐	kʰak⁴⁵	kʰak⁴⁵	kʰat³	nak⁵
		匣	狹	hat³²	hat⁴⁵	hat²	tɕʰiak⁵
			峽	hat³²	hat⁴⁵	hat²	tɕʰiak⁵
			洽	tɕʰiak⁴⁵	kʰat⁴⁵	kʰat³	tɕʰiak⁵
咸開二銜	平	初	攙	tsʰan⁵³	tsʰan²²	tsʰan¹¹	
		生	衫	san¹¹	san²²	san¹¹	saŋ³³
		見	監~牢	kan⁴⁴	kan⁴⁴	kan⁴⁴	kaŋ⁵⁵
		溪	嵌	tɕʰien¹¹	kʰan³¹		tɕʰiaŋ³¹
		疑	巖	ŋan⁵³	ɲien⁵³	ŋan⁴²	ŋaŋ¹¹
		匣	銜	hen⁵³	hen⁵³/han⁵³	ɕien⁴²	haŋ¹¹
	上	匣	艦	kan⁴⁴	kan⁴⁴	kan⁴⁴	kaŋ⁵⁵
	去	見	鑑	kan⁴⁴	kan⁴⁴	kan⁴⁴	kaŋ⁵⁵
咸開二狎	入	見	甲	kat⁴⁵	kat⁴⁵	kat³	kak²
			胛肩~	kat⁴⁵	kat⁴⁵	kat³	kak²
		匣	匣	kat⁴⁵	kat⁴⁵	hat³	kak²
		影	鴨	at⁴⁵	at⁴⁵	at³	ak²
			押	at⁴⁵	at⁴⁵	at³	kak²
			壓	at⁴⁵	at⁴⁵	at³	ak²
咸開三鹽	平	泥	黏		nien³¹	ɲien¹¹	ɲiaŋ¹¹
		來	廉	lien⁵³	lien⁵³	lien⁴²	liaŋ¹¹
			鐮	lien⁵³	lien⁵³	lien⁴²	liaŋ¹¹
			簾	lien⁵³	lien⁵³	lien⁴²	liaŋ¹¹
		精	尖	tɕien¹¹	tɕien²²	tɕien¹¹	tɕiaŋ³³
		清	籤	tɕʰien¹¹	tɕʰien²²	tɕʰien¹¹	tɕʰiaŋ³³
			簽	tɕʰien¹¹	tɕʰien²²	tɕʰien¹¹	tɕʰiaŋ³³
		從	潛	tɕʰien⁵³	tɕʰien⁵³	tɕʰien⁴²	tɕʰiaŋ¹¹
		知	霑	tsen¹¹	tsen²²	tsan¹¹	tsaŋ³³
		章	瞻	tsen¹¹	tsan²²	tsan¹¹	tsaŋ³³
			占~卜	tsen¹¹	tsen²²	tsen¹¹	tsaŋ⁵⁵

攝	調	聲	字				
		群	鉗	tɕʰien⁵³	tɕʰien⁵³	tɕʰien⁴²	tɕʰiaŋ¹¹
		影	淹	ien³¹	ien²²	ien³¹	iaŋ³¹
			閹	ien¹¹	ien²²	ien¹¹	iaŋ³³
		云	炎	ien⁵³	ien⁵³	ien⁴²	iaŋ¹¹/iaŋ³¹
		以	鹽	ien⁵³	ien⁵³	ien⁴²	iaŋ¹¹
			簷	ien⁵³	ien⁵³	ŋan⁴²	iaŋ¹¹
	上	來	斂	lien⁴⁴	lien⁴⁴	lien³¹	liaŋ³¹
		從	漸	tɕʰien⁴⁴	tɕʰien⁴⁴	tɕʰien⁴⁴	tɕʰiaŋ³¹
		書	陝	sen³¹	sen³¹	sen³¹	saŋ³¹
			閃	sen³¹	sen³¹	sen³¹	saŋ³¹
		日	染	ɲien³¹	ɲien³¹	ɲien³¹	ɲiaŋ³¹
		見	檢	tɕien³¹	tɕien³¹	tɕien³¹	tɕiaŋ³¹
			臉	lien³¹	lien³¹	lien³¹	liaŋ³¹
		群	儉	tɕʰien⁴⁴	tɕʰien⁴⁴	tɕʰien³¹	tɕʰiaŋ³¹
		曉	險	ɕien³¹	ɕien³¹	ɕien³¹	ɕiaŋ³¹
		影	掩	ien³¹	ien³¹	ien³¹	iaŋ³¹
	去	來	斂	lien⁴⁴	lien⁴⁴	lien³¹	liaŋ³¹
			殮	lien⁴⁴	lien⁴⁴	lien⁴⁴	liaŋ³¹
		章	佔	tsen⁴⁴	tsen⁴⁴	tsen¹¹	tsaŋ⁵⁵
		疑	驗	ɲien⁴⁴	ɲien⁴⁴	ɲien⁴⁴	ɲiaŋ³¹
		影	厭	ien⁴⁴	ien⁴⁴	ien⁴⁴	iaŋ⁵⁵
咸開三鹽	去	以	豔	ien⁴⁴	ɲien⁴⁴	ien⁴⁴	ien³¹
			焰	ien⁴⁴	ien³¹	ien⁴⁴	iaŋ³¹
咸開三葉	入	泥	鑷	niet⁴⁵	niet⁴⁵	niet³	ɲiak²
			躡	niet⁴⁵	niet⁴⁵	niet³	ɲiak²
		來	獵	liak⁴⁵	liak⁴⁵	liak²	liak⁵
		精	接	tɕiet⁴⁵	tɕiet⁴⁵	tɕiet³	tɕiak²
		清	妾	tɕʰiet⁴⁵	tɕʰiet⁴⁵	tɕʰiet³	tɕiak²
		從	捷	tɕʰiet³²	tɕʰiet⁴⁵	tɕiet²	tɕʰiet⁵
		章	摺	tset⁴⁵	tset⁴⁵	tset³	tsak²
		書	攝	ɲiet⁴⁵	niet⁴⁵	set³	ɲiak²
		禪	涉	set³²	set⁴⁵	set²	sak⁵
		以	葉	iet³²	iet⁴⁵	iet²	iak⁵
			頁	iet³²	iet⁴⁵	iet²	iak⁵

咸開三嚴	平	疑	嚴	ȵien⁵³	ȵien⁵³	ȵien⁴²	ȵiaŋ¹¹
		影	醃	ien¹¹	ien²²	ien¹¹	iaŋ³³
	去	見	劍	tɕien⁴⁴	tɕien⁴⁴	tɕien⁴⁴	tɕiaŋ⁵⁵
		溪	欠	tɕʰien⁴⁴	tɕʰien⁴⁴	tɕʰien⁴⁴	tɕʰiaŋ⁵⁵
		疑	釅	ȵien⁵³			ȵiaŋ¹¹
咸開三業	入	見	劫	tɕiet⁴⁵	tɕiet⁴⁵	tɕiet³/tɕʰiet³	tɕiak²
		溪	怯	tɕʰiet⁴⁵	tɕʰiet⁴⁵	ɕiet³	
		疑	業	ȵiet⁴⁵	ȵiet⁴⁵	ȵiet²	ȵiak⁵
		曉	脅	ɕiet⁴⁵	ɕiet⁴⁵	ɕiet²	ɕiak⁵
咸開四添	平	透	添	tʰien¹¹	tʰien²²	tʰien¹¹	tʰiaŋ³³
		定	甜	tʰien⁵³	tʰien⁵³	tʰien⁴²	tʰiaŋ¹¹
		泥	拈~起來	nien¹¹	nien³¹	nien¹¹	ȵiaŋ³³
		見	兼	tɕien¹¹	tɕien²²	tɕien¹¹	tɕiaŋ³³
		溪	謙	tɕʰien¹¹	tɕʰien²²	tɕʰien¹¹	tɕʰiaŋ³³
		匣	嫌	tɕʰien¹¹	ɕien⁵³	ɕien⁴²	ɕiaŋ¹¹
	上	端	點	tien³¹	tien³¹	tien³¹	tiaŋ³¹
	去	端	店	tien⁴⁴	tien⁴⁴	tien⁴⁴	tiaŋ⁵⁵
		泥	念	ȵien⁴⁴	ȵien⁴⁴	nien⁴⁴	ȵiaŋ³¹
		溪	歉	tɕʰien¹¹	tɕʰien²²	tɕʰien⁴⁴	tɕʰiaŋ⁵⁵
咸開四帖	入	端	跌	tiet⁴⁵	tiet⁴⁵	tiet³	tiet²
		透	帖	tʰiet⁴⁵	tʰiet⁴⁵	tʰiet³	tʰiak²
			貼	tiet⁴⁵	tiet⁴⁵	tiet³	tiak²
		定	疊	tʰiet³²	tʰiet⁴⁵	tʰiet²	tʰiak⁵
		定	碟	tʰiet³²	tʰiet⁴⁵	tʰiet²	tʰiak⁵
			牒	tʰiet³²	tʰiet⁴⁵	tʰiet²	tʰiak⁵
			蝶	tʰiet³²	tʰiet⁴⁵	tʰiet²	tʰiak⁵
		見	挾~菜	kat⁴⁵	kat⁴⁵	tɕiet³	tɕiak²
		匣	協	ɕiet³²	ɕiet⁴⁵	ɕiet²	ɕiak⁵
咸合三凡	平	奉	凡	fan⁵³	fan⁵³	fan⁴²	fan¹¹
			帆	fan⁵³	fan⁵³	fan⁴²	fan¹¹
	上	奉	范	fan⁴⁴	fan⁴⁴	fan⁴⁴	faŋ³¹
			範	fan⁴⁴	fan⁴⁴	fan⁴⁴	faŋ³¹
			犯	fan⁴⁴	fan⁴⁴	fan⁴⁴	faŋ³¹
	去	敷	泛	fan⁴⁴	fan⁴⁴	fan⁴⁴	fan⁵⁵

韻類	調	聲母	字				
咸合三乏	入	非	法	fat⁴⁵	fat⁴⁵	fat³	fak²
		奉	乏	fan⁴⁴	fat⁴⁵	fat²	fan⁵⁵
深開三侵	平	來	林	lin⁵³	lin⁵³	lin⁴²	lin¹¹
			淋	lin⁵³	lin⁵³	lin⁴²	lin¹¹
			臨	lin⁵³	lin⁵³	lin⁴²	lin¹¹
		清	侵	tɕin¹¹	tɕin²²	tɕʰin¹¹	tɕʰin³³
		心	心	ɕin¹¹	ɕin²²	ɕin¹¹	ɕin³³
		邪	尋	tɕʰin⁵³	tɕʰin⁵³	tɕʰin⁴²	tɕʰin¹¹
		澄	沉	tɕʰin⁵³	tɕʰin⁵³	tɕʰin⁴²	tɕʰin¹¹
		生	森	sen⁵³	sen⁵³	sen⁴²	sen³¹
			參人~	sen¹¹	sen²²	sen¹¹	sen³³
		章	針	tɕin¹¹	tɕin²²	tɕin¹¹	tɕin³³
			斟	tɕin¹¹	tɕin²²	tsen¹¹	tɕin³³
		書	深	tɕʰin¹¹	tɕʰin²²	tɕʰin¹¹	tɕʰin³³
		日	壬	in⁵³	in⁵³	ɲin⁴²	ɲin¹¹
		見	今	tɕin¹¹	tɕin²²	tɕin¹¹	tɕin³³
			金	tɕin¹¹	tɕin²²	tɕin¹¹	tɕin³³
		溪	欽	tɕʰin¹¹	tɕʰin²²	tɕʰin¹¹	tɕʰin³³
		群	琴	tɕʰin⁵³	tɕʰin⁵³	tɕʰin⁴²	tɕʰin¹¹
			禽	tɕʰin⁵³	tɕʰin⁵³	tɕʰin⁴²	tɕʰin¹¹
		疑	吟	in⁵³	in²²	in⁴²	in³³
		影	音	in¹¹	in²²	in¹¹	in³³
			陰	in¹¹	in²²	in¹¹	in³³
		以	淫	in⁵³	in⁵³	in⁴²	in³¹
	上	幫	稟	pin³¹	pin³¹	pin³¹	pin³¹
		滂	品	pʰin³¹	pʰin³¹	pʰin³¹	pʰin³¹
		清	寢	tɕʰin¹¹	tɕʰin³¹	tɕʰin³¹	tɕʰin³¹
		章	枕	tɕin³¹	tɕin³¹	tɕin³¹	tɕin³¹
		書	沈	ɕin³¹	ɕin³¹	ɕin³¹	ɕin³¹
			審	ɕin³¹	ɕin³¹	ɕin³¹	ɕin³¹
			嬸	ɕin³¹	ɕin³¹	ɕin³¹	ɕin³¹
		禪	甚	ɕin⁴⁴	ɕin⁴⁴	ɕin⁴⁴	ɕin³¹
		見	錦	tɕin³¹	tɕin³¹	tɕin³¹	tɕin³¹
		影	飲~酒	ɲin³¹	ɲin³¹	ɲin³¹	ɲin³¹

	去	精	浸	tɕin^{44}	tɕin^{44}	tɕin^{44}	tɕin^{55}
		生	滲~透	sen^{44}	sen^{44}	sen^{44}	tsʰaŋ^{33}
		日	任責~	ɲin^{44}	ɲin^{44}	ɲin^{44}	ɲin^{31}
			紝縫~	ɲin^{44}	ɲin^{44}		ɲin^{31}
		見	禁~止	tɕin^{44}	tɕin^{44}	tɕin^{44}	tɕin^{55}
		溪	撳按	tɕʰin^{44}	tɕʰin^{44}	tɕʰin^{44}	tɕʰin^{31}
深開三組	入	來	立	lit^{32}	lit^{45}	lit^{2}	lit^{5}
			笠	tit^{45}	lit^{45}/tit^{45}	lit^{2}	tit^{2}
			粒	lit^{45}	lit^{45}	lit^{3}	lit^{2}
		清	緝	iʔ^{45}	tɕʰit^{45}	tɕʰit^{2}	tɕʰit^{5}
		從	集	tɕʰit^{32}	tɕʰit^{45}	tɕʰit^{2}	tɕʰit^{5}
			輯	iʔ^{45}	tɕʰit^{45}	tɕʰit^{2}	tɕʰit^{5}
		邪	習	ɕit^{32}	ɕit^{45}	ɕit^{3}	ɕit^{5}
			襲	ɕiet^{45}	ɕiet^{45}		ɕiet^{2}
		澄	蟄	tɕʰit^{32}	tɕʰit^{45}	tɕʰit^{2}	tɕʰit^{5}
		生	澀	set^{45}	set^{45}	set^{3}	set^{2}
		章	執	tɕit^{45}	tɕit^{45}	tɕit^{3}	tɕit^{2}
			汁	tɕit^{45}	tɕit^{45}	tɕit^{3}	tɕit^{2}
		書	濕	ɕit^{45}	ɕit^{45}	ɕit^{3}	ɕit^{2}
		禪	十	ɕit^{32}	ɕit^{45}	ɕit^{2}	ɕit^{5}
		日	入	ɲit^{32}	nit^{45}	ɲit^{2}	ɲit^{5}
		見	急	tɕit^{45}	tɕit^{45}	tɕit^{3}	tɕit^{2}
			級	tɕit^{45}	tɕit^{45}	tɕit^{3}	tɕit^{2}
			給供~	ket^{45}	ket^{45}	tɕit^{3}	tɕit^{2}
		群	及	tɕʰit^{32}	tɕʰit^{45}	tɕʰit^{2}	tɕʰit^{5}
		曉	吸	tɕit^{45}	tɕʰit^{45}	tɕʰit^{2}	tɕit^{2}
山開一寒	平	端	單~獨	tan^{11}	tan^{22}	tan^{11}	tan^{33}
		透	灘	tʰan^{11}	tʰan^{22}	tʰan^{11}	tʰan^{33}
			攤	tʰan^{11}	tʰan^{22}	tʰan^{11}	tʰan^{33}
		定	壇	tʰan^{53}	tʰan^{53}	tʰan^{42}	tʰan^{11}
			彈~琴	tʰan^{53}	tʰan^{53}	tʰan^{42}	tʰan^{11}
		泥	難~易	nan^{53}	nan^{53}	nan^{42}	nan^{11}
		來	蘭	lan^{53}	lan^{53}	lan^{42}	lan^{11}
			欄	lan^{53}	lan^{53}	lan^{42}	lan^{11}
		清	餐	tsʰan^{11}	tsʰan^{22}	tsʰan^{11}	tsʰon^{33}
		從	殘	tsʰan^{53}	tsʰan^{53}	tsʰan^{42}	tsʰan^{11}

		心	珊	san¹¹	san²²	san¹¹	san³³
		見	肝	kon¹¹	kon²²	kon¹¹	kon³³
			竿	kon¹¹	kon²²	kon¹¹	kon³³
			乾~濕	kon¹¹	kon²²	kon¹¹	kon³³
		溪	刊	kʰan¹¹	kʰan²²	kʰan¹¹	kʰan³³
		匣	寒	hon⁵³	hon⁵³	hon⁴²	hon¹¹
			韓	hon⁵³	hon⁵³	hon⁴²	hon¹¹
		影	安	on¹¹	on²²	on¹¹	on³³
	上	透	坦	tʰan³¹	tʰan³¹	tʰan³¹	tʰan³¹
		定	誕	tan⁴⁴	tan⁴⁴	tan⁴⁴	tan⁵⁵
		來	懶	lan¹¹	lan²²	lan¹¹	lan³³
		心	傘	san³¹	san³¹	san³¹	san³¹
		見	桿	kon¹¹	kon³¹	kon¹¹	kon³³
			稈	kon³¹	kon³¹	kon³¹	kon³¹
			趕	kon³¹	kon³¹	kon³¹	kon³¹
		曉	罕	hon³¹	hon³¹	han³¹	hon³³
		匣	旱	hon¹¹	hon²²	hon¹¹	hon³³
	去	端	旦	tan⁴⁴	tan⁴⁴	tan⁴⁴	tan⁵⁵
		透	炭	tʰan⁴⁴	tʰan⁴⁴	tʰan⁴⁴	tʰan⁵⁵
			歎	tʰan⁴⁴	tʰan⁴⁴	tʰan⁴⁴	tʰan⁵⁵
		定	但	tʰan⁴⁴	tʰan⁴⁴	tʰan⁴⁴	tʰan³¹
			彈子~	tʰan⁴⁴	tʰan⁴⁴	tʰan⁴⁴	tʰan³¹
			蛋	tʰan⁴⁴	tʰan⁴⁴	tʰan⁴⁴	tʰan³¹
		泥	難患~	nan⁴⁴	nan⁴⁴	nan⁴⁴	nan³¹
		來	爛	lan⁴⁴	lan⁴⁴	lan⁴⁴	lan³¹
		精	贊	tsan⁴⁴	tsan⁴⁴	tsan⁴⁴	tsan⁵⁵
山開一寒	去	清	燦	tsʰan⁴⁴	tsʰan⁴⁴	tsʰan⁴⁴	tsʰan³¹
		心	散分~	san⁴⁴	san⁴⁴	san⁴⁴	san⁵⁵
		見	幹	kon⁴⁴	kon⁴⁴	kon⁴⁴	kon⁵⁵
		溪	看~見	kʰon⁴⁴	kʰon⁴⁴	kʰon⁴⁴	kʰon⁵⁵
		疑	岸	ŋan⁴⁴	ŋan⁴⁴	ŋan⁴⁴	ŋan³¹
		曉	漢	hon⁴⁴	hon⁴⁴	hon⁴⁴	hon⁵⁵
		匣	汗	hon⁴⁴	hon⁴⁴	hon⁴⁴	hon³¹
		影	按	on⁴⁴	on⁴⁴	on⁴⁴	on⁵⁵
			案	on⁴⁴	on⁴⁴	on⁴⁴	on⁵⁵

山開一曷	入	透	獺水~	tsʰat⁴⁵	tsʰat⁴⁵		tsʰat²
		定	達	tʰat⁴⁵	tʰat⁴⁵	tʰat²	tʰat⁵
		泥	捺撇~	nat³²	nat⁴⁵	nat²	nat⁵
		來	辣	lat³²	lat⁴⁵	lat²	lat⁵
			瘌	lai⁴⁴/la¹¹	la²²	la¹¹	lat²
		清	擦	tsʰat⁴⁵	tsʰat⁴⁵	tsʰat³	tsʰat²
		見	割	kot⁴⁵	kot⁴⁵	kot³	kot²
			葛	kot⁴⁵	kot⁴⁵	kot³	kot²
		溪	渴	hot⁴⁵	hot⁴⁵	hot³	hot²
山開二山	平	生	山	san¹¹	san²²	san¹¹	san³³
		見	艱	kan¹¹	kan²²	kan¹¹	kan³³
			間空~	kan¹¹	kan²²	kan¹¹	kan³³/tɕien³³
		匣	閑	han⁵³	han⁵³	han⁴²	han¹¹
	上	莊	盞	tsan³¹	tsan³¹	tsan³¹	tsan³¹
		初	鏟	tsʰan³¹	tsʰan³¹	tsʰan³¹	tsʰan³¹
		生	產	tsʰan³¹	tsʰan³¹	tsʰan³¹	tsʰan³¹
		見	簡	kan³¹	kan³¹	kan³¹	kan³¹
			柬	kan³¹	tɕien³¹/kan³¹	tɕien³¹	kan³¹
		疑	眼	ŋan³¹	ŋan³¹	ŋan³¹	ŋan³¹
		匣	限	han⁴⁴	han⁴⁴	han⁴⁴	han³¹
	去	幫	扮	pʰan⁴⁴	pʰan⁴⁴	pʰan⁴⁴	pan⁵⁵
		滂	盼	pʰan⁴⁴	pʰan⁴⁴	pʰan⁴⁴	pʰan³¹
		並	瓣	pʰan⁴⁴	pʰan⁴⁴	pʰan⁴⁴	pʰan³¹
			辦	pʰan⁴⁴	pʰan⁴⁴	pʰan⁴⁴	pʰan³¹
		澄	綻破~	tsʰan⁴⁴	tsʰat⁴⁵	tsan⁴⁴/tsʰan⁴⁴	tsʰan⁵⁵
		見	間~斷	kan⁴⁴	kan⁴⁴	kan¹¹	kan⁵⁵
		匣	莧~菜	ɕien⁴⁴	ɕien⁴⁴	ɕien⁴⁴	han³¹
山開二黠	入	幫	八	pat⁴⁵	pat⁴⁵	pat³	pat²
		並	拔	pʰat³²	pʰat⁴⁵	pʰat²	pʰat⁵
		莊	紮	tsat⁴⁵	tsat⁴⁵	tsat³	tsat²
		初	察	tsʰat⁴⁵	tsʰat⁴⁵	tsʰat³	tsʰat²
		生	殺	sat⁴⁵	sat⁴⁵	sat³	sat²
		影	軋~棉花	tsat⁴⁵	at⁴⁵	at³	tsat²

山開二刪	平	幫	班	pan¹¹	pan²²	pan¹¹	pan³³
			扳	pan¹¹	pan²²	pan¹¹	pan³³
		滂	攀	pʰan¹¹	pʰan²²	pʰan¹¹	pʰan³³
		明	蠻	man⁵³	man⁵³	man⁴²	man¹¹
		生	刪	san¹¹	san²²	san¹¹	san³³
		見	奸	kan¹¹	kan⁴⁴	kan¹¹	kan³³
		疑	顏	ŋan⁵³	ŋan⁵³	ŋan⁴²	ŋan¹¹
	上	幫	板	pan³¹	pan³¹	pan³¹	pan³¹
			版	pan³¹	pan³¹	pan³¹	pan³¹
	去	明	慢	man⁴⁴	man⁴⁴	man⁴⁴	man³¹
		崇	棧	tsʰan⁴⁴	tsʰan⁴⁴	tsʰan⁴⁴	tsʰan³¹
		生	疝~氣	san¹¹	san⁴⁴		san³³
		見	諫	tɕien⁴⁴	kan³¹		tɕien⁵⁵
			澗	kan⁴⁴	kan⁴⁴		kan³³
		疑	雁	ŋan⁴⁴	ŋan⁴⁴	ŋan⁴⁴	ŋan³¹
		影	晏晚也	an⁴⁴	ien⁴⁴/an⁴⁴	ien⁴⁴	an⁵⁵
山開二鎋	入	崇	鍘	tset⁴⁵	tset⁴⁵	tsʰet²	tsat²
		曉	瞎	hat⁴⁵	hat⁴⁵	hat³	hat²
		匣	轄	hat⁴⁵	hat⁴⁵	hat²	hat⁵
山開三仙	平	幫	編	pʰien¹¹	pʰien²²	pʰien¹¹	pʰien³³
		滂	篇	pʰien¹¹	pʰien²²	pʰien¹¹	pʰien³³
			偏	pʰien¹¹	pʰien²²	pʰien¹¹	pʰien³³
		並	便~宜	pʰien⁵³	pʰien⁵³	pʰien⁴²	pʰien¹¹
		明	棉	mien⁵³	mien⁵³	mien⁴²	mien¹¹
		來	連	lien⁵³	lien⁵³	lien⁴²	lien¹¹
			聯	lien⁵³	lien⁵³	lien⁴²	liaŋ¹¹
		精	煎	tɕien¹¹	tɕien²²	tɕien¹¹	tɕien³³
		清	遷	tɕʰien¹¹	tɕʰien²²	tɕʰien¹¹	tɕʰiaŋ³³
		從	錢	tɕʰien⁵³	tɕʰien⁵³	tɕʰien⁴²	tɕʰien¹¹
		心	仙	ɕien¹¹	ɕien²²	ɕien¹¹	ɕien³³
			鮮新~	ɕien¹¹	ɕien²²	ɕien¹¹	ɕien³³
		邪	涎	ien⁵³	ien⁵³	ien⁴²	
		澄	纏	tsʰen⁵³	tsʰen⁵³	tsʰan⁴²	tsʰan¹¹
		書	搧	sen⁴⁴	sen⁴⁴	sen⁴⁴	san⁵⁵

	禪	蟬	sen⁵³	sen⁵³	sen⁴²	saŋ¹¹
	日	然	ien⁵³	ien⁵³	ien⁴²	ien¹¹
		燃	ien⁵³	ien⁵³	ien⁴²	ien¹¹
	群	乾~坤	tɕʰien⁵³	tɕʰien⁵³	tɕʰien⁴²	tɕʰien¹¹
		虔	tɕʰien⁵³	tɕʰien²²	tɕʰien⁴²	tɕʰien¹¹
	云	焉	ien⁵³	ien⁵³	ien¹¹	ien¹¹
	以	延	ien⁵³	ien⁵³	ien⁴²	ien¹¹
		筵	ien⁵³	ien⁵³	ien⁴⁴	ien⁵⁵
上	並	辨	pʰien⁴⁴	pʰien⁴⁴	pʰien⁴⁴	pʰien³¹
		辯	pʰien⁴⁴	pʰien⁴⁴	pʰien⁴⁴	pʰien³¹
	明	免	mien³¹	mien³¹	mien³¹	mien³³
		勉	mien³¹	mien³¹	mien³¹	mien³¹
		緬	mien⁴⁴	mien⁴⁴	mien³¹	mien³¹
	泥	碾	nien³¹/tsen¹¹	tsen³¹	tsen³¹	tsan³¹
	精	剪	tɕien³¹	tɕien³¹	tɕien³¹	tɕien³¹
	清	淺	tɕʰien³¹	tɕʰien³¹	tɕʰien³¹	tɕʰien³¹
	從	踐	tɕʰien³¹	tɕʰien³¹	tɕʰien⁴⁴	tɕʰien³¹
	心	鮮~少	ɕien³¹	ɕien³¹	ɕien¹¹	
		癬	ɕien³¹	ɕien³¹	ɕien³¹	ɕien³¹
	知	展	tsen³¹	tsen³¹	tsen³¹	tsan³¹
	禪	善	sen⁴⁴	sen⁴⁴	sen⁴⁴	san³¹
	溪	遣	tɕʰien³¹	tɕʰien³¹	tɕʰien³¹	tɕʰien³¹
	群	件	tɕʰien⁴⁴	tɕʰien⁴⁴	tɕʰien⁴⁴	tɕʰien³¹
	以	演	ien³¹	ien³¹	ien³¹	ien³¹
去	幫	變	pien⁴⁴	pien⁴⁴	pien⁴⁴	pien⁵⁵
	滂	騙	pʰien⁴⁴	pʰien⁴⁴	pʰien⁴⁴	pʰien⁵⁵
	並	便方~	pʰien⁴⁴	pʰien⁴⁴	pʰien⁴⁴	pʰien³¹
	明	面	mien⁴⁴	mien⁴⁴	mien⁴⁴	mien⁵⁵
	精	箭	tɕien⁴⁴	tɕien⁴⁴	tɕien⁴⁴	tɕien⁵⁵
	從	賤	tɕʰien⁴⁴	tɕʰien⁴⁴	tɕʰien⁴⁴	tɕʰien³¹
	心	線	ɕien⁴⁴	ɕien⁴⁴	ɕien⁴⁴	ɕien⁵⁵
	邪	羨	ɕien⁴⁴	ɕien⁴⁴	ɕien⁴⁴	ɕien⁵⁵
	章	戰	tsen⁴⁴	tsen⁴⁴	tsen⁴⁴	tsan⁵⁵

山開三仙	去	章	顫	tsen⁴⁴	tsʰan⁴⁴	tsʰan⁴⁴	tsan⁵⁵
		書	扇	sen⁴⁴	sen⁴⁴	sen⁴⁴	san⁵⁵
		疑	諺	ȵien⁴⁴	ȵien⁴⁴	ŋan⁴²	ien³¹
山開三薛	入	並	別	pʰiet³²	pʰiet⁴⁵	pʰiet²	pʰiet⁵
		明	滅	met³²	met⁴⁵	met²	met⁵
		來	列	liet³²	liet⁴⁵	liet²	liet⁵
			烈	liet³²	liet⁴⁵	liet²	liet⁵
			裂	liet³²	liet⁴⁵	liet²	liet⁵
		心	薛	ɕiot⁴⁵	ɕiot⁴⁵	ɕiot³	ɕiet²
			泄	ɕiet⁴⁵	ɕiet⁴⁵		ɕiet²
		知	哲	tset⁴⁵	tset⁴⁵	tset³	tsat²
		徹	徹	tsʰet⁴⁵	tsʰet⁴⁵	tsʰet³	tsʰat²
			撤	tsʰet⁴⁵	tsʰet⁴⁵	tsʰet³	tsʰat²
		章	折	tset⁴⁵	tset⁴⁵	tset³	tsat²
			浙	tset⁴⁵	tset⁴⁵	tset³	tsat²
		船	舌	set³²	set⁴⁵	set²	sat⁵
		書	設	set⁴⁵	set⁴⁵	set³	sak²
		日	熱	ȵiet³²	ȵiet⁴⁵	ȵiet²	ȵiet⁵
		群	傑	tɕʰiet³²	tɕʰiet⁴⁵	tɕʰiet²	tɕʰiet⁵
		疑	孽	ȵiet³²	ȵiet⁴⁵		ȵiet²
山開三元	平	疑	言	ȵien⁵³	ȵien⁵³	ȵien⁴²	ȵien¹¹
		曉	軒	ɕion¹¹	ɕien⁵³	ɕion¹¹	ɕien³³
			掀	ɕin¹¹	ɕin²²	ɕin¹¹	ɕin³³
	上去	群	鍵	tɕʰion⁴⁴	tɕʰion⁴⁴	tɕien⁴⁴	tɕien³¹
		見	建	tɕien⁴⁴	tɕien⁴⁴	tɕien⁴⁴	tɕien³¹
		群	健	tɕʰion⁴⁴	tɕʰion⁴⁴	tɕʰion⁴⁴	tɕʰien³¹
		曉	憲	ɕien⁴⁴	ɕien⁴⁴	ɕien⁴⁴	ɕien⁵⁵
			獻	ɕien⁴⁴	ɕien⁴⁴	ɕien⁴⁴	ɕien⁵⁵
		影	堰	ien⁴⁴	ien⁴⁴		ien⁵⁵
山開三月	入	見	揭	tɕʰiet⁴⁵	tɕʰiet⁴⁵	tɕʰiet³	tɕʰiet²
		曉	歇	ɕiet⁴⁵	ɕiet⁴⁵	ɕiet³	ɕiet²
山開四先	平	幫	邊	pien¹¹	pien²²	pien¹¹	pien³³
		明	眠	men⁵³	men⁵³	mien⁴²	min¹¹
		端	顛	tien¹¹	tien²²	tien¹¹	tien³³
		透	天	tʰien¹¹	tʰien²²	tʰien¹¹	tʰien³³
		定	田	tʰien⁵³	tʰien⁵³	tʰien⁴²	tʰien¹¹

調	聲母	字				
平	定	塡	t^hien^{53}	t^hien^{53}	t^hien^{42}	t^hien^{11}
	泥	年	$ɲien^{53}$	$nien^{53}$	$ɲien^{42}$	$ɲien^{11}$
	來	憐	$lien^{53}$	$lien^{53}$	$lien^{42}$	$lien^{11}$
		蓮	$lien^{53}$	$lien^{53}$	$lien^{42}$	$lien^{11}$
	精	箋	$tɕien^{11}$	$tɕ^hien^{22}$	$tɕ^hien^{11}$	$tɕ^hien^{33}$
	清	千	$tɕ^hien^{11}$	$tɕ^hien^{22}$	$tɕ^hien^{11}$	$tɕ^hien^{33}$
	從	前	$tɕ^hien^{53}$	$tɕ^hien^{53}$	$tɕ^hien^{42}$	$tɕ^hien^{11}$
	心	先〔註7〕	$ɕien^{11}$	$ɕien^{22}$	$ɕien^{11}$	$ɕien^{33}$
	見	肩	$tɕien^{11}$	$tɕien^{22}$	$tɕien^{11}$	$tɕien^{33}$
		堅	$tɕien^{11}$	$tɕien^{22}$	$tɕien^{11}$	$tɕien^{33}$
	溪	牽	$tɕ^hien^{11}$	$tɕ^hien^{22}$	$tɕ^hien^{11}$	$tɕ^hien^{33}$
	疑	研	$ɲien^{11}$	$ɲien^{22}$	$ɲien^{11}$	$ɲien^{33}$
	匣	賢	$ɕien^{53}$	$ɕien^{53}$	$ɕien^{42}$	$ɕien^{11}$
		弦	$ɕion^{53}$	$ɕion^{53}$	$ɕion^{42}$	$ɕien^{11}$
	影	煙	ien^{11}	ien^{22}	ien^{11}	ien^{33}
上	幫	扁	$pien^{31}$	$pien^{31}$	$pien^{31}$	$pien^{31}$
		匾	$pien^{31}$	$pien^{31}$	$pien^{31}$	$pien^{31}$
	並	辮	p^hien^{44}	p^hien^{44}	p^hien^{44}	$pien^{33}$
	端	典	$tien^{31}$	$tien^{31}$	$tien^{31}$	$tien^{31}$
	泥	撵	$ɲien^{31}$	$nien^{31}$	$ɲien^{31}$	
	見	繭	$tɕien^{31}$	kan^{31}	kan^{31}	
		筧以竹通水	$tɕien^{44}$	kan^{31}		$tɕien^{31}$
	曉	顯	$ɕien^{31}$	$ɕien^{31}$	$ɕien^{31}$	$ɕien^{31}$
去	幫	遍~地	p^hien^{44}	p^hien^{22}	p^hien^{11}	p^hien^{33}
	滂	片	p^hien^{44}	p^hien^{44}	p^hien^{44}	p^hien^{31}
	明	麵	$mien^{44}$	$mien^{44}$	$mien^{44}$	$mien^{31}$
	定	電	t^hien^{44}	t^hien^{44}	t^hien^{44}	t^hien^{31}
		奠	t^hien^{44}	$tien^{44}$	$tien^{44}$	$tien^{31}$
		墊	$t^hien^{44}/\underline{t^hiet^{45}}$	$t^hien^{44}/\underline{t^hiet^{45}}$	t^hien^{44}	$t^hien^{31}/\underline{t^hiak^{5}}$
	來	練	$lien^{44}$	$lien^{44}$	$lien^{44}$	$lien^{31}$
		鍊	$lien^{44}$	$lien^{44}$	$lien^{44}$	$lien^{31}$
	精	薦	$tɕien^{44}$	$tɕ^hien^{44}$	$tɕien^{44}$	$tɕien^{55}$

〔註 7〕各點在「先生」時讀作陰平「sen^{1}」。

		見	見	tɕien⁴⁴	tɕien⁴⁴	tɕien⁴⁴	tɕien⁵⁵
		疑	硯	ɲien³¹	ɲien³¹	ien⁴⁴	
		匣	現	ɕien⁴⁴	ɕien⁴⁴	ɕien⁴⁴	ɕien³¹
		影	燕~子	ien⁴⁴	ien⁴⁴	ien⁴⁴	ien⁵⁵
山開四先	去	影	宴	ien⁴⁴	ien⁴⁴	ien⁴⁴	ien⁵⁵
山開四屑	入	滂	撇	pʰiet⁴⁵	pʰiet⁴⁵	pʰiet³	pʰiet²
		明	篾	met³²	met⁴⁵	met²	miet⁵
		透	鐵	tʰiet⁴⁵	tʰiet⁴⁵	tʰiet³	tʰiet²
		泥	捏	niet⁴⁵	net⁴⁵	ɲiet²/net²	net²
		精	節	tɕiet⁴⁵	tɕiet⁴⁵	tɕiet³	tɕiet²
		清	切~開	tɕʰiet⁴⁵	tɕʰiet⁴⁵	tɕʰiet³	tɕʰiet²
		從	截	tɕʰiet³²	tɕʰiet⁴⁵	tɕiet³	tɕʰiet⁵
		心	屑木~	ɕiet⁴⁵	ɕiet⁴⁵	ɕiet³	
		見	結	tɕiet⁴⁵	tɕiet⁴⁵/kat⁴⁵	tɕiet³	tɕiet²
			潔	tɕiet⁴⁵	tɕiet⁴⁵	tɕiet³	tɕiet²
山合一桓	平	幫	般	pan¹¹	pan²²	pan¹¹	pan³³
			搬	pan¹¹	pan²²	pan¹¹	pan³³
		滂	潘	pʰan¹¹	pʰan²²	pʰan¹¹	pʰan³³
			拚~命	pʰin¹¹	pʰin²²	pʰin¹¹	pʰin⁵⁵
		並	盤	pʰan⁵³	pʰan⁵³	pʰan⁴²	pʰan¹¹
		明	瞞	man⁵³	man⁵³	man⁴²	man¹¹
			饅	man⁵³	man⁴⁴	man⁴²	man¹¹
		端	端	ton¹¹	ton²²	ton¹¹	ton³³
		定	團	tʰon⁵³	tʰon⁵³	tʰon⁴²	tʰon¹¹
		來	鸞	non⁵³	non⁵³	non⁴²	non³¹
		精	鑽動詞	tson⁴⁴	tson⁴⁴	tson⁴⁴	tson⁵⁵
		心	酸	son¹¹	son²²	son¹¹	son³³
		見	官	kan¹¹	kuan²² 〔註8〕	kon¹¹	kuan³³
			棺	kan¹¹	kuan²²	kon¹¹	kuan³³
			觀參~	kan¹¹	kuan²²	kon¹¹	kuan³³
			冠衣~	kan⁴⁴	kuan²² 〔註9〕	kon⁴⁴	kuan⁵⁵
		溪	寬	kʰan¹¹	kʰuan²²	kʰon¹¹	kʰuan³³

〔註 8〕該字在「老官（公公）」時讀作「kan²²」。

〔註 9〕該字在「髻冠（雞冠）」時讀作「kon²²」。

		聲	字				
		曉	歡	fan^{11}	fan^{22}	fon^{11}	fan^{33}
		匣	完	van^{53}	van^{53}	von^{42}	van^{11}
			丸	van^{53}	van^{53}	van^{42}	van^{11}
		影	豌	van^{31}	van^{31}	van^{31}	van^{31}
	上	並	伴	p^{h}an^{44}	p^{h}an^{44}	p^{h}an^{44}	p^{h}an^{55}
			拌	p^{h}an^{44}	pan^{44}	p^{h}an^{44}	pan^{55}
		明	滿	man^{31}	man^{31}	man^{31}	man^{33}
		端	短	ton^{31}	ton^{31}	ton^{31}	ton^{31}
山合一桓	上	定	斷~絕	t^{h}on^{11}	t^{h}on^{22}	t^{h}on^{11}	t^{h}on^{33}
		泥	暖	non^{11}	non^{22}	non^{11}	non^{33}
		來	卵	non^{31}	non^{31}〔註10〕	non^{31}	lon^{31}
		精	纂	ts^{h}on^{44}	ts^{h}on^{44}	ts^{h}on^{44}	ts^{h}on^{55}
		見	管	kan^{31}	kuan^{31}	kon^{31}	kuan^{31}
			館	kan^{31}	kuan^{31}	kon^{31}	kuan^{31}
		溪	款	k^{h}an^{31}	k^{h}an^{31}	k^{h}an^{31}	k^{h}an^{31}
		匣	緩	fan^{44}	man^{44}	fan^{31}	fan^{31}
		影	碗	van^{31}	van^{31}/von^{31}	von^{31}	van^{31}
	去	幫	半	pan^{44}	pan^{44}	pan^{44}	pan^{55}
			絆	p^{h}an^{44}	pan^{44}	p^{h}an^{44}	p^{h}an^{55}
		滂	判	p^{h}an^{44}	p^{h}an^{44}	p^{h}an^{44}	p^{h}an^{55}
		並	叛	p^{h}an^{44}	p^{h}an^{44}	p^{h}an^{44}	p^{h}an^{31}
		明	漫	man^{44}	man^{44}	man^{44}	man^{31}
		端	斷決~	t^{h}on^{44}	t^{h}on^{22}	t^{h}on^{11}	t^{h}on^{31}
			鍛	t^{h}on^{44}	t^{h}on^{44}	t^{h}on^{44}	t^{h}on^{31}
		定	段	t^{h}on^{44}	t^{h}on^{44}	t^{h}on^{11}	t^{h}on^{31}
			緞	t^{h}on^{44}	t^{h}on^{44}	t^{h}on^{11}	t^{h}on^{31}
		來	亂	lon^{44}	lon^{44}	lon^{44}	lon^{31}
		精	鑽名詞	tson^{44}	tson^{44}	tson^{44}	tson^{55}
		清	竄	ts^{h}on^{44}	ts^{h}on^{44}	ts^{h}on^{44}	ts^{h}on^{55}
		心	算	son^{44}	son^{44}	son^{44}	son^{55}
			蒜	son^{44}	son^{44}	son^{44}	son^{55}

〔註10〕該字在「卵棍（男性生殖器）」、「卵子（睪丸）」等時讀作「lon^{31}」。

			見	貫	kan⁴⁴	kuan⁴⁴	kan⁴⁴	kuan⁵⁵
				罐	kan⁴⁴	kuan⁴⁴	kon⁴⁴	kuan⁵⁵
				冠~軍	kan⁴⁴	kuan⁴⁴	kan⁴⁴	kuan⁵⁵
			疑	玩古~	ŋan⁴⁴	ŋan⁴⁴	van³¹	van³¹
			曉	喚	fan⁴⁴	van⁴⁴	von⁴⁴	fan³¹
				煥	fan⁴⁴	van⁴⁴	von⁴⁴	fan³¹
			匣	換	fan⁴⁴	van⁴⁴	von⁴⁴	van³¹
			影	腕	van³¹	van³¹	van³¹	van³¹
山合一末	入	幫	鉢	pat⁴⁵	pat⁴⁵	pat³	pat²
			撥	pat⁴⁵	pat⁴⁵	pat³	pat²
		滂	潑	pʰat⁴⁵	pʰat⁴⁵	pʰat³	pʰat²
		並	鈸	pʰat³²	pʰat⁴⁵	pʰat²	pʰat⁵
		明	末	mat³²	mat⁴⁵	mat³	mat⁵
		明	抹	mat³²	mat⁴⁵	mat³	mat²
		透	脫	tʰot⁴⁵	tʰot⁴⁵	tʰot³	tʰot²
		定	奪	tʰot³²	tʰot⁴⁵	tʰot³	tʰot⁵
		來	捋~袖	lot⁴⁵	lot⁴⁵		lot⁵
		清	撮一~米	tsut⁴⁵	tsut⁴⁵	tsut³	tsut²
		見	括包~	kat⁴⁵	kʰat⁴⁵	kʰat³	kuat²
		溪	闊	kʰat⁴⁵	kʰuat⁴⁵	kʰat³	kʰuat²
		匣	活	fat³²	fat⁴⁵	fat²	fat⁵
山合二山	平	疑	頑	ŋan⁵³	ŋan⁵³	ŋan⁴²	ŋan¹¹
	去	匣	幻	fan⁴⁴	fan⁴⁴	fan⁴⁴	fan⁵⁵
山合二黠	入	匣	滑	vat³²	vat⁴⁵	vat²	vat⁵
			猾	vat³²	vat⁴⁵	vat²	vat⁵
		影	挖	vat⁴⁵/vet⁴⁵	va²²/vet⁴⁵/iet⁴⁵	vet³	va³³/vat²/vet²/iet²
山合二刪	平	生	閂	son¹¹	son²²	tsʰon¹¹	son³³
			拴	ɕion¹¹	son²²	tsʰon¹¹	ɕion³³
		見	關	kan¹¹	kuan²²	kon¹¹	kuan³³
		匣	還~原	fan⁵³	fan⁵³/van⁵³	fan⁴²	fan¹¹/van¹¹
			還~有	fan⁵³/han⁵³	han⁵³	han⁴²	han¹¹
			環	fan⁵³	fan⁵³/van⁵³	fan⁴²	fan¹¹
		影	彎	van¹¹	van²²	van¹¹	van³³
			灣	van¹¹	van²²	van¹¹	van³³

	調	聲母	例字				
	上	崇	撰	tsʰon⁴⁴	tsʰon⁴⁴	tsʰon⁴⁴	tsʰon³¹
	去	初	篡	tsʰon⁴⁴	tsʰon⁴⁴	tsʰon⁴⁴	tsʰon⁵⁵
		生	涮~洗	sot⁴⁵	sot⁴⁵	sot³	
		見	慣	kan⁴⁴	kuan⁴⁴	kan⁴⁴	kuan⁵⁵
		匣	患	fan⁴⁴	fan⁴⁴	fan⁴⁴	faŋ³¹
			宦	fan⁴⁴	fan⁴⁴	fon⁴⁴	fan⁵⁵
山合二鎋	入	生	刷	sot⁴⁵	sot⁴⁵	sot³	sot²
		見	刮	kat⁴⁵	kuat⁴⁵	kat³	kuat²
山合三仙	平	從	全	tɕʰion⁵³	tɕʰion⁵³	tɕʰion⁴²	tɕʰion¹¹
			泉	tɕʰion⁵³/tsʰan⁵³	tɕʰion⁵³	tɕʰion⁴²	tsʰan¹¹
		心	宣	ɕion¹¹	ɕion²²	ɕion¹¹	ɕien³³
		邪	旋	ɕion⁵³	ɕion⁵³	ɕion⁴²	ɕien¹¹
		澄	傳~達	tsʰon⁵³	tsʰon⁵³	tsʰon⁴²	tsʰon¹¹
		章	專	tson¹¹	tson²²	tson¹¹	tson³³
			磚	tson¹¹	tson²²	tson¹¹	tson³³
		昌	川	tsʰon¹¹	tsʰon²²	tsʰon¹¹	tsʰon³³
			穿	tsʰon¹¹	tsʰon²²	tsʰon¹¹	tsʰon³³
		船	船	son⁵³	son⁵³	son⁴²	son¹¹
		溪	圈圓~	tɕʰion¹¹	tɕʰion²²	tɕʰion¹¹	tɕʰion³³
		群	拳	tɕʰion⁵³	tɕʰion⁵³	tɕʰion⁴²	tɕʰien¹¹
			權	tɕʰion⁵³	tɕʰion⁵³	tɕʰion⁴²	tɕʰien¹¹
		云	圓	ion⁵³	ion⁵³	ion⁴²	ien¹¹
			員	ion⁵³	ion⁵³	ion⁴²	ien¹¹
		以	緣	ion⁵³	ion⁵³	ion⁴²	ien¹¹
			沿	ion⁵³	ion⁵³	ion⁴²	ien¹¹
			鉛	ion⁵³	ion⁵³	ion⁴²	ien¹¹
			捐	tɕion¹¹	tɕion²²	tɕion¹¹	tɕien³³
	上	心	選	ɕion³¹	ɕion³¹	ɕion³¹	ɕien³¹
		知	轉	tson³¹	tson³¹	tson³¹	tson³¹
		澄	篆	tsʰon⁴⁴	tsʰon⁴⁴	tson⁴⁴	tsʰon³¹
		昌	喘	tsʰon³¹	tsʰon³¹	tsʰon³¹	tsʰon³¹
		日	軟	ɲion¹¹	ɲion²²	ɲion¹¹	ɲion³³
		見	捲	tɕion³¹	tɕion³¹	tɕion³¹	tɕien³¹

	去	來	戀	lion⁴⁴	lien⁴⁴	lien⁴⁴	lien³¹
		澄	傳~記	tsʰon⁴⁴	tsʰon⁴⁴	tsʰon⁴⁴	tsʰon³¹
		昌	串	tsʰon⁴⁴	tsʰon⁴⁴	tsʰon⁴⁴	tsʰon⁵⁵
		見	卷	tɕion³¹	tɕion³¹	tɕion³¹	tɕien³¹
			絹	tɕion⁴⁴	tɕion²²		tɕien³³
		群	倦	tɕʰion⁴⁴	tɕʰion⁴⁴	tɕʰion⁴⁴	tɕien³¹
		云	院	ion⁴⁴	ion⁴⁴	ion⁴⁴	ien⁵⁵
山合三薛	入	來	劣	let³²	liet⁴⁵	liet²	liet⁵
		從	絕	tɕʰiot⁴⁵	tɕʰiot⁴⁵	tɕʰiot²	tɕʰiet⁵
		心	雪	ɕiot⁴⁵	ɕiot⁴⁵	ɕiot³	ɕiet²
		書	說~話	sot⁴⁵	sot⁴⁵	sot³	sot²
		以	悅	iue⁴⁴	iue⁴⁴	iue⁴⁴	ie³¹
			閱	iot³²	iot⁴⁵	iot²	iet⁵
山合三元	平	非	藩	fan¹¹	fan²²	fan¹¹	fan³³
		敷	翻	fan¹¹	fan²²	fan¹¹	fan³³
			番幾~	fan¹¹	fan²²	fan¹¹	fan³³〔註11〕
		奉	煩	fan⁵³	fan⁵³	fan⁴²	fan¹¹
			繁	fan⁵³	fan⁵³	fan⁴²	fan¹¹
		疑	元	ion⁵³	ɲion⁵³/ion⁵³	ɲion⁴²/ion⁴²	ien¹¹
			原	ɲion⁵³	ɲion⁵³	ɲion⁴²	ɲien¹¹
			源	ɲion⁵³	ɲion⁵³	ɲion⁴²	ɲien¹¹
		曉	喧	ɕion¹¹	ɕion²²	ɕion¹¹	ɕien³³
		影	冤	ion¹¹	ion²²	ion¹¹	ien³³
		云	袁	ion⁵³	ion⁵³	ion⁴²	ien¹¹
			園	ion⁵³	ion⁵³	ion⁴²	ien¹¹
			援	ion⁵³	ion⁵³	ion⁴²	ien¹¹
	上	非	反	fan³¹	fan³¹	fan³¹	fan³¹
		微	晚	van³¹	van³¹	van³¹	van⁵⁵
			挽	van³¹	van³¹	van³¹	van⁵⁵
		疑	阮	ɲion¹¹	ɲion²²		ɲion³³
		云	遠	ion³¹	ion³¹	ion³¹	ien³¹

〔註11〕該字在「番瓟（南瓜）」時讀作「pʰan³³」。

	去	非	販	p^han^{44}	p^han^{44}	pan^{31}	p^han^{31}
		奉	飯	fan^{44}	fan^{44}	fan^{44}	fan^{31}
		微	萬	van^{44}	van^{44}	van^{44}	van^{31}
		溪	勸	$t\varsigma^hion^{44}$	$t\varsigma^hion^{44}$	$t\varsigma^hion^{44}$	$t\varsigma^hien^{55}$
			券	$t\varsigma ion^{44}$	$t\varsigma^hion^{44}$	$t\varsigma^hion^{44}$	$t\varsigma ien^{31}$
		疑	願	$\jmath ion^{44}$	$\jmath ion^{44}$	$\jmath ion^{44}$	$\jmath ien^{31}$
		影	怨	ion^{44}	ion^{44}	ion^{44}	ien^{55}
山合三月	入	非	髮	fat^{45}	fat^{45}	fat^3	fat^2
			發	fat^{45}	fat^{45}	fat^3	$fat^2/\underline{pot^2}$
		奉	伐	fat^{32}	fat^{45}	fat^2	fat^5
			罰	fat^{32}	fat^{45}	fat^2	fat^5
		微	襪	mat^{45}	mat^{45}	mat^2	mat^2
		疑	月	$\jmath iot^{32}$	$\jmath iot^{45}$	$\jmath iot^2$	$\jmath iet^5$
		云	越	iot^{32}	iot^{45}	iot^2	iet^5
			粤	iot^{32}	iot^{45}	iot^3	iet^5
山合四先	平	匣	玄	ςion^{53}	ςion^{53}	ςion^{42}	ςien^{11}
			懸	ςion^{53}	ςion^{53}	ςion^{42}	ςien^{11}
		影	淵	ion^{11}	ion^{22}	ion^{11}	ien^{33}
	上	溪	犬	$t\varsigma^hion^{31}$	$t\varsigma^hion^{31}$	$t\varsigma^hion^{31}$	$t\varsigma^hion^{31}$
	去	匣	縣	ion^{44}	ion^{44}	ion^{44}	ien^{31}
			眩	ςion^{53}	ςion^{53}		ςien^{31}
山合四屑	入	見	決	$t\varsigma iot^{45}$	$t\varsigma iot^{45}$	$t\varsigma iot^3$	$t\varsigma iet^2$
			訣	$t\varsigma iot^{45}$	$t\varsigma iot^{45}$	$t\varsigma iot^3$	$t\varsigma iet^2$
		溪	缺	$t\varsigma^hiot^{45}$	$t\varsigma^hiot^{45}$	$t\varsigma^hiot^3$	$t\varsigma^hiet^2$
		曉	血	ςiot^{45}	ςiot^{45}	ςiot^3	ςiet^2
		匣	穴	ςiot^{32}	ςiot^{45}	ςiet^3	ςiet^2
臻開一痕	平	透	吞	t^hun^{11}	t^hun^{22}	t^hun^{11}	t^hun^{33}
		見	跟	ken^{11}	ken^{22}	ken^{11}	ken^{33}
			根	ken^{11}	ken^{22}	ken^{11}	ken^{33}
		匣	痕	hen^{53}	hen^{53}	hen^{42}	hen^{11}
		影	恩	en^{11}	en^{22}	en^{11}	en^{33}
	上	溪	懇	k^hen^{31}	k^hen^{31}	k^hen^{31}	k^hen^{31}
			墾	k^hen^{31}	k^hen^{31}	k^hen^{31}	k^hen^{31}
		匣	很	hen^{31}	hen^{31}	hen^{31}	hen^{31}
	去	匣	恨	hen^{44}	hen^{44}	hen^{44}	hen^{31}

臻開 三眞 （臻）	平	幫	彬	pin¹¹	pin²²	pin¹¹	pin³³
			賓	pin¹¹	pin²²	pin¹¹	pin³³
		並	貧	pʰin⁵³	pʰin⁵³	pʰin⁴²	pʰin¹¹
			頻	pʰin⁵³	pʰin⁵³	pʰin⁴²	pʰin¹¹
		明	閩	min³¹	min³¹	min³¹	min³¹
			民	min⁵³	min³¹	min⁴²	min¹¹
		來	鄰	lin⁵³	lin⁵³	lin⁴²	lin¹¹
			鱗	lin¹¹	lin²²	lin¹¹	lin³³
		精	津	tɕin¹¹	tɕin²²	tɕin¹¹	tɕin³³
		清	親	tɕʰin¹¹	tɕʰin²²	tɕʰin¹¹	tɕʰin³³
		從	秦	tɕʰin⁵³	tɕʰin⁵³	tɕʰin⁴²	tɕʰin¹¹
		心	辛	ɕin¹¹	ɕin²²	ɕin¹¹	ɕin³³
			新	ɕin¹¹	ɕin²²	ɕin¹¹	ɕin³³
		知	珍	tɕin¹¹	tɕin²²	tɕin¹¹	tɕin³³
		澄	陳	tɕʰin⁵³	tɕʰin⁵³	tɕʰin⁴²	tɕʰin¹¹
			塵	tɕʰin⁵³	tɕʰin⁵³	tɕʰin⁴²	tɕʰin¹¹
		章	眞	tɕin¹¹	tɕin²²	tɕin¹¹	tɕin³³
		船	神	ɕin⁵³	ɕin⁵³	ɕin⁴²	ɕin¹¹
		書	身	ɕin¹¹	ɕin²²	ɕin¹¹	ɕin³³
			伸	ɕin¹¹	ɕin²²	ɕin¹¹	ɕin³³
		禪	晨	ɕin⁵³	ɕin⁵³	ɕin⁴²	ɕin¹¹
			臣	ɕin⁵³	ɕin⁵³	ɕin⁴²	ɕin¹¹
臻開 三眞 （臻）	平	日	人	ɲin⁵³	ɲin⁵³	ɲin⁴²	ɲin¹¹
			仁	in⁵³	in⁵³	in⁴²	in¹¹
		見	巾	tɕin¹¹	tɕin²²	tɕin¹¹	tɕin³³
		疑	銀	ɲiun⁵³	ɲiun⁵³	ɲyn⁴²	ŋen¹¹
		影	因	in¹¹	in²²	in¹¹	in³³
			姻	ien¹¹	ien²²	ien¹¹	ien³³
	上	明	憫	min³¹	min³¹	min³¹	min³¹
			敏	min³¹	min³¹	min³¹	min³¹
		精	儘	tɕʰin⁴⁴	tɕʰin⁴⁴	tɕʰin⁴⁴	tɕʰin³¹
		從	盡	tɕʰin⁴⁴	tɕʰin⁴⁴	tɕʰin⁴⁴	tɕʰin³¹
		章	診	tɕin¹¹	tɕin³¹	tɕin³¹	tɕin³³
			疹	tɕin¹¹	tɕin²²	tɕin¹¹	tɕin³³

		禪	腎	çin⁴⁴	çin⁴⁴	çin⁴⁴	çin³¹
		日	忍	ȵin³¹	ȵin²²	ȵin¹¹	nin³¹
		見	緊	tçin³¹	tçin³¹	tçin³¹	tçin³¹
		以	引	in³¹	in³¹	in³¹	in³¹
	去	幫	殯	pin¹¹	pin²²	pin¹¹	pin³³
		來	吝	lin⁵³		lin⁴⁴	lin³¹
		精	進	tçin⁴⁴	tçin⁴⁴	tçin⁴⁴	tçin⁵⁵
			晉	tçin⁴⁴	tçin⁴⁴		tçin⁵⁵
		心	信	çin⁴⁴	çin⁴⁴	çin⁴⁴	çin⁵⁵
			訊	çin⁴⁴	çin⁴⁴	çin⁴⁴	çin³¹
		知	鎮	tçin⁴⁴	tçin⁴⁴	tçin⁴⁴	tçin³¹
		徹	趁	tçin¹¹	tçin²²	tsʰen⁴⁴	tçʰin⁵⁵
		澄	陣	tçʰin⁴⁴	tçʰin⁴⁴	tçʰin⁴⁴	tçʰin³¹
		初	襯	tsʰen⁴⁴	tsʰen⁴⁴	tsʰen⁴⁴	tsʰen⁵⁵
		章	振	tçin³¹	tçin³¹	tçin³¹	tçin³¹
			震	tçin³¹	tçin³¹	tçin³¹	tçin³¹
		禪	愼	çin⁴⁴	çin⁴⁴	çin⁴⁴	çin³¹
		日	刃	ȵin⁴⁴	ȵin⁴⁴		nin³¹
			認	ȵin⁴⁴	ȵin⁴⁴	ȵin⁴⁴	nin³¹
		群	僅	tçin³¹	tçin³¹	tçin³¹	tçin³¹
		曉	釁	çin⁴⁴	çin⁴⁴		çin³¹
		影	印	in⁴⁴	in⁴⁴	in⁴⁴	in⁵⁵
臻開三質（櫛）	入	幫	筆	pit⁴⁵	pit⁴⁵	pit³	pit²
			必	pit⁴⁵	pit⁴⁵	pit³	pit²
		滂	匹	pʰit⁴⁵	pʰit⁴⁵	pʰit³	pʰit²
		明	密	mit³²	mit⁴⁵	mit²	mit⁵
			蜜	mit³²	mit⁴⁵	mit²	met⁵
		來	栗	lit³²	lit⁴⁵	lit²	lit⁵
		清	七	tçʰit⁴⁵	tçʰit⁴⁵	tçʰit³	tçʰit²
			漆	tçʰit⁴⁵	tçʰit⁴⁵	tçʰit³	tçʰit²
		從	疾	tçʰit³²	tçʰit⁴⁵	tçʰit²	tçʰit⁵
		心	悉	çit⁴⁵	çit⁴⁵	çit³	çit²
			膝	tçʰit⁴⁵	tçʰit⁴⁵	tçʰit³	tçʰit²
		澄	姪	tçʰit³²	tçʰit⁴⁵	tçʰit²	tçʰit⁵
			秩	tçʰit³²	tçʰit⁴⁵	tçʰit²	tçʰit²

		生	瑟	set⁴⁵	set⁴⁵	set³	set²
			蝨	set⁴⁵	set⁴⁵	set³	set²
		章	質	tɕit⁴⁵	tɕit⁴⁵	tɕit³	tɕit²
		船	實	ɕit³²	ɕit⁴⁵	ɕit²	ɕit⁵
		書	失	ɕit⁴⁵	ɕit⁴⁵	ɕit³	ɕit²
			室	ɕit⁴⁵	ɕit⁴⁵	ɕit³	ɕit²
		日	日	ɲit⁴⁵	ɲit⁴⁵	ɲit³	ɲit²
		見	吉	tɕit⁴⁵	tɕit⁴⁵	tɕit³	tɕit²
		影	乙	iot⁴⁵	iot⁴⁵	iot³	iet²
			一	iʔ⁴⁵	it⁴⁵	it³	it²
		以	逸	iʔ⁴⁵	it⁴⁵	it³	it²
臻開三殷	平	見	斤	tɕin¹¹	tɕin²²	tɕin¹¹	tɕin³³
			筋	tɕin¹¹	tɕin²²	tɕin¹¹	tɕin³³
		群	勤	tɕʰin⁵³	tɕʰin⁵³	tɕʰin⁴²	tɕʰin¹¹
			芹	tɕʰin⁵³	tɕʰin⁵³	tɕʰin⁴²	tɕʰin¹¹
		曉	欣	ɕin¹¹	ɕin²²	ɕin¹¹	ɕin³³
	上	見	謹	tɕin³¹	tɕin³¹		tɕin³¹
		群	近	tɕʰiun¹¹遠~ /tɕʰiun⁴⁴~視	tɕʰiun²²	tɕʰyn¹¹遠~ /tɕʰyn⁴⁴~視	kʰen³³遠~ /tɕʰin³¹~視
		影	隱	in³¹	in³¹	in³¹	in³¹
	去	見	勁	tɕin⁴⁴	tɕin⁴⁴	tɕin⁴⁴	tɕin⁵⁵
臻開三迄	入	溪	乞	tɕʰit⁴⁵	tɕʰit⁴⁵	tsʰɿ³¹	tɕʰit²
臻合一魂	平	幫	奔	pen¹¹	pen²²	pen¹¹	pen³³
		滂	噴~水	pʰun⁴⁴	pʰun⁴⁴	pʰun⁴⁴	pʰun⁵⁵
		並	盆	pʰun⁵³	pʰun⁵³	pʰun⁴²	pʰun¹¹
		明	門	mun⁵³	mun⁵³	mun⁴²	mun¹¹
		端	敦	tun¹¹	tun²²		tun³³
			墩	tun¹¹	tun²²	tun³¹	tun³³
		定	屯	tʰun⁵³		tun¹¹	tun³³
			臀	tʰun⁵³	tʰun⁵³	tʰun⁴²	tʰun¹¹
		來	論~語	lun⁴⁴	lun⁴⁴	lun⁴²	lun³¹
			崙	lun⁵³	lun⁵³		lun³¹

	精	尊	tsun¹¹	tsun²²	tsun¹¹	tsun³³
	清	村	tsʰun¹¹	tsʰun²²	tsʰun¹¹	tsʰun³³
	從	存	tsʰun⁵³	tsʰun⁵³	tsʰun⁴²	tsʰun¹¹
	心	孫	sun¹¹	sun²²	sun¹¹	sun³³
	見	昆	kʰun¹¹	kʰun²²	kʰun¹¹	kʰun³³
		崑	kʰun¹¹	kʰun²²	kʰun¹¹	kʰun³³
	溪	坤	kʰun¹¹	kʰun²²	kʰun¹¹	kʰun³³
	曉	昏	fun¹¹	fun²²	fun³¹	fun¹¹
		婚	fun¹¹	fun²²	fun¹¹	fun³³
	匣	魂	fun⁵³	fun⁵³	fun⁴²	fun¹¹
		渾~濁	fun⁵³	fun²²	vun⁴²	fun¹¹
	影	溫	vun¹¹	vun²²	vun¹¹	vun³³
		瘟	vun¹¹	vun²²	vun¹¹	vun³³
上	幫	本	pun³¹	pun³¹	pun³¹	pun³¹
	並	笨	pun⁴⁴	pun⁴⁴	pun⁴⁴	pun⁵⁵
	定	囤	tʰun³¹/tun³¹	tʰun³¹/tun³¹	tun³¹	tun³¹
		沌	tʰun³¹		tʰun³¹	
		盾	tʰun⁴⁴	tʰun⁴⁴	tʰun⁴⁴	tʰun³¹
	心	損	sun³¹	sun³¹	sun³¹	sun³¹
	見	滾	kun³¹	kun³¹	kun³¹	kun³¹
	溪	綑	kʰun³¹	kʰun³¹	kʰun³¹	kʰun³¹
	匣	混相~	kʰun⁴⁴	kʰun⁴⁴	kʰun⁴⁴	kʰun⁵⁵
	影	穩	vun³¹	vun³¹	vun³¹	vun³¹
去	明	悶	mun⁴⁴	mun⁴⁴	mun⁴⁴	mun³¹
	端	頓	tun⁴⁴	tun⁴⁴	tun⁴⁴	tun³¹
	透	褪	tʰun⁴⁴	tʰun⁴⁴	tʰi⁴⁴	tʰe⁵⁵
	定	鈍	tʰun⁴⁴	tʰun⁴⁴	tʰun⁴⁴	tʰun³¹
	泥	嫩	nun⁴⁴	nun⁴⁴	nun⁴⁴	nun³¹
	來	論議~	lun⁴⁴	lun⁴⁴	lun⁴⁴	lun³¹
去	清	寸	tsʰun⁴⁴	tsʰun⁴⁴	tsʰun⁴⁴	tsʰun⁵⁵
	心	遜	sun¹¹	sun⁴⁴	sun⁴⁴	sun³³
	見	棍	kun⁴⁴	kun⁴⁴	kun⁴⁴	kun⁵⁵
	溪	困	kʰun⁴⁴	kʰun⁴⁴	kʰun⁴⁴	kʰun⁵⁵

臻合一沒	入	幫	不	put⁴⁵	put⁴⁵	put³	put²
		並	勃	pʰet⁴⁵	pʰet⁴⁵		pʰet²
		明	沒沉~	mut³²	mut⁴⁵	mut²	mut⁵
		定	突	tʰut³²	tʰut⁴⁵	tʰut²	tʰut²
		精	卒	tsut⁴⁵	tsut⁴⁵	tsut³	tsut²
		見	骨	kut⁴⁵	kut⁴⁵	kut³	kut²
		溪	窟	kʰut⁴⁵	kʰut⁴⁵		fut²
		曉	忽	fut⁴⁵	fut⁴⁵	fut³	fut²
		匣	核	het³²	het⁴⁵	het³	het²
臻合三諄	平	來	倫	lun⁵³	lun⁵³	lun⁴²	lun¹¹
			淪	lun⁵³	lun⁵³	lun⁴²	lun¹¹
			輪	lun⁵³	lun⁵³	lun⁴²	lun¹¹
		精	遵	tsun¹¹	tsun²²	tsun¹¹	tsun³³
		心	荀	sun⁵³	sun²²	sun⁴²	sun³¹
		邪	旬	sun⁵³	sun⁵³	sun⁴²	sun¹¹
			循	sun⁵³	sun⁵³	sun⁴²	sun¹¹
			巡	sun⁵³	sun⁵³	sun⁴²	tsʰun¹¹
		章	肫~肝	tɕʰin¹¹	tɕʰin²²		tɕʰin³³
		昌	春	tsʰun¹¹	tsʰun²²	tsʰun¹¹	tsʰun³³
		船	脣	sun⁵³	sun⁵³	sun⁴²	sun¹¹
		禪	純	sun⁵³	sun⁵³	sun⁴²	sun¹¹
			醇	sun⁵³	sun⁵³	sun⁴²	sun¹¹
		見	均	tɕiun¹¹	tɕiun²²	tɕyn¹¹	tɕiun³³
			鈞	tɕiun¹¹	tɕiun²²		tɕiun³³
		以	勻	iun⁵³	iun⁵³	yn⁴²	iun¹¹
	上	心	筍	sun³¹	sun³¹	sun³¹	sun³¹
			樺~頭	sun³¹	sun³¹	sun³¹	sun³¹
		章	準	tsun³¹	tsun³¹	tsun³¹	tsun³¹
			准	tsun³¹	tsun³¹	tsun³¹	tsun³¹
		昌	蠢	tsʰun³¹	tsʰun³¹	tsʰun³¹	tsʰun³¹
		群	菌	tɕʰiun³¹	tɕʰiun³¹	tɕʰyn³¹	kʰun⁵⁵
		以	允	iun³¹	iun⁵³	yn³¹	iun³¹
	去	精	俊	tsun⁴⁴	tsun⁴⁴	tsun⁴⁴	tsun⁵⁵
		心	迅	ɕin⁵³	ɕin⁴⁴	sun⁴⁴	ɕin⁵⁵

		邪	殉	sun⁵³	sun⁵³	sun⁴²	sun³¹
		船	順	sun⁴⁴	sun⁴⁴	sun⁴⁴	sun³¹
		書	舜	sun⁴⁴	sun⁴⁴	sun⁴⁴	sun³¹
		日	潤	iun⁴⁴	iun⁴⁴	yn⁴⁴	iun³¹
			閏	iun⁴⁴	iun⁴⁴	yn⁴⁴	iun³¹
臻合三術	入	來	律	lut³²	lut⁴⁵	lut³	lut⁵
			率速~	lut³²	lut⁴⁵	lut³	lut⁵
		心	恤	ɕiot⁴⁵	ɕiot⁴⁵	ɕiet³	ɕiet²
		生	率~領	sut⁴⁵	sai⁴⁴	sai⁴⁴	sut²
			蟀	sut⁴⁵	sut⁴⁵		sut²
		昌	出	tsʰut⁴⁵	tsʰut⁴⁵	tsʰut³	tsʰut²
		船	術	sut⁴⁵	sut⁴⁵	sut²	ɕyt⁵
			述	sut⁴⁵	sut⁴⁵	sut²	ɕyt⁵
		見	橘	tɕiut⁴⁵	tɕiut⁴⁵		tɕyt²
臻合三文	平	非	分~開	fun¹¹	fun²²	fun¹¹	fun³³/<u>pun³³</u>
		敷	芬	fun¹¹	fun²²	fun¹¹	fun³³
			紛	fun¹¹	fun²²	fun¹¹	fun³³
		奉	墳	fun⁵³	fun⁵³	fun⁴²	fun¹¹
		微	文	vun⁵³	vun⁵³	vun⁴²	vun¹¹
			蚊	mun¹¹	mun²²	mun¹¹	mun³³
			聞	vun⁵³	vun⁵³	vun⁴²	vun¹¹
		見	君	tɕiun¹¹	tɕiun²²	tɕyn¹¹	tɕiun³³
			軍	tɕiun¹¹	tɕiun²²	tɕyn¹¹	tɕiun³³
		群	群	tɕʰiun⁵³	tɕʰiun⁵³	tɕʰyn⁴²	tɕʰiun¹¹
			裙	tɕʰiun⁵³	tɕʰiun⁵³	tɕʰyn⁴²	tɕʰiun¹¹
		曉	熏	ɕiun¹¹	ɕiun²²	ɕyn¹¹	ɕiun³³
			勳	ɕiun¹¹	ɕiun²²	ɕyn¹¹	ɕiun³³
			葷	kʰun¹¹	kʰun²²	kʰun¹¹	fun³³
		云	雲	iun⁵³	iun⁵³	yn⁴²	iun¹¹
	上	非	粉	fun³¹	fun³¹	fun³¹	fun³¹
		奉	憤	fun⁴⁴	fun⁴⁴	fun⁴⁴	fun³¹
			忿	fun⁴⁴	fun⁴⁴	fun⁴⁴	fun³¹
		微	吻	vun³¹	vut⁴⁵	vun⁴²	vun³¹
			刎	vun³¹		vun⁴²	vun³¹

	去	非	糞	fun⁴⁴	fun⁴⁴/pun⁴⁴	fun⁴⁴	pun⁵⁵
			奮	fun⁴⁴	fun⁴⁴	fun⁴⁴	fun³¹
		奉	份	fun⁴⁴	fun⁴⁴	fun⁴⁴	fun³¹
		微	問	mun⁴⁴	mun⁴⁴	mun⁴⁴	mun⁵⁵
		群	郡	tɕʰiun³¹	tɕiun²²	tɕyn⁴⁴	tɕʰiun³¹
		曉	訓	ɕiun⁴⁴	ɕiun⁴⁴	ɕyn⁴⁴	ɕiun⁵⁵
		影	熨		iut⁴⁵	yn⁴⁴	yt⁵
		云	韻	iun⁴⁴	iun⁴⁴	yn⁴⁴	iun³¹
			運	iun⁴⁴	iun⁴⁴	yn⁴⁴	iun³¹
臻合三物	入	敷	彿彷~	fut⁴⁵	fut⁴⁵	fut³	fut²
		奉	佛	fut³²	fut⁴⁵	fut³	fut⁵
		微	物	vut⁴⁵	vut⁴⁵	vut³	vut⁵
			勿	fut⁴⁵	fut⁴⁵	fut²	fut⁵
		溪	屈	tɕʰiut⁴⁵	tɕʰiut⁴⁵	tɕʰyt³	tɕʰyt²
			倔	tɕʰiut⁴⁵	tɕʰiut⁴⁵		tɕʰyt²
宕開一唐	平	幫	幫	poŋ¹¹	poŋ²²	poŋ¹¹	poŋ³³
		滂	滂	pʰoŋ⁵³	pʰoŋ²²		pʰoŋ¹¹
		並	旁	pʰoŋ⁵³	pʰoŋ⁵³	pʰoŋ⁴²	pʰoŋ¹¹
		明	忙	moŋ⁵³	moŋ⁵³	moŋ⁴²	moŋ¹¹
			茫	moŋ⁵³	moŋ⁵³	moŋ⁴²	moŋ¹¹
		端	當~時	toŋ¹¹	toŋ²²	toŋ¹¹	toŋ³³
		透	湯	tʰoŋ¹¹	tʰoŋ²²	tʰoŋ¹¹	tʰoŋ³³
		定	堂	tʰoŋ⁵³	tʰoŋ⁵³	tʰoŋ⁴²	tʰoŋ¹¹
			糖	tʰoŋ⁵³	tʰoŋ⁵³	tʰoŋ⁴²	tʰoŋ¹¹
			塘	tʰoŋ⁵³	tʰoŋ⁵³	tʰoŋ⁴²	tʰoŋ¹¹
		泥	囊	noŋ⁵³	noŋ⁵³	noŋ⁴²	noŋ¹¹
		來	郎	loŋ⁵³	loŋ⁵³	loŋ⁴²	loŋ¹¹
			廊	loŋ⁵³	loŋ⁵³	loŋ⁴²	loŋ¹¹
			狼	loŋ⁵³	loŋ⁵³	loŋ⁴²	loŋ¹¹
		精	贓	tsoŋ¹¹	tsoŋ²²	tsoŋ¹¹	tsoŋ³³
			髒	tsoŋ⁴⁴	tsoŋ⁴⁴	tsoŋ¹¹	tsoŋ⁵⁵
		清	倉	tsʰoŋ¹¹	tsʰoŋ²²	tsʰoŋ¹¹	tsʰoŋ³³
			蒼	tsʰoŋ¹¹	tsʰoŋ²²	tsʰoŋ¹¹	tsʰoŋ³³
		從	藏隱~	tsʰoŋ⁵³	tsʰoŋ⁵³	tsʰoŋ⁴²	tsʰoŋ¹¹
		心	桑	soŋ¹¹	soŋ²²	soŋ¹¹	soŋ³³
			喪婚~	soŋ¹¹	soŋ⁴⁴	soŋ⁴²	soŋ⁵⁵

韻	調	聲	字				
	平	見	岡	koŋ¹¹	koŋ²²	koŋ¹¹	koŋ³³
			剛	koŋ¹¹	koŋ²²	koŋ¹¹	koŋ³³
			缸	koŋ¹¹	koŋ²²	koŋ¹¹	koŋ³³
		溪	康	kʰoŋ¹¹	kʰoŋ²²	kʰoŋ¹¹	kʰoŋ³³
			糠	hoŋ¹¹	hoŋ²²	kʰoŋ¹¹	kʰoŋ³³
		疑	昂	ŋoŋ⁵³	ŋoŋ⁵³	ŋoŋ⁴²	ŋoŋ³³
		匣	行銀~	haŋ⁵³	hoŋ⁵³	haŋ⁴²	hoŋ¹¹
			航	hoŋ⁵³	hoŋ⁵³	hoŋ⁴²	hoŋ¹¹
		影	骯	oŋ¹¹	oŋ²²	oŋ¹¹	aŋ³³
	上	幫	榜	poŋ³¹	poŋ³¹	poŋ³¹	poŋ³¹
		明	莽	maŋ³¹	moŋ³¹	maŋ³¹	maŋ³¹
		端	黨	toŋ³¹	toŋ³¹	toŋ³¹	toŋ³¹
			擋	toŋ³¹	toŋ³¹	toŋ³¹	toŋ³¹
		透	躺	tʰoŋ³¹	tʰoŋ³¹	tʰoŋ³¹	tʰoŋ³¹
		定	蕩	tʰoŋ⁴⁴	tʰoŋ⁴⁴	tʰoŋ⁴⁴	tʰoŋ³¹
		來	朗	loŋ⁵³	loŋ⁵³	loŋ³¹	loŋ³¹
		心	嗓	soŋ³¹	soŋ³¹	saŋ³¹	soŋ³¹
		溪	慷	kʰoŋ¹¹	kʰoŋ²²	kʰoŋ¹¹	kʰoŋ³³
	去	幫	謗	poŋ³¹	pʰoŋ⁴⁴	poŋ⁴⁴	poŋ³¹
		並	傍	pʰoŋ⁵³	pʰoŋ⁴⁴	pʰoŋ⁴⁴	pʰoŋ¹¹
		端	當典~	toŋ⁴⁴	toŋ⁴⁴	toŋ⁴⁴	toŋ⁵⁵
		透	燙	tʰoŋ⁴⁴	tʰoŋ⁴⁴	tʰoŋ⁴⁴	tʰoŋ³¹
			趟	tʰoŋ⁴⁴	tʰoŋ⁴⁴	tʰoŋ⁴⁴	tʰoŋ³¹
		定	宕	tʰoŋ⁴⁴	tʰoŋ⁴⁴	tʰoŋ⁴⁴	tʰoŋ³¹
		來	浪	loŋ⁴⁴	loŋ⁴⁴	loŋ⁴⁴	loŋ³¹
		精	葬	tsoŋ⁴⁴	tsoŋ⁴⁴	tsoŋ⁴⁴	tsoŋ⁵⁵
		從	藏西~	tsʰoŋ⁵³	tsʰoŋ⁵³	tsoŋ⁴⁴	tsʰoŋ¹¹
			臟	tsʰoŋ⁴⁴	tsʰoŋ⁴⁴	tsoŋ⁴⁴	tsʰoŋ³¹
		心	喪~失	soŋ⁴⁴	soŋ⁴⁴	soŋ⁴⁴	soŋ⁵⁵
		溪	抗	kʰoŋ⁴⁴	kʰoŋ⁴⁴	kʰoŋ⁴⁴	kʰoŋ⁵⁵
宕開一鐸	入	幫	博	pok⁴⁵	pok⁴⁵	pok³	pok²
		滂	泊梁山~	pʰak⁴⁵	pet⁴⁵	pak³	pʰak⁵
		並	薄	pʰok³²	pʰok⁴⁵	pʰok³	pʰok⁵
			泊	pʰak⁴⁵	pʰak⁴⁵	pak³	pʰak⁵

		明	莫	mok³²	mok⁴⁵	mok²	mok⁵
			幕	mok³²	mok⁴⁵	mu⁴⁴	mok⁵
		明	寞	mok³²	mok⁴⁵	mok²	mok⁵
			摸	mo¹¹/mia¹¹	mo²²/mia²²	mo¹¹/mia²²	mo³³/mia³³
		透	託	tʰok⁴⁵	tʰok⁴⁵	tʰok³	tʰok²
			托	tʰok⁴⁵	tʰok⁴⁵	tʰok³	tʰok²
		泥	諾	nok³²	nok⁴⁵	nok²	nok⁵
		來	落	lok³²	lok⁴⁵	lok²	lok⁵
			烙	lok⁴⁵	lok⁴⁵	lok²	lok⁵
			絡	lok³²	lok⁴⁵	lok²	lok⁵
			樂	lok³²	lok⁴⁵	lok²	lok⁵
		精	作	tsok⁴⁵	tsok⁴⁵	tsok³	tsok²
		清	錯	tsʰo⁴⁴	tsʰo⁴⁴	tsʰo⁴⁴	tsʰo⁵⁵
		從	鑿	tsʰok³²	tsʰok⁴⁵	tsʰok²	tsʰok⁵
			昨	tsʰo⁵³	tsʰok⁴⁵〔註12〕	tsok²	tsʰok⁵〔註13〕
		心	索	sok⁴⁵	sok⁴⁵	sok³	sok²
		見	各	kok⁴⁵	kok⁴⁵	kok³	kok²
			閣	kok⁴⁵	kok⁴⁵	kak³	kok²
		疑	鄂	ŋok⁴⁵	ŋok⁴⁵	ŋok³	ŋok⁵
		匣	鶴	hok³²	hok⁴⁵	hok²	hok⁵
		影	惡善~	ok⁴⁵	ok⁴⁵	ok³	ok²
宕開三陽	平	泥	娘	ɲioŋ⁵³	ɲioŋ⁵³	ɲioŋ⁴²	ɲioŋ¹¹
		來	良	lioŋ⁵³	lioŋ⁵³	lioŋ⁴²	lioŋ¹¹
			涼	lioŋ⁵³	lioŋ⁵³	lioŋ⁴²	lioŋ¹¹
			量~長短	lioŋ⁵³	lioŋ⁵³	lioŋ⁴²	lioŋ¹¹
			糧	lioŋ⁵³	lioŋ⁵³	lioŋ⁴²	lioŋ¹¹
		精	將~來	tɕioŋ¹¹	tɕioŋ²²	tɕioŋ¹¹	tɕioŋ³³
			漿	tɕioŋ¹¹	tɕioŋ²²	tɕioŋ¹¹	tɕioŋ³³
		清	槍	tɕʰioŋ¹¹	tɕʰioŋ²²	tɕʰioŋ¹¹	tɕʰioŋ³³
		從	牆	tɕʰioŋ⁵³	tɕʰioŋ⁵³	tɕʰioŋ⁴²	tɕʰioŋ¹¹

〔註12〕馬市該字在「昨晡日（昨天）」、「昨晡夜（昨夜）」等詞時讀作「tsʰo⁵³」。

〔註13〕隘子該字在「昨晡日（昨天）」、「昨晡夜（昨夜）」等詞時讀作「tsʰia¹¹」。

聲母	字				
心	相互~	çioŋ¹¹	çioŋ²²	çioŋ¹¹	çioŋ³³
	箱	çioŋ¹¹	çioŋ²²	çioŋ¹¹	çioŋ³³
	廂	çioŋ¹¹	çioŋ²²	çioŋ¹¹	çioŋ³³
	鑲	çioŋ¹¹	çioŋ⁴⁴	çioŋ¹¹	çioŋ³³
邪	詳	çioŋ⁵³	çioŋ⁵³	çioŋ⁴²	çioŋ¹¹
	祥	çioŋ⁵³	çioŋ⁵³	çioŋ⁴²	çioŋ¹¹
知	張	tsoŋ¹¹	tsoŋ²²	tsoŋ¹¹	tsoŋ³³
澄	長~短	tsʰoŋ⁵³	tsʰoŋ⁵³	tsʰoŋ⁴²	tsʰoŋ¹¹
澄	腸	tsʰoŋ⁵³	tsʰoŋ⁵³	tsʰoŋ⁴²	tsʰoŋ¹¹
	場	tsʰoŋ⁵³	tsʰoŋ⁵³	tsʰoŋ⁴²	tsʰoŋ¹¹
莊	莊	tsoŋ¹¹	tsoŋ²²	tsoŋ¹¹	tsoŋ³³
	裝	tsoŋ¹¹	tsoŋ²²	tsoŋ¹¹	tsoŋ³³
初	瘡	tsʰoŋ¹¹	tsʰoŋ²²	tsʰoŋ¹¹	tsʰoŋ³³
崇	床	tsʰoŋ⁵³	tsʰoŋ⁵³	tsʰoŋ⁴²	tsʰoŋ¹¹
生	霜	soŋ¹¹	soŋ²²	soŋ¹¹	soŋ³³
章	章	tsoŋ¹¹	tsoŋ²²	tsoŋ¹¹	tsoŋ³³
	樟	tsoŋ¹¹	tsoŋ²²	tsoŋ¹¹	tsoŋ³³
昌	昌	tsʰoŋ¹¹	tsʰoŋ²²	tsʰoŋ¹¹	tsʰoŋ³³
書	商	soŋ¹¹	soŋ²²	soŋ¹¹	soŋ³³
	傷	soŋ¹¹	soŋ²²	soŋ¹¹	soŋ³³
禪	常	soŋ⁵³	soŋ⁵³	soŋ⁴²	soŋ¹¹
	嘗	soŋ⁵³	soŋ⁵³	soŋ⁴²	soŋ¹¹
	償	soŋ⁵³	soŋ³¹	soŋ⁴²	soŋ¹¹
日	瓢瓜~	noŋ⁵³	noŋ⁵³	noŋ⁴²	noŋ¹¹
見	疆	tçʰioŋ¹¹	tçʰioŋ²²	tçioŋ¹¹	tçioŋ³³
	薑	tçioŋ¹¹	tçʰioŋ²²	tçioŋ¹¹	tçioŋ³³
	姜	tçioŋ¹¹	tçioŋ²²	tçioŋ¹¹	tçioŋ³³
溪	羌	tçioŋ¹¹	tçioŋ²²		tçʰioŋ³³
群	強	tçʰioŋ⁵³	tçʰioŋ⁵³	tçʰioŋ⁴²	tçʰioŋ¹¹
曉	香	çioŋ¹¹	çioŋ²²	çioŋ¹¹	çioŋ³³
	鄉	çioŋ¹¹	çioŋ²²	çioŋ¹¹	çioŋ³³
影	央	ioŋ¹¹	ioŋ²²	ioŋ¹¹	ioŋ³³
	秧	ioŋ¹¹	ioŋ²²	ioŋ¹¹	ioŋ³³
以	羊	ioŋ⁵³	ioŋ⁵³	ioŋ⁴²	ioŋ¹¹
	楊	ioŋ⁵³	ioŋ⁵³	ioŋ⁴²	ioŋ¹¹
	陽	ioŋ⁵³	ioŋ⁵³	ioŋ⁴²	ioŋ¹¹
	揚	ioŋ⁵³	ioŋ⁵³	ioŋ⁴²	ioŋ¹¹

上	來	兩~個	lioŋ³¹	lioŋ³¹	lioŋ³¹	lioŋ³¹
		兩斤~	lioŋ¹¹	lioŋ²²	lioŋ¹¹	lioŋ³³
	精	槳	tɕioŋ³¹	tɕioŋ³¹	tɕioŋ³¹	tɕioŋ³¹
		槳	tɕioŋ³¹	tɕioŋ³¹	tɕioŋ³¹	tɕioŋ³¹
	清	搶	tɕʰioŋ³¹	tɕʰioŋ³¹	tɕʰioŋ³¹	tɕʰioŋ³¹
	心	想	ɕioŋ³¹	ɕioŋ³¹	ɕioŋ³¹	ɕioŋ³¹
	邪	象	ɕioŋ⁴⁴	ɕioŋ⁴⁴	ɕioŋ⁴⁴	ɕioŋ³¹
	邪	像	ɕioŋ⁴⁴/ tɕʰioŋ⁴⁴	ɕioŋ⁴⁴/ tɕʰioŋ⁴⁴	ɕioŋ⁴⁴/ tɕʰioŋ⁴⁴	ɕioŋ⁵⁵/ tɕʰioŋ⁵⁵
	知	長生~	tsoŋ³¹	tsoŋ³¹	tsoŋ³¹	tsoŋ³¹
		漲	tsoŋ⁴⁴	tsoŋ³¹	tsoŋ⁴⁴	tsoŋ⁵⁵
	澄	丈〔註14〕	tsʰoŋ⁴⁴	tsʰoŋ⁴⁴	tsʰoŋ⁴⁴	tsʰoŋ³¹
		仗	tsʰoŋ⁴⁴	tsoŋ⁴⁴	tsʰoŋ⁴⁴	tsʰoŋ³¹
		杖	tsʰoŋ⁴⁴	tsʰoŋ⁴⁴	tsʰoŋ⁴⁴	tsʰoŋ³¹
	初	闖	tsʰoŋ³¹	tsʰoŋ³¹	tsʰoŋ³¹	tsʰoŋ³¹
	生	爽	soŋ³¹	soŋ³¹	soŋ³¹	soŋ³¹
	章	掌	tsoŋ³¹	tsoŋ³¹	tsoŋ³¹	tsoŋ³¹
	昌	廠	tsʰoŋ³¹	tsʰoŋ³¹	tsʰoŋ³¹	tsʰoŋ³¹
	書	賞	soŋ³¹	soŋ³¹	soŋ³¹	soŋ³¹
	禪	上~山	soŋ¹¹	soŋ²²	soŋ¹¹	soŋ³³
	日	壤	ɲioŋ⁴⁴	ɲioŋ⁴⁴	nioŋ⁴⁴	ɲioŋ³¹
		攘	ɲioŋ⁴⁴	ɲioŋ⁴⁴		ɲioŋ³¹
	群	強勉~，倔~	tɕʰioŋ³¹	tɕʰioŋ³¹	tɕʰioŋ³¹	tɕʰioŋ³¹
	疑	仰	ɲioŋ³¹	ŋoŋ³¹	ŋoŋ³¹	ɲioŋ³¹
	曉	享	ɕioŋ³¹	ɕioŋ³¹	ɕioŋ³¹	ɕioŋ³¹
		響	ɕioŋ³¹	ɕioŋ³¹	ɕioŋ³¹	ɕioŋ³¹
	以	養	ioŋ³¹	ioŋ²²	ioŋ³¹/ioŋ¹¹	ioŋ³³
		癢	ioŋ¹¹	ioŋ²²	ioŋ¹¹	ioŋ³³
去	泥	釀	ɲioŋ⁴⁴	ɲioŋ⁴⁴	ɲioŋ⁴⁴	ɲioŋ³¹
	來	亮	lioŋ⁴⁴	lioŋ⁴⁴	lioŋ⁴⁴	lioŋ³¹
		諒	lioŋ⁴⁴	lioŋ⁴⁴	lioŋ⁴⁴	lioŋ³¹
		輛	lioŋ⁴⁴	lioŋ⁴⁴	lioŋ³¹	lioŋ³¹
		量數~	lioŋ⁴⁴	lioŋ⁴⁴	lioŋ⁴⁴	lioŋ³¹

〔註14〕各點在說「姨丈」時讀作陰平「tsʰoŋ¹」。

	字				
精	醬	tɕioŋ⁴⁴	tɕioŋ⁴⁴	tɕioŋ⁴⁴	tɕioŋ⁵⁵
	將大~	tɕioŋ⁴⁴	tɕioŋ⁴⁴	tɕioŋ⁴⁴	tɕioŋ⁵⁵
從	匠	ɕioŋ⁴⁴	ɕioŋ⁴⁴	ɕioŋ⁴⁴	ɕioŋ³¹
心	相~貌	ɕioŋ⁴⁴	ɕioŋ⁴⁴	ɕioŋ⁴⁴	ɕioŋ⁵⁵
知	帳	tsoŋ⁴⁴	tsoŋ⁴⁴	tsoŋ⁴⁴	tsoŋ⁵⁵
	賬	tsoŋ⁴⁴	tsoŋ⁴⁴	tsoŋ⁴⁴	tsoŋ⁵⁵
	脹	tsoŋ⁴⁴	tsoŋ⁴⁴	tsoŋ⁴⁴	tsoŋ⁵⁵
徹	暢	tsʰoŋ⁴⁴	tsʰoŋ⁴⁴	tsʰoŋ⁴⁴	tsʰoŋ⁵⁵
莊	壯	tsoŋ⁴⁴	tsoŋ⁴⁴	tsoŋ⁴⁴	tsoŋ⁵⁵
初	創	tsʰoŋ³¹	tsʰoŋ³¹	tsʰoŋ³¹	tsʰoŋ³¹
崇	狀	tsʰoŋ⁴⁴	tsʰoŋ⁴⁴	tsʰoŋ⁴⁴	tsʰoŋ³¹
章	障	tsoŋ⁴⁴	tsoŋ⁴⁴	tsoŋ⁴⁴	tsoŋ⁵⁵
昌	唱	tsʰoŋ⁴⁴	tsʰoŋ⁴⁴	tsʰoŋ⁴⁴	tsʰoŋ⁵⁵
	倡	tsʰoŋ⁴⁴	tsʰoŋ⁴⁴	tsʰoŋ⁴⁴	tsʰoŋ⁵⁵
書	餉	ɕioŋ³¹	ɕioŋ³¹	ɕioŋ³¹	ɕioŋ³¹
禪	尚	soŋ⁴⁴	soŋ⁴⁴	soŋ⁴⁴	soŋ³¹
	上~面	soŋ⁴⁴	soŋ⁴⁴	soŋ⁴⁴	soŋ³¹
日	讓	ɲioŋ⁴⁴	ɲioŋ⁴⁴	ɲioŋ⁴⁴	ɲioŋ³¹
曉	向	ɕioŋ⁴⁴	ɕioŋ⁴⁴	ɕioŋ⁴⁴	ɕioŋ⁵⁵
以	樣	ioŋ⁴⁴	ioŋ⁴⁴	ioŋ⁴⁴	ioŋ³¹
宕開三藥 入	來 略	liok⁴⁵	liok⁴⁵	liok²	liok⁵
	掠	liok⁴⁵	liok⁴⁵	liok²	liok⁵
	精 爵	tɕiok⁴⁵	tɕiok⁴⁵		tɕiok²
	雀麻~	tɕiok⁴⁵	tɕiok⁴⁵	tɕiok³	tɕiok²
	清 鵲喜~	tɕiok⁴⁵/ɕiak⁴⁵	ɕiak⁴⁵	ɕiak³	ɕiak²
	從 嚼	tɕiok⁴⁵	tɕiok⁴⁵		tɕiok²
	心 削	ɕiok⁴⁵	ɕiok⁴⁵	ɕiok³	ɕiok²
	知 著~衣	tsok⁴⁵	tsok⁴⁵	tsok³	tsok²
	澄 著附~	tsʰok³²	tsʰok⁴⁵	tsʰok²	tsʰok⁵
	章 酌	tsok⁴⁵	tsok⁴⁵	tsok³	tsok²
	昌 綽	tsʰok⁴⁵/tsok⁴⁵	tsʰok⁴⁵	tsʰok³	sok²
	禪 勺	sok³²	sok⁴⁵	sok²	sok⁵
	日 若	iok⁴⁵	iok⁴⁵	iok²	iok⁵
	弱	ɲiok³²	ɲiok⁴⁵	ɲiok²	ɲiok⁵
	見 腳	tɕiok⁴⁵	tɕiok⁴⁵	tɕiok³	tɕiok²

攝	調	聲	字				
		溪	卻	tɕʰiok⁴⁵	tɕʰiok⁴⁵		tɕʰiok²
		疑	虐	ȵiok⁴⁵	ȵiok⁴⁵	ȵiok²	ȵiok⁵
			瘧	ȵiok⁴⁵	ȵiok⁴⁵	ȵiok²	ȵiok⁵
		影	約	iok⁴⁵	iok⁴⁵	iok³	iok²
		以	藥	iok⁴⁵	iok⁴⁵	iok³	iok⁵
			躍	iau⁴⁴	iok⁴⁵	iok²	iok²
宕合一唐	平	見	光	koŋ¹¹	koŋ²²	koŋ¹¹	koŋ³³
		曉	荒	foŋ¹¹	foŋ²²	foŋ¹¹	foŋ³³
			慌	foŋ¹¹	foŋ²²	foŋ¹¹	foŋ³³
		匣	黃	voŋ⁵³	voŋ⁵³	voŋ⁴²	voŋ¹¹
			皇	foŋ⁵³/voŋ⁵³	voŋ⁵³	voŋ⁴²	voŋ¹¹
	上	見	廣	koŋ³¹	koŋ³¹	koŋ³¹	koŋ³¹
		曉	謊	foŋ¹¹	foŋ²²	foŋ¹¹	foŋ³³
		匣	晃	foŋ³¹	foŋ³¹	foŋ³¹	foŋ³¹
	去	溪	曠	kʰoŋ⁴⁴	kʰoŋ⁴⁴	kʰoŋ⁴⁴	kʰoŋ⁵⁵
宕合一鐸	入	見	郭	kok⁴⁵	kok⁴⁵	kok³	kok²
		溪	擴	kʰoŋ⁴⁴	kʰoŋ⁴⁴	kʰoŋ⁴⁴	kʰoŋ⁵⁵
		曉	霍	kʰok⁴⁵	kʰok⁴⁵	kʰok³	kʰok²
		匣	鑊	vok³²/ok³²	vok⁴⁵	vok²	vok⁵
宕合三陽	平	非	方	foŋ¹¹	foŋ²²	foŋ¹¹	foŋ³³
		敷	芳	foŋ¹¹	foŋ²²	foŋ¹¹	foŋ³³
			妨	foŋ¹¹	foŋ⁵³	foŋ⁴²	foŋ³¹
		奉	房	foŋ⁵³	foŋ⁵³	foŋ⁴²	foŋ¹¹
			防	foŋ⁵³	foŋ⁵³	foŋ⁴²	foŋ¹¹
		微	亡	moŋ⁵³	moŋ⁵³	moŋ⁴²	moŋ¹¹
		溪	筐		kʰoŋ²²	kʰoŋ¹¹	tɕʰioŋ³³
			眶	kʰoŋ¹¹	kʰoŋ²²	kʰoŋ¹¹	tɕʰioŋ³³
		群	狂	kʰoŋ⁵³	kʰoŋ⁵³	kʰoŋ⁴²	kʰoŋ¹¹
		云	王	voŋ⁵³	voŋ⁵³	voŋ⁴²	voŋ¹¹
	上	非	倣	foŋ³¹	foŋ³¹	foŋ³¹	foŋ³¹
		敷	紡	foŋ³¹	foŋ³¹	foŋ³¹	foŋ³¹
			仿	foŋ³¹	foŋ³¹	foŋ³¹	foŋ³¹
		微	網	moŋ³¹	moŋ³¹	moŋ³¹	moŋ³¹/mioŋ³¹
		影	枉	voŋ³¹	voŋ³¹	voŋ³¹	voŋ³¹
		云	往	voŋ³¹	voŋ³¹	voŋ³¹	voŋ³¹

	去	非	放	foŋ⁴⁴	foŋ⁴⁴	foŋ⁴⁴	foŋ⁵⁵
		敷	訪	foŋ³¹	foŋ³¹	foŋ³¹	foŋ³¹
		微	忘	moŋ⁵³	moŋ⁵³	moŋ⁴⁴	moŋ³¹
			望	moŋ⁴⁴	moŋ⁴⁴	moŋ⁴⁴	moŋ³¹
		見	逛	kʰoŋ⁵³	kʰoŋ⁵³	kʰoŋ⁴²	kʰoŋ¹¹
		曉	況	kʰoŋ⁴⁴	kʰoŋ⁴⁴	kʰoŋ⁴⁴	kʰoŋ⁵⁵
		云	旺	voŋ⁴⁴	voŋ⁴⁴	voŋ⁴⁴	voŋ³¹
宕合三藥	入	見	钁大鋤	tɕiok⁴⁵	tɕiok⁴⁵	tɕiok³	tɕiok²
江開二江	平	幫	邦	poŋ¹¹	poŋ²²	poŋ¹¹	poŋ³³
		滂	胖腫	pʰuŋ¹¹	pʰuŋ²²		pʰuŋ³³
		並	龐	poŋ⁵³	pʰaŋ⁵³	pʰaŋ⁴²	pʰaŋ¹¹
		知	椿	tsoŋ¹¹	tsoŋ²²	tsoŋ¹¹	
		初	窗	tsʰoŋ¹¹	tsʰoŋ²²	tsʰoŋ¹¹	tsʰoŋ³³/tsʰuŋ³³
		生	雙	soŋ¹¹	soŋ²²	soŋ¹¹	suŋ³³
		見	江	koŋ¹¹	koŋ²²	koŋ¹¹	koŋ³³
			扛	koŋ¹¹	koŋ²²	koŋ¹¹	koŋ³³
		溪	腔	tɕʰioŋ¹¹	tɕʰioŋ²²	tɕʰioŋ¹¹	tɕʰioŋ³³
		匣	降投~	hoŋ⁵³	hoŋ⁵³	koŋ⁴⁴	hoŋ¹¹
	上	幫	綁	poŋ³¹	poŋ³¹	poŋ³¹	poŋ³¹
		見	講	koŋ³¹	koŋ³¹	koŋ³¹	koŋ³¹
			港	koŋ³¹	koŋ³¹	koŋ³¹	koŋ³¹
		匣	項	hoŋ⁴⁴	hoŋ⁴⁴	hoŋ⁴⁴	hoŋ³¹
	去	滂	胖	pʰan⁴⁴	pʰan⁴⁴	pʰan⁴⁴	pan⁵⁵
		澄	撞	tsʰoŋ⁴⁴	tsʰoŋ⁴⁴	tsʰoŋ⁴⁴	tsʰoŋ³¹
		見	降下~	koŋ⁴⁴	koŋ⁴⁴	koŋ⁴⁴	koŋ⁵⁵
		匣	巷	hoŋ⁴⁴	hoŋ⁴⁴	hoŋ⁴⁴	hoŋ³¹
江開二覺	入	幫	剝	pok⁴⁵	pok⁴⁵	pok³	pok²
			駁	pok⁴⁵	pok⁴⁵	pok³	pok²
		滂	樸	pʰuk⁴⁵	pʰuk⁴⁵	pʰuk³	pʰuk⁵
		並	雹	pʰok³²	pʰau⁴⁴	pʰok²	pʰok⁵
		知	桌	tsok⁴⁵	tsok⁴⁵	tsok³	tsok²
			琢	tsok⁴⁵	tsok⁴⁵	tsok³	tsok²
			啄	tsok⁴⁵	tsok⁴⁵	tsok³	tsok²

		徹	戳	tsʰok⁴⁵	tsʰok⁴⁵	tsʰok³	tsʰok⁵
		澄	濁	tsʰuk⁴⁵	tsʰuk⁴⁵	tsʰuk²	tsʰuk⁵
		莊	捉	tsok⁴⁵	tsok⁴⁵	tsok³	tsok²
		崇	鐲	tsʰok⁴⁵	tsʰok⁴⁵	tsʰok²	tsʰok⁵
		生	朔	sok⁴⁵	su⁴⁴		sok²
		見	覺知~	kok⁴⁵	kok⁴⁵	kok³	kok²
			角	kok⁴⁵	kok⁴⁵	kok³	kok²
		溪	確	kʰok⁴⁵	kʰok⁴⁵	kʰok³	kʰok²
			殼	kʰok⁴⁵	kʰok⁴⁵	kʰok³	kʰok²
		疑	嶽	ŋok³²	ɲiok⁴⁵	ŋok²	ŋok⁵
			岳	ŋok³²	ŋok⁴⁵	ŋok²	ŋok⁵
			樂音~	lok³²	lok⁴⁵	lok²	lok⁵
		匣	學	hok³²	hok⁴⁵	hok²	hok⁵
		影	握	vok⁴⁵	vok⁴⁵	vok³	vok²
曾開一登	平	幫	崩	pen¹¹	pen²²	pen¹¹	pen³³
		並	朋	pʰuŋ⁵³	pʰuŋ⁵³	pʰuŋ⁴²	pʰuŋ¹¹/pʰen¹¹
		端	登	ten¹¹	ten²²	ten¹¹	ten³³
			燈	ten¹¹	ten²²	ten¹¹	ten³³
		定	騰	tʰen⁵³	tʰen⁵³	tʰen⁴²	tʰen¹¹
			謄	tʰen⁵³	tʰen⁵³	tʰen⁴²	tʰen¹¹
			藤	tʰen⁵³	tʰen⁵³	tʰen⁴²	tʰen¹¹
		泥	能	nen⁵³	nen⁵³	nen⁴²	nen¹¹
		精	增	tsen¹¹	tsen²²	tsen¹¹	tsen³³
			憎	tsen¹¹	tsen²²	tsen¹¹	tsen³³
		從	曾~經	tsʰen⁵³	tsʰen⁵³〔註15〕	tsʰen⁴²	tsʰen¹¹
			層	tsʰen⁵³	tsʰen⁵³	tsʰen⁴²	tsʰen¹¹
		心	僧	tsen¹¹	sen²²	sen¹¹	sen³³
		匣	恆	hen⁵³	hen⁵³	hen⁴²	hen¹¹
	上	端	等	ten³¹	ten³¹	ten³¹	ten³¹
		溪	肯	kʰen³¹/hen³¹	kʰen³¹/hen³¹	kʰen³¹/hen³¹	hen³¹

〔註15〕該字在「毋曾（未曾）」時讀作「tɕʰien⁵³」。

	去	端	凳	ten⁴⁴	ten⁴⁴	ten⁴⁴	ten⁵⁵
		定	鄧	tʰen⁴⁴	tʰen⁴⁴	tʰen⁴⁴	tʰen³¹
		清	蹭	tsen¹¹	tsen²²	tsʰen⁴⁴	
		從	贈	tsʰen⁴⁴	tsʰen⁴⁴	tsʰen⁴⁴	tsʰen³¹
曾開一德	入	幫	北	pet⁴⁵	pet⁴⁵	pet³	pet²
		明	墨	met³²	met⁴⁵	met²	met⁵
			默	met³²	met⁴⁵	met²	met⁵
		端	得	tet⁴⁵	tet⁴⁵	tet³	tet²
			德	tet⁴⁵	tet⁴⁵	tet³	tet²
		定	特	tʰet³²	tʰet⁴⁵	tʰet²	tʰet⁵
		來	肋	let³²	let⁴⁵	let²	let⁵
			勒	let³²	let⁴⁵	let²	let⁵
		精	則	tset⁴⁵	tset⁴⁵	tset³	tset²
		從	賊	tsʰet³²	tsʰet⁴⁵	tsʰet²	tsʰet⁵
		心	塞	set⁴⁵	set⁴⁵	set³	set²/tsʰet²
		溪	刻	kʰet⁴⁵	kʰet⁴⁵/k̲ʰa̲t⁴⁵	kʰet³	kʰet²
			克	kʰet⁴⁵	kʰet⁴⁵	kʰet³	kʰet²
		曉	黑	het⁴⁵	het⁴⁵	het³	het²
曾開三蒸	平	幫	冰	pin¹¹	pin²²	pin¹¹	pen³³
		並	憑	pʰen⁵³	pʰen⁵³	pʰen⁴²	pʰen¹¹
		來	陵	lin⁵³	lin⁵³	lin⁴²	lin¹¹
			凌	lin⁵³	lin⁵³	lin⁴²	lin¹¹
		知	徵~求	tɕin¹¹	tɕin²²	tɕin¹¹	tɕin³³
		澄	澄	tɕʰin⁵³	tɕʰin⁵³	tɕʰin⁴²	tɕʰin¹¹
			懲	tɕin¹¹	tɕʰin⁵³	tɕʰin⁴²	tɕʰin³¹
		章	蒸	tɕin¹¹	tɕin²²	tɕin¹¹	tɕin³³
		昌	稱~呼	tɕʰin¹¹	tɕʰin²²	tɕʰin¹¹	tɕʰin³³
		船	乘	ɕin⁵³	ɕin⁵³	ɕin⁴²	ɕin¹¹~法/ɕin³¹~坐
			繩	ɕin⁵³	ɕin⁵³	ɕin⁴²	ɕin¹¹
			塍		sun⁵³	sun⁴²	sun¹¹
		書	升	ɕin¹¹	ɕin²²	ɕin¹¹	ɕin³³
		禪	承	ɕin⁵³	ɕin⁵³	ɕin⁴²	ɕin¹¹
			丞	ɕin⁵³	tɕin³¹	ɕin⁴²	ɕin¹¹

		日	仍	in⁵³	in⁵³	in⁴²	in¹¹
		疑	凝	ɲin⁵³	ɲin⁵³	ɲin⁴²	ɲi¹¹
		曉	興~旺	çin¹¹	çin²²	çin¹¹	çin³³
		影	應~當	in⁴⁴	in⁴⁴	in¹¹	in⁵⁵
			鷹	in¹¹	in²²	in¹¹	in³³
		以	蠅	in⁵³	in⁵³	in⁴²	in¹¹
	上	章	拯	tɕin³¹	tɕin⁵³	tɕin³¹	tɕin³¹
	去	澄	瞪	ten⁴⁴	ten²²	ten⁴⁴	ten³³
		章	證	tɕin⁴⁴	tɕin⁴⁴	tɕin⁴⁴	tɕin⁵⁵
			症	tɕin⁴⁴	tɕin⁴⁴	tɕin⁴⁴	tɕin⁵⁵
		昌	稱相~	tɕʰin¹¹	tɕʰin⁴⁴	tɕʰin⁴⁴	tsʰen⁵⁵
			秤	tɕʰin⁴⁴	tɕʰin⁴⁴	tɕʰin⁴⁴	tɕʰin⁵⁵
		船	剩	çin⁴⁴	çin⁴⁴	çin⁴⁴	çin³¹
		書	勝	çin⁴⁴	çin⁴⁴	çin⁴⁴	çin⁵⁵
		疑	凝湯~成凍	kʰen⁵³	kʰen⁵³		kʰen¹¹
		曉	興高~	çin⁴⁴	çin²²	çin⁴⁴	çin⁵⁵
		影	應~對	in⁴⁴	in⁴⁴	in⁴⁴	in⁵⁵
		以	孕	in⁵³	in⁵³	yn⁴⁴	in³¹
曾開三職	入	幫	逼	pit⁴⁵	pit⁴⁵	pit³	pit²/pet²
		來	力	lit³²	lit⁴⁵	lit²	lit⁵
		精	即	tɕit⁴⁵	tɕit⁴⁵	tɕit³	tɕit²
			鯽	tɕit⁴⁵	tɕit⁴⁵	tɕit³	tɕit²
		心	息	çit⁴⁵	çit⁴⁵	çit³	çit²
			熄	çit⁴⁵	çit⁴⁵	çit³	çit²
			媳	çit⁴⁵	çit⁴⁵	çit³	çit²
		澄	直	tɕʰit³²	tɕʰit⁴⁵	tɕʰit²	tɕʰit⁵
			值	tɕʰit³²	tɕʰit⁴⁵	tɕʰit²	tɕʰit⁵
		莊	側	tset⁴⁵	tset⁴⁵	tset³	tset²
		初	測	tsʰet⁴⁵/tset⁴⁵	tsʰet⁴⁵	tsʰet³/tset³	tsʰet²/tset²
		生	色	set⁴⁵	set⁴⁵	set³	set²
			嗇	set⁴⁵	set⁴⁵	set³	set²
		章	織	tɕit⁴⁵	tɕit⁴⁵	tɕit³	tɕit²
			職	tɕit⁴⁵	tɕit⁴⁵	tɕit³	tɕit²
		船	食	çit³²	çit⁴⁵	çit²	çit⁵
			蝕	çit³²	çit⁴⁵/set⁴⁵	çit²	çit⁵

	書	識	çit⁴⁵	çit⁴⁵	çit³	çit²
		式	çit⁴⁵	çit⁴⁵	çit³	çit²
		飾	çit⁴⁵	çit⁴⁵	çit³	çit⁵
	禪	殖	tɕʰit³²	tɕʰit⁴⁵	tɕʰit²	tɕʰit⁵
		植	tɕʰit³²	tɕʰit⁴⁵	tɕʰit²	tɕʰit⁵
	群	極	tɕʰit³²	tɕʰit⁴⁵	tɕʰit²	tɕʰit⁵
	影	憶	ɿ⁴⁴	ɿ⁴⁴	ɿ⁴⁴	i⁵⁵
		億	ɿ⁴⁴	ɿ⁴⁴	ɿ⁴⁴	i⁵⁵
		抑	it⁴⁵	it⁴⁵	it³	it²
	以	翼	iʔ³²	iet⁴⁵	iet²	it⁵
曾合一登	平	匣 弘	fen⁵³	hoŋ⁵³	fuŋ⁴²	
曾合一德	入	見 國	kut⁴⁵	kut⁴⁵	kut³	kuet²
		匣 或	fet³²	fat⁴⁵	fet²	fet⁵
		惑	fet³²	fat⁴⁵	fet²	fet⁵
曾合三職	入	云 域	iut³²	iut⁴⁵	yt²	yt⁵
梗開二庚	平	滂 烹	pʰen¹¹	pʰen²²	pʰen¹¹	pʰuŋ³³
		並 彭	pʰaŋ⁵³	pʰaŋ⁵³	pʰaŋ⁴²	pʰaŋ¹¹
		膨	pʰaŋ⁵³	pʰaŋ⁵³	pʰaŋ⁴²	pʰaŋ¹¹
		明 盲	maŋ⁵³	maŋ⁵³	maŋ⁴²	maŋ¹¹
		徹 撐	tsʰaŋ⁴⁴	tsʰaŋ⁴⁴	tsʰaŋ⁴⁴	tsʰaŋ⁵⁵
		生 生	sen¹¹/saŋ¹¹	sen²²/saŋ²²	sen¹¹/saŋ¹¹	sen³³/saŋ³³
		牲	çin¹¹/saŋ¹¹	çin²²/saŋ²²	çin¹¹/saŋ¹¹	sen³³
		甥	saŋ¹¹	saŋ²²	saŋ¹¹	sen³³
		見 庚	ken¹¹	ken²²	ken¹¹	ken³³
		羹	kaŋ¹¹	ken²²/kaŋ²²	ken¹¹	ken³³
		溪 坑	haŋ¹¹	haŋ²²	haŋ¹¹	haŋ³³
		曉 亨	haŋ¹¹	hen²²	haŋ¹¹	hen³³
		匣 行~爲	haŋ⁵³	haŋ⁵³	haŋ⁴²	haŋ¹¹
		衡	hen⁵³	hen⁵³	hen⁴²	hen¹¹
	上	明 猛	men³¹	men³¹/maŋ³¹	men³¹/maŋ³¹	men³¹
		端 打	ta³¹	ta³¹	ta³¹	ta³¹
		來 冷	laŋ¹¹	laŋ²²	laŋ¹¹	len³³

		生	省~長	sen³¹	sen³¹	sen³¹	sen³¹
			省節~	sen³¹	sen³¹	sen³¹	saŋ³¹
		見	哽	kaŋ³¹	kaŋ³¹	kaŋ³¹	kaŋ³¹
		匣	杏	hen⁴⁴	hen⁴⁴	ɕin⁴⁴~壇/hen⁴⁴~仁	hen³¹
	去	明	孟	men⁴⁴	men⁴⁴	men⁴⁴	men³¹
		見	更~加	ken⁴⁴	ken⁴⁴	ken⁴⁴	ken⁵⁵
		疑	硬	ŋaŋ⁴⁴	ŋaŋ⁴⁴	ŋaŋ⁴⁴	ŋaŋ³¹
		匣	行品~	haŋ⁵³	hen⁵³	haŋ⁴²	haŋ¹¹
梗開二陌	入	幫	百	pak⁴⁵	pak⁴⁵	pak³	pak²
			伯	pak⁴⁵	pak⁴⁵	pak³	pak²
			迫	pʰet⁴⁵	pʰet⁴⁵	pʰet³	pʰet²
		滂	拍	pʰak⁴⁵	pʰak⁴⁵/pʰok⁴⁵	pʰak³	pʰak²/pʰok²
			魄	pʰak⁴⁵	pʰak⁴⁵	pʰak³	pʰak²
		並	白	pʰak³²	pʰak⁴⁵	pʰak²	pʰak⁵
		明	陌	mak⁴⁵	mak⁴⁵	mak²	mok⁵
		徹	拆	tsʰak⁴⁵	tsʰak⁴⁵	tsʰak³	tsʰak²
		澄	澤	tsʰet³²	tsʰet⁴⁵	tset²	tsʰet²
			擇~菜	tsʰet⁴⁵/tʰok³²	tsʰet⁴⁵/tʰok⁴⁵	tset²	tsʰet²/tʰok⁵
			宅	tset³²	tsʰet⁴⁵	tsat²	tsʰet²
		見	格	ket⁴⁵/kak⁴⁵	ket⁴⁵/kak⁴⁵	kak³	ket²/kak²
		溪	客	kʰak⁴⁵	kʰak⁴⁵	kʰak³	kʰak²
		疑	額	ȵiak⁴⁵/ŋak⁴⁵	ȵiak⁴⁵	ȵiak²	ȵiak²
		曉	嚇恐~	hak⁴⁵	hak⁴⁵	hak³	hak²
梗開二耕	平	並	棚	pʰaŋ⁵³	pʰuŋ⁵³/pʰaŋ⁵³	pʰuŋ⁴²	pʰaŋ¹¹
		明	萌	men⁵³	men³¹	men⁴²	min¹¹
		莊	爭	tsen¹¹/tsaŋ¹¹	tsen²²/tsaŋ²²	tsen¹¹/tsaŋ¹¹	tsen³³/tsaŋ³³
		莊	睜	tsen¹¹	tsen²²	tsen¹¹	tsen³³
		見	耕	kaŋ¹¹	kaŋ²²	kaŋ¹¹	kaŋ³³
		匣	莖 [註16]	tɕin¹¹/kaŋ³¹	tɕin²²/kaŋ³¹	tɕin¹¹/kaŋ³¹	tɕin³³/kuaŋ³¹
		影	鶯	in¹¹	in²²	in¹¹	in³³
			鸚	in¹¹	in²²	in¹¹	in³³

〔註16〕「莖」字讀「kaŋ³¹」均爲「菜莖」，本字應爲「梗」。

	調	聲母	字				
	上	見	耿	ken^{31}	ken^{31}	k^{h}en^{31}	ken^{31}
		匣	幸	hen^{44}	hen^{44}	hen^{44}	hen^{31}
梗開二麥	入	幫	擘	mak^{45}	mak^{45}		pak^{2}
		明	麥	mak^{32}	mak^{45}	mak^{3}	mak^{5}
			脈	mak^{45}	mak^{45}	mak^{2}	mak^{2}
		知	摘	tsak^{45}	tsak^{45}	tsak^{3}	tsak^{2}
		莊	責	tset^{45}	tset^{45}	tset^{3}	tset^{2}
		初	策	ts^{h}et^{45}	ts^{h}et^{45}	ts^{h}et^{3}	ts^{h}et^{2}
			冊	ts^{h}ak^{45}	ts^{h}ak^{45}	ts^{h}ak^{3}	ts^{h}ak^{2}
			柵		ts^{h}ak^{45}		ts^{h}ak^{5}
		見	革	ket^{45}	ket^{45}	ket^{3}	ket^{2}
			隔	kak^{45}	kak^{45}	kak^{3}	kak^{2}
		匣	核審~	het^{32}	het^{45}	het^{3}	het^{2}
			核果~	het^{32}/vut^{32}	het^{45}/vut^{45}	het^{3}/vut^{2}	het^{2}
		影	扼	ŋak^{45}	ŋak^{45}		ŋak^{2}
			軛	ak^{45}	ak^{45}		ak^{2}
梗開三庚	平	幫	兵	pin^{11}	pin^{22}	pin^{11}	pin^{33}
		並	平	p^{h}in^{53}/p^{h}iaŋ^{53}	p^{h}in^{53}/p^{h}iaŋ^{53}	p^{h}in^{42}/p^{h}iaŋ^{42}	p^{h}in^{11}/p^{h}iaŋ^{11}
			坪	p^{h}iaŋ^{53}	p^{h}iaŋ^{53}	p^{h}iaŋ^{42}	p^{h}iaŋ^{11}
			評	p^{h}in^{53}	p^{h}in^{53}	p^{h}in^{42}	p^{h}in^{11}
		明	鳴	min^{53}	min^{53}	min^{42}	min^{11}
			明	min^{53}	min^{53}/miaŋ^{53}	min^{42}/miaŋ^{42}	min^{11}/miaŋ^{11}
			盟	men^{53}	men^{53}	men^{42}	men^{11}
		見	京	tɕin^{11}	tɕin^{22}	tɕin^{11}	tɕin^{33}
			驚	tɕiaŋ^{11}	tɕiaŋ^{22} 〔註17〕	tɕiaŋ^{11}	tɕiaŋ^{33}
		溪	卿	tɕ^{h}in^{11}	tɕ^{h}in^{22}	tɕ^{h}in^{11}	tɕ^{h}in^{33}
		群	擎	tɕ^{h}iaŋ^{53}	ȵiaŋ^{53}	ȵiaŋ^{42}	tɕ^{h}iaŋ^{11}
			鯨	tɕin^{11}	tɕin^{22}	tɕin^{11}	tɕin^{33}
		疑	迎	ȵiaŋ^{53}	ȵiaŋ^{53}	ȵiaŋ^{42}	ȵiaŋ^{11}
		影	英	in^{11}	in^{22}	in^{11}	in^{33}

〔註17〕該字在「驚蟄」時讀作「tiaŋ^{22}」。

	調	聲	字				
	上	幫	丙	pin³¹	pin³¹	pin³¹	piaŋ³¹
		幫	秉	pin³¹	pin³¹	pin³¹	pin³¹
		明	皿	min³¹	min³¹	min³¹	min³¹
		見	境	tɕin³¹	tɕin³¹	tɕin⁴⁴	tɕiaŋ⁵⁵
			景	tɕin³¹	tɕin³¹	tɕin³¹	tɕin³¹
			警	tɕin³¹	tɕin³¹	tɕin³¹	tɕin³¹
		影	影	iaŋ³¹	iaŋ³¹	iaŋ³¹	iaŋ³¹
	去	幫	柄	pin⁴⁴/piaŋ⁴⁴	piaŋ⁴⁴	piaŋ⁴⁴	piaŋ⁵⁵
		並	病	pʰiaŋ⁴⁴	pʰiaŋ⁴⁴	pʰiaŋ⁴⁴	pʰiaŋ³¹
		明	命	min⁴⁴/miaŋ⁴⁴	min⁴⁴/miaŋ⁴⁴	min⁴⁴/miaŋ⁴⁴	min³¹/miaŋ³¹
		見	敬	tɕin⁴⁴	tɕin⁴⁴	tɕin⁴⁴	tɕin⁵⁵
			竟	tɕin⁴⁴	tɕin⁴⁴	tɕin⁴⁴	tɕin⁵⁵
			鏡	tɕiaŋ⁴⁴	tɕiaŋ⁴⁴	tɕiaŋ⁴⁴	tɕiaŋ⁵⁵
		溪	慶	tɕʰin⁴⁴	tɕʰin⁴⁴	tɕʰin⁴⁴	tɕʰin⁵⁵
		群	競	tɕin⁴⁴	tɕin⁴⁴	tɕin⁴⁴	tɕin⁵⁵
		影	映	iaŋ⁴⁴	in⁴⁴	iaŋ⁴⁴	iaŋ³¹
梗開三陌	入	幫	碧	pit⁴⁵	pit⁴⁵	pit³	pit²
		見	戟	tɕit⁴⁵	tɕit⁴⁵		tɕit²
		群	劇戲~	tɕʰiak⁴⁵	tɕʰiak⁴⁵	tɕʰiak³	tɕʰiak⁵
			屐	tɕʰiak⁴⁵	tsŋ²²/tɕʰiak⁴⁵	tɕʰiak³	tɕʰiak⁵
		疑	逆	ɲiak⁴⁵	ɲiak⁴⁵	ɲiak²	ɲiak⁵
梗開三清	平	明	名	miaŋ⁵³	min⁵³/miaŋ⁵³	miaŋ⁴²	miaŋ¹¹
		精	精	tɕin¹¹/tɕiaŋ¹¹	tɕin²²/tɕiaŋ²²	tɕin¹¹	tɕin³³/tɕiaŋ³³
			晶	tɕin¹¹	tɕin²²	tɕin¹¹	tɕin³³
		清	清	tɕʰin¹¹/tɕʰiaŋ¹¹	tɕʰin²²/tɕʰiaŋ²²	tɕʰin¹¹/tɕʰiaŋ¹¹	tɕʰin³³/tɕʰiaŋ³³
		從	情	tɕʰin⁵³	tɕʰin⁵³	tɕʰin⁴²	tɕʰin¹¹
			晴	tɕʰiaŋ⁵³	tɕʰiaŋ⁵³	tɕʰiaŋ⁴²	tɕʰiaŋ¹¹
		知	貞	tɕin¹¹	tɕin²²	tɕin¹¹	tɕin³³
		徹	偵	tɕin¹¹	tɕin²²	tɕin¹¹	tɕin³³
		澄	呈	tɕʰin⁵³	tɕʰin⁵³	tɕʰin⁴²	tɕʰin¹¹
			程	tɕʰin⁵³	tɕʰin⁵³	tɕʰin⁴²	tɕʰin¹¹
		章	正~月	tsaŋ¹¹	tsaŋ²²	tɕin⁴⁴/tsaŋ¹¹	tsaŋ³³
			征	tɕin¹¹	tɕin²²	tɕin¹¹	tɕin³³

		書	聲	çin^{11}/saŋ^{11}	çin^{22}/saŋ^{22}	çin^{11}/saŋ^{11}	saŋ^{33}
		禪	成	çin^{53}/saŋ^{53}/tsʰaŋ^{53}	çin^{53}/saŋ^{53}/tsʰaŋ^{53}	çin^{42}/saŋ^{42}/tsʰaŋ^{42}	çin^{11}/saŋ^{11}/tsʰaŋ^{11}
		禪	城	saŋ^{53}	saŋ^{53}	saŋ^{42}	saŋ^{11}
			誠	çin^{53}	çin^{53}	çin^{42}	çin^{11}
		溪	輕	tɕʰiaŋ^{11}	tɕʰiaŋ^{22}	tɕʰiaŋ^{11}	tɕʰiaŋ^{33}
		影	嬰	in^{11}	in^{22}	in^{11}	in^{33}
		以	盈	in^{53}	in^{53}	in^{42}	in^{11}
			贏	iaŋ^{53}	iaŋ^{53}	iaŋ^{42}	iaŋ^{11}
	上	幫	餅	piaŋ^{31}	piaŋ^{31}	piaŋ^{31}	piaŋ^{31}
		來	領	liaŋ^{11}	lin^{31}/liaŋ^{22}	liaŋ^{31}/liaŋ^{11}	liaŋ^{33}
			嶺	liaŋ^{11}	liaŋ^{22}	liaŋ^{11}	liaŋ^{33}
		精	井	tɕiaŋ^{31}	tɕiaŋ^{31}	tɕiaŋ^{31}	tɕiaŋ^{31}
		清	請	tɕʰiaŋ^{31}	tɕʰiaŋ^{31}	tɕʰiaŋ^{31}	tɕʰiaŋ^{31}
		從	靜	tɕʰin^{44}	tɕʰin^{44}	tɕʰin^{44}	tɕʰin^{31}
		心	省反~	sen^{31}	sen^{31}	sen^{31}	sen^{31}
		徹	逞	tɕʰin^{53}	tɕʰin^{53}	tɕʰin^{42}	tɕʰin^{11}
		章	整	tɕin^{31}/tsaŋ^{31}	tɕin^{31}/tsaŋ^{31}	tɕin^{31}/tsaŋ^{31}	tɕin^{31}/tsaŋ^{31}
		見	頸	tɕiaŋ^{31}	tɕiaŋ^{31}	tɕiaŋ^{31}	tɕiaŋ^{31}
	去	幫	併	pin^{44}	pin^{44}	pin^{44}	pin^{55}
		滂	聘	pʰin^{44}	pʰin^{44}	pʰin^{44}	pʰin^{55}
		來	令	lin^{44}	lin^{44}	lin^{44}	lin^{31}
		從	淨	tɕʰiaŋ^{44}	tɕʰiaŋ^{44}	tɕʰiaŋ^{44}	tɕʰiaŋ^{31}
		心	性	çin^{44}	çin^{44}/çiaŋ^{44}	çin^{44}	çin^{55}/çiaŋ^{55}
			姓	çiaŋ^{44}	çiaŋ^{44}	çiaŋ^{44}	çiaŋ^{55}
		澄	鄭	tsʰaŋ^{44}	tsʰaŋ^{44}	tsʰaŋ^{44}	tsʰaŋ^{31}
		章	正	tɕin^{44}/tsaŋ^{44}	tɕin^{44}/tsaŋ^{44}	tɕin^{44}/tsaŋ^{44}	tɕin^{55}/tsaŋ^{55}
			政	tɕin^{44}	tɕin^{44}	tɕin^{44}	tɕin^{55}
		書	聖	çin^{44}	çin^{44}	çin^{44}	çin^{55}
		禪	盛興~	çin^{44}	çin^{44}	çin^{44}	çin^{55}
		見	勁	tɕin^{44}	tɕin^{44}	tɕin^{44}	tɕin^{55}
梗開三昔	入	幫	璧	pit^{45}	piak^{45}	piak^{3}	pit^{2}
		滂	僻	pʰit^{45}	pʰit^{45}	pʰit^{3}	pʰit^{2}
		並	闢	pʰit^{45}	pʰit^{45}	pʰit^{3}	pʰit^{2}

		精	積	tɕit⁴⁵	tɕit⁴⁵	tɕit³	tɕit²
			跡	tɕiak⁴⁵	tɕit⁴⁵	tɕit³	tɕit²
		從	籍	tɕʰit³²	tɕʰit⁴⁵	tɕʰit²	tɕʰit⁵
			藉狼~	tɕʰit³²	tɕʰit⁴⁵	tɕʰit²	tɕʰit⁵
		心	惜	ɕit⁴⁵	ɕit⁴⁵	ɕit³	ɕit²
		心	昔	ɕit⁴⁵	ɕit⁴⁵	ɕit³	ɕit²
		邪	席	ɕit⁴⁵	ɕit⁴⁵	ɕit²	ɕit⁵
			夕	ɕit⁴⁵	ɕit⁴⁵	ɕit²	ɕit²
		章	隻	tsak⁴⁵	tsak⁴⁵	tsak³	tsak²
			炙	tsak⁴⁵	tsak⁴⁵		tsak²
		昌	赤	tsʰak⁴⁵	tsʰak⁴⁵	tsʰak³	tsʰak²
			斥	tɕʰit⁴⁵	tɕʰit⁴⁵		tsʰak²
			尺	tsʰak⁴⁵	tsʰak⁴⁵	tsʰak³	tsʰak²
		船	射	sa⁴⁴	sa⁴⁴	sa⁴⁴	sa³¹
		書	適	ɕit⁴⁵	ɕit⁴⁵	ɕit³	ɕit²
			釋	ɕit⁴⁵	ɕit⁴⁵	ɕit³	ɕit²
		禪	石	sak³²	sak⁴⁵	sak²	sak⁵
		影	益	iʔ⁴⁵	it⁴⁵	it³	it²
		以	亦	iak⁴⁵	it⁴⁵	it³	it²
			譯	iʔ⁴⁵	it⁴⁵	it³	it⁵
			易交~	iʔ⁴⁵	it⁴⁵	it³	it⁵
			液	iʔ⁴⁵	it⁴⁵	it³	it²
梗開四青	平	滂	拼	pʰin¹¹	pʰin²²	pʰin¹¹	pʰin⁵⁵
		並	瓶	pʰin⁵³	pʰin⁵³	pʰin⁴²	pʰin¹¹
			萍	pʰin⁵³	pʰin⁵³	pʰin⁴²	pʰin¹¹
		明	銘	min⁵³	min⁵³	miaŋ⁴²	men¹¹
		端	丁	tin¹¹	tin²²	tiaŋ¹¹	ten³³
			釘	tiaŋ¹¹	tiaŋ²²	tiaŋ¹¹	ten³³
			疔	tiaŋ¹¹	tiaŋ²²	tiaŋ¹¹	ten³³
		透	聽	tʰin¹¹/tʰiaŋ¹¹	tʰiaŋ²²	tʰiaŋ¹¹	tʰen³³
			廳	tʰiaŋ¹¹	tʰiaŋ²²	tʰiaŋ¹¹	tʰen³³
			汀	tin¹¹	tiaŋ²²		tin³³
		定	亭	tʰin⁵³	tʰin⁵³	tʰin⁴²	tʰin¹¹
			停	tʰin⁵³	tʰin⁵³	tʰin⁴²	tʰin¹¹
			庭	tʰin⁵³	tʰin⁵³	tʰin⁴²	tʰin¹¹

		泥	寧安~	lin⁵³	lin⁵³	lin⁴²	lin¹¹
		來	靈	lin⁵³	lin⁵³	lin⁴²	lin¹¹
			零	liaŋ⁵³	lin⁵³/liaŋ⁵³	liaŋ⁴²	liaŋ¹¹
			鈴	lin⁵³/laŋ⁵³	laŋ⁵³	lin⁴²/laŋ⁴²	laŋ¹¹
		清	青	tɕʰiaŋ¹¹	tɕʰin²²/tɕʰiaŋ²²	tɕʰiaŋ¹¹	tɕʰiaŋ³³
梗開四青	平	心	星	ɕin¹¹/ɕiaŋ¹¹	ɕin²²/ɕiaŋ²²	ɕin¹¹/ɕiaŋ¹¹	sen³³
			腥	ɕiaŋ¹¹	ɕiaŋ²²	ɕiaŋ¹¹	sen³³
		見	經	tɕin¹¹	tɕin²²	tɕin¹¹	tɕin³³
		曉	馨	ɕin¹¹	ɕin²²	ɕin¹¹	ɕin³³
		匣	形	ɕin⁵³	ɕin⁵³	ɕin⁴²	ɕin¹¹
			型	ɕin⁵³	ɕin⁵³	ɕin⁴²	ɕin¹¹
			刑	ɕin⁵³	ɕin⁵³	ɕin⁴²	ɕin¹¹
	上	並	並	pin⁴⁴	pin⁴⁴	pin⁴⁴	pin⁵⁵
		端	頂	tin³¹/tiaŋ³¹	tin³¹/tiaŋ³¹	tiaŋ³¹	tin³¹
			鼎	tin³¹	tin³¹	tin³¹	tin³¹
		定	艇	tʰiaŋ³¹	tʰiaŋ³¹	tʰiaŋ³¹	tʰiaŋ³¹
			挺	tʰin³¹	tʰin³¹	tʰin³¹	tʰin³¹
		心	醒	ɕiaŋ³¹	ɕiaŋ³¹	ɕiaŋ³¹	ɕiaŋ³¹
	去	端	訂	tin⁴⁴/tiaŋ¹¹	tin⁴⁴/tiaŋ²²	tin⁴⁴/tiaŋ¹¹	tin⁵⁵
		定	定	tʰin⁴⁴	tʰin⁴⁴	tʰin⁴⁴	tʰin⁵⁵
		來	另	liaŋ⁴⁴	liaŋ⁴⁴	liaŋ⁴⁴	len³¹
		見	徑	tɕin⁴⁴	tɕin⁴⁴	tɕin⁴⁴	kaŋ⁵⁵
梗開四錫	入	幫	壁	piak⁴⁵	piak⁴⁵	piak³	piak²
		滂	劈	pʰiak⁴⁵	pʰiak⁴⁵		pʰiak²
		明	覓	mit³²	mit⁴⁵		met⁵
		端	的目~	tit⁴⁵	tit⁴⁵	tit³	tit²
			滴	tit⁴⁵/tiet⁴⁵	tit⁴⁵	tiet³	tit²
		透	踢	tʰit⁴⁵/tʰiak⁴⁵	tʰiak⁴⁵	tʰiak³	tʰiak²
		定	笛	tʰiak⁴⁵	tit⁴⁵/tʰiak⁴⁵	tit²/tʰiak²	tit⁵
			敵	tʰit⁴⁵	tʰit⁴⁵	tʰit²	tʰit⁵
			糴	tʰiak⁴⁵	tʰiak⁴⁵		tʰet⁵
		來	歷	li⁴⁴	lit⁴⁵	li⁴⁴	lit⁵
			曆	li⁴⁴	lit⁴⁵	liak²	lit⁵/liak⁵

		精	績	tɕit^{45}	tɕit^{45}	tɕit^{3}	tɕit^{2}
		清	戚	tɕʰit^{45}	tɕʰit^{45}	tɕʰit^{3}	tɕʰit^{2}
		從	寂	tɕʰit^{32}	tɕʰit^{45}	tɕit^{3}	tɕʰit^{2}
		心	錫	ɕiak^{45}	ɕiak^{45}	ɕiak^{3}	ɕiak^{2}
			析	ɕit^{45}	ɕit^{45}	ɕit^{3}	ɕit^{2}
		見	擊	tɕit^{45}	tɕit^{45}	tɕit^{3}	tɕit^{2}
			激	tɕit^{45}	tɕit^{45}	tɕit^{3}	tɕit^{2}
梗合二庚	平	匣	橫~直	vaŋ^{53}	vaŋ^{53}	vaŋ^{42}	vaŋ^{11}
	上	見	礦	kʰoŋ^{44}	kʰoŋ^{44}	kʰoŋ^{44}	kʰoŋ^{55}
梗合二耕	平	曉	轟	hoŋ^{11}/kʰuŋ^{11}/vaŋ^{11}	hoŋ^{22}/kuen^{22}	hoŋ^{11}	vaŋ^{33}
		匣	宏	fen^{53}	fen^{53}	fen^{42}	fen^{11}
梗合二麥	入	匣	獲	vok^{45}	vok^{45}	vok^{2}	fet^{2}
			劃	fak^{32}/vak^{32}	fak^{45}	fak^{2}/vak^{2}	vak^{5}
梗合三庚	平	曉	兄	ɕiuŋ^{11}	ɕiuŋ^{22}	ɕiuŋ^{11}	ɕiuŋ^{33}
		云	榮	iuŋ^{53}	iuŋ^{53}	iuŋ^{42}	iuŋ^{11}
	上	云	永	iun^{31}	iun^{31}	iun^{31}	iun^{31}
			泳	iun^{44}	iun^{44}	iun^{31}	iun^{31}
	去	云	詠	iun^{44}	iun^{44}	iun^{31}	iun^{31}
梗合三清	平	溪	傾	tɕʰiun^{31}	tɕʰiun^{31}	tɕʰyn^{11}	tɕʰiun^{31}
		群	瓊	tɕʰiun^{53}	tɕʰiun^{53}	tɕʰiuŋ^{42}	tɕʰiun^{11}
		以	營	in^{53}/iaŋ^{53}	in^{53}/iaŋ^{53}	iaŋ^{42}	iaŋ^{11}
	上	溪	頃	tɕʰiun^{31}	tɕʰiun^{31}	tɕʰyn^{31}	tɕʰiun^{31}
		以	穎	in^{31}	in^{31}	in^{31}	in^{31}
梗合三昔	入	以	疫	iut^{32}	iut^{45}	it^{3}	it^{5}
			役	iut^{32}	iut^{45}	yt^{3}	it^{5}
梗合四青	平	匣	螢	iuŋ^{53}	iaŋ^{53}	in^{42}	iaŋ^{11}
通合一東	平	並	蓬	pʰuŋ^{53}	pʰuŋ^{53}	pʰuŋ^{42}	fuŋ^{11}
		明	蒙	muŋ^{53}	muŋ^{53}	muŋ^{42}	muŋ^{11}
		端	東	tuŋ^{11}	tuŋ^{22}	tuŋ^{11}	tuŋ^{33}
		透	通	tʰuŋ^{11}	tʰuŋ^{22}	tʰuŋ^{11}	tʰuŋ^{33}
		定	同	tʰuŋ^{53}	tʰuŋ^{53}	tʰuŋ^{42}	tʰuŋ^{11}
			銅	tʰuŋ^{53}	tʰuŋ^{53}	tʰuŋ^{42}	tʰuŋ^{11}
			筒	tʰuŋ^{53}	tʰuŋ^{53}	tʰuŋ^{42}	tʰuŋ^{11}
			童	tʰuŋ^{53}	tʰuŋ^{53}	tʰuŋ^{42}	tʰuŋ^{11}

		來	籠	luŋ53	luŋ53/luŋ22	luŋ11	luŋ33
			聾	luŋ11	luŋ22	luŋ11	luŋ33
		精	鬃	tsuŋ11	tsuŋ22	tsuŋ11	tsuŋ33
		清	聰	tshuŋ11	tshuŋ22	tshuŋ11	tshuŋ33
			葱	tshuŋ11	tshuŋ22	tshuŋ11	tshuŋ33
			囪	tshuŋ11	tshuŋ22	tshuŋ11	tshuŋ33
		從	叢	tshuŋ53	tshuŋ53	tshuŋ42	tshuŋ11
		見	公	kuŋ11	kuŋ22	kuŋ11	kuŋ33
			工	kuŋ11	kuŋ22	kuŋ11	kuŋ33
通合一東	平	見	功	kuŋ11	kuŋ22	kuŋ11	kuŋ33
			攻	kuŋ11	kuŋ22	kuŋ11	kuŋ33
		溪	空~虛	khuŋ11	khuŋ22	khuŋ44	khuŋ33
		曉	烘~乾	khuŋ44	khuŋ44	khuŋ44	khuŋ55
		匣	紅	fuŋ53	fuŋ53	fuŋ42	fuŋ11
			洪	fuŋ53	fuŋ53	fuŋ42	fuŋ11
			鴻	fuŋ53	fuŋ53	fuŋ42	fuŋ11
			虹	fuŋ53/koŋ44	fuŋ53/koŋ44	fuŋ42	fuŋ11/koŋ55
		影	翁	vuŋ11	vuŋ22	vuŋ11	vuŋ33
	上	明	懵	muŋ31	muŋ31	muŋ31	muŋ31
		端	董	tuŋ31	tuŋ31	tuŋ31	tuŋ31
			懂	tuŋ31	tuŋ31	tuŋ31	tuŋ31
		透	桶	thuŋ31	thuŋ31	thuŋ31	thuŋ31
			捅	thuŋ44	thuŋ44	thuŋ31	thuŋ31
		定	動	thuŋ44/thuŋ11	thuŋ44/thuŋ22	thuŋ44	thuŋ31/thuŋ33
		來	攏	luŋ31	luŋ31	luŋ31	luŋ31
		精	總	tsuŋ31	tsuŋ31	tsuŋ31	tsuŋ31
		溪	孔	khuŋ31	khuŋ31	khuŋ31	khuŋ31
		曉	哄	hoŋ44	fuŋ31	hoŋ44	fuŋ31
		匣	汞	kuŋ44	kuŋ31	kuŋ44	kuŋ55
	去	端	凍	tuŋ44	tuŋ44	tuŋ44	tuŋ55
			棟	tuŋ44	tuŋ44	tuŋ44	tuŋ55
		透	痛	thuŋ44	thuŋ44	thuŋ44	thuŋ55
		定	洞	thuŋ44	thuŋ44	thuŋ44	thuŋ31
		來	弄	luŋ44	luŋ44	luŋ44	luŋ31

		精	粽	tsuŋ⁴⁴	tsuŋ⁴⁴	tsuŋ⁴⁴	tsuŋ⁵⁵
		心	送	suŋ⁴⁴	suŋ⁴⁴	suŋ⁴⁴	suŋ⁵⁵
		見	貢	kuŋ⁴⁴	kuŋ⁴⁴	kuŋ⁴⁴	kuŋ⁵⁵
		溪	控	kʰuŋ⁴⁴	kʰuŋ⁴⁴	kʰuŋ⁴⁴	kʰuŋ⁵⁵
		影	甕	vuŋ⁴⁴	vuŋ⁴⁴	vuŋ⁴⁴	vuŋ³³
通合一屋	入	幫	卜	puk⁴⁵	puk⁴⁵	pʰuk³	puk²
		滂	撲	pʰuk⁴⁵	pʰuk⁴⁵	pʰuk³	pʰuk⁵
			仆~倒	pʰuk⁴⁵	puk⁴⁵/pʰuk⁴⁵	pʰuk³	pʰuk⁵
		並	僕	pʰuk³²		pʰuk³	pʰuk⁵
			曝	pʰau⁴⁴	pʰau⁴⁴	pʰau⁴⁴	pʰau⁵⁵
		明	木	muk⁴⁵	muk⁴⁵	muk³	muk²
		透	禿	tʰut⁴⁵		tʰut³	tʰut⁵
		定	獨	tʰuk³²	tʰuk⁴⁵	tʰuk²	tʰuk⁵
			讀	tʰuk³²	tʰuk⁴⁵	tʰuk²	tʰuk⁵
		來	鹿	luk³²	luk⁴⁵	luk²	luk⁵
			祿	luk⁴⁵	luk⁴⁵	luk²	luk⁵
		從	族	tsʰuk³²	tsʰuk⁴⁵	tsʰuk²	tsʰuk⁵
		心	速	suk⁴⁵	suk⁴⁵	suk³	suk²
		見	穀	kuk⁴⁵	kuk⁴⁵	kuk³	kuk²
			谷	kuk⁴⁵	kuk⁴⁵	kuk³	kuk²
		溪	哭	kʰuk⁴⁵	kʰuk⁴⁵	kʰuk³	kʰuk²
		影	屋	vuk⁴⁵	vuk⁴⁵	vuk³	vuk²
通合一冬	平	端	冬	tuŋ¹¹	tuŋ²²	tuŋ¹¹	tuŋ³³
		泥	農	nuŋ⁵³	nuŋ⁵³	nuŋ⁴²	nuŋ¹¹
			膿	nuŋ⁵³	nuŋ⁵³	nuŋ⁴²	nuŋ¹¹
		精	宗	tsuŋ¹¹	tsuŋ²²	tsuŋ¹¹	tsuŋ³³
		心	鬆	suŋ¹¹	suŋ²²	suŋ¹¹	suŋ³³
	去	透	統	tʰuŋ³¹	tʰuŋ³¹	tʰuŋ³¹	tʰuŋ³¹
		心	宋	suŋ⁴⁴	suŋ⁴⁴	suŋ⁴⁴	suŋ⁵⁵
通合一沃	入	端	督	tuk⁴⁵	tuk⁴⁵	tuk³	tuk²
		定	毒	tʰuk³²	tʰuk⁴⁵	tʰuk²	tʰuk⁵
		溪	酷	kuk⁴⁵	kʰuk⁴⁵		kʰuk²
		影	沃	vok⁴⁵	vok⁴⁵	vok³	vok²

通合 三東	平	非	風	fuŋ¹¹	fuŋ²²	fuŋ¹¹	fuŋ³³
			楓	fuŋ¹¹	fuŋ²²	fuŋ¹¹	fuŋ³³
			瘋	fuŋ¹¹	fuŋ²²	fuŋ¹¹	fuŋ³³
		敷	豐	fuŋ¹¹	fuŋ²²	fuŋ¹¹	fuŋ³³
		奉	馮	fuŋ⁵³	fuŋ⁵³	fuŋ⁴²	fuŋ¹¹
		來	隆	luŋ⁵³	luŋ⁵³	luŋ⁴²	luŋ¹¹
		心	嵩	ɕiuŋ¹¹		suŋ⁴⁴	suŋ³³
		知	中當~	tsuŋ¹¹	tsuŋ²² 〔註18〕	tsuŋ¹¹	tsuŋ³³
			忠	tsuŋ¹¹	tsuŋ²²	tsuŋ¹¹	tsuŋ³³
		澄	蟲	tsʰuŋ⁵³	tsʰuŋ⁵³	tsʰuŋ⁴²	tsʰuŋ¹¹
		崇	崇	tsʰuŋ⁵³	tsʰuŋ⁵³	tsʰuŋ⁴²	tsʰuŋ¹¹
		章	終	tsuŋ¹¹	tsuŋ²²	tsuŋ¹¹	tsuŋ³³
		昌	充	tsʰuŋ¹¹	tsʰuŋ²²	tsʰuŋ¹¹	tsʰuŋ³³
		日	戎	iuŋ⁵³	iuŋ⁵³	iuŋ⁴²	iuŋ¹¹
		日	絨	iuŋ⁵³	iuŋ⁵³	iuŋ⁴²	iuŋ¹¹
		見	弓	kuŋ¹¹	kuŋ²²	kuŋ¹¹	kuŋ³³
			宮	kuŋ¹¹	kuŋ²²	kuŋ¹¹	kuŋ³³
		群	窮	tɕʰiuŋ⁵³	tɕʰiuŋ⁵³	tɕʰiuŋ⁴²	tɕʰiuŋ¹¹
		云	熊	ɕiuŋ⁵³	ɕiuŋ⁵³	ɕiuŋ⁴²	ɕiuŋ¹¹
			雄	ɕiuŋ⁵³	ɕiuŋ⁵³	ɕiuŋ⁴²	ɕiuŋ¹¹
		以	融	iuŋ⁵³	iuŋ⁵³	iuŋ⁴²	iuŋ¹¹
	去	非	諷	fuŋ⁴⁴	fuŋ²²	fuŋ³¹	fuŋ³³
		奉	鳳	fuŋ⁴⁴	fuŋ⁴⁴	fuŋ⁴⁴	fuŋ³¹
		微	夢	muŋ⁴⁴	muŋ⁴⁴	muŋ⁴⁴	muŋ³¹
		知	中射~	tsuŋ⁴⁴	tsuŋ⁴⁴	tsuŋ⁴⁴	tsuŋ⁵⁵
		澄	仲	tsʰuŋ¹¹	tsʰuŋ²²	tsuŋ⁴⁴	tsʰuŋ³¹
		章	眾	tsuŋ⁴⁴	tsuŋ⁴⁴	tsuŋ⁴⁴	tsuŋ⁵⁵
		昌	銃	tsʰuŋ⁴⁴	tsʰuŋ²²	tsʰuŋ⁴⁴	tsʰuŋ⁵⁵
通合 三屋	入	非	福	fuk⁴⁵	fuk⁴⁵	fuk³	fuk²
			幅	fuk⁴⁵	fuk⁴⁵	fuk³	puk²
			複	fuk⁴⁵	fuk⁴⁵	fuk³	fuk²
			腹	fuk⁴⁵	fuk⁴⁵	fuk³	fuk²

〔註18〕該字在「中秋節」時讀作「tuŋ²²」。

		敷	覆反~	fuk⁴⁵	fuk⁴⁵	fuk³	fuk²
		奉	服	fuk³²	fuk⁴⁵	fuk²	fuk⁵
			伏	fuk³²	fuk⁴⁵	fuk²	fuk⁵
			復~原	fuk³²	fuk⁴⁵	fuk²	fuk²
		微	目	muk⁴⁵	muk⁴⁵	muk³	muk²
			穆	muk⁴⁵	muk⁴⁵	muk³	muk⁵
		來	六	luk⁴⁵	luk⁴⁵	luk³	luk²
			陸	luk⁴⁵	luk⁴⁵	luk²	luk⁵
		心	肅	çiuk⁴⁵	çiuk⁴⁵	çiuk³	çiuk²
			宿	çiuk⁴⁵	çiuk⁴⁵	çiuk³	çiuk²
		知	竹	tsuk⁴⁵	tsuk⁴⁵	tsuk³	tsuk²
			築	tsuk⁴⁵	tsuk⁴⁵	tsuk³	tsuk²
		徹	畜~牲	çiuk⁴⁵	çiuk⁴⁵	çiuk³	çiuk²
		澄	逐	tsʰuk³²	tsʰuk⁴⁵	tsʰuk²	tsʰuk⁵
			軸	tsʰuk³²	tsʰuk⁴⁵	tsʰuk²	tsʰuk⁵
		生	縮	çiuk⁴⁵	suk⁴⁵	suk³	suk²
		章	祝	tsuk⁴⁵	tsuk⁴⁵	tsuk³	tsuk²
			粥	tsuk⁴⁵	tsuk⁴⁵	tsuk³	tsuk²
		書	叔	suk⁴⁵	suk⁴⁵	suk³	suk²
		禪	熟~悉	suk³²	suk⁴⁵	suk²	suk⁵
			淑	suk⁴⁵	suk⁴⁵	suk²	suk²
		日	肉	ɲiuk⁴⁵	ɲiuk⁴⁵	ɲiuk³	ɲiuk²
		見	菊	tɕʰiuk⁴⁵	tɕʰiuk⁴⁵	tɕʰiuk³	tɕʰiuk²
		溪	麴	tɕʰiuk⁴⁵	tɕʰiuk⁴⁵	tɕʰiuk³	tɕʰiuk²
		曉	畜~牧	çiuk⁴⁵	çiuk⁴⁵	çiuk³	çiuk²
			蓄儲~	çiuk⁴⁵	çiuk⁴⁵	çiuk³	çiuk²
		影	郁	iuk⁴⁵	iuk⁴⁵	iuk³	yt⁵
		以	育	iuk⁴⁵	iuk⁴⁵	iuk³	iuk²
通合三鍾	平	非	封	fuŋ¹¹	fuŋ²²	fuŋ¹¹	fuŋ³³
		敷	峰	fuŋ¹¹	fuŋ²²	fuŋ¹¹	fuŋ³³
			蜂	fuŋ¹¹	fuŋ²²	fuŋ¹¹	fuŋ³³
			鋒	fuŋ¹¹	fuŋ²²	fuŋ¹¹	fuŋ³³
		奉	逢	fuŋ⁵³	fuŋ⁵³	fuŋ⁴²	fuŋ¹¹
			縫~衣服	fuŋ⁵³	fuŋ⁵³	fuŋ⁴²	fuŋ¹¹

		泥	濃[註19]	nuŋ⁵³	nuŋ⁵³	nuŋ⁴²	nuŋ¹¹
		來	龍	luŋ⁵³	luŋ⁵³	luŋ⁴²	luŋ¹¹
		精	蹤	tɕiuŋ¹¹	tɕiuŋ²²	tsuŋ¹¹	tɕiuŋ³³
			縱~橫	tɕiuŋ¹¹	tɕiuŋ²²	tsuŋ¹¹	tɕiuŋ³³
		從	從跟~	tɕʰiuŋ⁵³	tɕʰiuŋ⁵³	tsʰuŋ⁴²	tɕʰiuŋ¹¹
		邪	松	tɕʰiuŋ⁵³	ɕiuŋ²²[註20]	tɕʰiuŋ⁴²	tɕʰiuŋ¹¹
		澄	重~復	tsʰuŋ⁵³	tsʰuŋ⁵³	tsʰuŋ⁴²	tsʰuŋ¹¹
		章	鐘	tsuŋ¹¹	tsuŋ²²	tsuŋ¹¹	tsuŋ³³
			鍾	tsuŋ¹¹	tsuŋ²²	tsuŋ¹¹	tsuŋ³³
		昌	衝	tsʰuŋ¹¹	tsʰuŋ²²	tsʰuŋ¹¹	tsʰuŋ³³
		書	舂~米	tsuŋ¹¹	tsʰuŋ⁴⁴	tsuŋ¹¹	tsuŋ³³
		日	茸	iuŋ⁵³	iuŋ⁵³	iuŋ⁴²	iuŋ¹¹
		見	恭	kuŋ¹¹	kuŋ²²	kuŋ¹¹	kuŋ³³
		曉	胸	ɕiuŋ¹¹	ɕiuŋ²²	ɕiuŋ¹¹	ɕiuŋ³³
			凶吉~	ɕiuŋ¹¹	ɕiuŋ²²	ɕiuŋ¹¹	ɕiuŋ³³
			兇~惡	ɕiuŋ¹¹	ɕiuŋ²²	ɕiuŋ¹¹	ɕiuŋ³³
		影	廱	iuŋ¹¹	iuŋ²²		iuŋ³³
		以	容	iuŋ⁵³	iuŋ⁵³	iuŋ⁴²	iuŋ¹¹
			庸	iuŋ⁵³	iuŋ⁵³	iuŋ¹¹	iuŋ³³
	上	敷	捧	puŋ³¹	puŋ³¹	puŋ³¹	fuŋ³¹/puŋ³¹
通合三鍾	上	奉	奉	fuŋ⁴⁴	fuŋ⁴⁴	fuŋ⁴⁴	fuŋ³¹
		來	壟	luŋ³¹	luŋ⁵³		luŋ³³
		知	冢	tɕiuŋ³¹			tɕiuŋ³¹
		徹	寵	tsʰuŋ³¹		tsʰuŋ³¹	tsʰuŋ³³
		澄	重輕~	tsʰuŋ¹¹	tsʰuŋ²²	tsʰuŋ⁴⁴	tsʰuŋ³³
		章	種~類	tsuŋ³¹	tsuŋ³¹	tsuŋ³¹	tsuŋ³¹
			腫	tsuŋ³¹	tsuŋ³¹	tsuŋ³¹	tsuŋ³¹
		日	冗	iuŋ³¹	iuŋ²²	iuŋ³¹	
		見	拱	kuŋ³¹	kuŋ³¹	kuŋ³¹	kuŋ³¹
			鞏	kuŋ³¹	kuŋ³¹	kuŋ³¹	kuŋ³¹
		溪	恐	kʰuŋ³¹	kʰuŋ³¹	kʰuŋ³¹	kʰuŋ³¹
		影	擁	iuŋ¹¹	iuŋ²²	iuŋ³¹	iuŋ⁵⁵
		以	勇	iuŋ³¹	iuŋ³¹	iuŋ³¹	iuŋ³¹

〔註19〕各點在說「(酒、茶)濃」時讀作「ȵiuŋ」。

〔註20〕該字在「松樹」時讀作「tɕʰiuŋ⁵³」，然松鼠讀作「ɕiuŋ²²」，詞條均可見詞彙表。

韻攝	調	母	字				
	去	奉	俸	fuŋ⁴⁴	fuŋ³¹	fuŋ⁴⁴	fuŋ³¹
			縫門~	fuŋ⁵³	fuŋ⁵³	fuŋ⁴⁴	pʰuŋ³¹
		邪	誦	ɕiuŋ⁴⁴	ɕiuŋ⁴⁴	suŋ⁴⁴	ɕiuŋ³¹
			訟	suŋ⁴⁴	ɕiuŋ⁴⁴	suŋ⁴⁴	ɕiuŋ³¹
		章	種~樹	tsuŋ⁴⁴	tsuŋ⁴⁴	tsuŋ⁴⁴	tsuŋ⁵⁵
		見	供〔註21〕	kuŋ⁴⁴	kuŋ⁴⁴	kuŋ⁴⁴	kuŋ⁵⁵
		群	共	kʰuŋ⁴⁴	kʰuŋ⁴⁴	kʰuŋ⁴⁴	kʰuŋ³¹
		以	用	iuŋ⁴⁴	iuŋ⁴⁴	iuŋ⁴⁴	iuŋ³¹
通合三燭	入	來	綠	luk⁴⁵	luk⁴⁵	luk²	luk⁵
			錄	luk³²	luk⁴⁵	luk²	luk⁵
		精	足	tɕiuk⁴⁵	tɕiuk⁴⁵		tɕiuk²
		清	促	tɕiuk⁴⁵	tsʰuk⁴⁵/tsuk⁴⁵	tsʰuk³	tɕiuk²
		心	粟	suk⁴⁵	ɕiuk⁴⁵		ɕiuk²
		邪	俗	ɕiuk³²	ɕiuk⁴⁵	suk²/ɕiuk²	ɕiuk⁵
			續	ɕiuk³²	ɕiuk⁴⁵	ɕiuk²	ɕiuk⁵
		章	燭	tsuk⁴⁵	tsuk⁴⁵	tsuk³	tsuk²
			囑	tsuk⁴⁵	tsuk⁴⁵	tsuk³	tsuk²
		昌	觸	tsʰuk⁴⁵	tsʰuk⁴⁵	tsʰuk³	tsʰuk²
		船	贖	suk³²	suk⁴⁵	suk²	suk⁵
		書	束	tsʰuk⁴⁵	tsʰuk⁴⁵	tsʰuk³	tsʰuk²
		禪	屬	suk³²	suk⁴⁵	suk²	suk⁵
		日	辱	iuk³²	iuk⁴⁵	iuk²	yt⁵
			褥	iuk³²	iuk⁴⁵		iuk⁵
通合三燭	入	溪	曲	tɕʰiuk⁴⁵	tɕʰiuk⁴⁵	tɕʰiuk³	tɕʰiuk²
		群	局	tɕʰiuk³²	tɕʰiuk⁴⁵	tɕʰiuk²	tɕʰiuk⁵
		疑	玉	ɲiuk³²	ɲiuk⁴⁵	ɲiuk²	ɲiuk⁵
			獄	ɲiuk³²	ɲiuk⁴⁵	iuk²	yt⁵
		以	欲	iuk³²	iuk⁴⁵	iuk²	iuk⁵
			慾	iuk³²	iuk⁴⁵	iuk²	iuk⁵
			浴	iuk³²	iuk⁴⁵	iuk²	yt⁵

〔註21〕各點在「供豬（餵豬）」時讀作「tɕiuŋ³」。供字音韻地位及字義相合，故採此字。

說明

　　本表例字取自《方言調查字表》，音韻地位以《方言調查字表》爲準。各點均於 2009 年 1 月底至 2 月下旬，以及同年 7 月兩度親自調查所得。馬市、隘子另調查了分類詞彙，故補充多字讀音如下，並不全然代表太平、羅壩沒有相似讀音。

附錄二　始興客家話詞彙對照表

一、天　文

語　詞	馬　市		隘　子		備　註
融化	融	iuŋ⁵³	融	iuŋ¹¹	
彩虹	虹	koŋ⁴⁴	天弓	tien³³ tɕiuŋ³³	
曬	炙／曬	tsak⁴⁵/sai⁴⁴	炙	tsak²	
烤火	炙火／烘火	tsak⁴⁵ fo³¹/kʰuŋ⁴⁴ fo³¹	炙火	tsak² fo³¹	
太陽	熱頭	ɲiet⁴⁵ tʰeu⁵³	熱頭	ɲiet⁵ tʰeu¹¹	
月亮	月光	ɲiot⁴⁵ koŋ²²	月光	ɲiet⁵ koŋ³³	
雷	雷公	lui⁵³ kuŋ²²	雷公	le¹¹ kuŋ³³	
閃電	□□	ɕiet⁴⁵ lien²²	□火蛇	ɲiak⁵ fo³¹ sa¹¹	
打雷	打雷公	ta³¹ lui⁵³ kuŋ²²	雷公叫	le¹¹ kuŋ³³ tɕiau⁵⁵	
淋雨	涿水	tuk⁴⁵ sui³¹	水涿	se³¹ tuk²	
避雨	躲水	to³¹ sui³¹	避水	pʰit⁵ se³¹	
刮大風	□大風	sɿ³¹ tʰai⁴⁴ fuŋ²²	吹大風	tsʰe³³ tʰai³¹ fuŋ³³	
冰	冰	pin²²	冰	pen³³	
霧	蒙露	muŋ⁵³ lu⁴⁴	濃露	ɲiuŋ¹¹ lu⁵⁵	
下雨	落水	lok⁴⁵ sui³¹	落水	lok⁵ se³¹	

下霜	打霜	ta³¹ soŋ²²	打霜	ta³¹ soŋ³³	
下雪	落雪	lok⁴⁵ ɕiot⁴⁵	落雪	lok⁵ ɕiet²	
下山（太陽）	落山	lok⁴⁵ san²²	落山	lok⁵ san³³	
流星	射屎星	sa⁴⁴ sɿ³¹ ɕiaŋ²²	星子瀉屎	sen³³ tsɿ³¹ ɕia⁵⁵ sɿ³¹	
銀河	天河	tʰien²² ho⁵³	河溪路	ho¹¹ kʰe³³ lu⁵⁵	
旋風	□□風	tɕiu⁴⁴ lui³¹ fuŋ²²	繆螺風	tɕiu⁵⁵ lo¹¹ fuŋ³³	
微風	細風	se⁴⁴ fuŋ²²	細風	se⁵⁵ fuŋ³³	
颱風	颱風	tʰoi⁵³ suŋ²²	吹大風	tsʰe³³ tʰai¹¹ fuŋ³³	
毛毛雨	□稀水	min⁵³ sɿ²² sui³¹	落水毛	lok⁵ se³¹ mo³³	
西北雨	—	—	分龍水	fun³³ luŋ¹¹ se³¹	
久雨不止	漚水	eu⁴⁴ sui³¹	—	—	
久雨放晴	斷了水腳	tʰon²² liau³¹ sui³¹ tɕiok⁴⁵	斷雨腳	tʰon³³ i³¹ tɕiok²	
天氣	天時 / 天氣	tʰien²² sɿ⁵³ / tʰien²² tsʰɿ⁴⁴	天時 / 天氣	tʰien³³ sɿ¹¹ / tʰien³³ tɕʰi⁵⁵	隘子前者專指時節，後者是一般情況
晴天	好天	hau³¹ tʰien²²	晴天	tɕʰiaŋ¹¹ tʰien³³	
下雨天	落水天	lok⁴⁵ sui³¹ tʰien²²	落水天	lok⁵ se³¹ tʰien³³	
陰天	烏陰天	vu²² in²² tʰien²²	陰天 / 烏暗天	in³³ tʰien³³ / vu³³ aŋ⁵⁵ tʰien³³	後者程度較嚴重
雲	雲	iun⁵³	雲	iun¹¹	
霜	霜	soŋ²²	霜	soŋ³³	
冷	冷	laŋ²²	冷	len³³	
熱	熱	ȵiet⁴⁵	熱	ȵiet⁵	
寒	寒	hon⁵³	寒	hon¹¹	
涼	涼	lioŋ⁵³	涼	lioŋ¹¹	
旱災	天旱	tʰien²² hon²²	天旱	tʰien³³ hon³³	
水災	刮大水	kuat⁴⁵ tʰai⁴⁴ sui³¹	發大水	fat² tʰai¹¹ se³¹	
火災	火燒	fo³¹ sau²²	火災 / 火燒	fo³¹ tsai³³ / fo³¹ sau³³	前者泛稱，後者會接起火處

二、地　理

語　詞	馬　市		隘　子		備　註
小塊平地	坪	$p^hiaŋ^{53}$	坪	$p^hiaŋ^{11}$	
操場	操場	$ts^hau^{22} ts^hoŋ^{53}$	操場	$ts^hau^{33} ts^hoŋ^{11}$	
山田	排田	$p^hai^{53} t^hien^{53}$	山田	$san^{33} t^hien^{11}$	
淤泥田	爛泥田	$lan^{44} ne^{53}$ t^hien^{53}	爛泥田	$lan^{31} ne^{11}$ t^hien^{11}	
河床闢成之田	河底田	$ho^{53} te^{31} t^hien^{53}$	壩田	$pa^{55} t^hien^{11}$	
旱田	靠天田	$k^hau^{44} t^hien^{22}$ t^hien^{53}	旱田 / 旱地	$hon^{33} t^hien^{11}$/ $hon^{33} t^hi^{31}$	旱田尚可種稻，旱地則否
用水穩定的田	陂水田	$pi^{22} sui^{31}$ t^hien^{53}	飽水田	$pau^{31} se^{31}$ t^hien^{11}	
沙質的田	沙泥田	$sa^{22} ne^{53} t^hien^{53}$	沙壩田	$sa^{33} pa^{55} t^hien^{11}$	
長年被水浸泡的田	濫水田	$lan^{44} sui^{31}$ t^hien^{53}	湖洋田	$fu^{11} ioŋ^{11} t^hien^{11}$	
平原	平原	$p^hiaŋ^{53} ɲion^{53}$	平洋	$p^hiaŋ^{11} ioŋ^{11}$	
河堤	河駁	$ho^{53} pok^{45}$	河堤 / 河駁	$ho^{11} t^hi^{11}$/ $ho^{11} pok^{2}$	
泥砌河堤	泥駁	$ne^{53} pok^{45}$	—	—	
石砌河堤	石崁	$sak^{45} k^han^{31}$	石駁	$sak^{5} pok^{2}$	
河沿	河脣	$ho^{53} sun^{53}$	河脣	$ho^{11} sun^{11}$	
草地	草坪	$ts^hau^{31} p^hiaŋ^{53}$	草地	$ts^ho^{31} t^hi^{31}$	
岸邊沙地	沙壩	$sa^{22} pa^{44}$	沙壩	$sa^{33} pa^{55}$	
小水壩	陂	pi^{22}	陂頭	$pi^{33} t^heu^{11}$	
田坎	田坎	$t^hien^{53} k^han^{31}$	田坎	$t^hien^{11} k^haŋ^{55}$	
溫泉	熱水湖	$ɲiet^{45} sui^{31} fu^{53}$	湯湖	$t^hoŋ^{33} fu^{11}$	
山頂	山崬 / 山頂	$san^{22} tuŋ^{44}$/ $san^{22} tiaŋ^{31}$	山崬	$san^{33} tuŋ^{55}$	
泥塊	泥團	$ne^{53} t^hon^{53}$	泥團	$ne^{11} t^hon^{11}$	
大石頭	大石牯	$t^hai^{44} sak^{45}$ ku^{31}	大石牯	$t^hai^{31} sak^{5} ku^{31}$	

灰塵	塵灰	tɕʰin⁵³ fui²²	塵灰	tɕʰin¹¹ foi³³	
河	河	ho⁵³	河	ho¹¹	
溪	溪	kʰe²²	溪	kʰe³³	
窟	窟	kʰut⁴⁵	窟	fut²	
水坑	水坑	sui³¹ haŋ²²	水坑	se³¹ haŋ³³	
菜園	菜園	tsʰoi⁴⁴ ion⁵³	菜園	tsʰoi⁵⁵ ien¹¹	
爛泥	融泥	iuŋ⁵³ ne⁵³	爛泥	lan³¹ ne¹¹	
熱水	滾水	kun³¹ sui³¹	滾水	kun³¹ se³¹	
冷水	冷水	laŋ²² sui³¹	冷水	len³³ se³¹	
洗米水	洗米水	se³¹ mi³¹ sui³¹	（洗）米水	（se³¹）mi³¹ se³¹	
去國外	飄洲過海／出國	pʰiau²² tɕiu²² ko⁴⁴ hoi³¹／tsʰut⁴⁵ kut⁴⁵	過番／漂洋過海	ko⁵⁵ fan³³／pʰiau³³ ion¹¹ ko⁵⁵ hoi³¹	飄洲過海有去南洋之意
煤炭	火屎	fo³¹ sɿ³¹	煤	me¹¹	
煤油	水火油	sui³¹ fo³¹ iu⁵³	水火油	se³¹ fo³¹ iu¹¹	
生火	起火	tsʰɿ³¹ fo³¹	起火／燒火	tɕʰi³¹ fo³¹／sau³³ fo³¹	
地方	地方	tʰi⁴⁴ foŋ²²	地方／□	tʰi³¹ foŋ³³／toŋ⁵⁵	
鄉下	鄉下	ɕion²² ha²²	鄉下	ɕion³³ ha³³	
都市	城市	saŋ⁵³ sɿ⁴⁴	城市	saŋ¹¹ sɿ⁵⁵	
墳墓	地／墳堆	tʰi⁴⁴／fun⁵³ tui²²	地	tʰi³¹	馬市地和風水語意相近
風水	風水	fuŋ²² sui³¹	風水	fuŋ³³ se³¹	
圳溝	圳溝	tsun⁴⁴ kieu²²	溝坑／水圳	keu³³ haŋ³³／se³¹ tsun⁵⁵	溝坑指屋簷下的水溝，水圳乃灌溉用
山谷	山坑	san²² haŋ²²	山窩	san³³ vo³³	
地震	地動／地震	tʰi⁴⁴ tʰuŋ²²／tʰi⁴⁴ tɕin³¹	地龍轉側／地震	tʰi³¹ luŋ¹¹ tson³¹ tset²／tʰi³¹ tɕin³¹	
山洞	山窿	san²² luŋ⁵³	山窿	san³³ luŋ¹¹	
隧道	暗窿	an⁴⁴ luŋ⁵³	暗窿	aŋ⁵⁵ luŋ¹¹	
瀑布	水寨	sui³¹ tsʰai⁴⁴	水□	se³¹ tsai⁵⁵	

三、時間節令

語　詞	馬　市		隘　子		備　註
天（工時單位）	日	ȵit⁴⁵	工人	kuŋ³³ ȵin¹¹	
半天	半工／半日	pan⁴⁴ kuŋ²²／pan⁴⁴ ȵit⁴⁵	半工	pan⁵⁵ kuŋ³³	
所耗費的時間	─	─	人工／工人	ȵin¹¹ kuŋ³³／kuŋ³³ ȵin¹¹	
一段時間	一駁	it⁴⁵ pok⁴⁵	一駁	it² pok²	
日曆	日曆	ȵit⁴⁵ lit⁴⁵	日曆	ȵit² liak⁵	
農民曆	通書／老曆	tʰuŋ²² su²²／lau³¹ lit⁴⁵	通書／牛牯曆	tʰuŋ³³ su³³／ŋeu¹¹ ku³¹ liak⁵	隘子「老曆」指傳統習慣，讀作 lit⁵。因通書上常有小孩放牛，故稱「牛牯曆」。
今天	今日	tɕin²² ȵit⁴⁵	今晡日	tɕin³³ pu³³ ȵit²	
明天	明晡日	mien⁵³（＜miaŋ⁵³）pu²² ȵit⁴⁵	晨朝晡	ɕin¹¹ tsau³³ pu³³	
昨天	昨晡日	tsʰo⁵³ pu²² ȵit⁴⁵	昨晡日	tɕʰia¹¹ pu³³ ȵit²	
後天	後晡日	heu⁴⁴ pu²² ȵit⁴⁵	後晡	heu³¹ pu³³	
一大早	一大早	it⁴⁵ tʰai⁴⁴ tsau³¹	打早	ta³¹ tso³¹	
正午	當晝	toŋ²² tɕiu⁴⁴	當晝	toŋ³³ tɕiu⁵⁵	
下午	下晝	ha²² tɕiu⁴⁴	下晝	ha³³ tɕiu⁵⁵	
晚上	夜晡	ia⁴⁴ pu²²	夜晡（頭）	ia³¹ pu³³（tʰeu¹¹）	
大約半個上午時候	半晝（邊）	pan⁴⁴ tɕiu⁴⁴（pien²²）	半晝邊	pan⁵⁵ tɕiu⁵⁵ pien³³	
大約一個上午	一晝（邊）	it⁴⁵ tɕiu⁴⁴（pien²²）	一晝邊	it² tɕiu⁵⁵ pien³³	
太晚（夜）	晏	an⁴⁴	夜	ia³¹	
太晚（日）	晏	an⁴⁴	晝／遲	tɕiu⁴⁴／tsʰɹ¹¹	
早晨	清早	tɕʰin²² tsau³¹	早朝頭	tso³¹ tsau³³ tʰeu¹¹	
天黑	天暗	tʰien²² an⁴⁴	斷黑	tʰon³³ het²	
天亮	天光	tʰien²² koŋ²²	天光	tʰien³³ koŋ³³	

天未亮	天還無光	t^{h}ien^{22} han^{53} mau^{22} koŋ^{22}	天還□光	t^{h}ien^{33} han^{11} men^{11} koŋ^{33}	
今晚	今晡夜	tɕin^{22} pu^{22} ia^{44}	今暗晡	tɕin^{33} aŋ^{55} pu^{33}	
昨晚	昨晡夜	ts^{h}o^{53} pu^{22} ia^{44}	昨晡暗晡	tɕ^{h}ia^{11} pu^{33} aŋ^{55} pu^{33}	
明晚	明晡夜	mien^{53}（＜miaŋ^{53}）pu^{22} ia^{44}	晨朝暗晡	ɕin^{11} tsau^{33} aŋ^{55} pu^{33}	
去年	頭年	t^{h}eu^{53} nien^{53}	舊年	tɕ^{h}iu^{31} ȵien^{11}	
明年	明年	miaŋ^{53} nien^{53}	明年	miaŋ^{11} ȵien^{11}	
快過年時	年背仔 / 年下仔	nien^{53} poi^{44} e^{44} / nien^{53} ha^{22} e^{44}	年邊 / 年下	ȵien^{11} pien^{33} / ȵien^{11} ha^{33}	
沒空	無閒	mau^{22} han^{53}	無閒	mo^{11} han^{11}	
五分鐘	一個字	it^{45} ke^{44} sɿ^{44}	一個字	it^2 ke^{55} sɿ^{31}	
現在	□□	kai^{31} tɕ^{h}in^{44}	□今 / 眼下	ti^{55} tɕin^{33} / ŋan^{31} ha^{33}	
以前	先□	ɕien^{22} teu^{31}	頭擺	t^{h}eu^{11} pai^{31}	
往日	先□	ɕien^{22} teu^{31}	以往	i^{55} von^{31}	
下次	下趟	ha^{44} t^{h}oŋ^{44}	後次	heu^{31} ts^{h}ɿ^{55}	
將來	下晡日	ha^{44} pu^{22} ȵit^{45}	以後	i^{55} heu^{31}	
很久	好久	hau^{31} tɕiu^{31}	□久	kan^{31} tɕiu^{31}	
後來	後尾	heu^{44} me^{22}	過後	ko^{55} heu^{31}	
三更半夜	三更半夜	san^{22} kaŋ^{22} pan^{44} ia^{44}	星光半夜	sen^{33} koŋ^{33} pan^{55} ia^{31}	
很少	好少 / 一□仔	hau^{31} sau^{31} / it^{45} nak^{45} e^{44}	頂少 / □少	tin^{31} sau^{31} / he^{55} sau^{31}	
沒多久	無幾久	mau^{22} tsɿ^{31} tɕiu^{31}	無幾久	mo^{11} tɕi^{31} tɕiu^{31}	
等一下	等一等	ten^{31} it^{45} ten^{31}	等下仔 / 過一下	ten^{31} ha^{33} ə^{31} / ko^{55} it^2 ha^{33}	
順便	順便	sun^{44} p^{h}ien^{44}	順□	sun^{31} tak^5	
冬作收割	收冬	ɕiu^{22} tuŋ^{22}	收冬	ɕiu^{33} tuŋ^{33}	
作物兩收	兩冬	lioŋ^{31} tuŋ^{22}	—	—	
閏月	閏月	iun^{44} ȵiot^{45}	閏月	iun^{31} ȵiet^5	
月初	月頭	ȵiot^{45} t^{h}eu^{53}	月頭	ȵiet^5 t^{h}eu^{11}	
月末	月尾	ȵiot^{45} me^{22}	月尾	ȵiet^5 me^{33}	
白天	日晝	ȵit^{45} tɕiu^{44}	日□頭	ȵit^2 tuɹ^{31} t^{h}eu^{11}	

傍晚	晏邊	an^{44} pien^{22}	臨夜頭	lin^{11} ia^{31} t^{h}eu^{11}	
整夜	□夜	ken^{31} ia^{44}	□暗晡	ken^{31} aŋ^{55} pu^{33}	
整天	□日	ken^{31} ɲit^{45}	□（晡）日	ken^{31}（pu^{33}）ɲit^2	
整年	□年	ken^{31} nien^{53}	□年	ken^{31} ɲien^{11}	
一晝夜	一晝夜	it^{45} tɕiu^{44} ia^{44}	一個對	it^2 ke^{55} te^{55}	一個對是泛指一個對時則確指二十四小時
十多年	十多年 /十幾年	ɕit^{45} to^{22} nien^{53} /ɕit^{45} tsɿ^{31} nien^{53}	十零年	ɕit^5 liaŋ^{11} ɲien^{11}	
十多天	十多日	ɕit^{45} to^{22} ɲit^{45}	十零日	ɕit^5 liaŋ^{11} ɲit^2	
很多天	好多日	hau^{31} to^{22} ɲit^{45}	頂多日	tin^{31} to^{33} ɲit^2	
什麼時候	麼个時候	ma^{31} kai^{31} sɿ^{53} heu^{44}	麼个時候	ma^{31} ke^{55} sɿ^{11} heu^{31}	
春天	春天	ts^{h}un^{22} t^{h}ien^{22}	春天	ts^{h}un^{33} t^{h}ien^{33}	
夏天	熱天	ɲiet^{45} t^{h}ien^{22}	熱天	ɲiet^5 t^{h}ien^{33}	
秋天	秋天	tɕ^{h}iu^{22} t^{h}ien^{22}	秋天	tɕ^{h}iu^{33} t^{h}ien^{33}	
冬天	冷天	laŋ^{22} t^{h}ien^{22}	冷天	len^{33} t^{h}ien^{33}	
立春	交春	kau^{22} ts^{h}un^{22}	立春	lit^5 ts^{h}un^{33}	
雨水	雨水	ɿ^{31} sui^{31}	雨水	i^{31} se^{31}	
驚蟄	驚蟄	tiaŋ^{22} tɕ^{h}it^{45}	驚蟄	tɕiaŋ^{33} tɕ^{h}it^5	
春分	春分	ts^{h}un^{22} fun^{22}	春分	ts^{h}un^{33} fun^{33}	
清明	清明	tɕ^{h}iaŋ^{22} miaŋ^{53}	清明	tɕ^{h}iaŋ^{33} miaŋ^{11}	
穀雨	穀雨	kuk^{45} ɿ^{31}	穀雨	kuk^2 i^{31}	
立夏	立夏	lit^{45} ha^{44}	立夏	lit^5 ha^{31}	
小滿	小滿	ɕiau^{31} man^{31}	小滿	ɕiau^{31} man^{33}	
芒種	芒種	moŋ^{53} tuŋ^{22}	芒種	moŋ^{11} tsuŋ^{55}	
夏至	夏至	ha^{44} tsɿ^{44}	夏至	ha^{31} tsɿ^{55}	
小暑	小暑	ɕiau^{31} su^{31}	小暑	ɕiau^{31} su^{31}	
大暑	大暑	t^{h}ai^{44} su^{31}	大暑	t^{h}ai^{11} su^{31}	
立秋	立秋	lit^{45} tɕ^{h}iu^{22}	立秋	lit^5 tɕ^{h}iu^{33}	
處暑	處暑	ts^{h}u^{44} su^{31}	處暑	ts^{h}u^{55} su^{31}	
白露	白露	p^{h}ak^{45} lu^{44}	白露	p^{h}ak^5 lu^{55}	
秋分	秋分	tɕ^{h}iu^{22} fun^{22}	秋分	tɕ^{h}iu^{33} fun^{33}	
寒露	寒露	hon^{53} lu^{44}	寒露	hon^{11} lu^{55}	

霜降	霜降	soŋ²² koŋ⁴⁴	霜降	soŋ³³ koŋ⁵⁵	
立冬	立冬	lit⁴⁵ tuŋ²²	立冬	lit⁵ tuŋ³³	
小雪	小雪	ɕiau³¹ ɕiot⁴⁵	小雪	ɕiau³¹ ɕiet²	
大雪	大雪	tʰai⁴⁴ ɕiot⁴⁵	大雪	tʰai¹¹ ɕiet²	
冬至	冬至	tuŋ²² tsɿ⁴⁴	冬至	tuŋ³³ tsɿ⁵⁵	
小寒	小寒	ɕiau³¹ hon⁵³	小寒	ɕiau³¹ hon¹¹	
大寒	大寒	tʰai⁴⁴ hon⁵³	大寒	tʰai¹¹ hon¹¹	
年初一	年初一	nien⁵³ tsʰu²² it⁴⁵	年初一	ɲien¹¹ tsʰu³³ it²	
端午節	五月節	m³¹ ɲiot⁴⁵ tɕiet⁴⁵	五月節	m³¹ ɲiet⁵ tɕiet²	
中秋節	八月半 / 中秋節	pat⁴⁵ ɲiot⁴⁵ pan⁴⁴/tuŋ²² tɕʰiu²² tɕiet⁴⁵	八月半	pat² ɲiet⁵ pan⁵⁵	
重陽節	重陽節 / 老人節	tsʰuŋ⁵³ ioŋ⁵³ tɕiet⁴⁵/lau³¹ ɲin⁵³ tɕiet⁴⁵	重陽節	tsʰuŋ¹¹ ioŋ¹¹ tɕiet²	
尾牙	尾牙	me²² ŋa⁵³	—	—	隘子老曆，每月十四、廿九老闆要給苦力工人加菜，叫吃牙祭。但沒有尾牙的說法
一眨眼	一□眼	it⁴⁵ kʰat⁴⁵ ŋan³¹	一□眼	it² ɲiak² ŋan³¹	

四、農 業

語 詞	馬 市		隘 子		備 註
耕田	耕田 / 作地	kaŋ²² tʰien⁵³/ tsok⁴⁵ tʰi⁴⁴	耕田 / 做犁耙	kaŋ³³ tʰien¹¹/ tso⁵⁵ le¹¹ pʰa¹¹	
插秧	蒔田	sɿ⁴⁴ tʰien⁵³	蒔田	sɿ⁵⁵ tʰien¹¹	
初穗	包胎	pau²² tʰoi²²	飽肚	pau³¹ tu³¹	
抽穗	出串	tsʰut⁴⁵ tsʰon⁴⁴	飆串	piau⁵⁵ tsʰon⁵⁵	
水稻開花	揚花	ioŋ⁵³ fa²²	行花	haŋ¹¹ fa³³	
孕穗	入米	nit⁴⁵ mi³¹	灌漿	kuan⁵⁵ tɕioŋ³³	
飽穗	鉤頭	kieu²² tʰeu⁵³	鉤頭	keu³³ tʰeu¹¹	
澆菜	淋菜	lin⁵³ tsʰoi⁴⁴	淋菜	lin¹¹ tsʰoi⁵⁵	
播種	下種	ha²² tsuŋ³¹	點播	tiaŋ³¹ po⁵⁵	

引水灌溉	□水飲田	kau⁴⁴ sui³¹ ɲin³¹ tʰien⁵³	放水	foŋ⁵⁵ se³¹	
巡看田水	□水	sau³¹ sui³¹	望水	moŋ³¹ se³¹	
切斷水	塞水	set⁴⁵ sui³¹	塞田水	tsʰet² tʰien¹¹ se³¹	
排乾田水	打田水	ta³¹ tʰien⁵³ sui³¹	打田水	ta³¹ tʰien¹¹ se³¹	
榨油	打油	ta³¹ iu⁵³	榨油	tsa⁵⁵ iu¹¹	
茶籽榨油後剩的渣	麩仔	kʰu²² e⁴⁴	茶麩	tsʰoi⁵⁵ kʰu³³	
放牛	看牛	kʰon⁴⁴ ɲiu⁵³	掌牛	tsoŋ³¹ ŋeu¹¹	
畜養動物	養	ioŋ²²	養	ioŋ³³	
餵豬	供豬	tɕiuŋ⁴⁴ tsu²²	供豬	tɕiuŋ⁵⁵ tsu³³	
將水果悶熟	熰熟	eu⁴⁴ suk⁴⁵	翁	ɕit²	
放下擔子休息	放肩	foŋ⁴⁴ tɕien²²	放肩	foŋ⁵⁵ tɕien³³	
換肩（擔子不放下）	轉肩	tson³¹ tɕien²²	轉肩	tson³¹ tɕien³³	
掘（用鋤頭）	改	koi³¹	改	koi³¹	
用鋤頭刮泥	捋泥 / □泥	lot⁴⁵ ne⁵³ / kʰo²² ne⁵³	捋泥	lot⁵ ne¹¹	
尿糞合稱	肥 / 屎尿	fe⁵³ / sɿ³¹ ɲiau⁴⁴	大糞水	tʰai³¹ pun⁵⁵ se³¹	
糞（做肥料用之動物糞便）	糞	pun⁴⁴	糞	pun⁵⁵	
畚箕	畚箕	pun⁴⁴ tsɿ²²	畚箕	pun⁵⁵ tɕi³³	
筧	筧	kan³¹	筧	tɕien³¹	
畚斗	畚斗	pun⁴⁴ teu³¹	地□仔	tʰi³¹ tsʰot² ə³¹	
米篩	米篩	mi³¹ se²²	米篩	mi³¹ tsʰe³³	
扁擔	擔竿	tan⁴⁴ kon²²	擔竿	taŋ⁵⁵ kon³³	
扁擔（挑稻草用）	□扛	mau⁵³ koŋ²²	稈□	kon³¹ koŋ⁵⁵	
挑擔	荷擔	kʰai²² tan⁴⁴	荷擔	kʰai³³ taŋ³³	
除穀殼工具	礱	luŋ⁵³	礱	luŋ¹¹	
除穀殼工具	碓	toi⁴⁴	碓	toi⁵⁵	

鋤頭	钁鋤	tɕiok⁴⁵ tsʰu⁵³	钁頭	tɕiok² tʰeu¹¹	
米籮	米籮	mi³¹ lo⁵³	籮	lo¹¹	
曬穀子的竹蓆	墊笪	tʰien⁴⁴ tat⁴⁵	笪	tat²	
稻子	禾	vo⁵³	禾	vo¹¹	
甩打讓穀粒脫落	打禾	ta³¹ vo⁵³	打禾	ta³¹ vo¹¹	
穀子	穀	kuk⁴⁵	穀	kuk²	
實的穀粒	□穀	lioŋ⁴⁴ kuk⁴⁵	精穀	tɕin³³ kuk²	
空的穀粒	□穀	pʰaŋ⁴⁴ kuk⁴⁵	□穀	pʰaŋ⁵⁵ kuk²	
稻稈	禾稈	vo⁵³ kon³¹	稈	kon³¹	
田埂	田塍	tʰien⁵³ sun⁵³	田塍	tʰien¹¹ sun¹¹	
下水道	水缺 / 田缺	sui³¹ tɕʰiot⁴⁵/ tʰien⁵³ tɕʰiot⁴⁵	水涵	se³¹ haŋ¹¹	
割稻鐮刀	禾鐮	vo⁵³ lien⁵³	禾鐮	vo¹¹ liaŋ¹¹	
榫	榫頭	sun³¹ tʰeu⁵³	榫頭	sun³¹ tʰeu¹¹	
榫洞	（木）眼	（muk⁴⁵）ŋan³¹	榫眼	sun³¹ ŋan³¹	
鐵槌	鐵槌	tʰiet⁴⁵ tsʰui⁵³	鐵槌	tʰiet² tsʰe¹¹	
繩索	索	sok⁴⁵	索（仔）	sok²（ə³¹）	
耙	耙	pʰa⁵³	耙	pʰa¹¹	
鼓風	風車	fuŋ²² tsʰa²²	風車	fuŋ³³ tsʰa³³	
牛口罩	牛□	ȵiu⁵³ lat⁴⁵	牛□	ŋeu¹¹ lak²	
牛鞭子	鞭仔	pien²² e⁴⁴	牛條	ŋeu¹¹ tʰiau¹¹	
犁	犁	le⁵³	犁	le¹¹	
斧頭	斧頭	fu³¹ tʰeu⁵³	斧頭	pu³¹ tʰeu¹¹	
牛鼻環	牛鼻針 / 牛□	ȵiu⁵³ pʰi⁴⁴ tɕin²²/ ȵiu⁵³ pʰan⁴⁴	牛鼻縈	ŋeu¹¹ pʰi³¹ tɕʰien⁵⁵	
牛軛	牛軛	ȵiu⁵³ ak⁴⁵	牛軛	ŋeu¹¹ ak²	
舂臼	碓□	toi⁴⁴ han³¹	舂臼	tsuŋ³³ tɕʰiu³³	
戽斗	戽斗	fu⁴⁴ teu³¹	戽斗	fu⁵⁵ teu³¹	
誘捉蝦的竹籠	蝦籠 / 蝦公□	ha⁵³ luŋ²²/ha⁵³ kuŋ²² kieu³¹	—	—	
竹竿	竹篙	tsuk⁴⁵ kau²²	竹篙	tsuk² ko³³	
柴刀	刀嫲	tau²² ma⁵³	刀嫲	to³³ ma¹¹	

鋸子	鋸	tsɿ⁴⁴	鋸	tɕi⁵⁵	
刨子	刨	pʰau⁵³	刨仔	pʰau¹¹ ə³¹	
繩墨	墨斗	met⁴⁵ teu³¹	墨斗	met⁵ teu³¹	
餿水	潲	seu²²	□水	saŋ³¹ se³¹	
抹刀	燙斗 / □匙	tʰoŋ⁴⁴ teu³¹/ min³¹ tsʰɿ⁵³	□匙仔	men³¹ tsʰɿ¹¹ ə³¹	tʰoŋ⁴⁴ teu³¹ 另有熨斗之意
生鐵	生鐵	saŋ²² tʰiet⁴⁵	鍟	saŋ³³	

五、植物

語詞	馬市		隘子		備註
樹枝	樹桠	su⁴⁴ kʰ(u)a²²	樹桠	su³¹ kʰua³¹	
樹梢	樹尾	su⁴⁴ me²²	樹尾	su³¹ me³³	
樹塊	樹身	su⁴⁴ ɕin²²	樹身	su³¹ ɕin³³	
樹身近樹根處	樹頭下	su⁴⁴ tʰeu⁵³ ha²²	樹頭	su³¹ tʰeu¹¹	
一段段的樹幹	樹筒	su⁴⁴ tʰuŋ⁵³	樹筒	su³¹ tʰuŋ¹¹	
柴	柴	tsʰai⁵³	柴	tsʰai¹¹	
砍樹	倒樹	tau³¹ su⁴⁴	倒樹	to³¹ su³¹	
刺	竻	let⁴⁵	竻	let²	
松針	樹毛	su⁴⁴ mau²²	松毛	tɕʰiuŋ¹¹ mo³³	
松明	—	—	松光	tɕʰin¹¹ koŋ³³	
松臘	—	—	松光油	tɕʰin¹¹ koŋ³³ iu¹¹	
稗草	稗草	pʰa⁴⁴ tsʰau³¹	稗草	pʰa³¹ tsʰo³¹	
糯米	糯米	no⁴⁴ mi³¹	糯米	no³¹ mi³¹	
蠶豆	蠶豆	tsʰan⁵³ tʰeu⁴⁴	蠶豆	tsʰaŋ¹¹ tʰeu³¹	
馬鈴薯	馬鈴薯	ma³¹ laŋ⁵³ su⁵³	馬鈴薯	ma³³ laŋ¹¹ su³¹	
蔥	蔥	tsʰuŋ²²	蔥	tsʰuŋ³³	
洋蔥	洋蔥	ioŋ⁵³ tsʰuŋ²²	洋蔥	ioŋ¹¹ tsʰuŋ³³	
莧菜	莧菜	ɕien⁴⁴ tsʰoi⁴⁴	莧菜	han³¹ tsʰoi⁵⁵	
玉米	包黍	pau²² ɕiuk⁴⁵	包黍	pau³³ ɕiuk²	
芋梗	芋荷	ɿ⁴⁴ ho⁵³	芋荷 / 芋頭梗	i³¹ ho¹¹/ i³¹ tʰeu¹¹ kuaŋ³¹	

瓠瓜（葫蘆）	瓠仔	$p^hu^{53} e^{44}$	白瓠	$p^hak^5 p^hu^{11}$	
山藥（淮山）	竹篙薯	$tsuk^{45} kau^{22} su^{53}$	竹篙薯	$tsuk^2 ko^{33} su^{31}$	
枸杞	枸杞	$kieu^{31} ts\gamma^{31}$	枸杞	$keu^{31} t\varphi i^{55}$	
小黃瓜	笏瓜	$let^{45} kua^{22}$	生食瓜	$san^{33} \varphi it^5 kua^{33}$	
老薑	薑	$t\varphi io\eta^{22}$	薑	$t\varphi io\eta^{33}$	
嫩薑	子薑	$ts\gamma^{31} t\varphi io\eta^{22}$	子薑	$ts\gamma^{31} t\varphi io\eta^{33}$	
絲瓜（無棱）	絲瓜	$s\gamma^{22} kua^{22}$	南瓜	$na\eta^{11} kua^{33}$	
絲瓜（有棱）	□瓜	$lien^{44} kua^{22}$	□瓜／□仔	$\varphi in^{55} kua^{33}/ \varphi in^{55} \vartheta^{31}$	
攀藤	遞藤	$t^hai^{22} t^hen^{53}$	遞藤	$t^hai^{33} t^hen^{11}$	
茄子	茄仔	$t\varphi^h io^{53} e^{44}$	茄仔／吊菜	$t\varphi^h io^{11} \vartheta^{31}/ tiau^{55} ts^h oi^{55}$	
芝麻	麻仔	$ma^{53} e^{44}$	麻仔	$ma^{11} \vartheta^{31}$	
花生	□果	$lak^{45} ko^{31}$	落花果	$lok^5 fa^{33} ko^{31}$	
浮萍	藻仔	$p^hiau^{53} e^{44}$	藻	p^hiau^{11}	
蒜頭	蒜子	$son^{44} ts\gamma^{31}$	蒜頭	$son^{55} t^heu^{11}$	
蒜的花莖	蒜心	$son^{44} \varphi in^{22}$	蒜苔	$son^{55} t\varphi iu\eta^{33}$	
蕃茄	番鬼茄／番鬼□	$fan^{22} kue^{31} t\varphi^h io^{53}/ fan^{22} kue^{31} lat^{45}$	蕃茄	$fan^{33} t\varphi^h io^{11}$	
辣椒	辣子	$lat^{45} ts\gamma^{31}$	辣椒	$lat^5 t\varphi iau^{33}$	
菠菜	菠菜	$po^{22} ts^h oi^{44}$	角菜	$kok^2 ts^h oi^{55}$	
香菜	芫荽	$ion^{53} sui^{22}$	芫荽	$ien^{11} se^{33}$	
蘿蔔	蘿蔔	$lo^{53} p^het^{45}$	蘿蔔	$lo^{11} p^hiet^5$	
蘿蔔乾	蘿蔔□	$lo^{53} p^het^{45} lan^{31}$	蘿蔔乾	$lo^{11} p^hiet^5 kon^{33}$	
紅蘿蔔	胡蘿蔔	$fu^{53} lo^{53} p^het^{45}$	紅蘿蔔	$fu\eta^{11} lo^{11} p^hiet^5$	
榨菜	榨菜	$tsa^{44} ts^h oi^{44}$	榨菜	$tsa^{55} ts^h oi^{55}$	
包心菜（大白菜）	大白菜	$t^hai^{44} p^hak^{45} ts^h oi^{44}$	黃芽白	$vo\eta^{11} \eta a^{11} p^hak^5$	
發芽	發芽／暴芽	$fat^{45} \eta a^{53}/ p^hau^{44} \eta a^{53}$	綻芽	$ts^han^{55} \eta a^{11}$	
（新枝、筍）長出、冒出	綻	ts^han^{44}	綻	ts^han^{55}	

向日葵	向熱蓮	ɕioŋ⁴⁴ ɲiet⁴⁵ lien⁵³	向熱蓮	ɕioŋ⁵⁵ ɲiet⁵ lien¹¹	
牽牛花	喇叭花	na⁵³ pa³¹ fa²²	—	—	
百合花	—	—	伯公花	pak² kuŋ³³ fa³³	
松樹	松樹	tɕʰiuŋ⁵³ su⁴⁴	松樹	tɕʰiuŋ¹¹ su³¹	
榕樹	榕樹	iuŋ⁵³ su⁴⁴	榕樹	iuŋ¹¹ su³¹	
蘆薈	蘆薈	lu⁵³ fe⁴⁴	—	—	
抹草	抹草	mat⁴⁵ tsʰau³¹	抹草	mat² tsʰo³¹	
含羞草	怕羞草	pʰa⁴⁴ tɕʰiu³¹ tsʰau³¹	—	—	
梧桐	桐子樹	tʰuŋ⁵³ tsɿ³¹ su⁴⁴	梧桐	m¹¹ tʰuŋ¹¹	
月桃	粽葉樹	tsuŋ⁴⁴ iet⁴⁵ su⁴⁴	—	—	
青苔	溜苔	liu²² tʰoi⁵³	溜苔	liu³³ tʰoi¹¹	
酢漿草	—	—	□□酸	kua³³ kua³³ son³³	
梨子	梨仔	li⁵³ e⁴⁴	梨仔	li¹¹ ə³¹	
桃子	桃仔	tʰau⁵³ e⁴⁴	桃仔	tʰo¹¹ ə³¹	
柿子	椑仔	pi²² e⁴⁴	油椑（仔）	iu¹¹ pi³³ （ə³¹）	
柚子	大柑仔／沙田柚	tʰai⁴⁴ kan²² e⁴⁴/sa²² tʰien⁵³ iu³¹	大禾柑／沙田柚	tʰai³¹ vo¹¹ kan³³/sa³³ tʰien¹¹ iu³¹	大禾是農曆8月收成，正是柚子採收期
蘋果	蘋果	pʰin⁵³ ko³¹	蘋果	pʰin¹¹ ko³¹	
甘蔗	蔗梗	tsa⁴⁴ kaŋ³¹	蔗	tsa⁵⁵	
荔枝	荔枝	li⁴⁴ tsɿ²²	荔枝	lit⁵ tsɿ³³	
草莓	草莓	tsʰau³¹ me⁵³	草莓	tsʰo³¹ me¹¹	
栗子	圓子／栗子	ion⁵³ tsɿ³¹/lit⁴⁵ tsɿ³¹	圓子／栗子	ien¹¹ tsɿ³¹/lit⁵ tsɿ³¹	前者較小，野生。後者較大
秧苗	秧仔	ioŋ²² e⁴⁴	禾苗／菜秧	vo¹¹ miau¹¹/tsʰoi⁵⁵ ioŋ³³	
豆餅	豆箍／豆餅	tʰeu⁴⁴ kʰu²²/tʰeu⁴⁴ piaŋ³¹	豆箍	tʰeu³¹ kʰu³³	
地瓜	薯仔	su⁵³ e⁴⁴	蕃薯	fan³³ su³¹	
芹菜	芹菜	tɕʰin⁵³ tsʰoi⁴⁴	芹菜	tɕʰin¹¹ tsʰoi⁵⁵	
空心菜	蕹菜	oŋ⁴⁴ tsʰoi⁴⁴	蕹菜	vuŋ⁵⁵ tsʰoi⁵⁵	
韭菜	韭菜	tɕiu³¹ tsʰoi⁴⁴	韭菜	tɕiu³¹ tsʰoi⁵⁵	

		馬市		隘子	
芥菜	芥菜	kai⁴⁴ tsʰoi⁴⁴	芥菜	ke⁵⁵ tsʰoi⁵⁵	
鹹菜	鹹菜	han⁵³ tsʰoi⁴⁴	鹹菜	haŋ¹¹ tsʰoi⁵⁵	
茼蒿	茼蒿	tʰuŋ⁵³ kʰau⁴⁴	—	—	
木耳	木耳	muk⁴⁵ ʅ³¹	木耳	muk² ɲi³¹	
荸薺	馬薺	ma³¹ tsʰʅ⁵³	馬薺	ma³³ tɕʰi¹¹	
香菇	香菇 / 香□	çioŋ²² ku²²/ çioŋ²² çin⁴⁴	香菇	çioŋ³³ ku³³	
茭白筍	茭筍	kau²² sun³¹	禾茭	vo¹¹ kau³³	
南瓜	番瓠	fan²² pʰu⁵³	番瓠	pʰan³³ pʰu¹¹	
冬瓜	冬瓜	tuŋ²² kua²²	冬瓜	tuŋ³³ kua³³	
苦瓜	苦瓜	fu³¹ kua²²	苦瓜	kʰu³¹ kua³³	
竹筍	食竹筍	çit⁴⁵ tsuk⁴⁵ sun³¹	筍仔	sun³¹ ə³¹	
筍乾	筍乾	sun³¹ kon²²	筍乾	sun³¹ kon³³	
荷蘭豆	荷蘭豆	ho⁵³ lan⁵³ tʰeu⁴⁴	雪豆	çiet² tʰeu³¹	
菱角	菱角	lin⁵³ kok⁴⁵	菱角	lin¹¹ kok²	
蓮藕	蓮藕	lien⁵³ ɲieu³¹	蓮藕	lien¹¹ ɲieu³¹	
香蕉	香蕉	çioŋ²² tɕiau²²	香蕉	çioŋ³³ tɕiau³³	
桔子	桔	tɕit⁴⁵	柑桔子	kaŋ³³ tɕit² tsʅ³¹	
橘子	柑仔	kan²² e⁴⁴	柑	kaŋ³³	
石榴	石榴	sak⁴⁵ liu⁵³	石榴	sak⁵ liu¹¹	
水果	水果	sui³¹ ko³¹	水果 / 生果	se³¹ ko³¹/ saŋ³³ ko³¹	

六、動　物

語　詞	馬　市		隘　子		備　註
禽畜	頭牲	tʰeu⁵³ saŋ²²	頭牲	tʰeu¹¹ saŋ³³	
公雞	雞公	kie²² kuŋ²²	雞公	ke³³ kuŋ³³	
母雞	雞嫲	kie²² ma⁵³	雞嫲	ke³³ ma¹¹	
小雞	雞崽（仔）	kie²² tse³¹ (e⁴⁴)	雞子	ke³³ tsʅ³¹	
雞蛋	雞春	kie²² tsʰun²²	雞春	ke³³ tsʰun³³	
可孵出小雞的蛋	有點个	iu²² tien³¹ ke⁴⁴	有公个	iu³³ kuŋ³³ ke⁵⁵	

不能孵出小雞的蛋	無點个／□春	mau²² tien³¹ ke⁴⁴／voŋ²² tsʰun²²	無公个／□春	mo¹¹ kuŋ³³ ke⁵⁵／pʰaŋ⁵⁵ tsʰun³³	
雄雞	雄雞	—	雄雞	çiuŋ¹¹ ke³³	
閹雞	閹雞	ien²² kie²²	閹雞	iaŋ³³ ke³³	
（未下蛋）小母雞	雞健仔	kie²² lon⁴⁴ e⁴⁴	雞健仔	ke³³ lon⁵⁵ ə³¹	
蝨子	蝨嫲	set⁴⁵ ma⁵³	蝨嫲	set² ma¹¹	
跳蚤	狗蚤	kieu³¹ tsau³¹	狗蝨	keu³¹ set²	
蝦	蝦公	ha⁵³ kuŋ²²	蝦公	ha¹¹ kuŋ³³	
螞蟻	蟻公	ȵie⁴⁴ kuŋ²²	蟻公	ŋe⁵⁵ kuŋ³³	
公牛	牛牯	ȵiu⁵³ ku³¹	牛牯	ŋeu¹¹ ku³¹	
母牛	牛嫲	ȵiu⁵³ ma⁵³	牛嫲	ŋeu¹¹ ma¹¹	
牛隻發牙	—	—	出牙	tsʰut² ŋa¹¹	
猴子	猴哥	heu⁵³ ko²²	猴哥	heu¹¹ ko³³	
蛇	蛇	sa⁵³	蛇	sa¹¹	
狗	狗	kieu³¹	狗	keu³¹	
鯰魚	塘虱	tʰoŋ⁵³ set⁴⁵	塘虱	tʰoŋ¹¹ set²	
鱉（甲魚）	腳魚	tçiok⁴⁵ m⁵³	圓魚	ien¹¹ ŋ¹¹	
活魚	生魚	saŋ²² m⁵³	生魚	saŋ³³ ŋ¹¹	
烏賊	墨魚	met⁴⁵ m⁵³	墨魚	met⁵ ŋ¹¹	
穿山甲	鯴鯉	lien⁵³ li²²	鯴鯉	ien¹¹ lin³³（＜lien¹¹ li³³）	
蟋蟀	蟋蟀仔	çit⁴⁵ sut⁴⁵ e⁴⁴	蟋蟀／土狗	çit² sut²／tʰu³¹ keu³¹	
螳螂	猴哥	heu⁵³ ko²²	猴哥蜢	heu¹¹ ko³³ maŋ³¹	馬市讀同猴子
獨角仙	硬殼蟲	ŋaŋ⁴⁴ kʰok⁴⁵ tsʰuŋ⁵³	—	—	
蚯蚓	□仔	çion³¹ e⁴⁴	紅□	fuŋ¹¹ çien³¹	
水蛭	螞蟥	ma²² moŋ⁵³／voŋ⁵³	湖蜞	fu¹¹ tçʰi¹¹	
蟑螂	黃蚻	voŋ⁵³ tsʰat⁴⁵	黃蚻	voŋ¹¹ tsʰat⁵	
蜈蚣	百促	pak⁴⁵ tçʰiuk⁴⁵	蜈蚣蟲	mu¹¹ kuŋ³³ tsʰuŋ¹¹	
蟾蜍	□子婆	kʰen⁵³ tsɿ³¹ pʰo⁵³	雞球婆	ke³³ tçʰiu¹¹ pʰo¹¹	羅壩同於馬市

蜘蛛	□□	la^{53} tɕ^{h}ia^{53}	□□	la^{11} tɕ^{h}ia^{11}	
狗蝨子	狗蝨	kieu^{31} set^{45}	狗蝨	keu^{31} set^{2}	
雞身上長的小蟲	–	–	雞蚳	ke^{33} ts^{h}ɿ^{11}	
臭蟲	枯蜱	ku^{22} pi^{22}	枯蜱	ku^{33} pi^{33}	
蚊子	蚊仔	mun^{22} e^{44}	蚊仔	mun^{33} ə^{31}	
蜜蜂	糖蜂	t^{h}oŋ^{53} fuŋ^{22}	蜜仔	met^{5} ə^{31}	
水蟻	大水蟻	t^{h}ai^{44} sui^{31} ɲie^{44}	大水蟻	t^{h}ai^{31} se^{31} ŋe^{55}	
蒼蠅	烏蠅	vu^{22} in^{53}	烏蠅	vu^{33} in^{11}	
綠頭蒼蠅	青頭烏蠅	tɕ^{h}iaŋ^{22} t^{h}eu^{53} vu^{22} in^{53}	青蠅公	tɕ^{h}iaŋ^{33} in^{11} kuŋ^{33}	
鳥	鳥仔	tiau^{22} e^{44}	鳥仔	tiau^{33} ə^{31}	
壁虎	簷蛇仔	ien^{53} sa^{53} e^{44}	簷蛇	iaŋ^{11} sa^{11}	
蝙蝠	匹婆	p^{h}it^{45} p^{h}o^{53}	匹婆仔	p^{h}it^{5} p^{h}o^{11} ə^{31}	
烏鴉	老鴉	lau^{31} a^{22}	老鴉	lo^{31} a^{33}	
喜鵲	阿鵲仔	a^{22} ɕiak^{45} e^{44}	阿鵲	a^{33} ɕiak^{2}	
粉腸	小腸	ɕiau^{31} ts^{h}oŋ^{53}	粉腸	fun^{31} ts^{h}oŋ^{11}	
翅膀	翼□	iet^{45} pai^{53}	翼	it^{5}	
雞冠	髻冠	tsɿ^{44} kon^{22}	雞髻	ke^{33} tɕi^{55}	
雞胗（胃）	雞胗	kie^{22} tɕ^{h}in^{22}	雞胗	ke^{33} tɕ^{h}in^{33}	
雞腿	雞髀	kie^{22} pi^{31}	雞髀	ke^{33} pi^{31}	
雞輸卵管	–	–	春袋仔	ts^{h}un^{33} t^{h}oi^{31} ə^{31}	
豬舌頭	豬利	tsu^{22} li^{44}	豬利	tsu^{33} li^{31}	
豬血	豬紅	tsu^{22} fuŋ^{53}	豬紅	tsu^{33} fuŋ^{11}	
豬腎臟	豬腰	tsu^{22} iau^{22}	豬腰仔	tsu^{33} iau^{33} ə^{31}	
賴竇（母雞）	賴孵	lai^{44} pu^{22}	賴孵	lai^{31} p^{h}u^{11}	
鳥窩	鳥竇	tiau^{22} teu^{44}	鳥竇	tiau^{33} teu^{55}	
長蟲	發蟲	fat^{45} ts^{h}uŋ^{53}	生蟲	saŋ^{33} ts^{h}uŋ^{11}	
生蛋	生春	saŋ^{22} ts^{h}un^{22}	生春	saŋ^{33} ts^{h}un^{33}	
貓	貓	miau^{44}	貓	miau^{55}	
公貓	貓牯頭	miau^{44} ku^{31} t^{h}eu^{53}	貓公	miau^{55} kuŋ^{33}	
母貓	貓嫲	miau^{44} ma^{53}	貓嫲	miau^{55} ma^{11}	
公豬	豬牯頭	tsu^{22} ku^{31} t^{h}eu^{53}	豬牯	tsu^{33} ku^{31}	

母豬	豬嬤	tsu²² ma⁵³	豬嬤	tsu³³ ma¹¹	
種豬	—	—	豬□	tsu³³ kua³³	
小豬	豬條 / 豬崽	tsu²² tʰiau⁵³/ tsu²² tse³¹	豬子	tsu³³ tsɿ³¹	tsu²² miau⁵³ 比豬條略小 較乳豬略大
豬崽	乳豬	nen⁴⁴ tsu²²	乳豬	nen⁵⁵ tsu³³	
肉豬	肉豬	ȵiuk⁴⁵ tsu²²	肉豬	ȵiuk² tsu³³	
小母豬	細豬嬤	se⁴⁴ tsu²² ma⁵³	豬□	tsu³³ tsʰɿ³¹	
公羊	羊牯	ioŋ⁵³ ku³¹	—	—	
母羊	羊嬤	ioŋ⁵³ ma⁵³	—	—	
鴿子	白鴿仔	pʰak⁴⁵ kat⁴⁵ e⁴⁴	鴿仔	kak² ə³¹	
啄木鳥	啄木鳥	tsok⁴⁵ muk⁴⁵ niau³¹	啄木鳥	tuk² muk² tiau³³	
貓頭鷹	貓頭鳥	miau⁴⁴ tʰeu⁵³ tiau²²	貓頭鳥	miau⁵⁵ tʰeu¹¹ tiau³³	
老鷹	□婆	ŋai⁵³ pʰo⁵³	鷂婆	iau³¹ pʰo¹¹	
蜂窩	蜂竇	fuŋ²² teu⁴⁴	蜜竇	met⁵ teu⁵⁵	
蜂蛹	黃蜂子	voŋ⁵³ fuŋ²² tsɿ³¹	蜜子	met⁵ tsɿ³¹	
螢火蟲	火撲蟲	fo³¹ iak⁴⁵ tsʰuŋ⁵³	火螢蟲	fo³¹ iaŋ¹¹ tsʰuŋ¹¹	
蝴蝶	蝴蝶	fu⁵³ tʰiet⁴⁵	揚撲仔	ioŋ¹¹ iak⁵ ə³¹	
蜻蜓	囊蜋仔	luŋ⁵³ mit⁴⁵ e⁴⁴	囊□仔	nuŋ¹¹ ŋe⁵⁵ ə³¹	
鯽魚	鯽魚	tɕit⁴⁵ m⁵³	鯽魚仔	tɕit² ŋ¹¹ ə³¹	
兔子	兔仔	tʰu⁴⁴ e⁴⁴	兔仔	tʰu⁵⁵ ə³¹	
青蛙	□仔	kuai³¹ e⁴⁴	□仔	kuai³¹ ə³¹	
魷魚	魷魚	iu⁵³ m⁵³	魷魚	iu¹¹ ŋ¹¹	
魚鱗	魚鱗	m⁵³ lin²²	魚鱗	ŋ¹¹ lin³³	
蝦米	蝦殼	ha⁵³ kʰok⁴⁵	蝦殼	ha¹¹ kʰok²	
泥鰍	泥鰍	ne⁵³ tɕʰiu²²	湖鰍	fu¹¹ tɕʰiu³³	
鱔魚	黃鱔	voŋ⁵³ sen²²	黃鱔	voŋ¹¹ san³³	
田雞	□嬤	ket⁴⁵ ma⁵³	□嬤	ket² ma¹¹	
蝌蚪	—	—	光□□	koŋ³³ ken⁵⁵ kuai³¹	
鸚鵡	—	—	鸚鵡	in³³ vu³¹	
屋簷鳥	麻雀	ma⁵³ tɕiok⁴⁵	禾嗶	vo¹¹ pit²	
白鷺鷥	白鷺 / 白□	pʰak⁴⁵ lu⁴⁴/ pʰak⁴⁵ hon⁵³	白鶴	pʰak⁵ hok⁵	

白頭翁	白頭佬	pʰak⁴⁵ tʰeu⁵³ lau³¹	—	—	
伯勞鳥	伯勞仔	pak⁴⁵ lau⁵³ e⁴⁴	伯勞頭	pak² lo¹¹ tʰeu¹¹	
老鼠	老鼠	lau³¹ su³¹	老鼠	lo⁵⁵ tsʰu³¹	
松鼠	松鼠	ɕiuŋ²² su³¹	□□仔	pien³³ kua³³ ə³¹	
雞爪	雞爪	kie²² tsau³¹	雞爪	ke³³ tsau³¹	
螃蟹	老蟹	lau³¹ kʰai³¹	老蟹	lo⁵⁵ tʰai³¹	
番鴨	番鴨	fan²² at⁴⁵	胡鴨	fu¹¹ ak²	
粗皮蜥蝪	狗嫲蛇	kieu³¹ ma⁵³ sa⁵³	狗嫲蛇	keu³¹ ma¹¹ sa¹¹	
蚯蟲	悶蟲	mun⁴⁴ tsʰuŋ⁵³	蚯蟲	fe¹¹ tsʰuŋ¹¹	
蚱蜢	蜢仔	maŋ³¹ e⁴⁴	草蜢仔	tsʰo³¹ maŋ³¹ ə³¹	
毛毛蟲	□毛蟲	nat⁴⁵ mau⁵³ tsʰuŋ⁵³	□毛蟲	nuk⁵ mo³³ tsʰuŋ¹¹	
魚	魚仔	m⁵³ e⁴⁴	魚	ŋ¹¹	
田螺	田螺	tʰien⁵³ lo⁵³	田螺	tʰien¹¹ lo¹¹	
蝸牛	蝓螺仔	ie⁵³ lo⁵³ e⁴⁴	蝓螺	ie¹¹ lo¹¹	
殺	劏	tʰoŋ²²	治 / 劏	tsʰɿ¹¹/tʰoŋ³³	
叮（被蚊子）	咬	ŋau²²	叼	tiau³³	
吠	吠	pʰoi⁴⁴	吠	pʰoi³¹	
啼	啼	tʰe⁵³	啼	tʰe¹¹	
動物發情	走生	tseu³¹ saŋ²²	走生	tseu³¹ saŋ³³	
動物交配	上生	soŋ²² saŋ²²	配種	pʰe⁵⁵ tsuŋ³¹	

七、房舍、建築

語　詞	馬　市		隘　子		備　註
房子	屋	vuk⁴⁵	屋	vuk²	
家裡	屋下	vuk⁴⁵ kʰa²²	屋下	vuk² kʰua³³	
屋頂	屋頂	vuk⁴⁵ tiaŋ³¹	屋崠	vuk² tuŋ⁵⁵	
建房子	做屋	tso⁴⁴ vuk⁴⁵	做屋	tso⁵⁵ vuk²	
砌石頭	結石頭	tɕiet⁴⁵ sak⁴⁵ tʰeu⁵³	結石	tɕiet² sak⁵	
喬遷	進火	tɕin⁴⁴ fo³¹	進火	tɕin⁵⁵ fo³¹	
房間	房間	foŋ⁵³ kan²²	間仔	tɕien³³ ə³¹	
牆基	石腳	sak⁴⁵ tɕiok⁴⁵	石腳	sak⁵ tɕiok²	

砌灶	打灶	ta³¹ tsau⁴⁴	打灶頭	ta³¹ tso⁵⁵ tʰeu¹¹	
廚房	灶下	tsau⁴⁴ ha²²	灶下	tso⁵⁵ ha³³	
廁所	糞寮	fun⁴⁴ liau⁵³	屎寮	sɿ³¹ liau¹¹	
客廳	廳下	tʰiaŋ²² ha²²	廳仔	tʰen³³ ə³¹	隘子另詞「廳下」，詞意近於公廳。
浴室	洗身房	se³¹ ɕin²² foŋ⁵³	洗身屋 / 洗身房	se³¹ ɕin³³ vuk²/ se³¹ ɕin³³ foŋ¹¹	
走廊	走廊	tseu³¹ loŋ⁵³	走廊	tseu³¹ loŋ¹¹	
門紅	―	―	門神紙	mun¹¹ ɕin¹¹ tsɿ³¹	
樓上	樓上 / 樓棚	leu⁵³ soŋ⁴⁴/ leu⁵³ pʰaŋ⁵³	棚仔	pʰaŋ¹¹ ə³¹	
紅磚	紅磚	fuŋ⁵³ tson²²	紅磚	fuŋ¹¹ tson³³	
泥磚	泥磚	ne⁵³ tson²²	泥磚	ne¹¹ tson³³	
小茅屋	寮	liau⁵³	寮	liau¹¹	
豬圈	豬欄	tsu²² lan⁵³	豬欄	tsu³³ lan¹¹	
牆壁	壁	piak⁴⁵	壁	piak²	
粉刷牆壁	□壁	tʰoŋ⁴⁴ piak⁴⁵	□壁	tʰoŋ⁵⁵ piak²	
修補漏水	撿瓦背	tɕien³¹ ŋa³¹ poi⁴⁴	撿瓦背	tɕiaŋ³¹ ŋa³¹ poi⁵⁵	
樓梯	（樓）梯	（leu⁵³）tʰoi²²	梯仔 / □梯	tʰoi³³ ə³¹/ teu³¹ tʰoi³³	前者可移動，後者固定
雞舍	雞塒	kie²² tsɿ⁴⁴	雞塒	ke³³ tɕi⁵⁵	
牛舍	牛欄	ɲiu⁵³ lan⁵³	牛欄	ŋeu¹¹ lan¹¹	
門閂	門閂	mun⁵³ son²²	門閂仔	mun¹¹ son³³ ə³¹	
門檻	戶檻	fu⁴⁴ tɕʰien²²	戶檻	ku³³ tɕʰiaŋ³³	
門墩	門碗	mun⁵³ von³¹	門斗	mun¹¹ teu³¹	
屋簷	簷□	ien⁵³ kan²²	屋簷	vuk² iaŋ¹¹	
曬穀場	禾場	vo⁵³ tsʰoŋ⁵³	禾坪	vo¹¹ pʰiaŋ¹¹	
窗戶	垛子	to³¹ tsɿ³¹	窗眼	tsʰuŋ³³ ŋan³¹	
瓜架	棚	pʰaŋ⁵³	棚	pʰaŋ¹¹	
橋	橋	tɕʰiau⁵³	橋	tɕʰiau¹¹	
車站	車站	tsʰa²² tsʰan⁴⁴	車站	tsʰa³³ tsʰaŋ³¹	
房屋傾倒	崩	pen²²	崩	pen³³	

八、生活器具

語詞	馬市		隘子		備註
杯子	杯仔	poi^{22} e^{44}	杯仔	pe^{33} ə^{31}	
掃把	掃仔	sau^{44} e^{44}	掃把	so^{55} pa^{31}	
竹掃把	竹掃拑	tsuk^{45} sau^{44} tɕ^{h}ia^{44}	拑掃	tɕ^{h}ia^{31} so^{55}	
拖把	拖把	t^{h}o^{22} pa^{31}	拖把	t^{h}o^{33} pa^{31}	
（瓠瓜）瓢	杓嫲	sok^{45} ma^{53}	瓠杓	p^{h}u^{11} sok^{5}	
水瓢	杓嫲	sok^{45} ma^{53}	杓嫲 / 杓仔	sok^{5} ma^{11} / sok^{5} ə^{31}	杓嫲較大，杓仔較小
斗笠	笠嫲	tit^{45} ma^{53}	笠嫲	tit^{2} ma^{11}	
櫥櫃	櫃	k^{h}ue^{44}	壁櫃	piak^{2} k^{h}ue^{31}	
抽屜	屜箱	t^{h}oi^{22} ɕioŋ^{22}	推箱	t^{h}e^{33} ɕioŋ^{33}	
碗盤櫥櫃	碗櫃	van^{31} k^{h}e^{44}	菜櫃	tsʰoi^{55} k^{h}ue^{31}	
桌子	檯	t^{h}oi^{53}	檯頭	t^{h}oi^{11} t^{h}eu^{11}	
桌子的橫撐	檯桄	t^{h}oi^{53} kaŋ^{22}	檯桄	t^{h}oi^{11} kuaŋ^{33}	
鍋子	鑊頭	vok^{45} t^{h}eu^{53}	鑊頭	vok^{5} t^{h}eu^{11}	鑊仔較小
炊飯的器具	飯甑	fan^{44} tsen^{44}	飯甑	fan^{31} tsen^{55}	
飯撈	飯杓	fan^{44} sok^{45}	笊撈	tsau^{55} leu^{11}	
大湯碗	碗公	von^{31} kuŋ^{22}	斗公	teu^{31} kuŋ^{33}	隘子碗頭指較大飯碗
瓶子	罌	aŋ^{22}	罌	aŋ^{33}	
瓦盆	缽頭	pat^{45} t^{h}eu^{53}	缽頭	pat^{2} t^{h}eu^{11}	
瓶塞子	□子	tit^{45} tsɿ^{31}	□仔	ɕyt^{5} ə^{31}	
楔子	櫼	tɕien^{22}	櫼	tɕiaŋ^{33}	
鎖匙	鎖匙	so^{31} sɿ^{31}	鎖匙	so^{31} sɿ^{31}	
雨傘	遮	tsa^{22}	雨遮	i^{31} tsa^{33}	
筷子	筷子	k^{h}uai^{44} tsɿ^{31}	筷仔	k^{h}uai^{55} ə^{31}	
湯匙	調羹	t^{h}iau^{53} ken^{22}	調羹	t^{h}iau^{11} ken^{33}	
蠟蠋	蠟蠋	lat^{45} tsuk^{45}	蠟燭	lak^{5} tsuk^{2}	
尿桶	尿桶	ɲiau^{44} t^{h}uŋ^{31}	尿桶	ɲiau^{31} t^{h}uŋ^{31}	
火柴	洋火	ioŋ^{53} fo^{31}	子柴火	tsɿ^{31} tsʰai^{11} fo^{31}	
手電筒	電筒	t^{h}ien^{44} t^{h}uŋ^{53}	電筒	t^{h}ien^{31} t^{h}uŋ^{11}	

罩雞的罩子	雞籠	kie²² luŋ²²	雞□	ke³³ tsen³¹	
裝豬食的槽子	豬兜	tsu²² teu²²	豬兜	tsu³³ teu³³	
鐵絲	鐵線	tʰiet⁴⁵ ɕien⁴⁴	鐵線	tʰiet² ɕien⁵⁵	
水泥	洋灰	ioŋ⁵³ fui²²	洋灰 / 紅毛泥	ioŋ¹¹ foi³³/ fuŋ¹¹ mo³³ ne¹¹	
腳踏車	單車	tan²² tsʰa²²	單車 / 自行車	tan³³ tsʰa³³/ tsʰ1³¹ haŋ¹¹ tsʰa³³	
牙刷	牙□	ŋa⁵³ tsʰat⁴⁵	牙□	ŋa¹¹ tsʰat²	
毛巾	面巾	mien⁴⁴ tɕin²²	面帕	mien⁵⁵ pʰa⁵⁵	
簑衣	簑衣	so²² 1²²	簑衣	so³³ i³³	
雨鞋	靴筒	ɕio²² tʰuŋ⁵³	水鞋	se³¹ hai¹¹	
眼鏡	眼鏡	ŋan³¹ tɕiaŋ⁴⁴	眼鏡	ŋan³¹ tɕiaŋ⁵⁵	
垃圾	垃圾	lat⁴⁵ set⁴⁵	垃圾	let² set²	
眠床	床	tsʰoŋ⁵³	床	tsʰoŋ¹¹	
床頭櫃	床頭櫃	tsʰoŋ⁵³ tʰeu⁵³ kʰe⁴⁴	床頭櫃	tsʰoŋ¹¹ tʰeu¹¹ kʰue³¹	
梳子	梳仔	so²² e⁴⁴	梳仔	s1³³ ə³¹	
電話	電話	tʰien⁴⁴ va⁴⁴	電話	tʰien³¹ va³¹	
灶	灶頭	tsau⁴⁴ tʰeu⁵³	灶頭	tso⁵⁵ tʰeu¹¹	
砧板	砧兜	tsen²² teu²²	砧兜	tsen³³ teu³³	
鍋鏟	鑊鏟	vok⁴⁵ tsʰan³¹	撩仔	liau¹¹ ə³¹	
鏟爐灰的鏟子	火□	fo³¹ pe²²	火撩	fo³¹ liau¹¹	
漿糊	漿糊	tɕioŋ²² vu⁵³	漿糊	tɕioŋ³³ fu¹¹	
牙籤	牙籤	ŋa⁵³ tɕʰien²²	牙籤	ŋa¹¹ tɕʰiaŋ³³	
螺絲起子	螺絲□	lo⁵³ s1²² pe²²	螺絲□	lo¹¹ s1³³ pe³³	
竹編的蒸菜架	竹笪 / 笪子	tsuk⁴⁵ tat⁴⁵/ tat⁴⁵ ts1³¹	熱笪仔	ȵiet⁵ tat² ə³¹	
磨刀石	刀石	tau²² sak⁴⁵	刀石	to³³ sak⁵	
被胎	棉被	mien⁵³ pʰi²²	棉被	mien¹¹ pʰi³³	
被單	被單	pʰi²² tan²²	布被	pu⁵⁵ pʰi³³	
熱水瓶	暖壺	non²² fu⁵³	暖壺	non³³ fu¹¹	
電池	電油	tʰien⁴⁴ iu⁵³	電油	tʰien³¹ iu¹¹	

電燈	電火	tʰien⁴⁴ fo³¹	電燈	tʰien³¹ ten³³	
臉盆	面盆	mien⁴⁴ pʰun⁵³	面盆	mien⁵⁵ pʰun¹¹	
香皂	香鹼	çioŋ²² kan³¹	香鹼	çioŋ³³ kan³¹	
洗腳盆	腳盆	tçiok⁴⁵ pʰun⁵³	腳盆	tçiok² pʰun¹¹	
花生油	生油	sen²² iu⁵³	清油	tçʰin³³ iu¹¹	
有扶手的椅子	交椅	kau²² ɿ³¹	交椅	kau³³ i³¹	
凳子	凳	ten⁴⁴	凳	ten⁵⁵	
蚊帳	蚊帳	mun²² tsoŋ⁴⁴	蚊帳	mun³³ tsoŋ⁵⁵	
鐵鏽	鏽	lu³³	鏽	lu³³	
縫隙	□／罅	a⁴⁴／la⁴⁴	罅／縫	la⁵⁵／pʰuŋ³¹	前者俱指縫隙小者，如手指間；後者則指大者，如門縫。
底片	膠卷	kau²² tçion³¹	底片	te³¹ pʰien³¹	
石磨	磨石	mo⁴⁴ sak⁴⁵	磨石	mo³¹ sak⁵	
甕	甕／□	vuŋ⁴⁴／tçʰin⁵³	—	—	
手煞車	□	tse⁴⁴	□	tse⁵⁵	
把手	車手	tsʰa²² çiu³¹	手把	çiu³¹ pa³¹	

九、稱 謂

語詞	馬市		隘子		備註
女生	妹崽仔	moi⁴⁴ tse³¹ e⁴⁴	妹仔人	moi⁵⁵ ə³¹ ɲin¹¹	
男生	倈崽仔	lai⁴⁴ tse³¹ e⁴⁴	倈仔人	lai³¹ ə³¹ ɲin¹¹	
雙胞胎	雙胞卵	soŋ²² pau²² non³¹	雙生	suŋ³³ saŋ³³	
客人	客人	kʰak⁴⁵ ɲin⁵³	客	kʰak²	客家人必稱「客家人」
單身漢	單隻佬	tan²² tsak⁴⁵ lau³¹	單隻子	tan³³ tsak² tsɿ³¹	
情婦	花□婆	fa²² ie³¹ pʰo⁵³	野夫娘	ia³¹ fu³³ ɲioŋ¹¹	
情夫	契哥／表哥	kʰe⁴⁴ ko²²／piau³¹ ko²²	野老公	ia³¹ lo³¹ kuŋ³³	
雜種	野崽	ia²² tse³¹	野□子	ia³¹ lo³¹ tsɿ³¹	
男人（已婚）	男子人	nan⁵³ tsɿ³¹ ɲin⁵³	男仔人	naŋ¹¹ ə³¹ ɲin¹¹	

婦人家	夫娘人	fu²² ɲioŋ⁵³ ɲin⁵³	夫娘人	fu³³ ɲioŋ¹¹ ɲin¹¹	
老人家	老大人	lau³¹ tʰai⁴⁴ ɲin⁵³	老人家	lo³¹ ɲin¹¹ ka³³	
老傢伙	老貨	lau³¹ fo⁴⁴	老貨	lo³¹ fo⁵⁵	
老處女	老□女	lau³¹ se⁴⁴ m³¹	老姑婆	lo³¹ ku³³ pʰo¹¹	
小孩子	細佬哥	se⁴⁴ lau³¹ ko²²	細人仔	se⁵⁵ ɲin¹¹ ə³¹	
嬰兒	蝦毛	ha⁵³ mau²²	蝦毛	ha¹¹ mo³³	
奶媽	□乳个	tɕiuk⁴⁵ nen⁴⁴ ke⁴⁴	供乳嬤	tɕiuŋ⁵⁵ nen⁵⁵ ma¹¹	
農人	耕田佬	kaŋ²² tʰien⁵³ lau³¹	耕田人	kaŋ³³ tʰien¹¹ ɲin¹¹	
童養媳	新婦崽	ɕim²² pu²² tse³¹	細新婦	se⁵⁵ ɕim³³ pu³³	
高祖父	老老老爹	lau³¹ lau³¹ lau³¹ tia²²	老公太	lo³¹ kuŋ³³ tʰai⁵⁵	
曾祖父	老老爹	lau³¹ lau³¹ tia²²	公太	kuŋ³³ tʰai⁵⁵	
曾祖母	老老姐	lau³¹ lau³¹ tɕia³¹	哀太	oi³³ tʰai⁵⁵	
祖父	老爹	lau³¹ tia²²	阿公	a³³ kuŋ³³	
祖母	姐姐／阿姐	tɕia³¹ tɕia³¹／a²² tɕia³¹	姐姐	tɕia³¹ tɕia³¹	
外公	姐公	tɕia³¹ kuŋ²²	姐公	tɕia³¹ kuŋ³³	
外婆	姐婆	tɕia³¹ pʰo⁵³	姐婆	tɕia³¹ pʰo¹¹	
父親（背稱）	爺佬	ia⁵³ lau³¹	爺	ia¹¹	
父親（面稱）	大爺；二叔；□□	tʰai⁴⁴ ia⁵³；ɲi⁴⁴ suk⁴⁵；man²² man²²	爸爸	pa³³ pa³³	依照父親的排行稱呼
母親（背稱）	姐佬	tɕia³¹ lau³¹	哀	oi³³	
母親（面稱）	娘	ɲioŋ⁵³	姆姆	me³³ me³³	
後母	後來娘	heu⁴⁴ loi⁵³ ɲioŋ⁵³	後來哀	heu³¹ loi¹¹ oi³³	
公公	老官	lau³¹ kan²²	老官	lo³¹ kuan³³	
婆婆	家婆	ka²² pʰo⁵³	家娘	ka³³ ɲioŋ¹¹	
媳婦	新婦	ɕim²² pu²²	新婦	ɕim³³ pu³³	
兄弟姊妹	兄弟姊妹	ɕiuŋ²² tʰi⁴⁴ tsɿ³¹ moi⁴⁴	兄弟姊妹	ɕiuŋ³³ tʰi³¹ tɕi³¹ moi⁵⁵	

哥哥	哥哥	ko²² ko²²	哥哥	ko³³ ko³³	
姊姊	姊姊	tsɿ³¹ tsɿ³¹	姊姊	tɕi³¹ tɕi³¹	
弟弟	老弟	lau³¹ tʰe²²	老弟	lo³¹ tʰe³³	
妹妹	老妹	lau³¹ moi⁴⁴	老妹	lo³¹ moi⁵⁵	
妹婿	妹郎	moi⁴⁴ loŋ⁵³	老妹婿	lo³¹ moi⁵⁵ se⁵⁵	
姊夫	姊夫	tsɿ³¹ fu²²	姐夫	tɕia³¹ fu³³	
兩夫妻	兩公婆	lioŋ³¹ kuŋ²² pʰo⁵³	兩公婆	lioŋ³¹ kuŋ³³ pʰo¹¹	
丈夫	老公	lau³¹ kuŋ²²	老公	lo³¹ kuŋ³³	
妻子	夫娘 / 老婆	fu²² ɲioŋ⁵³/ lau³¹ pʰo⁵³	夫娘	fu³³ ɲioŋ¹¹	
小妾	細婆 / 細夫娘	se⁴⁴ pʰo⁵³/ se⁴⁴ fu²² ɲioŋ⁵³	小老婆	ɕiau³¹ lo³¹ pʰo¹¹	
夫之弟	小叔	ɕiau³¹ suk⁴⁵	小郎	ɕiau³¹ loŋ¹¹	
二婚	二婚	ɲi⁴⁴ fun²²	二婚親	ɲi³¹ fun³³ tɕʰin³³	
婚外情的男女	兩伙計	lioŋ³¹ fo³¹ tsɿ⁴⁴	—	—	
兩妯娌	兩子嫂	lioŋ³¹ tsɿ³¹ sau³¹	兩子嫂	lioŋ³¹ tsɿ³¹ so³¹	
娘家	外家 / 姐佬家	vai⁴⁴ ka²²/ tɕia³¹ lau³¹ ka²²	外家	ŋai³¹ ka³³	
女婿	女婿	m̩³¹ se⁴⁴	婿郎	se⁵⁵ loŋ¹¹	
母子倆	兩子哀	lioŋ³¹ tsɿ³¹ oi²²	兩子哀	lioŋ³¹ tsɿ³¹ oi³³	
姨丈	姨爹	ɿ⁵³ tia²²	姨丈	i¹¹ tsʰoŋ³³	
兩連襟	兩子姨丈	lioŋ³¹ tsɿ³¹ ɿ⁵³ tsʰoŋ²²	兩姊妹	lioŋ³¹ tɕi³¹ moi⁵⁵	
父子倆	兩子爺	lioŋ³¹ tsɿ³¹ ia⁵³	兩子爺	lioŋ³¹ tsɿ³¹ ia¹¹	
排行最小	尾崽	me²² tse³¹	尾下子	me³³ ha³³ tsɿ³¹	
兒子	崽仔	tse³¹ e⁴⁴	倈仔	lai³¹ ə³¹	
女兒	女仔	m̩³¹ e⁴⁴	妹仔	moi⁵⁵ ə³¹	
年輕人	後生崽	heu⁴⁴ saŋ²² tse³¹	後生仔	heu³¹ saŋ³³ ə³¹	
伯母	大娘	tʰai⁴⁴ ɲioŋ⁵³	伯姆	pak² me³³	
嬸嬸	□娘	man²² ɲioŋ⁵³	細姆	se⁵⁵ me³³	
舅媽	舅娘	tɕʰiu²² ɲioŋ⁵³	舅姆	tɕʰiu³³ me³³	
義父	契爺	kʰe⁴⁴ ia⁵³	義父	ɲi³¹ fu³¹	

義子	契子	kʰe⁴⁴ tsɿ³¹	契子 / 義子	kʰe⁵⁵ tsɿ³¹/ ɲi³¹ tsɿ³¹	
伯父	大爺	tʰai⁴⁴ ia⁵³	大伯	tʰai³¹ pak²	馬市二伯叫 二大爺
小叔	□□	man²² man²²	細叔	se⁵⁵ suk²	
舅舅	舅爺	tɕʰiu²² ia⁵³	舅	tɕʰiu³³	
堂兄弟	叔伯兄弟	suk⁴⁵ pak⁴⁵ ɕiuŋ²² tʰi⁴⁴	叔伯兄弟	suk² pak² ɕiuŋ³³ tʰi³¹	
表兄弟	老表	lau³¹ piau³¹	表兄弟	piau³¹ ɕiuŋ³³ tʰi³¹	
小舅子	細舅爺	se⁴⁴ tɕʰiu²² ia⁵³	內兄弟	ne³¹ ɕiuŋ³³ tʰi³¹	
叔公	□爹	man²² tia²²	叔公	suk² kuŋ³³	
叔婆	□姐	man²² tɕia³¹	叔婆	suk² pʰo¹¹	
親家	親家	tɕʰin²² ka²²	親家	tɕʰin³³ ka³³	
親家母	親家婆	tɕʰin²² ka²² pʰo⁵³	親家姆	tɕʰia³³ me³³	
岳父	丈人老	tsʰoŋ²² ɲin⁵³ lau³¹	契爺	kʰe⁵⁵ ia¹¹	
岳母	丈人婆	tsʰoŋ²² ɲin⁵³ pʰo⁵³	契哀	kʰe⁵⁵ oi³³	
孫子	孫仔	sun²² e⁴⁴	孫仔	sun³³ ə³¹	
鄰居	鄰舍	lin⁵³ sa⁴⁴	鄰舍	lin¹¹ sa⁵⁵	
丈夫與前 妻所生之 子	前人子	tɕʰien⁵³ ɲin⁵³ tsɿ³¹	前截子	tɕʰien¹¹ tɕiet² tsɿ³¹	
陰陽人	—	——	半公妹	pan⁵⁵ kuŋ³³ moi⁵⁵	
妓女	雞婆 / 老妓嫲	kie²² pʰo⁵³/ lau³¹ tsɿ²² ma⁵³	老舉（嫲）	lo³¹ tɕi³¹（ma¹¹）	
牽公豬配 種	—	——	牽豬□	tɕʰien³³ tsu³³ kua³³	
曾孫	蝨孫	set⁴⁵ sun²²	蝨仔	set² ə³¹	
長輩	上輩 / 老者	soŋ⁴⁴ pe⁴⁴/ lau³¹ tsa³¹	上輩	soŋ³¹ pe⁵⁵	
瘋子	癲佬	tien²² lau³¹	癲仔	tien³³ ə³¹	
傻瓜	傻佬 / 呆佬	so³¹ lau³¹/ tai²² lau³¹	番薯頭 / 癡呆子	fan³³ su³¹ tʰeu¹¹/ tsʰɿ³³ ŋoi¹¹ tsɿ³¹	
瞎子	瞎佬	hat⁴⁵ lau³¹	瞎眼个	hat² ŋan³¹ ke⁵⁵	

啞巴	啞佬	a³¹ lau³¹	啞个	a³¹ ke⁵⁵	
廚師	廚官	tsʰu⁵³ kuan²²	廚師	tsʰu¹¹ sï³³	
瘸子	瘸佬	tɕʰio⁵³ lau³¹	瘸腳个	tɕʰio¹¹ tɕiok² ke⁵⁵	
小偷	賊佬	tsʰet⁴⁵ lau³¹	賊仔	tsʰet⁵ ə³¹	
陌生人	生疏人	saŋ²² so²² ɲin⁵³	生疏人	saŋ³³ su³³ ɲin¹¹	
泥水師父	泥水師傅	ne⁵³ sui³¹ sï²² fu⁴⁴	泥水師傅	ne¹¹ se³¹ sï³³ fu³¹	
臨時工	零工	liaŋ⁵³ kuŋ²²	臨時工	lin¹¹ sï¹¹ kuŋ³³	
乞丐	討食佬 / 教化子	tʰau³¹ ɕit⁴⁵ lau³¹/ kau⁴⁴ fa⁴⁴ tsï³¹	討食子	tʰo³¹ ɕit⁵ tsï³¹	
和尚	和尚	vo⁵³ soŋ⁴⁴	和尚	vo¹¹ soŋ³¹	
道士	道士佬	tʰau⁴⁴ sï⁴⁴ lau³¹	師爺	sï³³ ia¹¹	
尼姑	尼姑	ne⁵³ ku²²	尼姑	ne¹¹ ku³³	
浪蕩子	流浪子	liu⁵³ loŋ⁴⁴ tsï³¹	浪蕩狗	loŋ³¹ tʰoŋ³¹ keu³¹	隘子以遊野浪蕩形容無所事事、不務正業
裁縫師	車衫師傅 / 做衫師傅	tsʰa²² san²² sï²² fu⁴⁴/tso⁴⁴ san²² sï²² fu⁴⁴	車衫師傅	tsʰa³³ saŋ³³ sï³³ fu³¹	
理髮師	剃頭師傅	tʰe⁴⁴ tʰeu⁵³ sï²² fu⁴⁴	剃頭師傅	tʰe⁵⁵ tʰeu¹¹ sï³³ fu³¹	
地理師	地理先生	tʰi⁴⁴ li³¹ sen²² saŋ²²	地理先生	tʰi³¹ li³³ sen³³ sen³³	
木匠	木匠師傅	muk⁴⁵ ɕioŋ⁴⁴ sï²² fu⁴⁴	木匠師傅	muk² ɕioŋ³¹ sï³³ fu³¹	
長舌多話的人	爛廣播	lan⁴⁴ koŋ³¹ po²²	囉唆嬤	to¹¹ to⁵⁵ ma¹¹	
流氓	爛崽	lan⁴⁴ tse³¹	爛崽	lan³¹ tse³¹	

十、身　體

語　詞	馬　市		隘　子		備　註
身體軀幹	—	—	文身	vun¹¹ ɕin³³	
頭部	頭□	tʰeu⁵³ na⁵³	頭□	tʰeu¹¹ na¹¹	
後腦杓	後腦背	heu⁴⁴ nau³¹ poi⁴⁴	腦□溝	no³¹ tsu³³ keu³³	

頭髮	頭□毛	$t^heu^{53} na^{53} mau^{53}$	頭髮毛	$t^heu^{11} fat^2 mo^{33}$	
頭皮屑	白□	$p^hak^{45} lat^{45}$	白□	$p^hak^5 lat^2$	
腦漿	腦漿	$nau^{31} t\varphi io\eta^{22}$	腦屎	$no^{31} s\eta^{31}$	
尾椎骨	屎□骨	$s\eta^{31} p^ha^{31} kut^{45}$	尾椎骨	$me^{33} tse^{33} kut^2$	
臉	面	$mien^{44}$	面	$mien^{55}$	
顴骨	面框骨 / 額骨	$mien^{44} t\varphi^hio\eta^{22} kut^{45}$ / $\jmath iak^{45} kut^{45}$	面框骨	$mien^{55} t\varphi^hio\eta^{33} kut^2$	
額頭	額頭	$\jmath iak^{45} t^heu^{53}$	額頭	$\jmath iak^2 t^heu^{11}$	
鼻子	鼻公	$p^hi^{44} ku\eta^{22}$	鼻公	$p^hi^{31} ku\eta^{33}$	
鼻孔	鼻眼	$p^hi^{44} \eta an^{31}$	鼻公□	$p^hi^{31} ku\eta^{33} loi^{55}$	
鼻梁	鼻公崀	$p^hi^{44} ku\eta^{22} kien^{44}$	鼻樑崀	$p^hi^{31} lio\eta^{11} ken^{55}$	
聞	嗅	φiu^{22}	鼻	p^hi^{31}	
鼻屎	鼻屎	$p^hi^{44} s\eta^{31}$	鼻屎	$p^hi^{31} s\eta^{31}$	
耳朵	耳朵	$\eta^{31} to^{31}$	耳朵	$\jmath i^{31} to^{31}$	
油性耳朵	油耳	$iu^{53} \eta^{31}$	油耳	$iu^{11} \jmath i^{31}$	
乾性耳朵	硬耳	$\eta a\eta^{44} \eta^{31}$	糠耳	$k^ho\eta^{33} \jmath i^{31}$	
耳垂	—	—	耳朵尾	$\jmath i^{31} to^{31} me^{33}$	
耳屎	耳屎	$\eta^{31} s\eta^{31}$	耳屎	$\jmath i^{31} s\eta^{31}$	
口	喙	$tsoi^{44}$	喙	$tsoi^{55}$	
舌頭	舌嫲	$set^{45} ma^{53}$	舌嫲	$sat^5 ma^{11}$	
眼睛	眼睛	$\eta an^{31} t\varphi ia\eta^{22}$	眼	ηan^{31}	
眼珠	眼珠	$\eta an^{31} tsu^{22}$	眼珠	$\eta an^{31} tsu^{33}$	
瞳孔	人公	$\jmath in^{53} ku\eta^{22}$	眼珠仁	$\eta an^{31} tsu^{33} in^{11}$	
眼淚	眼汁	$\eta an^{31} t\varphi it^{45}$	眼汁	$\eta an^{31} t\varphi it^2$	
眉毛	眼毛	$\eta an^{31} mau^{53}$	眼眉毛	$\eta an^{31} me^{11} mo^{33}$	
口水	口水	$heu^{31} sui^{31}$	口水	$heu^{31} se^{31}$	
下巴	下□	$ha^{22} pat^{45}$	下□	$ha^{33} p^ha^{11}$	
頦	喉頦	$heu^{53} koi^{22}$	頦	koi^{33}	
啞聲	鴨公聲	$at^{45} ku\eta^{22} sa\eta^{22}$	鴨公聲	$ak^2 ku\eta^{33} sa\eta^{33}$	
圓形指紋	膈	lo^{53}	膈	lo^{11}	
長形指紋	箕	$ts\eta^{22}$	箕	$t\varphi i^{33}$	
脖子	頸板	$t\varphi ia\eta^{31} pan^{31}$	頸板	$t\varphi ia\eta^{31} pan^{31}$	

肩膀	肩頭	tɕien²² tʰeu⁵³	肩頭	tɕien³³ tʰeu¹¹	
腋下	手夾下	ɕiu³¹ kat⁴⁵ ha²²	手□下	ɕiu³¹ ɕiak² ha³³	
指甲	手指甲	ɕiu³¹ tsɿ³¹ kat⁴⁵	手指甲	ɕiu³¹ tsɿ³¹ kak²	
乳汁	乳	nen⁴⁴	乳	nen⁵⁵	
乳房	乳□	nen⁴⁴ tsak⁴⁵	乳	nen⁵⁵	
乳頭	乳嘴	nen⁴⁴ tsui³¹	乳嘴	nen⁵⁵ tse³¹	
背部	背□	poi⁴⁴ ɲioŋ⁵³	背□	poi⁵⁵ ɲioŋ¹¹	或作囊字
膝蓋	膝頭	tɕʰit⁴⁵ tʰeu⁵³	膝頭蓋	tɕʰit² tʰeu¹¹ koi⁵⁵	
小腿	腳□肚	tɕiok⁴⁵ naŋ⁵³ tu³¹	腳□肚	tɕiok² naŋ¹¹ tu³¹	
腳（下肢）	腳	tɕiok⁴⁵	腳	tɕiok²	
腳跟	腳□	tɕiok⁴⁵ tsaŋ²²	腳□	tɕiok² tsaŋ³³	
手肘	手□	ɕiu³¹ tsaŋ²²	手□	ɕiu³¹ tsaŋ³³	
屁股	屎窟	sɿ³¹ fut⁴⁵	屎窟	sɿ⁵⁵ put²	
肛門	屎窟門	sɿ³¹ fut⁴⁵ mun⁵³	屎窟眼	sɿ⁵⁵ put² ŋan³¹	
女陰	膣屄	tsɿ²² piet⁴⁵	膣（屄）	tsɿ³³（piet²）	
男陰	卵 / 卵棍	lon³¹ / lon³¹ kun⁴⁴	脧仔 / □棍	tsoi³³ ə³¹ / lin³¹ kun⁵⁵	
精液	卵濃	lon³¹ nuŋ⁵³	陽水	ioŋ¹¹ se³¹	
光著生殖器	卵□□鳥	lon³¹ ku³¹ li⁵³ tiau²²	—	—	
睪丸	卵子	lon³¹ tsɿ³¹	□卵	hak⁵ lon³¹	
尾巴	尾	me²²	尾	me³³	
抬頭	昂頭 / □頭	ŋoŋ⁵³ tʰeu⁵³ / ŋok⁴⁵ tʰeu⁵³	昂頭	ŋoŋ³³ tʰeu¹¹	
點頭	頷頭	ŋan³¹ tʰeu⁵³	頷頭	ŋan³¹ tʰeu¹¹	
閉眼	□眼	min²² ŋan³¹	眨眼	sak² ŋan³¹	
眨眼	□眼	kʰat⁴⁵ ŋan³¹	□眼	ɲiak² ŋan³¹	
眼珠轉動	□	lit⁴⁵	□	lit²	
呼吸	歕氣	tʰeu³¹ tsʰɿ⁴⁴	歕氣	tʰeu³¹ tɕʰi⁵⁵	
吐痰	□痰	tʰoi⁴⁴ tʰan⁵³	呸痰	pʰe⁵⁵ tʰaŋ¹¹	
哭	叫	tɕiau⁴⁴	叫	tɕiau⁵⁵	
多嘴	—	—	□喙	kau³³ tsoi⁵⁵	
嚼	噍	tɕʰiau²²	噍 / □	tɕʰiau¹¹ / tak⁵	

咬	咬	ŋau²²	咬	ŋau³³	
唭	齧	ŋat⁴⁵	—	—	
拉（屎、尿）	拉	lai²²	拉	lai³³	
上吊	吊頸	tiau⁴⁴ tɕiaŋ³¹	搨頸	tʰak² tɕiaŋ³¹	
伸舌頭	□舌嫲	le³¹ set⁴⁵ ma⁵³	□舌嫲	le³³ sat⁵ ma¹¹	
舔	舓	tʰe³¹/se²²	舓	se³³	
伸手	伸手	tsʰun²² ɕiu³¹	伸手	tsʰun³³ ɕiu³¹	
舉手	舉手	tsɿ³¹ ɕiu³¹	起手	tɕʰi³¹ ɕiu³¹	
捲起袖口、褲管	攎手捋腳	lu⁵³ ɕiu³¹ lot⁴⁵ tɕiok⁴⁵	攎手□腳	lu¹¹ ɕiu³¹ tʰoŋ⁵⁵ tɕiok²	
緊握	搭	kʰak⁴⁵	搭	nak⁵	
媾和	屌	tiau³¹	屌膣屄	tiau³¹ tsɿ³³ piet²	
下腰	拗腰	au³¹ iau²²	□背	ken³¹ poi⁵⁵	
脫皮	□皮	lut⁴⁵ pʰi⁵³	蛻皮	tʰe⁵⁵ pʰi¹¹	
屙屎	屙屎	o²² sɿ³¹	屙屎	o³³ sɿ³¹	
身上的垢	浼	man⁴⁴	浼	man³¹	
麻痺	痹	pi⁴⁴	痹	pi⁵⁵	
水泡	水□	sui³¹ pʰiau²² e⁴⁴	水□	se³¹ pʰiau⁵⁵	
酒窩	酒窩	tɕiu³¹ vo²²	酒□	tɕiu³¹ iak²	
睫毛	眼□	ŋan³¹ mi⁵³	眼皮毛	ŋan³¹ pʰi¹¹ mo³³	
嘴唇	喙唇	tsoi⁴⁴ sun⁵³	喙唇	tsoi⁵⁵ sun¹¹	
烏鴉嘴	老鴉喙	lau³¹ a²² tsoi⁴⁴	老鴉喙	lo³¹ a³³ tsoi⁵⁵	
左手	左手	tso³¹ ɕiu³¹	左手	tso³¹ ɕiu³¹	
右手	右手	iu⁴⁴ ɕiu³¹	右手	iu³¹ ɕiu³¹	
拇指	手指公	ɕiu³¹ tsɿ³¹ kuŋ²²	伯公頭	pak² kuŋ³³ tʰeu¹¹	
食指	食指	ɕit⁴⁵ tsɿ³¹	□□	tɕin³³ ke³³	
中指	中指	tsuŋ²² tsɿ³¹	棟樑	tuŋ⁵⁵ lioŋ¹¹	
無名指	無名指	vu⁵³ min⁵³/miaŋ⁵³ tsɿ³¹	□□指	tsʰa³³ pat² tsɿ³¹	
尾指	手指尾／小指	ɕiu³¹ tsɿ³¹ me²²/ɕiau³¹ tsɿ³¹	尾手指	me³³ ɕiu³¹ tsɿ³¹	
胸脯	胸膛	ɕiuŋ²² tʰoŋ⁵³	胸脯	ɕiuŋ³³ pʰu¹¹	
肚子	肚子	tu³¹ tsɿ³¹	肚	tu³¹	

打赤腳	打赤腳 / 打光板腳	ta³¹ tsʰak⁴⁵ tɕiok⁴⁵/ ta³¹ koŋ²² pan³¹ tɕiok⁴⁵	打赤腳	ta³¹ tsʰak² tɕiok²	
辮子	辮仔	pʰien⁴⁴ e⁴⁴	辮仔	pien³³ ə³¹	
挽臉	挷面毛	paŋ²² mien⁴⁴ mau⁵³	挷面毛	paŋ³³ mien⁵⁵ mo³³	
雙眼皮	雙眼皮	soŋ²² ŋan³¹ pʰi⁵³	雙眼皮	suŋ³³ ŋan³¹ pʰi¹¹	
眼屎	眼屎	ŋan³¹ sɿ³¹	眼屎	ŋan³¹ sɿ³¹	
臉頰	面□	mien⁴⁴ pat⁴⁵	面□	mien⁵⁵ pat²	
牙齦	牙肉	ŋa⁵³ ȵiuk⁴⁵	牙□肉	ŋa¹¹ ɕi³³ ȵiuk²	
大牙	大牙 / 板牙	tʰai⁴⁴ ŋa⁵³/ pan³¹ ŋa⁵³	大牙	tʰai³¹ ŋa¹¹	
小舌	細舌	se⁴⁴ set⁴⁵	細舌仔	se⁵⁵ sat⁵ ə³¹	
喉嚨	喉嚨	heu⁵³ luŋ⁵³	喉嚨	heu¹¹ luŋ¹¹	
肩胛骨	肩膀骨	tɕien²² poŋ³¹ kut⁴⁵	肩胛骨	tɕien³³ kak² kut²	
肺	肺	fe⁴⁴	肺	fe⁵⁵	
脊椎	背□骨	poi⁴⁴ ȵioŋ⁵³ kut⁴⁵	龍骨 / 腰骨	luŋ¹¹ kut²/ iau³³ kut²	
心臟	心臟	ɕin²² tsʰoŋ⁴⁴	心臟 / 心肝	ɕin³³ tsʰoŋ³¹/ ɕin³³ kon³³	
腎	腎 / 腰子	ɕin⁴⁴/iau²² tsɿ³¹	腰仔	iau³³ ə³¹	
胰臟	□鐵	ien⁵³ tʰiet⁴⁵	禾鐮鐵	vo¹¹ liaŋ¹¹ tʰiet²	
直腸	直腸	tsʰit⁴⁵ tsʰoŋ⁵³	大腸頭	tʰai³¹ tsʰoŋ¹¹ tʰeu¹¹	

十一、疾病醫療

語　詞	馬　市		陂　子		備　註
瘧疾	打擺子	ta³¹ pai³¹ tsɿ³¹	寒□	hon¹¹ tsoŋ⁵⁵	
咳嗽	咳	kʰet⁴⁵	咳	kʰet²	
氣喘	氣抖	tsʰɿ⁴⁴ teu³¹	氣緊	tɕʰi⁵⁵ tɕin³¹	
胃痛	胃痛 / 胃病	ve⁴⁴ tʰuŋ⁴⁴/ ve⁴⁴ pʰiaŋ⁴⁴	肚痛	tu³¹ tʰuŋ⁵⁵	
結膜炎	—	—	發赤眼	pot² tsʰak² ŋan³¹	

腳抽筋	腳轉筋	tɕiok⁴⁵ tson³¹ tɕin²²	腳抽筋	tɕiok² tɕʰiu³³ tɕin³³	
嘔吐	嘔	eu³¹	嘔	eu³¹	
癲	癲	tien²²	癲	tien³³	
口吃	大舌	tʰai⁴⁴ set⁴⁵	大舌	tʰai³¹ sat⁵	
痛	痛	tʰuŋ⁴⁴	痛	tʰuŋ⁵⁵	
眼瞎	眼瞎 / 青光瞎	ŋan³¹ hat⁴⁵/ tɕʰiaŋ²² koŋ²² hat⁴⁵	眼瞎	ŋan³¹ hat²	
瘸手	跛手	pe²² ɕiu³¹	跛手	pe³³ ɕiu³¹	
拉肚子	屙肚	o²² tu³¹	屙瀉肚	o³³ ɕia⁵⁵ tu³¹	
中暑	發痧	fat⁴⁵ sa²²	發痧	fat² sa³³	
退火	退涼	tʰui⁴⁴ lioŋ⁵³	退涼	tʰe⁵⁵ lioŋ¹¹	
暈車	暈車	iun²² tsʰa²²	昏車	fun¹¹ tsʰa³³	
化膿	貢膿	kuŋ⁴⁴ nuŋ⁵³	貢膿	kuŋ⁵⁵ nuŋ¹¹	
夜盲症	發雞盲（青）	fat⁴⁵ k(i)e²² maŋ²²（tɕʰiaŋ²²）	雞盲眼	ke³³ maŋ¹¹ ŋan³¹	
醫	醫 / 整	ɤ²²/tsaŋ³¹	醫	i³³	
把脈	打脈 / 測脈	ta³¹ mak⁴⁵/ tset⁴⁵ mak⁴⁵	打脈	ta³¹ mak²	
抓藥	檢藥	tɕien³¹ iok⁴⁵	檢藥	tɕiaŋ³¹ iok⁵	
中藥	中藥	tsuŋ²² iok⁴⁵	中藥	tsuŋ³³ iok⁵	
草藥	草頭藥	tsʰau³¹ tʰeu⁵³ iok⁴⁵	草頭藥	tsʰo³¹ tʰeu¹¹ iok⁵	
藥方	藥單 / 藥方	iok⁴⁵ tan²²/ iok⁴⁵ foŋ²²	單仔	tan³³ ə³¹	
藥粉	藥粉	iok⁴⁵ fun³¹	藥散	iok⁵ san³¹	
有效	有功效	iu²² kuŋ²² hau⁴⁴	有效	iu³³ hau³¹	
忌口	戒喙	kai⁴⁴ tsoi⁴⁴	戒喙	kai⁵⁵ tsoi⁵⁵	
被蚊蟲叮咬後的腫塊	□	pʰuk⁴⁵	□	pʰuk⁵	
耳聾	耳聾	ɤ³¹ luŋ²²	耳聾	ɲi³¹ luŋ³³	
淋巴結	核	vut⁴⁵	□仔	let⁵ ə³¹	
痱子	熱痱仔	ɲiet⁴⁵ me³¹ e⁴⁴	熱痱仔	ɲiet⁵ pe⁵⁵ ə³¹	

雀斑	烏蠅屎 / □□點	vu²² in⁵³ sʅ³¹ / tɕʰin⁵³ kʰok⁴⁵ tien³¹	烏蠅屎	vu³³ in¹¹ sʅ³¹	前者面積小 後者面積大
發燒	身熱	ɕin²² ɲiet⁴⁵	（文）身 熱	（vun¹¹）ɕin³³ ɲiet⁵	
結痂	結□	kat⁴⁵ heu³¹	結疕仔	tɕiet² pi⁵⁵ ə³¹	
長瘡	生瘡	saŋ²² tsʰoŋ²²	生瘡	saŋ³³ tsʰoŋ³³	
膏藥	膏□	kau²² na⁵³	膏藥	kau³³ iok⁵	
擦藥	抹藥 / 捽藥	mat⁴⁵ iok⁴⁵ / tsʰut⁴⁵ iok⁴⁵	擦藥	tsʰat² iok⁵	
生病	出病	tsʰut⁴⁵ pʰiaŋ⁴⁴	病	pʰiaŋ³¹	
傳染	遘	tsʰe⁴⁴	遘	tsʰe⁵⁵	
感冒	作涼	tsok⁴⁵ lioŋ⁵³	□涼	tʰaŋ³³ lioŋ¹¹	
癌	癌	ŋan⁵³	—	—	
腮腺炎	豬頭肥	tsu²² tʰeu⁵³ fe⁵³	豬頭肥	tsu³³ tʰeu¹¹ fe¹¹	
甲狀腺種 大	大頸	tʰai⁴⁴ koi²²	大頸	tʰai³¹ koi³³	
失聲	□聲	ie⁴⁴ saŋ²²	聲失	saŋ³³ ɕit²	
兔唇	缺喙	tɕʰiot⁴⁵ tsoi⁴⁴	缺喙	tɕʰiet² tsoi⁵⁵	
（出）痲 疹	作痲仔	tsok⁴⁵ ma⁵³ e⁴⁴	出痲仔	tsʰut² ma¹¹ ə³¹	
疲累	□	tɕʰiue⁴⁴	□	kʰe³¹	
長癬	發癬 / 生癬	fat²² iuŋ²² / saŋ²² iuŋ²²	發癬	pot² iuŋ³³	
雞皮疙瘩	雞嫲皮	kie²² ma⁵³ pʰi⁵³	雞嫲皮	ke³³ ma¹¹ pʰi¹¹	
月經	行月 / 漲水	haŋ⁵³ ɲiot⁴⁵ / tsoŋ³¹ sui³¹	行經	haŋ¹¹ tɕin³³	

十二、衣服穿戴

語　詞	馬　　市		隘　子		備　註
衣服	衫褲	san²² kʰu⁴⁴	衫褲	saŋ³³ kʰu⁵⁵	
衣領	衫領	san²² liaŋ²²	衫領	saŋ³³ liaŋ³³	
袖口	衫袖	san²² tɕʰiu⁴⁴	衫袖	saŋ³³ tɕʰiu³¹	
外套	外套	vai⁴⁴ tʰau⁴⁴	外套	ŋai³¹ tʰo⁵⁵	
棉襖（大 衣）	（棉）襖	（mien⁵³）au³¹	（棉）襖	（mien¹¹）o³¹	

		馬市		隘子		
尿布	尿墊	$\text{ɲiau}^{44}\ \text{t}^\text{h}\text{iet}^{45}$	尿布	$\text{ɲiau}^{31}\ \text{pu}^{55}$		
背心	背襖	$\text{poi}^{44}\ \text{au}^{31}$	背褡仔	$\text{poi}^{55}\ \text{tak}^2\ \text{ə}^{31}$		
內衣	接肉衫	$\text{tɕiet}^{45}\ \text{ɲiuk}^{45}\ \text{san}^{22}$	汗衫	$\text{hon}^{31}\ \text{saŋ}^{33}$		
毛衣	□衫	$\text{laŋ}^{22}\ \text{san}^{22}$	□衫	$\text{laŋ}^{33}\ \text{saŋ}^{33}$		
圍兜兜	口水裃	$\text{heu}^{31}\ \text{sui}^{31}\ \text{ka}^{22}$	口裃仔	$\text{heu}^{31}\ \text{ka}^{33}\ \text{ə}^{31}$		
褲頭	褲頭	$\text{k}^\text{h}\text{u}^{44}\ \text{t}^\text{h}\text{eu}^{53}$	褲頭	$\text{k}^\text{h}\text{u}^{55}\ \text{t}^\text{h}\text{eu}^{11}$		
褲襠	褲□	$\text{k}^\text{h}\text{u}^{44}\ \text{noŋ}^{22}$	褲□	$\text{k}^\text{h}\text{u}^{55}\ \text{noŋ}^{55}$		
短褲	短褲	$\text{ton}^{31}\ \text{k}^\text{h}\text{u}^{44}$	褲□仔	$\text{k}^\text{h}\text{u}^{55}\ \text{tun}^{33}\ \text{ə}^{31}$		
耳環	耳環／耳圈仔	$\text{ɪ}^{31}\ \text{van}^{53}/$ $\text{ɪ}^{31}\ \text{tɕ}^\text{h}\text{ion}^{22}\ \text{e}^{44}$	耳環	$\text{ɲi}^{31}\ \text{fan}^{11}$		
別針	別針	$\text{p}^\text{h}\text{iet}^{45}\ \text{tɕin}^{22}$	□□針	$\text{fe}^{33}\ \text{tsoŋ}^{33}\ \text{tɕin}^{33}$		
手鐲	手鐲	$\text{ɕiu}^{31}\ \text{ts}^\text{h}\text{ok}^{45}$	手鐲	$\text{ɕiu}^{31}\ \text{ts}^\text{h}\text{ok}^2$		
項鍊	頸鍊	$\text{tɕiaŋ}^{31}\ \text{lien}^{44}$	項鍊	$\text{hoŋ}^{31}\ \text{lien}^{31}$		
帽子	帽仔	$\text{mau}^{44}\ \text{e}^{44}$	帽仔	$\text{mo}^{31}\ \text{ə}^{31}$		
髮簪	簪	tsan^{22}	簪	tsaŋ^{33}		
頭巾	頭巾／□頭帕	$\text{t}^\text{h}\text{eu}^{53}\ \text{tɕin}^{22}/$ $\text{tuŋ}^{22}\ \text{t}^\text{h}\text{eu}^{53}\ \text{p}^\text{h}\text{a}^{44}$	□頭帕	$\text{tuŋ}^{33}\ \text{t}^\text{h}\text{eu}^{11}\ \text{p}^\text{h}\text{a}^{55}$		
手套	手襪	$\text{ɕiu}^{31}\ \text{mat}^{45}$	手襪仔	$\text{ɕiu}^{31}\ \text{mat}^2\ \text{ə}^{31}$		
球鞋	球鞋	$\text{tɕ}^\text{h}\text{iu}^{53}\ \text{hai}^{53}$	Ball 鞋	$\text{po}^{33}\ \text{hai}^{11}$		
靴子	靴筒	$\text{ɕio}^{22}\ \text{t}^\text{h}\text{uŋ}^{53}$	靴仔	$\text{ɕio}^{33}\ \text{ə}^{31}$		
鞋拔	鞋拔	$\text{hai}^{53}\ \text{p}^\text{h}\text{at}^{45}$	鞋拔	$\text{hai}^{11}\ \text{p}^\text{h}\text{at}^5$		
鞋跟	鞋□	$\text{hai}^{53}\ \text{tsaŋ}^{22}$	鞋□	$\text{hai}^{11}\ \text{tsaŋ}^{33}$		

十三、飲　食

語　詞	馬　市		隘　子		備　註
喝茶	飲茶	$\text{ɲin}^{31}\ \text{ts}^\text{h}\text{a}^{53}$	食茶	$\text{ɕit}^5\ \text{ts}^\text{h}\text{a}^{11}$	
吃早餐	食朝	$\text{ɕit}^{45}\ \text{tsau}^{22}$	食朝	$\text{ɕit}^5\ \text{tsau}^{33}$	
吃午餐	食茶	$\text{ɕit}^{45}\ \text{ts}^\text{h}\text{a}^{53}$	食晝	$\text{ɕit}^5\ \text{tɕiu}^{55}$	
吃晚餐	食夜	$\text{ɕit}^{45}\ \text{ia}^{44}$	食夜	$\text{ɕit}^5\ \text{ia}^{31}$	
盛飯	舀飯	$\text{iau}^{31}\ \text{fan}^{44}$	舀飯	$\text{iau}^{31}\ \text{fan}^{55}$	
飯煮得太硬	生心	$\text{saŋ}^{22}\ \text{ɕin}^{22}$	生	saŋ^{33}	
飯煮得太軟	爛	lan^{44}	爛	lan^{31}	

飯粒	飯糝	fan⁴⁴ sat⁴⁵	飯糝	fan³¹ saŋ³¹	
剩菜	老菜	lau³¹ tsʰoi⁴⁴	□菜	in³¹ tsʰoi⁵⁵	
配飯	傍飯	poŋ³¹ fan⁴⁴	傍飯	poŋ³¹ fan³¹	
鍋巴	飯瘌	fan⁴⁴ lat⁴⁵	飯瘌	fan³¹ lat²	
剩飯	老飯	lau³¹ fan⁴⁴	過餐飯	ko⁵⁵ tsʰon³³ fan³¹	
菜尾	菜腳	tsʰoi⁴⁴ tɕiok⁴⁵	菜腳	tsʰoi⁵⁵ tɕiok²	
粥	粥	tsuk⁴⁵	粥	tsuk²	
米湯	粥水	tsuk⁴⁵ sui³¹	粥水	tsuk² se³¹	
吃飯不配菜	打淨食	ta³¹ tɕʰiaŋ⁴⁴ ɕit⁴⁵	打淨食	ta³¹ tɕʰiaŋ³¹ ɕit⁵	
零食	小口	ɕiau³¹ kʰieu³¹	小口	ɕiau³¹ kʰeu³¹	
味精	味精	me⁴⁴ tɕin²²	味精	me³¹ tɕin³³	
米製糕點	餈	tsʰɿ⁵³	餈	tɕʰi¹¹	
發酵用酒藥	酒餅	tɕiu³¹ piaŋ³¹	酒餅	tɕiu³¹ piaŋ³¹	
酒娘（沒有摻水的純米酒）	酒娘	tɕiu³¹ ɲioŋ⁵³	酒娘	tɕiu³¹ ɲioŋ¹¹	
暖酒	熱酒	ɲiet⁴⁵ tɕiu³¹	□酒	tun³³ tɕiu³¹	
豬油	豬油	tsu²² iu⁵³	豬油	tsu³³ iu¹¹	
豆腐渣	豆腐渣	tʰeu⁴⁴ fu³¹ tsa²²	豆腐渣	tʰeu³¹ fu³¹ tsa³³	
筍乾	筍乾	sun³¹ kon²²	筍乾	sun³¹ kon³³	
紅蛋	紅卵 / 紅春	fuŋ⁵³ non³¹/ fuŋ⁵³ tsʰun²²	紅春	fuŋ¹¹ tsʰun³³	
蜂糖結成沙狀	結沙	tɕiet⁴⁵ sa²²	結沙	tɕiet² sa³³	
煲湯	煲湯	po²² tʰoŋ²²	煲湯	po³³ tʰoŋ³³	
煨（在火灰中燒熟）	煨	voi²²	煨	voi³³	
炆（小火久煮）	炆	mun²²	炆	mun³³	
高湯	□湯	liaŋ⁴⁴ tʰoŋ²²	—	—	
豬肉	豬肉	tsu²² ɲiuk⁴⁵	豬肉	tsu³³ ɲiuk²	
胛心肉	胛心肉	kat⁴⁵ ɕin²² ɲiuk⁴⁵	胛心肉	kak² ɕin³³ ɲiuk²	
瘦肉	精肉	tɕiaŋ²² ɲiuk⁴⁵	精肉	tɕiaŋ³³ ɲiuk²	

麵條	麵條	mien⁴⁴ tʰiau⁵³	麵	mien³¹	
米粉	米粉	mi³¹ fun³¹	剪粉	tɕien³¹ fun³¹	
餛飩	雲吞	iun⁵³ tʰun²²	餛飩	vun¹¹ tʰun³³	
里肌肉	腰脢肉	iau²² me⁵³ ȵiuk⁴⁵	腰脢肉	iau³³ me¹¹ ȵiuk²	
豬腰	豬腰	tsu²² iau²²	豬腰	tsu³³ iau³³	
槽頭肉	豬面□肉	tsu²² mien⁴⁴ pat⁴⁵ ȵiuk⁴⁵	豬頭肉	tsu³³ tʰeu¹¹ ȵiuk²	
豬血	豬紅	tsu²² fuŋ⁵³	豬紅	tsu³³ fuŋ¹¹	
內臟	藏雜	tsʰoŋ⁵³ tsʰat⁴⁵	上下雜	soŋ³¹ ha³³ tsʰak⁵	
粉腸	粉腸	fun³¹ tsʰoŋ⁵³	粉腸	fun³¹ tsʰoŋ¹¹	
香腸	風腸	fuŋ²² tsʰoŋ⁵³	風腸	fuŋ³³ tsʰoŋ¹¹	
蛋白	春白	tsʰun²² pʰak⁴⁵	春白	tsʰun³³ pʰak⁵	
蛋黃	春黃	tsʰun²² voŋ⁵³	春黃	tsʰun³³ voŋ¹¹	
黑糖	烏糖	vu²² tʰoŋ⁵³	黃糖	voŋ¹¹ tʰoŋ¹¹	
紅糖	紅糖	fuŋ⁵³ tʰoŋ⁵³	─	─	
豬油渣	豬油渣	tsu²² iu⁵³ tsa²²	豬油渣	tsu³³ iu¹¹ tsa³³	
豆花	豆腐花	tʰeu⁴⁴ fu³¹ fa²²	豆腐花	tʰeu³¹ fu³¹ fa³³	
豆豉	豆豉	tʰeu⁴⁴ sɿ⁴⁴	豆豉	tʰeu³¹ sɿ³¹	
豆皮	豆皮 / 腐竹	tʰeu⁴⁴ pʰi⁵³/ fu³¹ tsuk⁴⁵	腐竹	fu³¹ tsuk²	
豆腐乳	豆腐乳	tʰeu⁴⁴ fu³¹ iue³¹	豆腐乳	tʰeu³¹ fu³¹ ie³¹	
蜂蜜	蜜糖	mit⁴⁵ tʰoŋ⁵³	蜜糖	met⁵ tʰoŋ¹¹	
粽子	粽仔	tsuŋ⁴⁴ e⁴⁴	粽仔	tsuŋ⁵⁵ ə³¹	
麻糬	餈粑	tsʰɿ⁵³ pa²²	糯米餈	no³¹ mi³¹ tɕi¹¹	
湯圓	湯圓	tʰoŋ²² ion⁵³	湯圓	tʰoŋ³³ ien¹¹	
豆漿	豆漿	tʰeu⁴⁴ tɕioŋ²²	豆漿	tʰeu³¹ tɕioŋ³³	
冰棒	雪條	ɕiot⁴⁵ tʰiau⁵³	雪條	ɕiet² tʰiau¹¹	
發酵粉	發粉	fat⁴⁵ fun³¹	發粉	fat² fun³¹	
味道	味	me⁴⁴	味	me³¹	
酸	酸	son²²	酸	son³³	
甜	甜	tʰien⁵³	甜	tʰiaŋ¹¹	
苦	苦	fu³¹	苦	kʰu³¹	
辣	辣	lat⁴⁵	辣	lat⁵	
澀	澀	tɕiet⁴⁵/set⁴⁵	澀	tɕiak²/set²	

腥	腥	ɕiaŋ²²	腥	sen³³	
臊	臊	tsau²²/sau²²	臊	so³³	
鹹	鹹	han⁵³	鹹	haŋ¹¹	
餿味	餿	seu²²	餿	seu³³	
膩	膩	ne⁴⁴	□	iaŋ⁵⁵	
發霉	生毛	saŋ²² mau²²	生毛	saŋ³³ mo³³	
釅	濃	ɲiuŋ⁵³	濃	ɲiuŋ¹¹	
抽煙	食煙	ɕit⁴⁵ ien²²	食煙	ɕit⁵ ien³³	
謝謝	感謝	kan³¹ tɕʰia⁴⁴	多謝	to³³ tɕʰia³¹	
不客氣	無客氣	mo²² kʰak⁴⁵ tsʰʅ⁴⁴	<u>毋愛客氣</u>	moi³³ kʰak² tɕʰi⁵⁵	
斟酒	釃酒	sai²² tɕiu³¹	斟酒	tɕin³³ tɕiu³¹	

十四、風俗、信仰

語　詞	馬　市		陬　子		備　註
抽籤	抽籤／檢圖	tɕʰiu²² tɕʰien²²/tɕien³¹ keu²²	抽籤／拈圖	tɕʰiu³³ tɕʰiaŋ³³/ɲiaŋ³³ keu³³	前者專指在廟裡抽籤
拜拜	唱喏	tsʰoŋ⁴⁴ ia²²	唱喏	tsʰoŋ⁵⁵ ia¹¹	
擲筊	跌筊	tiet⁴⁵ kʰau⁴⁴	跌筊頭	tiet² kʰau⁵⁵ tʰeu¹¹	
聖筊	聖筊	ɕin⁴⁴ kʰau⁴⁴	聖筊	ɕin⁵⁵ kʰau⁵⁵	
陰筊	陰筊	in²² kʰau⁴⁴	陰筊	in³³ kʰau⁵⁵	
笑筊	—	—	笑筊	ɕiau⁵⁵ kʰau⁵⁵	
卜卦	占卜	tsen²² puk⁴⁵	占卦	tsaŋ⁵⁵ kua⁵⁵	
符	符	fu⁵³	符	pʰu¹¹	
帶符	帶符	tai⁴⁴ fu⁵³	帶符	tai⁵⁵ pʰu¹¹	
問神	問神	mun⁴⁴ ɕin⁵³	求神	tɕʰiu¹¹ ɕin¹¹	
請神	請神	tɕʰiaŋ³¹ ɕin⁵³	請神	tɕʰiaŋ³¹ ɕin¹¹	
點香	燒香	sau²² ɕioŋ²²	燒香	sau³³ ɕioŋ³³	
保佑	保護	pau³¹ fu⁴⁴	保護	po³¹ fu³¹	
慶醮	打醮	ta³¹ tɕiau⁴⁴	打醮	ta³¹ tɕiau⁵⁵	
做忌	做忌	tso⁴⁴ tsʅ⁴⁴	—	—	
灶君	灶君爺	tsau⁴⁴ tɕiun²² ia⁵³	灶神	tso⁵⁵ ɕin¹¹	
天公	天公	tʰien²² kuŋ²²	天	tʰien³³	

土地公	土地公公	tʰu³¹ tʰi⁴⁴ kuŋ²² kuŋ²²	伯公	pak² kuŋ³³	
收廟宇的樂捐款	化緣	fa⁴⁴ ion⁵³	—	—	
觀世音	觀音娘娘／觀音老母	kuan²² in²² ɲioŋ⁵³ ɲioŋ⁵³／kuan²² in²² lau³¹ mu³¹	觀音／觀音菩薩	kuan³³ in³³／kuan³³ in³³ pʰu¹¹ sat²	
白花（民間信仰儀式中稱男孩）	白花	pʰak⁴⁵ fa²²	白花	pʰak⁵ fa³³	問神時才說
紅花（民間信仰儀式中稱女孩）	紅花	fuŋ⁵³ fa²²	紅花	fuŋ¹¹ fa³³	
素的祭品	—	—	齋品	tsai³³ pʰin³¹	
祭品	—	—	貢品	kuŋ⁵⁵ pʰin³¹	
三牲	—	—	三牲	saŋ³³ sen³³	
做牙	做牙子	tso⁴⁴ ŋa⁵³ tsɿ³¹	—	—	

十五、紅白大事

語　詞	馬　市		隘　子		備　註
媒人	媒人	mo⁵³ ɲin⁵³	媒人	me¹¹ ɲin¹¹	
說媒	牽線	tɕʰien²² ɕien⁴⁴	做媒人	tso⁵⁵ me¹¹ ɲin¹¹	
訂親	下定	ha⁴⁴ tʰiaŋ⁴⁴	定親	tʰin⁵⁵ tɕʰin³³	
聘金	禮彩	li³¹ tsʰoi³¹	定頭錢	tʰin⁵⁵ tʰeu¹¹ tɕʰien¹¹	
結婚	結婚	tɕiet⁴⁵ fun²²	結婚	tɕiet² fun³³	
拜堂	拜堂	pai⁴⁴ tʰoŋ⁵³	拜堂	pai⁵⁵ tʰoŋ¹¹	
出嫁	出嫁／出親	tsʰut⁴⁵ ka⁴⁴／tsʰut⁴⁵ tɕʰin²²	行嫁	haŋ¹¹ ka⁵⁵	
娶媳婦	討新婦	tʰau³¹ ɕim²² pu²²	討新婦	tʰo³¹ ɕim³³ pu³³	
嫁女兒	嫁女仔	ka⁴⁴ m³¹ e⁴⁴	嫁妹仔	ka⁵⁵ moi⁵⁵ ə³¹	
懷孕	有身上	iu²² ɕin²² soŋ⁴⁴	□大肚／有身仔	tak² tʰai³¹ tu³¹／iu³³ ɕin³³ ə³¹	
助產士	接生婆	tɕiet⁴⁵ saŋ²² pʰo⁵³	接生婆	tɕiak² sen³³ pʰo¹¹	

分娩	生人	saŋ²² ɲin⁵³	放落	foŋ⁵⁵ lok⁵	
壓歲錢	磧年錢	tsak⁴⁵ nien⁵³ tɕʰien⁵³	磧年錢	tsak² ɲien¹¹ tɕʰien¹¹	
流產	損身	sun³¹ ɕin²²	損身	sun³¹ ɕin³³	
墮胎	打胎	ta³¹ tʰoi²²	打胎	ta³¹ tʰoi³³	
入贅	撐門	tsʰaŋ⁴⁴ mun⁵³	撐門	tsʰaŋ⁵⁵ mun¹¹	其義不全同於入贅，也有找兒子之意
胎盤	胞衣	pau²² ɿ²²	胞衣	pau³³ i³³	
做月子	做月	tso⁴⁴ ɲiot⁴⁵	做月	tso⁵⁵ ɲiet⁵	
送月子禮	送□酒	suŋ⁴⁴ tɕioŋ²² tɕiu³¹	—	—	
週歲	對歲	tui⁴⁴ sui⁴⁴	對歲	te⁵⁵ se⁵⁵	
把尿	兜尿	teu²² ɲiau⁴⁴	兜尿	teu³³ ɲiau³¹	
遺傳	種草	tsuŋ³¹ tsʰau³¹	種草	tsuŋ³¹ tsʰo³¹	
過繼	過房	ko⁴⁴ foŋ⁵³	過繼	ko⁵⁵ tɕi⁵⁵	
短命	短命鬼	ton³¹ miaŋ⁴⁴ kue³¹	短命	ton³¹ miaŋ³¹	
守寡	守寡	ɕiu³¹ kua³¹	守寡	ɕiu³¹ kua³¹	
買水（用紙錢買水）	買水	mai²² sui³¹	買水	mai³³ se³¹	
出殯	出山 / 出送	tsʰut⁴⁵ san²²/ tsʰut⁴⁵ suŋ⁴⁴	上山	soŋ³³ san³³	
金銀紙	紙錢 / 冥錢	tsɿ³¹ tɕʰien⁵³/ min⁵³ tɕʰien⁵³	紙錢	tsɿ³¹ tɕʰien¹¹	
撿骨	撿精	tɕien³¹ tɕin²²	撿精	tɕiaŋ³¹ tɕin³³	
骨灰罈	骨灰盒 / 精缸	kut⁴⁵ fui²² hat⁴⁵ /tɕin²² koŋ²²	骨灰盒 / 精盎	kut² foi³³ hak⁵/ tɕin³³ aŋ³³	盒較小，缸、盎較大
出殯前一天做的法事	做齋	tso⁴⁴ tsai²²	做齋	tso⁵⁵ tsai³³	
喪禮的法事	做祭	tso⁴⁴ tsɿ⁴⁴	做祭	tso⁵⁵ tɕi⁵⁵	
死屍	死佬	sɿ³¹ lau³¹	死人	ɕi³¹ ɲin¹¹	
復活	返生	fan³¹ saŋ²²	返生	fan³¹ saŋ³³	
過世	毋在	m⁵³ tsʰoi²²	過身	ko⁵⁵ ɕin³³	

棺材	棺材 / 大屋	kuan²² tsʰoi⁵³/ tʰai⁴⁴ vuk⁴⁵	棺材	kuan³³ tsʰoi¹¹	
孝衣	孝衣	hau⁴⁴ ŋ²²	麻衫	ma¹¹ san³³	
哭喪棒	孝謝棍	hau⁴⁴ tɕʰia⁴⁴ kun⁴⁴	孝□棍	hau⁵⁵ son³¹ kun⁵⁵	
帶孝	帶孝	tai⁴⁴ hau⁴⁴	帶孝	tai⁵⁵ hau⁵⁵	
掃墓	曬地	sai²² tʰi⁴⁴	醮地	tɕiau⁵⁵ tʰi³¹	
做七	做七朝	tso⁴⁴ tsʰit⁴⁵ tsau²²	做七	tso⁵⁵ tɕʰit²	
忌諱	禁忌	tɕin⁴⁴ tsɿ⁴⁴	禁忌	tɕin⁵⁵ tɕi⁵⁵	
靈位	神主牌	ɕin⁵³ tsu³¹ pʰai⁵³	靈頭牌	lin¹¹ tʰeu¹¹ pʰai¹¹	

十六、日常生活

語　詞	馬　市		隘　子		備　註
入睡	落覺	lok⁴⁵ kau⁴⁴	睡著	soi³¹ tsʰok⁵	
躺	□	lai³¹	□	tʰan³³	
住宿	歇	ɕiet⁴⁵	住	tsʰu³¹	
說話	講話	koŋ³¹ va⁴⁴	講話	koŋ³¹ va³¹	
睡覺	□覺	fun⁴⁴ kau⁴⁴	睡覺	soi³¹ kau⁵⁵	
打呼	抽□	tɕʰiu²² liu⁴⁴	拉□	lai³³ liu⁵⁵	
打嗝	□□	suk⁴⁵ et⁴⁵	打□	ta³¹ et²	
打噴嚏	打□□	ta³¹ hat⁴⁵ tsʰɿ³¹	打□□	ta³¹ at⁵ tsʰe⁵⁵	
打瞌睡	打眼□	ta³¹ ŋan³¹ ɕin³¹	□眼睡	tuk² ŋan³¹ soi³¹	
說夢話	打□話	ta³¹ ŋan⁴⁴ va⁴⁴	打□話	ta³¹ ŋaŋ⁵⁵ va³¹	兩地均尚有 亂說話之意
洗臉	洗面	se³¹ mien⁴⁴	洗面	se³¹ mien⁵⁵	
睡覺翻身	轉側	tson³¹ tset⁴⁵	轉身	tson³¹ ɕin³³	
做夢	發夢	fat⁴⁵ muŋ⁴⁴	發夢	pot² muŋ³¹	
起床	□頭	hoŋ⁴⁴ tʰeu⁵³	□來	hoŋ⁵⁵ loi¹¹	
沒有付出 享受現成	領食領著	liaŋ²² ɕit⁴⁵ liaŋ²² tsok⁴⁵	領食領著	liaŋ³³ ɕit⁵ liaŋ³³ tsok²	家庭經濟條 件好，不愁 吃穿
回來	轉來	tson³¹ loi⁵³	倒轉來	to⁵⁵ tson³¹ loi¹¹	
回家	轉屋下	tson³¹ vuk⁴⁵ kʰa²²	歸屋下	kue³³ vuk² kʰ(u)a³³	

吹熄	歕□	$p^hun^{22} in^{22}$	歕□	$p^hun^{33} het^2$	het^2 表完成式
釀酒	□酒 / 做酒	$ŋau^{44} tɕiu^{31}$/ $tso^{44} tɕiu^{31}$	做酒	$tso^{55} tɕiu^{31}$	做酒泛指全過程，$ŋau^{44}$ 酒較指向蒸餾過程
帶小孩	帶細佬哥	$tai^{44} se^{44} lau^{31} ko^{22}$	帶細人仔	$tai^{55} se^{55} ɲin^{11} ə^{31}$	
開水	滾水	$kun^{31} sui^{31}$	滾水	$kun^{31} se^{31}$	
燒開水	燒滾水	$sau^{22} kun^{31} sui^{31}$	煮滾水	$tsu^{31} kun^{31} se^{31}$	
碾米	碾米	$tsen^{31} mi^{31}$	碾米	$tsan^{31} mi^{31}$	
車（衣褲）	車	ts^ha^{22}	車	ts^ha^{33}	
穿針	穿針	$ts^hon^{22} tɕin^{22}$	串針	$ts^hon^{55} tɕin^{33}$	
縫（衣服）	□	$lien^{53}$	□	$lien^{11}$	
安鈕釦	安釦仔 / 釘釦仔	$on^{22} k^hieu^{44} e^{44}$/ $tian^{22} k^hieu^{44} e^{44}$	安釦仔	$on^{33} k^heu^{55} ə^{31}$	
燙菜	熝菜	$luk^{45} ts^hoi^{44}$	熝菜	$luk^5 ts^hoi^{55}$	
晾	晾	$loŋ^{44}$	晾	$loŋ^{55}$	
煮飯	煮飯	$tsu^{31} fan^{44}$	煮飯	$tsu^{31} fan^{31}$	
溫菜	暖菜	$non^{22} ts^hoi^{44}$	暖菜	$non^{33} ts^hoi^{55}$	
洗澡	洗身	$se^{31} ɕin^{22}$	洗身	$se^{31} ɕin^{33}$	
拿筷子	拿筷子	$na^{22} k^huai^{44} tsɿ^{31}$	拿筷仔	$na^{33} k^huai^{55} ə^{31}$	
熬夜	捱夜	$ŋai^{53} ia^{44}$	熬夜	$ŋau^{11} ia^{31}$	
倒茶	灑茶	$sai^{22} ts^ha^{53}$	斟茶	$tɕin^{33} ts^ha^{11}$	
理髮	剃頭 / 飛髮	$t^he^{44} t^heu^{53}$/ $fe^{22} fat^{45}$	剃頭 / 飛髮	$t^he^{55} t^heu^{11}$/ $fe^{33} fat^2$	農村用剃頭，城市說飛髮
噎住	哽□	$kaŋ^{31} tit^{45}$	哽□	$kaŋ^{31} nin^{31}$	
乘涼	歒涼	$t^heu^{31} lioŋ^{53}$	寮涼	$liau^{31} lioŋ^{11}$	
串門子	過家	$ko^{44} ka^{22}$	去寮	$tɕ^hi^{55} liau^{31}$	
口渴	□渴	$tɕia^{31} hot^{45}$	喙燥	$tsoi^{55} tsau^{33}$	
肚子餓	肚飢	$tu^{31} tsɿ^{22}$	肚飢	$tu^{31} tɕi^{33}$	
清洗（碗筷）	盪	$t^hoŋ^{22}$/$loŋ^{22}$	盪	$t^hoŋ^{33}$	

十七、商　業

語　詞	馬　市		隘　子		備　註
趕集	赴墟	fu⁴⁴ sₙ²²	赴街	fu⁵⁵ kai³³	
市集	墟（場）	sₙ²²（tsʰoŋ⁵³）	街市	kai³³ sₙ⁵⁵	
生意	生意	sen²² ŋ⁴⁴	生意	sen³³ i⁵⁵	
糴米	糴米	tʰiak⁴⁵ mi³¹	糴米	tʰet⁵ mi³¹	
糶米	糶米	tʰiau⁴⁴ mi³¹	糶米	tʰiau⁵⁵ mi³¹	
鈔票	銀紙	ɲiun⁵³ tsₙ³¹	銀紙	ŋen¹¹ tsₙ³¹	
合伙	合伙	hot⁴⁵ fo³¹	合股／□股	hak⁵ ku³¹／tʰen⁵⁵ ku³¹	
稅	稅	sui⁴⁴	稅	soi⁵⁵	
租	租	tsu²²	租	tsu³³	
寫字據	寫字	ɕia³¹ sₙ⁴⁴	寫字約	ɕia³¹ sₙ³¹ iok²	
買豬肉	砍豬肉	kʰan³¹ tsu²² ɲiuk⁴⁵	買豬肉	mai³³ tsu³³ ɲiuk²	
老闆	老闆	lau³¹ pan³¹	老闆	lo³¹ pan³¹	
解雇開除	炒	tsʰau³¹	逐	tɕiuk²	
管帳	管數／理數	kuan³¹ su⁴⁴／li³¹ su⁴⁴	理數	li³³ su⁵⁵	
店舖	店鋪	tien⁴⁴ pʰu²²	店鋪	tiaŋ⁵⁵ pʰu⁵⁵	
銀行	銀行	ɲiun⁵³ hoŋ⁵³	銀行	ŋen¹¹ hoŋ¹¹	
利息	利息	li⁴⁴ ɕit⁴⁵	利息	li³¹ ɕit²	
硬幣	硬幣	ŋaŋ⁴⁴ pʰi⁴⁴	硬幣	ŋaŋ³¹ pʰi³¹	
零錢	碎錢／散紙	sui⁴⁴ tɕʰien⁵³／san³¹ tsₙ³¹	散紙	san⁵⁵ tsₙ³¹	
雜貨店	雜貨店	tsʰat⁴⁵ kʰo⁴⁴ tien⁴⁴	百貨店	pak² fo⁵⁵ tiaŋ⁵⁵	
美容院	電髮店	tʰien⁴⁴ fat⁴⁵ tien⁴⁴	美容院	mi³¹ iuŋ¹¹ ien⁵⁵	
旅社	旅店／歇店	li³¹ tien⁴⁴／ɕiet⁴⁵ tien⁴⁴	旅店／客棧	li³¹ tiaŋ⁵⁵／kʰak² tsʰan³¹	
冰店	冰室	pin²² ɕit⁴⁵	冰室	pen³³ ɕit²	
藥店	藥店	iok⁴⁵ tien⁴⁴	藥店	iok⁵ tiaŋ⁵⁵	
照相館	照相店／影相館	tsau⁴⁴ ɕioŋ⁴⁴ tien⁴⁴／iaŋ³¹ ɕioŋ⁴⁴ kuan³¹	照相店／影相館	tsau⁵⁵ ɕioŋ⁵⁵ tiaŋ⁵⁵／iaŋ³¹ ɕioŋ⁵⁵ kuan³¹	

書店	書店	su²² tien⁴⁴	書店	su³³ tiaŋ⁵⁵	
囤貨	囤貨	tun³¹ kʰo⁴⁴	囤貨	tun³¹ fo⁵⁵	
成本	本錢	pun³¹ tɕʰien⁵³	成本	ɕin¹¹ pun³¹	
收益	利純 / 賺數	li⁴⁴ sun⁵³/ tsʰon⁴⁴ su⁴⁴	賺數	tsʰan³¹ su⁵⁵	
賺錢	賺錢	tsʰon⁴⁴ tɕʰien⁵³	賺錢	tsʰan³¹ tɕʰien¹¹	
還錢	還錢	van⁵³ tɕʰien⁵³	還錢	van¹¹ tɕʰien¹¹	
賠錢	賠錢	pʰoi⁵³ tɕʰien⁵³	賠錢	pʰoi¹¹ tɕʰien¹¹	
窮苦	貧苦	pʰin⁵³ kʰu³¹	窮	tɕʰiuŋ¹¹	
倒閉	關門	kuan²² mun⁵³	關門	kuan³³ mun¹¹	
記帳	記數	tsɿ⁴⁴ su⁴⁴	記帳	tɕi⁵⁵ tsoŋ⁵⁵	
算帳	算數	son⁴⁴ su⁴⁴	算數	son⁵⁵ su⁵⁵	
相抵	頂數	tin³¹ su⁴⁴	頂數	tin³¹ su⁵⁵	
漲價	起價 / 漲價	sɿ³¹ ka⁴⁴/ tsoŋ³¹ ka⁴⁴	起價	tɕʰi³¹ ka⁵⁵	
降價	跌價 / 降價	tiet⁴⁵ ka⁴⁴/ koŋ⁴⁴ ka⁴⁴	降價	koŋ⁵⁵ ka⁵⁵	
打折	打折	ta³¹ tset⁴⁵	打折	ta³¹ tsat²	
便宜	便宜	pʰien⁵³ ɲi⁵³	便宜	pʰien¹¹ ɲi¹¹	
有質量	夠秤	kieu⁴⁴ tɕʰin⁴⁴	秤頭足	tɕʰin⁵⁵ tʰeu¹¹ tɕiuk²	
秤頭	一	一	秤頭	tɕʰin⁵⁵ tʰeu¹¹	
沒質量	短斤缺兩	ton³¹ tɕin²² tɕʰiot⁴⁵ lioŋ²²	秤頭毋足	tɕʰin⁵⁵ tʰeu¹¹ m¹¹ tɕiuk²	
賭博	賭錢	tu³¹ tɕʰien⁵³	賭錢	tu³¹ tɕʰien¹¹	
費用	用費	iuŋ⁴⁴ fe⁴⁴	開銷	kʰoi³³ ɕiau³³	
路費、盤 纏	盤費	pʰan⁵³ fe⁴⁴	使用	sɿ³¹ iuŋ³¹	
商標	商標	soŋ²² piau²²	商標	soŋ³³ piau³³	
仲介	中人	tsuŋ²² ɲin⁵³	中人	tsuŋ³³ ɲin¹¹	
好命人	好命人	hau³¹ miaŋ⁴⁴ ɲin⁵³	好命人	ho³¹ miaŋ³¹ ɲin¹¹	
窮苦人	□苦人	tiet⁴⁵ kʰu³¹ ɲin⁵³	窮苦人	tɕʰiuŋ¹¹ kʰu³¹ ɲin¹¹	
工作	做事	tso⁴⁴ sɿ⁴⁴	做工	tso⁵⁵ kuŋ³³	
工作；事 業	職業	tɕit⁴⁵ ɲiet⁴⁵	做哪行	tso⁵⁵ nai³¹ hoŋ¹¹	
手藝	手藝	ɕiu³¹ ɲi⁴⁴	手藝	ɕiu³¹ ɲi³¹	

十八、交際訟事

語　詞	馬　市		隘　子		備　註
靠別人得到好處	打幫	ta³¹ poŋ²²	□幫	tʰen⁵⁵ poŋ³³	
丟臉	見笑 / 丟醜	tɕien⁴⁴ ɕiau⁴⁴/ tiu²² tɕʰiu³¹	無面板	mo¹¹ mien⁵⁵ pan³¹	
嘴巴甜	甜喙嫲	tʰien⁵³ tsoi⁴⁴ ma⁵³	好喙嫲	ho³¹ tsoi⁵⁵ ma¹¹	
同年	同年	tʰuŋ⁵³ nien⁵³	同年	tʰuŋ¹¹ ɲien¹¹	
說假話	打大話	ta³¹ tʰai⁴⁴ va⁴⁴	花舌	fa³³ sat⁵	
模仿別人說話；背後傳話	學喙學鼻	hok⁴⁵ tsoi⁴⁴ hok⁴⁵ pʰi⁴⁴	學舌學鼻	hok⁵ sat⁵ hok⁵ pʰi³¹	
取名	安名	on²² miaŋ⁵³	安名	on³³ miaŋ¹¹	
聽說	聽講	tʰiaŋ²² koŋ³¹	聽講	tʰen³³ koŋ³¹	
判斷	估計	ku²² tsɿ⁴⁴	估計	ku³³ tɕi⁵⁵	
可愛	得人歡喜	tet⁴⁵ ɲin⁵³ fan²² sɿ³¹	惹人喜歡	ɲia³³ ɲin¹¹ ɕi³¹ fan³³	
對不起	對毋住	tui⁴⁴ m⁵³ tsʰu⁴⁴	對毋住	te⁵⁵ m¹¹ tsʰu³¹	
吵架	講口	koŋ³¹ heu³¹	講口	koŋ³¹ heu³¹	
打架	打交	ta³¹ kau²²	打交	ta³¹ kau³³	
收賄賂	得後手	tet⁴⁵ heu⁴⁴ ɕiu³¹	進背手	tɕin⁵⁵ pʰoi³¹ ɕiu³¹	
禮物	手信	ɕiu³¹ ɕin⁴⁴	禮物	li³³ vut⁵	
陪伴	做陣	tso⁴⁴ tɕʰin⁴⁴	做陣	tso⁵⁵ tɕʰin³¹	
打擾	吵擾	tsʰau⁵³ iau³¹	吵擾	tsʰau¹¹ iau³¹	
坐首席	坐橫頭	tsʰo²² vaŋ⁵³ tʰeu⁵³	坐上頭	tsʰo³³ soŋ³¹ tʰeu¹¹	
客氣	客氣	kʰak⁴⁵ tsʰɿ⁴⁴	客氣	kʰak² tɕʰi⁵⁵	
沒帶禮物	打空手	ta³¹ kʰuŋ²² ɕiu³¹	空手	kʰuŋ³³ ɕiu³¹	
捎話	寄聲	tsɿ⁴⁴ saŋ²²	搭信	tak² ɕin⁵⁵	
對人無禮	無教詔 / 欠教詔	mau²² kau²² tsau²²/tɕʰien⁴⁴ kau²² tsau²²	無教條	mo¹¹ kau⁴⁴ liau¹¹/tʰiau¹¹	

十九、教育娛樂

語詞	馬市		隘子		備註
學堂	學堂	hok^{45} t^{h}oŋ^{53}	學堂	hok^5 t^{h}oŋ^{11}	
第一名	頭名	t^{h}eu^{53} miaŋ^{53}	頭名	t^{h}eu^{11} miaŋ^{11}	
最後一名	尾名	me^{22} miaŋ^{53}	尾名	me^{33} miaŋ^{11}	
同班	做班	tso^{44} pan^{22}	同班	t^{h}uŋ^{11} pan^{33}	
人偶	木佬	muk^{45} lau^{31}	木偶	muk^2 ŋeu^{31}	
山歌	山歌	san^{22} ko^{22}	山歌	san^{33} ko^{33}	
跳房子（遊戲名）	□房	van^{44} foŋ^{53}	跳格仔	t^{h}iau^{55} kak^2 ə^{31}	
演戲	唱戲	ts^{h}oŋ^{44} ts^{h}ɿ^{44}	做戲／唱戲	tso^{55} tɕi^{55}／ts^{h}oŋ^{55} tɕi^{55}	
客家戲	採茶戲	ts^{h}oi^{31} ts^{h}a^{53} ts^{h}ɿ^{44}	採茶戲	ts^{h}oi^{31} ts^{h}a^{11} tɕ^{h}i^{55}	
風箏	風□	fuŋ^{22} ts^{h}ɿ^{31}	紙鷂	tsɿ^{31} iau^{31}	
捉迷藏	俾□目	piaŋ^{44} a^{22} muk^{45}	俾人仔	piaŋ^{55} ɲin^{11} ə^{31}	
猜	猜	ts^{h}ai^{22}	揣	t^{h}on^{33}	
猜拳	猜拳	ts^{h}ai^{22} tɕ^{h}ion^{53}	猜拳	ts^{h}ai^{33} tɕ^{h}ien^{11}	
猜謎	猜□	ts^{h}ai^{22} ku^{31}	揣影仔	t^{h}on^{33} iaŋ^{31} ə^{31}	
信	信	ɕin^{44}	信	ɕin^{55}	
信封	信皮	ɕin^{44} p^{h}i^{53}	信套	ɕin^{55} t^{h}o^{55}	
不倒翁	不倒翁	put^{45} tau^{31} vuŋ^{22}	─	─	
戲棚	戲棚	ts^{h}ɿ^{44} p^{h}aŋ^{53}	戲棚	tɕ^{h}i^{55} p^{h}aŋ^{11}	
講故事	講古	koŋ^{31} ku^{31}	講古仔	koŋ^{31} ku^{31} ə^{31}	
下棋	捉棋	tsok^{45} ts^{h}ɿ^{53}	捉棋	tsok^2 tɕ^{h}i^{11}	
（象棋）拱卒	□卒	oŋ^{31} tsut^{45}	□卒	tuk^2 tsut^2	
拔河	挷索	paŋ^{22} sok^{45}	挷索仔	paŋ^{33} sok^2 ə^{31}	
翻筋斗	打筋斗	ta^{31} tɕin^{22} teu^{53}	打翻筋斗	ta^{31} fan^{33} tɕin^{33} teu^{31}	
游泳	洗冷□	se^{31} laŋ^{22} poŋ^{22}	摡水	iak^5 se^{31}	馬市包含游泳、玩水等義
賽跑	跑步	p^{h}au^{31} p^{h}u^{44}	賽跑	soi^{55} p^{h}au^{33}	

拍手	拍手	pʰok⁴⁵ ɕiu³¹	拍手	pʰok² ɕiu³¹	
玩	搞	kau³¹	搞	kau³¹	
吹牛	車大炮 / 講大話	tsʰa²² tʰai⁴⁴ pʰau⁴⁴/ koŋ³¹ tʰai⁴⁴ va⁴⁴	車大炮	tsʰa³³ tʰai³¹ pʰau⁵⁵	
陀螺	□樂	kʰok⁴⁵ lok⁴⁵	陀螺	tʰo¹¹ lo¹¹	
遊憩	寮	liau⁴⁴	寮 / □	liau³¹/lau⁵⁵	
休息	歇 / 寮	tʰeu³¹/liau⁴⁴	歇/寮	tʰeu³¹/liau³¹	
鞭炮	爆竹	pau⁴⁴ tsuk⁴⁵	紙炮	tsɿ³¹ pʰau⁵⁵	
放鞭炮	打爆竹	ta³¹ pau⁴⁴ tsuk⁴⁵	□紙炮 / 打紙炮	tsut² tsɿ³¹ pʰau⁵⁵/ ta³¹ tsɿ³¹ pʰau⁵⁵	
面具	鬼殼頭	kue³¹ kʰok⁴⁵ tʰeu⁵³	鬼殼仔	kue³¹ kʰok² ə³¹	
笛子	笛子	tʰiak⁴⁵ tsɿ³¹	笛仔 / 直簫	tit⁵ ə³¹/ tɕit⁵ ɕiau³³	
鑼	鑼	lo⁵³	鑼	lo¹¹	
拉胡琴	挨胡琴 / 挨二弦	ai²² fu⁵³ tɕʰin⁵³/ ai²² ɲi⁴⁴ ɕion⁵³	挨胡琴 / 挨弦仔	ai³³ fu¹¹ tɕʰin¹¹/ ai³³ ɕien¹¹ ə³¹	
划船	划船	pʰa⁵³ son⁵³	划船	pʰa¹¹ son¹¹	
照相	影相	iaŋ³¹ ɕioŋ⁴⁴	影相	iaŋ³¹ ɕioŋ⁵⁵	
變戲法	搬把戲	pan²² pa³¹ tsʰɿ⁴⁴	變把戲	pien⁵⁵ pa³¹ tɕʰi⁵⁵	
辦家家酒 （仿做飯 遊戲）	—	—	煮□□仔	tsu³¹ kua³³ kuet⁵ ə³¹	
毽子	燕子	ien44 tsɿ31	燕仔	ien55 ə31	

二十、動　作

語　詞	馬　市		隘　子		備　註
拔	挷	paŋ²²	挷	paŋ³³	
挑（擔）	荷	kʰai²²	荷	kʰai³³	
選擇	擇	tʰok⁴⁵	擇	tʰok⁵	
雙手抱	肋	let⁴⁵	肋	let⁵	
雙手環抱	攬	lan³¹	攬	laŋ³¹	
供(養牲畜 或養孩子)	供	tɕiuŋ⁴⁴	供	tɕiuŋ⁵⁵	

修理	整	tsaŋ³¹	整	tsaŋ³¹	
脫落	□	lut⁴⁵	□	lut²	
凝結	凝凍	kʰen⁵³ tuŋ⁴⁴	凝凍	kʰen¹¹ tuŋ⁵⁵	
搓揉	捼	no⁵³	捼	no¹¹	
甩	拂	fut⁴⁵	□	fin⁵⁵	
招手	撲手	iak⁴⁵ ɕiu³¹	□手	iau⁵⁵ ɕiu³¹	
小孩學站	打蹬蹬	ta³¹ ten⁴⁴ ten⁴⁴	打蹬蹬	ta³¹ ten¹¹ ten¹¹	
發脾氣	發性	fat⁴⁵ ɕiaŋ⁴⁴	發性	fat² ɕiaŋ⁵⁵	
要賴	打賴	ta³¹ lai⁴⁴	打賴	ta³¹ lai³¹	
逗弄	撩／□	liau⁵³/in³¹	撩	liau¹¹	
以土覆蓋	□	vuŋ²²	□	vuŋ³³	
墊	墊	tʰiet⁴⁵	墊	tʰiak⁵	
端	兜	teu²²	兜／扛	teu³³/koŋ³³	前者雙手，後者單手
綁	揚／綑	tʰak⁴⁵/kʰun³¹	揚／綁	tʰak²/poŋ³¹	
捧	捧	puŋ³¹	捧	puŋ³¹	
遮蓋捂住	揞	en²²	揞	en³³	
用手抓取	抴	ia³¹	抴	ia³¹	
用手指取	撮	tsut⁴⁵	□	tset²	
攪動	攦／攪	luk⁴⁵/kau³¹	攦	luk²	
戳	□	tuk⁴⁵	□	tuk²	
提	□／□	kʰe⁵³/tia²²	□	kʰen⁵⁵	
遮	遮	tsa²²	遮	tsa³³	
絞	絞	kau³¹	絞	kau³¹	
扳	扳	pan²²	扳	pan³³	
扛	扛	koŋ²²	扛	koŋ³³	
用力甩	□	pʰan²²	□	pʰan³³	
跟在後面	跈	tʰen⁴⁴	□背	tiak⁵ poi⁵⁵	
扔	拂	fut⁴⁵	拂／□	fit²/tet⁵	隘子前者指無目標，後者指有目標的丟
燙（用／被水）	爐	luk⁴⁵	爐	luk⁵	
翹腳	翹腳	kʰau²² tɕiok⁴⁵	翹腳	tɕʰiau⁵⁵ tɕiok²	

掉落	跌	tiet⁴⁵	跌	tiet²	
穿	著	tsok⁴⁵	著	tsok²	
掏；挖	摟	seu²²	摟	seu³³	
壓	磧	tsak⁴⁵	磧	tsak²	
靠表面壓	—	—	□	kʰaŋ³¹	
敲	摧	kʰok⁴⁵	□	kok⁵	
凴	凴	pʰen⁴⁴	凴	pʰen⁵⁵	
披著頭巾、遮蓋	□	tuŋ²²	□	tuŋ³³	
撥	撥	pat⁴⁵	撥	pat²	
摸	摸	mia²²	摸	mia³³	
喜好	酷	kʰuk⁴⁵	好	hau⁵⁵	
跳、竄	飆	piau²²	飆	piau³³	
孵	孵	pu²²	孵	pʰu¹¹	
站	徛	tsʰɿ²²	徛	tɕʰi³³	
走	行	haŋ⁵³	行	haŋ¹¹	
跑	走	tseu³¹	□	pʰi³³	
重踩	躝	naŋ⁴⁴	躝	nan⁵⁵	
踩腳	□腳	ten³¹ tɕiok⁴⁵	□腳	ten³¹ tɕiok²	
蹬腳尖	□腳	nen⁴⁴ tɕiok⁴⁵	□腳	nen⁵⁵ tɕiok²	
跨	□	tɕʰia⁴⁴	□	tɕʰiaŋ³³	
擎（高舉）	擎	ɲiaŋ⁵³	擎	tɕʰiaŋ¹¹	
回（次數）	趟	tʰoŋ⁴⁴	轉	tson³¹	
拼合；安裝	鬥	teu⁴⁴	鬥	teu⁵⁵	
折斷	拗	au³¹	拗	au³¹	
蓋蓋子	蓋	koi⁴⁴	蓋／□	koi⁵⁵/tsen³¹	
叫	喊／□	han⁴⁴/len³¹	喊	haŋ⁵⁵	
勸說；告訴	話	va⁴⁴	話	va³¹	
用火燒烤	烘	kʰuŋ⁴⁴	烘／□	kʰuŋ⁵⁵/tʰaŋ¹¹	
養（使蚌類吐沙）	養	ioŋ²²	養	ioŋ³³	
摻	摻	tsʰan²²	□	lau³³	
將手盡全力伸長	—	—	探	tʰaŋ³³	

用兩指搓	□	nun³¹	□	nun⁵⁵	
打耳光的動作	□	pʰiaŋ²²	□	pʰiaŋ³³	
摑	搧	sen⁴⁴	搧	sen⁵⁵	
收攏；收拾整齊	檢擊	tɕien³¹ tɕʰiu²²	檢擊	tɕiaŋ³¹ tɕʰiu³³	
幫忙	□手	tʰen⁴⁴ ɕiu³¹	□手	tʰen⁵⁵ ɕiu³¹	
被水沖走	打走	ta³¹ tseu³¹	打走	ta³¹ tseu³¹	
下車	下車／落車	ha²² tsʰa²²／lok⁴⁵ tsʰa²²	下車	ha³³ tsʰa³³	
看	看	kʰon⁴⁴	看	kʰon⁵⁵	
挖掘	挖	va²²／vet⁴⁵／iet⁴⁵	挖	vet²	
用火燻烤	烘	kʰuŋ⁴⁴	焙	pʰoi³¹	
繫	□	ke²²	□	ke³³	
刻	刻	kʰat⁴⁵	刻	kʰet²	
直剖樹幹	破	pʰo⁴⁴	破	pʰo⁵⁵	
擤鼻涕	□鼻	sen⁴⁴ pʰi⁴⁴	□鼻	sen⁵⁵ pʰi³¹	
織毛衣	□	tɕʰiak⁴⁵	□	tɕʰiak²	
把水舀出	舀	iau³¹	舀	iau³¹	
縈繞	繞	ɲiau³¹	縈	iaŋ³³	
豎起（東西）	□	tun⁴⁴	□	tun⁵⁵	
扚彎（鐵絲）	□	vut⁴⁵	□	vut²	
拔（雞毛）	掅	paŋ²²	掅	paŋ³³	
疊	層／疊	tsʰen⁵³／tʰiet⁴⁵	層	tsʰen¹¹	
疊（碗）	攇	nat⁴⁵	攇	lak²	
裝上	上	soŋ⁴⁴	上	soŋ³¹	
卸下	下／卸	ha⁴⁴／ɕia⁴⁴	下	ha³¹	
伏（趴下）	仆	pʰuk⁴⁵	仆	pʰuk⁵	
覆蓋	覆／蓋	fuk⁴⁵／koi⁴⁴	覆／弇	fuk²／ken¹¹	
尋	尋	tɕʰin⁵³	尋	tɕʰin¹¹	
押（強迫）	押	at⁴⁵	□	kak²	
分攤	—	—	□	pʰai⁵⁵	
毒魚	□	neu⁴⁴	□	tʰeu³¹	

語詞	馬市		隘子		備註
用清水煮	川燙	tsʰon²² tʰoŋ⁴⁴	煠	sak⁵	
悶	□	hen⁴⁴	□	kʰuk²	
熬煮	煠	sat⁴⁵	熬	ŋau¹¹	
薄薄的橫向切割	片	pʰien⁴⁴	□	le⁵⁵	
蹲	□	meu²²	跕	ku³³	
播撒菜種	掖	ie⁴⁴	搵	ve³¹	
藏	偋	piaŋ⁴⁴	偋	piaŋ⁴⁴	
握手	握手	vok⁴⁵ ɕiu³¹	握手	vok² ɕiu³¹	
舞龍舞獅	□龍打獅	ȵioŋ²² luŋ⁵³ ta³¹ sɿ²²	□龍打獅	m³¹ luŋ¹¹ ta³¹ sɿ³³	舞獅稱打獅頭
翻找	揙	pien³¹	揙	pien³¹	
輕微摩擦	搒	poŋ²²	搒	poŋ³³	
吊	吊	tiau⁴⁴	吊	tiau⁵⁵	
扭轉水龍頭、瓶蓋	□	tɕiot⁴⁵	扭	ȵiu³¹	
擦拭	抹／捽	mat⁴⁵/tsʰut⁴⁵	抹／捽	mat²/tsʰut⁵	前者範圍大後者範圍小
推	□	oŋ³¹	□	suŋ³¹	
掰開、剝開	□／剝	net⁴⁵/pok⁴⁵	分/剝	pun³³/pok²	前者適用對象較大，如柑；後者適用對象較小、如花生。
捏（用指甲）	捏	net⁴⁵	捏	net²	
摺疊（袖子）	攝	niet⁴⁵	攝	ȵiak²	
物體伸進伸出	捅	tʰuŋ⁴⁴	捅	tʰuŋ³¹	
水波盪漾	灩	ien⁴⁴	灩	iaŋ³³	

二十一、感　知

語詞	馬市		隘子		備註
不知羞恥	厚面□	heu²² mien⁴⁴ pat⁴⁵	無愧恥	mo¹¹ kʰue⁵⁵ tsʰɿ³¹	
偷偷摸摸	偷偷摸摸	tʰeu²² tʰeu²² mo²² mo²²	偷偷仔	tʰeu³³ tʰeu³³ ə³¹	

含齒	嚙嚓	ŋat⁴⁵ tsʰat⁴⁵	□齒	net² set²	
驕傲囂張	—	—	囂□	ɕiau³³ li³¹	
隨便	裁便	tsʰoi⁵³ pʰien⁴⁴	隨便	se¹¹ pʰien³¹	
羨慕	羨慕	ɕien⁴⁴ mu⁴⁴	—	—	
生氣	惱火	nau³¹ fo³¹	出火／惱／關	tsʰut² fo³¹/nau³¹/at²	
疼愛	愛痛	oi⁴⁴ tʰuŋ⁴⁴	愛	oi⁵⁵	
認識	認得	ɲin⁴⁴ tet⁴⁵	認得	nin³¹ tet²	
努力	發懇	fat⁴⁵ kʰen³¹	發懇	fat² kʰen³¹	
擔心	擔憂	tan²² iu²²	愁絕	seu¹¹ tɕʰiet⁵	
頂嘴	應喙	en⁴⁴ tsoi⁴⁴	講喙	koŋ³¹ tsoi⁵⁵	
忘記	毋記得	m⁵³ tsɿ⁴⁴ tet⁴⁵	毋記得	m¹¹ tɕi⁵⁵ tet²	
理睬	睬搭	tsʰoi³¹ tat⁴⁵	睬	tsʰoi³¹	
慢走（道別語）	慢行	man⁴⁴ haŋ⁵³	慢行	man³¹ haŋ¹¹	
差一點	差□仔／差□仔	tsʰa²² tit⁴⁵ e⁴⁴/tsʰa²² nak⁴⁵ e⁴⁴	差□仔	tsʰa³³ tit⁵ ə³¹	
試試看	試□看	tsʰɿ⁴⁴ tsʰo³¹ kʰon⁴⁴	試下仔	sɿ⁵⁵ ha³³ ə³¹	
聽得懂	聽懂	tʰiaŋ²² tuŋ³¹	聽仔懂	tʰen³³ ə³¹ tuŋ³¹	
聽不懂	毋知得／毋懂	m⁵³ ti²² tet⁴⁵/m⁵³ tuŋ³¹	聽毋懂	tʰen³³ m¹¹ tuŋ³¹	
喜歡	喜愛／中意	sɿ³¹ oi⁴⁴/tsuŋ⁴⁴ ɿ⁴⁴	歡喜	fan³³ ɕi³¹	
害羞	怕醜	pʰa⁴⁴ tɕʰiu³¹	怕醜	pʰa⁵⁵ tɕʰiu³¹	
虔誠	誠心	ɕin⁵³ ɕin²²	誠心	ɕin¹¹ ɕin³³	
上癮	上了癮	soŋ²² liau³¹ in³¹	起隱	tɕʰi³¹ in³¹	
打小報告	告狀	kau⁴⁴ tsʰoŋ⁴⁴	□是非	se³¹ sɿ³¹ fe³³	
虐待	淺待	tɕʰien³¹ tʰoi⁴⁴	待淺	tʰoi³¹ tɕʰien³¹	
虧待	薄待	pʰok⁴⁵ tʰoi⁴⁴	待薄	tʰoi³¹ pʰok⁵	
撒嬌	—	—	裝嬌	tsoŋ³³ tɕiau³³	
慢吞吞	摸□□	mo²² tsʰɿ²² tsʰɿ²²	摸摸趖趖	mo³³ mo³³ so³³ so³³	
盼望	盼望	pʰan⁴⁴ moŋ⁴⁴	望	moŋ³¹	
討厭	□	tɕʰiak⁴⁵	惱	nau³¹	
吃虧	□虧	tɕʰiak⁴⁵ kʰue²²	上當	soŋ³³ toŋ⁵⁵	

倒楣	衰	sui²²	衰 / 無運氣	soi³³/ mo¹¹ iun³¹ tɕʰi⁵⁵	
頑皮	頑皮	ŋan⁵³ pʰi⁵³	調皮	tʰiau³¹ pʰi¹¹	
有趣	有味道	iu²² me⁴⁴ tʰau⁴⁴	有味道	iu³³ me³¹ tʰo³¹	
愛現	□□ / □□	lau³¹ lon³¹/ lau³¹ tsʰai³¹	出鋒頭	tsʰut² fuŋ³³ tʰeu¹¹	
木訥	暮痼	mu⁴⁴ ku⁴⁴	木篤	muk² tuk²	
蠻橫	霸王	pa⁴⁴ voŋ⁵³	蠻	man¹¹	
可憐	可憐	kʰo³¹ lien⁵³	可憐 / □過	kʰo³¹ lien¹¹/ tsʰoi¹¹ ko⁵⁵	
故意	有心 / 有意	iu²² ɕin²²/ iu²² ɿ⁴⁴	□使	tʰit⁵ sɿ³¹	
彆扭	硬氣 / 推推託託	ŋaŋ⁴⁴ tsʰɿ⁴⁴/ tʰui²² tʰui²² tʰok⁴⁵ tʰok⁴⁵	鬥氣	teu⁵⁵ tɕʰi⁵⁵	硬氣、鬥氣指兩人不愉快。後者指因害羞、推託而顯得彆扭

二十二、方　位

語　詞	馬　市		隘　子		備　註
左邊	左□	tso³¹ le⁴⁴	左析	tso³¹ sak²	
右邊	右□	iu⁴⁴ le⁴⁴	右析	iu³¹ sak²	
裡面	裡內	ti⁴⁴ nai⁴⁴	內□	ne³¹ kau³³	
正中	當中	toŋ²² tsuŋ²²	中心	tsuŋ³³ ɕin³³	
外面	外頭	vai⁴⁴ tʰeu⁵³	外背	ŋoi⁵⁵ poi⁵⁵	
旁邊	側邊	tset⁴⁵ pien²²	側旁	tset² pʰoŋ¹¹	
上面	上□	soŋ⁴⁴ lau³¹/ nau³¹	上背	soŋ³¹ poi⁵⁵	
下面	下□ / 下□	ha⁴⁴ ti³¹/ ha⁴⁴ nau³¹	下背	ha³³ poi⁵⁵	
物體之上	上	hoŋ⁴⁴	上	soŋ³¹	
物體之下	底下	te³¹ ha²²	底下	te³¹ ha³³	
前面	前頭	tɕʰien⁵³ tʰeu⁵³	面前	mien⁵⁵ tɕʰien¹¹	
後面	後□	heu⁴⁴ ti³¹	後面	heu³¹ mien⁵⁵	

角落	側角 / 角落	tset⁴⁵ kok⁴⁵/ kok⁴⁵ lok⁴⁵	角落	kok² lok⁵	
鍋中	鑊□	vok⁴⁵ tuk⁴⁵	鑊肚	vok⁵ tu³¹	
鍋底	鑊底	vok⁴⁵ te³¹	鑊底	vok⁵ te³¹	
地上	地下	tʰi⁴⁴ ha²²	地下	tʰi³¹ ha³³	
邊緣	邊唇	pien²² sun⁵³	舷 / 唇	ɕien³¹/sun¹¹	
背後	背面	poi⁴⁴ mien⁴⁴	□背	sɿ⁵⁵ poi⁵⁵	
半途	半路	pan⁴⁴ lu⁴⁴	半路	pan⁵⁵ lu³¹	

二十三、代 詞

語詞	馬市		陝子		備註
哪裡	哪□	ŋai²²（iaŋ³¹）	哪□	nai⁵⁵ lə³¹	
這裡	□□	kai⁴⁴（iaŋ³¹）	□□	ti³¹ lə³¹	
那裡	□□	kun²²（iaŋ³¹）	□個□	kai⁵⁵ ke⁵⁵ toŋ⁵⁵	
誰	哪佬	ŋai²² lau³¹	哪人	nai⁵⁵ ɲin¹¹	
自己	自家	tsʰɿ⁴⁴ ka²²	自家	sɿ⁵⁵ ka³³	
別人	別个佬	pʰiet⁴⁵ ke⁴⁴ lau³¹	別个人	pʰiet⁵ ke⁵⁵ ɲin¹¹	
大家	个个佬	ke⁴⁴ ke⁴⁴ lau³¹	大自家	tʰai³¹ sɿ⁵⁵ ka³³	
我	□	ŋai²²	□	ŋai¹¹	
他	佢	tsɿ²²	佢	tɕi¹¹	
你	你	m²²	你	ŋ¹¹	
我們	□□	ŋai²² ti³¹	□□（人）	ŋai¹¹ nen³³（ɲin¹¹）	
他們	佢□	tsɿ²² ti³¹	佢□（人）	tɕi¹¹ nen³³（ɲin¹¹）	
你們	你□	m²² ti³¹	你□（人）	ŋ¹¹ nen³³（ɲin¹¹）	
我的	□个	ŋai²² ke⁴⁴	□个	ŋai¹¹ ke⁵⁵	
他的	佢个	tsɿ²² ke⁴⁴	佢个	tɕi¹¹ ke⁵⁵	
你的	你个	m²² ke⁴⁴	你个	ŋ¹¹ ke⁵⁵	
這樣	□□	kan³¹ ioŋ⁵³	□樣	ke³¹ ioŋ³¹	
那樣	□□	ken²² ioŋ⁵³	□樣	kai⁵⁵ ioŋ³¹	
怎樣	麼个□	ma³¹ kai³¹ ioŋ⁵³	仰般	ɲioŋ³¹ pan³³	
這麼	□	kan³¹	□	kan³¹	
多少	幾多	tsɿ³¹ to²²	幾多	tɕi³¹ to³³	

多遠	幾遠	tsɿ³¹ ion³¹	幾遠	tɕi³¹ ien³¹	
這些	□□	kan²² ɕia⁴⁴	□兜	ti³¹ teu³³	
那些	□□	ken²²/kun²² ɕia⁴⁴	□兜	kai⁵⁵ teu³³	
有些	有兜 / 有□	iu²² teu²²/ iu²² neu³¹	有兜	iu³³ teu³³	
什麼	麼个	ma³¹ kai³¹	麼个	ma³¹ ke⁵⁵	

二十四、形容詞

語　詞	馬　　市		陷　子		備　註
聰明	精	tɕin²²	精	tɕin³³	
笨、愚蠢	駑	nu⁵³	木	muk²	
沸騰	滾	kun³¹	滾	kun³¹	
燙	燒 / 滾 / 燙	sau²²/kun³¹/ tʰoŋ⁴⁴	滾 / 爐	kun³¹/luk⁵	
乾爽	燥爽	tsau²² soŋ³¹	燥	tsau³³	
破	爛	lan⁴⁴	爛	lan³¹	
乾淨	伶俐	liaŋ⁵³ li⁴⁴	淨 / 伶俐	tɕʰiaŋ³¹/ lin¹¹ li³¹	
骯髒	垃圾	lat⁴⁵ tat⁴⁵	骯髒	an³³ tsan³³	
漂亮	靚	liaŋ⁴⁴	靚	liaŋ⁵⁵	
醜	□ / 醜	sai³¹/tɕʰiu³¹	鬼	kue³¹	
濃	醹	neu⁵³	醹	neu¹¹	
稀	鮮	ɕien²²	鮮	ɕien³³	
淡	淡	tʰan²²	淡	tʰaŋ³³	
穠密	□ / 濃	tsat⁴⁵/ɲiuŋ⁵³	濃	ɲiuŋ¹¹/ŋuŋ¹¹	
厚	厚	heu²²	厚	heu³³	
嫩	嫩	nun⁴⁴	嫩	nun³¹	
緊	絚	hen⁵³	絚	hen¹¹	
心狠手辣	惡□惡缺	ok⁴⁵ ko²² ok⁴⁵ tɕʰiot⁴⁵	橫腸肚吊	vaŋ¹¹ tsʰoŋ¹¹ tu³¹ tiau⁵⁵	
極度驚嚇	嚇驚	hak⁴⁵ tɕiaŋ²²	著嚇	tsʰok⁵ hak²	
冷清	冷鑊冷灶	laŋ²² vok⁴⁵ laŋ²² tsau⁴⁴	冷清	len³³ tɕʰin³³	
軟軟的	軟軟个	ɲion²² ɲion²² ke⁴⁴	軟軟个	ɲion³³ ɲion³³ ke⁵⁵	

高興	暢	tsʰoŋ⁴⁴	有味道	iu³³ me³¹ tʰo³¹	
陡	嶇	tsʰɿ²²	嶇	tɕʰi³³	
傾斜	斜	tɕʰia⁵³	斜	tɕʰia¹¹	
裸露	赤些些	tsʰak⁴⁵ ɕia²² ɕia²²	凸凸	tʰiet⁵ tʰiet⁵	
大而不實	—	—	榔康	loŋ¹¹ kʰoŋ³³	
顛（路不平車子顛動）	抛	pʰau²²	抛	pʰau³³	
胖	肥	fe⁵³	肥	fe¹¹	
雄性動物發情；精力旺盛	雄	ɕiuŋ⁵³	雄	ɕiuŋ¹¹	
雌性動物發情；女子行為不端莊	發□	fat⁴⁵ hau⁵³	嬈／□□	ɕiau¹¹/ma³³ kua³¹	隘子後者專指女子行為不端莊
勤儉	做家	tso⁴⁴ ka²²	做家	tso⁵⁵ ka³³	
勤勞勤快	勤懇	tɕʰin⁵³ kʰen³¹	□□／□□	liak² ɕiak²/lok⁵ liau³³	
刻薄	刻薄	kʰet⁴⁵ pʰok⁴⁵	刻薄	kʰet² pʰok⁵	
個性溫和	馴／柔	sun⁴⁴/iu⁵³	馴□	sun¹¹ san³³	
對	著	tsʰok⁴⁵	著	tsʰok⁵	
痕跡	跡	tɕiak⁴⁵	影	iaŋ³¹	
巴結討好	呵卵包	ho⁴⁴ lon³¹ pau²²	□大腳	pi⁵⁵ tʰai³¹ tɕiok²	
要緊重要	緊要	tɕin³¹ iau⁴⁴	緊要	tɕin³¹ iau⁵⁵	
不要緊；沒關係	無要緊／無緊要／無所謂	mau²² iau⁴⁴ tɕin³¹/mau²² tɕin³¹ iau⁴⁴/mau²² so³¹ ve⁴⁴	無要緊	mo¹¹ iau⁵⁵ tɕin³¹	
立刻馬上	□□	he⁴⁴ ken³¹	接腳	tɕiak² tɕiok²	
閒聊	閒聊	han⁵³ liau⁵³	講玄天	koŋ³¹ ɕien¹¹ tʰien³³	
懶惰	懶（鬼）	lan²²（kue³¹）	懶	lan³³	
老實	忠良	tsuŋ²² lioŋ⁵³	老實	lo³¹ ɕit⁵	
慷慨	大方	tʰai⁴⁴ foŋ²²	大方	tʰai³¹ foŋ³³	
英俊	靚	liaŋ⁴⁴	靚	liaŋ⁵⁵	

能幹	□	liak^{45}	本事	pun^{31} sๅ^{31}	
神氣	氣派	tsʰๅ^{44} pʰai^{31}	精神	tɕin^{33} ɕin^{11}	
浪費、可惜	□□	noŋ^{44} naŋ^{31}	□□	noŋ^{55} het^{2}	
流行	流行 / 興	liu^{53} haŋ^{53}/ ɕin^{22}	興	ɕin^{55}	
孤僻	孤□	ku^{22} ɕit^{45}	孤獨	ku^{33} tʰuk^{5}	
孤苦無依	無依無靠	mau^{22} ๅ^{22} mau^{22} kʰau^{44}	無依無靠	mo^{11} i^{33} mo^{11} kʰau^{55}	
好、棒	□	liak^{45}	頂靚	tin^{31} liaŋ^{55}	
差勁	□□ / □□	pe^{31} tsʰe^{44}/ pe^{31} hai^{22}	頂差	tin^{31} tsʰa^{33}	

二十五、副詞介詞

語　詞	馬　市		隘　子		備　註
可以	得	tet^{45}	做得	tso^{55} tet^{2}	
很	□ / 好	kan^{31}/hau^{31}	□ / 頂	kan^{31}/tin^{31}	
太	好	hau^{31}	太	tʰai^{55}	
剩餘	□	in^{44}	多	to^{33}	
沒有	無	mau^{22}	無	mo^{11}	
尚未	還無	han^{53} mau^{22}	還□ / 還無	han^{11} men^{11}/ han^{11} mo^{11}	
不曾	毋曾	m^{53} tɕʰien^{53}	毋□	m^{11} men^{11}	
不	毋	m^{53}	毋	m^{11}	
才	正	tsaŋ^{44}	正	tsaŋ^{55}	
再	再	tsai^{44}	再	tsai^{55}	
不一定	無一定	mau^{22} it^{45} tʰin^{44}	無一定	mo^{11} it^{2} tʰin^{55}	
一直；不停的	緊	tɕin^{31}	緊	tɕin^{31}	
不用；不需要	毋要 / 毋使	m^{53} iau^{44}/ m^{53} sๅ^{31}	毋使	m^{11} sๅ^{31}	
全部	做一回	tso^{44} it^{45} fe^{53}	做一下	tso^{55} it^{2} ha^{33}	
一起	一齊 / 一下	it^{45} tsʰe^{53}/ it^{45} ha^{44}	一齊 / 一下	it^{2} tsʰe^{11}/ it^{2} ha^{33}	
幸虧	好得	hau^{31} tet^{45}	好得	ho^{31} tet^{2}	

一樣	一樣／同樣	it⁴⁵ ioŋ⁴⁴／tʰuŋ⁵³ ioŋ⁴⁴	一樣	it² ioŋ⁵⁵	
被；給	□	na²²	□	na³³	
快快的	趕緊	kon³¹ tɕin³¹	□□仔	het⁵ het⁵ ə³¹	
慢慢的	柔柔仔	iu⁵³ iu⁵³ e⁴⁴	柔柔仔	iu¹¹ iu¹¹ ə³¹	
時常	□□	ten²² ten²²	經常／□時	tɕin³³ soŋ¹¹／tsʰat² sɿ¹¹	
剛好、正好	□□	ŋan²² ŋan²²	□□	ŋaŋ³³ ŋaŋ³³	
總共	一共	it⁴⁵ kʰuŋ⁴⁴	□□	lau³³ man³¹	
有點兒	一□仔	it⁴⁵ nak⁴⁵ e⁴⁴	有□仔	iu³³ tit⁵ ə³¹	
不可以	做毋得	tso⁴⁴ m⁵³ tet⁴⁵	做毋得	tso⁵⁵ m¹¹ tet²	
吃不下	食毋落	ɕit⁴⁵ m⁵³ lok⁴⁵	食毋下	ɕit⁵ m¹¹ ha³³	
趕不上	趕毋上	kon³¹ m⁵³ soŋ²²	趕毋著	kon³¹ m¹¹ to³¹	追人說逐 tɕiuk⁸
壞了	□□	pe³¹ lau³¹	壞□	fai³¹ het²	
吃完了	食□	ɕit⁴⁵ lau³¹	食□	ɕit⁵ het²	
沸騰的樣子	泡泡滾	pʰau²² pʰau²² kun³¹	□□滾	pʰa³³ pʰa³³ kun³¹	
越走越遠	緊行緊遠	tɕin³¹ haŋ⁵³ tɕin³¹ ion³¹	緊行緊遠	tɕin³¹ haŋ¹¹ tɕin³¹ ien³¹	
（看）到	著	to³¹	著	to³¹	
走來走去	行來行去	haŋ⁵³ loi⁵³ haŋ⁵³ tsʰɿ⁴⁴	行來行去	haŋ¹¹ loi¹¹ haŋ¹¹ tɕʰi⁵⁵	
巴不得	毋得	m⁵³ tet⁴⁵	毋得到	m¹¹ tet² to⁵⁵	
不要了	毋愛了	moi²² le³¹	毋愛了	moi³³ le¹¹	
向	向	ɕioŋ⁴⁴	向	ɕioŋ⁵⁵	
別去	毋好去	mau³¹（＜m⁵³ hau³¹）tsʰɿ⁴⁴	毋愛去	moi³³ tɕʰi⁵⁵	
乾脆、將就	□□	tɕʰin⁴⁴ san³¹	乾脆	kon³³ tsʰe⁵⁵	
大概	大概／可能	tʰai⁴⁴ kʰai³¹／kʰo³¹ nen⁵³	大概／大約	tʰai³¹ kʰai³¹／tʰai³¹ iok²	
差點、險些	差□	tsʰa²² nak⁴⁵	差□仔	tsʰa³³ tit⁵ ə³¹	
勉強、尚可	打□仔	ta³¹ man⁵³ e⁴⁴	差毋多	tsʰa³³ m¹¹ to³³	

恐怕	怕	p^ha^{44}	驚怕	$tɕiaŋ^{33} p^ha^{55}$	
最	最	tse^{44}	頂	tin^{31}	
相差（一點）	差／爭	$ts^ha^{22}/tsaŋ^{22}$	差	ts^ha^{33}	

二十六、數量詞

語　詞	馬　　市		隘　　子		備　註
一百零一	（一）百零一	$(it^{45}) pak^{45} liaŋ^{53} it^{45}$	（一）百零一	$(it^2)pak^2 liaŋ^{11} it^2$	
一百一十	百一	$pak^{45} it^{45}$	百一	$pak^2 it^2$	
兩百五十	兩百五	$lioŋ^{31} pak^{45} m^{31}$	兩百五	$lioŋ^{31} pak^2 m^{31}$	
兩兩	兩兩	$lioŋ^{31} lioŋ^{22}$	兩兩	$lioŋ^{31} lioŋ^{33}$	
一回	一輪／趟	$lun^{53}/t^hoŋ^{44}$	一輪	lun^{11}	
一趟	一趟	$t^hoŋ^{44}$	一轉	$tson^{31}$	
一支筆	一□筆	$kaŋ^{31}$	一管筆	$kuan^{31}$	
一團泥	一團泥	t^hon^{53}	一團泥	t^hon^{11}	
一串香蕉	一□香蕉	$tson^{31}$	一梈香蕉	k^hua^{31}	
一根香蕉	一條香蕉	t^hiau^{53}	一□香蕉	ku^{31}	
一帖藥	一帖藥	t^hiet^{45}	一帖藥	t^hiak^2	
一件棉被	一床被	$ts^hoŋ^{53}$	一床被	$ts^hoŋ^{11}$	
一堆牛糞	一□牛屎	p^hu^{53}	一堆牛屎	te^{33}/toi^{33}	
一疊紙	一疊紙	t^hiet^{45}	一疊紙	t^hiak^5	
一頭牛	一頭牛	t^heu^{53}	一頭牛	t^heu^{11}	
一套衣服	一身衫	$ɕin^{22}$	一身衫	$ɕin^{33}$	
一扇門	一扇門	sen^{44}	一扇門	san^{55}	
一棵樹	一頭樹	t^heu^{53}	一頭樹	t^heu^{11}	
一個人	一個人	ke^{44}	一個人	ke^{55}	
一人	一隻	$tsak^{45}$	一隻	$tsak^2$	
一坵田	一坵田	$tɕ^hiu^{22}$	一坵田	$tɕ^hiu^{33}$	
一片樹葉	一皮樹葉	p^hi^{53}	一皮樹葉	p^hi^{11}	
一條樹塊	一筒樹梗	$t^huŋ^{53}$	一條／□樹筒	t^hiau^{11}/ku^{31}	前者長後者短
一把菜	一把菜	pa^{31}	一抓菜	tsa^{33}	
一排房子	一□廊屋	$hoŋ^{44} loŋ^{53}$	一行屋	$hoŋ^{11}$	

一擔穀子	一擔穀	tan²²	一擔穀	taŋ³³	
一筆生意	一□生理	tsʰu⁵³	一□生理	tsʰu¹¹	
一塊磚頭	一個磚	ke⁴⁴	一塊磚	kʰuai⁵⁵	
一窩小鳥	一竇鳥	teu⁴⁴	一竇鳥	teu⁵⁵	
一條蛇	一隻蛇	tsak⁴⁵	一條蛇	tʰiau¹¹	
一根針	一枚針	mun⁵³（＜mui⁵³）	一枚針	me¹¹	
一層	一層	tsʰen⁵³	一層	tsʰen¹¹	
一片橘子	一□柑	tɕiaŋ⁴⁴	一□柑	min¹¹	
一泡尿	一堆尿	tui²²	一堆尿	toi³³	
一張牀	一舖牀	pʰu²²	一舖床	pʰu³³	
一件衣服	一件衫	tɕʰien⁴⁴	一□衫	ŋan³¹	
每次	趟趟	tʰoŋ⁴⁴ tʰoŋ⁴⁴	下下	ha³³ ha³³	
一堆	一□	pʰu⁵³	一堆	te³³/toi³³	
一門墳墓	一盆地	pʰun⁵³	一穴地	ɕiet²	
一塊錢	一元錢	ion⁵³	一吊/塊錢	tiau⁵⁵/kʰuai⁵⁵	老派說吊 新派說塊

二十七、顏 色

語 詞	馬 市		隘 子		備 註
綠色	綠色	luk⁴⁵ set⁴⁵	綠（豆）色	luk⁵（tʰeu³¹）set²	
青色	青色	tɕʰiaŋ²² set⁴⁵	青色	tɕʰiaŋ³³ set²	
灰色	灰色	fui²² set⁴⁵	灰色	foi³³ set²	
白色	白色	pʰak⁴⁵ set⁴⁵	白色	pʰak⁵ set²	
黑色	烏色	vu²² set⁴⁵	烏色	vu³³ set²	
暗紅色	豬肝色	tsu²² kon²² set⁴⁵	豬肝色	tsu³³ kon³³ set²	
橘色	柑仔色	kan²² e⁴⁴ set⁴⁵	深黃色	tɕʰin³³ voŋ¹¹ set²	
膚色	膚色	fu²² set⁴⁵	膚色	fu³¹ set²	
藍色	藍色	lan⁵³ set⁴⁵	藍色	laŋ¹¹ set²	
紫色	茄仔色	tɕʰio⁵³ e⁴⁴ set⁴⁵	茄色	tɕʰio¹¹ set²	
棕色	棕色	tsuŋ²² set⁴⁵	醬（油）色	tɕioŋ⁵⁵（iu¹¹）set²	
黃色	黃色	voŋ⁵³ set⁴⁵	黃色	voŋ¹¹ set²	
土色	土色	tʰu³¹ set⁴⁵	土色	tʰu³¹ set²	

二十八、象聲詞

語 詞	馬 市		隘 子		備 註
呼叫禽畜	□	len^{53}	□	leu^{55}	
狗叫聲	□	k^{h}oŋ^{31}	□	k^{h}uŋ^{31}	
貓叫聲	□	miau^{44}	□	miau^{55}	
雞叫聲	□	kuk^{45}	□	kok^2 ka^{55}	
鴨叫聲	□	kua^{31}	□	kua^{31}	
蛙叫聲	□	ket^{45}	□	et^2	
呼狗聲	□	kieu^{31}	□	ko^{55}	
呼貓聲	□	miu^{22}	□	miau^{55}	
呼豬聲	□	nun^{22}	□	o^{33} van^{31}	
呼鴨聲	□	le^{44}	□	tɕi^{55} li^{31}	
鐃鈸聲	□ / □	ts^{h}aŋ^{31}/ts^{h}a^{31}	□	tɕ^{h}ia^{31}	

二十九、礦 物

語 詞	馬 市		隘 子		備 註
金	金	tɕin^{22}	金	tɕin^{33}	
銀	銀	ɲiun^{53}	銀	ŋen^{11}	
銅	銅	t^{h}uŋ^{53}	銅	t^{h}uŋ^{11}	
鐵	鐵	t^{h}iet^{45}	鐵	t^{h}iet^2	
錫	錫	ɕiak^{45}	錫	ɕiak^2	
鉛	鉛	ion^{53}	鉛	ien^{11}	
白鐵	白鐵	p^{h}ak^{45} t^{h}iet^{45}	白鐵	p^{h}ak^5 t^{h}iet^2	
生鏽	生鑄	saŋ^{22} lu^{22}	生鑄	saŋ^{33} lu^{33}	
水銀	水銀	sui^{31} ɲiun^{53}	水銀	se^{31} ŋen^{11}	
汽油	汽油	ts^{h}ɿ^{44} iu^{53}	汽油	tɕ^{h}i^{55} iu^{11}	
柏油	瀝青	lat^{45} tɕ^{h}iaŋ^{22}	瀝青	lak^5 tɕ^{h}iaŋ^{33}	
破銅爛鐵	爛銅爛鐵	lan^{44} t^{h}uŋ^{53} lan^{44} t^{h}iet^{45}	爛銅爛鐵	lan^{31} t^{h}uŋ^{11} lan^{31} t^{h}iet^2